Mary Ellen Taylor

Im Licht der Morgensonne

TINTE & FEDER

Das Buch

Winter 2022: Nach dem Tod ihrer Großmutter Ruth kehrt Ivy in ihren Heimatort an der Küste von North Carolina zurück, um das Strandhaus mit seinen Erinnerungsstücken aus dem alten Seaside Resort ihrer Familie zu räumen. Die winterlichen Stürme heben ein Schiffswrack, das zuletzt 1950 zu sehen war – und mit ihm kommen die gut gehüteten Geheimnisse eines längst vergangenen Sommers ans Licht, die mehr mit Ivy und ihren Freunden zu tun haben, als sie es sich vorstellen kann.

Sommer 1950: Die ersten Gäste treffen im Seaside Resort ihrer Familie ein. Ruth ist fasziniert von Carlotta, der glamourösen Sängerin, die ihre Adoptivmutter engagiert hat. Heimlich hofft sie, dass Carlotta ihre leibliche Mutter ist, die sie in einer Sturmnacht geboren und dann im Resort zurückgelassen hat. Doch dann nimmt der Sommer eine dramatische Wendung.

Die Autorin

Mary Ellen Taylor wurde in den Südstaaten der USA geboren und schreibt zeitgenössische Unterhaltungsromane, in denen starke Frauen die Hauptrolle spielen. Ihre Geschichten sind ebenso fest in der geheimnisvollen Vergangenheit verankert wie in der heutigen Zeit. In deutscher Sprache sind bisher die Titel »Das Haus an der Bucht«, »Der Frühling an der Bucht«, »Im Schatten der Holunderblüte« und »Ein Flüstern zum Abschied« erschienen.

Wenn Mary Ellen Taylor nicht gerade schreibt, ist sie beim Kochen und Backen kreativ tätig. Die Autorin lebt mit ihrem Mann und drei Zwergdackeln in Virginia. Unter dem Namen Mary Burton schreibt sie auch romantische Krimis.

MARY ELLEN
TAYLOR

Im Licht der Morgensonne

Roman

Aus dem Amerikanischen
von Astrid Becker

TINTE & FEDER

Die amerikanische Ausgabe erschien 2022 unter dem Titel
»The Brighter the Light« bei Lake Union Publishing, Seattle.

Deutsche Erstveröffentlichung bei
Tinte & Feder, Amazon Media EU S.à r.l.
38, avenue John F. Kennedy, L-1855 Luxembourg
April 2023

Die Übersetzung dieses Buches wurde durch Amazon Crossing ermöglicht.

Umschlaggestaltung: zero-media.net, München
Umschlagmotiv: © superbank stock © Margo Basarab / Shutterstock
Lektorat: Rainer Schöttle
Korrektorat: Manuela Tiller/DRSVS
Gedruckt durch:
Amazon Distribution GmbH, Amazonstraße 1, 04347 Leipzig /
Canon Deutschland Business Services GmbH, Ferdinand-Jühlke-Straße 7,
99095 Erfurt /
CPI books GmbH, Birkstraße 10, 25917 Leck

ISBN 978-2-49671-358-9
e-ISBN 978-2-49671-359-6

www.tinte-feder.de

Prolog
RUTH

Nags Head, North Carolina, 2. Januar 2022, 8.00 Uhr

An diesem Küstenabschnitt hat der Atlantik einen gewaltigen Appetit. Er verschlingt Schiffe, Menschen und Waren und gibt sie nur ungern wieder her. Tage, Monate oder Jahrhunderte können ohne einen Hinweis auf die Wahrheit vergehen, und dann irgendwann kräuselt sich das glatte Meer und aus den brodelnden Tiefen taucht etwas empor und gibt sein Geheimnis preis.

Jetzt, da sie am Ufer unter dem offenen Himmel der Morgendämmerung stand, spürte Ruth die drohende Veränderung in der Atmosphäre in ihren vierundachtzigjährigen Knochen. Sie kuschelte sich tiefer in ihren Mantel und wärmte ihre rheumatischen Finger, als das Sonnenlicht über dem Horizont hervorbrach, durch die blassen Wolken hindurch, die der kalte Wind vor sich hertrieb.

»Niemand außer uns hat den Sturm kommen sehen, Mama«, sagte Ruth zu sich selbst. »Aber ich habe ihn gespürt, so wie du früher.« Kein Nachrichtensender hatte vorhergesagt, dass ein Tiefdruckgebiet von der afrikanischen Küste nach Westen ziehen, auf das warme Wasser der Karibik treffen und sich als Hurrikan der Kategorie vier entladen würde. Niemand hatte so spät in der Hurrikansaison mit Evakuierungen gerechnet. Und niemand hatte solche Schäden vorausgesehen.

Ruth hatte den Sturm aussitzen wollen, aber der Sheriff zwang sie zum Gehen. Nach längerer Diskussion hatte sie sich schließlich von ihm über die Wright Memorial Bridge zum Festland fahren lassen, wo sie mit Hunderten eine lange Nacht in der Turnhalle der Currituck County Highschool verbrachte. Der Wind heulte, die Lichter flackerten und die Sorgen der Menschen über die Zerstörungen wirbelten fast greifbar in der Turnhalle umher.

Das Komische war, dass Ruth sich keine Sorgen gemacht hatte. Natürlich war sie verärgert gewesen, aber nicht ängstlich. Schon bevor sie ihr Strandhaus verlassen hatte, hatte sie gewusst, dass ihr Hotel, das Seaside Resort, dem Sturm nicht standhalten würde. Es hatte seine Lebensspanne erreicht, genau wie sie die ihre. Ihre Zeit war gekommen.

Das Seaside Resort befand sich seit über hundert Jahren im Besitz ihrer Familie. Ihr Vater hatte gern geprahlt, dass er es bei einem Kartenspiel gewonnen hatte, dabei war es nicht viel wert gewesen, bis Mama es für angebracht gehalten hatte, ihn zu heiraten und die Verantwortung für ihn und den täglichen Betrieb des Resorts zu übernehmen.

Ruth wurde im Jahr 1938 in Bungalow 28 geboren, der den weitaus besten Blick auf den Ozean bot. Der Familienlegende nach fand Edna Ruth in eine rosafarbene Decke gewickelt vor. Von der Frau, die sie zur Welt gebracht hatte, keine Spur.

Edna nahm das wimmernde Neugeborene mit nach Hause zu ihrem Mann Jake, und die beiden fanden, dass ein Baby nach siebzehn Jahren Ehe genau das Richtige für sie war. Sie nahmen das kleine Mädchen auf und trotzten allen Launen von Mutter Natur.

Eine Welle schwappte über den Strand und leckte an Ruths abgetragenen Sportschuhen.

Sie drehte dem Meer den Rücken zu und kletterte durch den Strandhafer die Düne hinauf. Der Anblick des zerstörten Seaside Resorts tat ihr immer noch weh. Windstöße mit einer Geschwindigkeit von zweihundertfünfzig Kilometer pro Stunde hatten Bäume und Sträucher entwurzelt und in den Pool geschleudert. Der Sturm hatte die Dächer der Bungalows und des Hauptgebäudes abgedeckt und der Regen hatte die Häuser geflutet.

Das ehemalige Hauptgebäude befand sich gleich hinter der Düne. Der Teppich in der Lobby, der erst vor zwei Jahren verlegt worden war, war vollkommen durchnässt. Die Muscheltapete löste sich in Streifen von den Wänden, und durch die Löcher im Dach schien Sonnenlicht herein. Das Seaside Resort hatte vielleicht mehr Leben als eine Katze gehabt, aber das letzte war aufgebraucht.

»Ich habe das Angebot für das Grundstück angenommen, Mama.« Dass der Verkauf notwendig geworden war, beschwichtigte weder ihre Schuldgefühle noch ihre Wut. »Es ist mir sehr schwergefallen, die Papiere zu unterschreiben. Aber es gab keinen anderen Ausweg.«

Eine kalte Brise wehte vom Meer her, und sie schloss die Augen, während sie zu spüren versuchte, ob ihre Mutter zuhörte. Natürlich war da nichts. Ihre Mama war wie Ruth nie eine Frau der vielen Worte gewesen. Keine großen Umarmungen, keine feuchten Küsse. Dafür war sie immer da und immer zuverlässig gewesen. Und sie konnte Geheimnisse so gut hüten wie der alte Neptun persönlich. »Ich bin nicht so dumm zu glauben, dass die neuen Eigentümer das Hotel retten werden. Das wäre vollkommen idiotisch. Und viel zu teuer.« Was sie aus den beschädigten Gebäuden herausholen konnte, hatte sie in ihrem Haus verstaut. Dort waren alle Zimmer bis obenhin zugestellt. Denn wegzuwerfen, wofür sie gutes Geld bezahlt hatte, kam ihr wie eine Sünde vor. »Was noch steht, wird abgerissen. Aber vielleicht ist es besser so. Zeit für was Neues.«

Mit dem Geld für die fünf Hektar am Meer würde Ruth ihre Schulden tilgen. Es bliebe auch noch genug für ihre Beerdigung. Für ihre Enkelin Ivy wäre dann allerdings nichts mehr übrig. Doch Ruths Strandhaus, das vor einem Jahrhundert aus dem Holz einer abgerissenen Kirche gebaut worden war, würde Ivy ordentlich was einbringen.

»Von Gott gesegnet«, hatte ihr Vater über das Cottage zu sagen gepflegt. In Anbetracht der Tatsache, dass es zweihundert Meter vom Seaside Resort entfernt stand und keine einzige Schindel verloren hatte, musste das wohl wahr sein.

Was auch immer der Grund für das Standvermögen des Strandhauses sein mochte, Ruth betrachtete es als Segen. Denn so hatte Ivy die Chance auf einen Neuanfang, ob sie nun hier leben oder das Haus verkaufen wollte. Ein besseres Geschenk konnte Ruth ihr nicht machen.

Ruth wandte den Ruinen den Rücken zu und blickte hinaus aufs Meer. Die frische salzige Luft brannte ihr in der Lunge. Ihr Herz zog sich zusammen. Eine Brise strich ihr über die Wange.

Als sie den Blick hob, sah sie ihre Eltern am Strand stehen und ihre Tochter an der Hand halten. Ruth war müde und bereit, ihnen zu folgen. Sie würde Ivy allein lassen, aber das Mädchen war die Stärkste von ihnen allen. Wenn jemand die Sünden der Vergangenheit heilen konnte, dann war es Ivy.

Kapitel 1

IVY

Montag, 17. Januar 2022, 22.15 Uhr

Sechshundertachtzig. So viele Kilometer lagen zwischen New York City und den Outer Banks in North Carolina. Siebeneinhalb Stunden. Das war die errechnete Fahrtzeit. Wobei der Unfall auf dem New Jersey Turnpike, der Stau auf dem Beltway rings um Washington und der Straßenneubau kurz vor Norfolk nicht voraussehbar gewesen waren. Ebenso wenig wie der Zwischenstopp bei McDonald's in Delaware (Hamburger und eine große Cola light) oder die Pipipause in Fredericksburg, Virginia.

Elf Tage. So lange war es her, dass Ivy Neale an der Beerdigung ihrer Großmutter teilgenommen hatte. Im Restaurant war nach Neujahr Flaute, deswegen war es kein Problem gewesen, sich zwei Tage freizunehmen. Ein kurzer Flug nach Charlotte und von dort nach Norfolk, gefolgt von einer hundertsechzig Kilometer langen Fahrt in einem Mietwagen zu den Outer Banks. Die halbstündige Trauerfeier. Sie hatte Freunde und Familienmitglieder gesehen, aber die Umarmungen waren flüchtig und die Gespräche oberflächlich gewesen. Sie hatte einfach keine Zeit gehabt. Weder für ihren Ex-Freund noch für ihre Ex-Freundin (die nur zwei Monate nach Ivys Umzug nach New York miteinander geschlafen hatten) noch für deren herzallerliebstes Kind. Und schon gar nicht für die Hunderte von Menschen, die Ruth geschätzt hatten. Auch das Haus hatte sie sich nicht ansehen können.

Sie war in einem Sweatshirt nach New York zurückgeflogen, das noch nach Seeluft roch, und hatte um einen verlängerten Urlaub gebeten.

Fünf Sekunden. So lange hatte ihre Chefin gebraucht, um ihr die Bitte abzuschlagen. Eine Sekunde, bis dieser letzte Tropfen das Fass zum Überlaufen brachte und Ivy kündigte. Drei Tage, um sich mit ihrem Vermieter zu einigen, ihre Möbel zu verkaufen und ihre Siebensachen zu packen. Sie hatte sich bereit erklärt, ihm die vertraglich zustehenden zwei Monatsmieten zu zahlen, sobald sie das Strandhaus verkauft hatte oder wieder Geld verdiente. Er hatte zugestimmt, weil er wusste, dass die Aussicht auf Geld besser war als kein Geld.

Es war nicht so, dass sie ihren Job und die Stadt nicht mochte. Gott wusste, wie viel sie zusammen durchgestanden hatten. Aber es war an der Zeit, nach Hause zurückzukehren und Ruths Haus auszuräumen. Das war sie ihr schuldig.

Eintausendfünfhundert Dollar. So viel hatte sie der Transporter Baujahr 2005 vom Gebrauchtwagenhändler gekostet. Er war grün, hatte durchgesessene braune Sitze und ein Radio, das funktionierte, solange man nicht über ein Schlagloch fuhr, was sich auf der Interstate 95 aber gar nicht vermeiden ließ.

Einunddreißig Dollar und drei Cents. Das waren die Kosten für Benzin und eine große Packung M&M's von der Tankstelle, bevor sie die Wright Memorial Bridge überquerte und das Festland hinter sich ließ, um auf die Outer Banks zu gelangen – die zweihundertachtzig Kilometer lange Inselkette vor der Küste North Carolinas. Tausend Jahre hatten dort Ureinwohner gelebt, angezogen von den fruchtbaren Gewässern, bis im Jahr 1587 die ersten europäischen Siedler ankamen.

Für Ivys Großmutter Ruth hatte sich immer alles um Zahlen gedreht. Sie zählte die Tage bis zum Saisonbeginn, die Tage bis zum Schluss der Saison, die Dollars und die Arbeitsstunden, die nötig waren, um das Hotel rentabel zu führen, und die Windgeschwindigkeit, wenn sich ein Hurrikan der Küste näherte. Den Hurrikan im letzten Dezember hatten sie hier »Witwenmacher« getauft, wie Ruth Ivy am Telefon erzählt hatte. Er zerstörte Ruths Hotel. Es war unwiederbringlich verloren. Ivy hatte ihrer Großmutter versichert, dass sie nach Hause kommen würde, sobald der Weihnachtsrummel vorüber war.

Der Wind peitschte über die lange Brücke und zwang sie, das Lenkrad fest in die Hand zu nehmen, um die Spur zu halten. Vor dem hellen Vollmond zogen dicke graue Wolken auf.

Auf der anderen Seite der Brücke hielt Ivy bei Wendys und bestellte zwei Bacon-Cheeseburger, Pommes und eine Diätlimo. In Ruths Haus gab es nichts. Den zweiten Burger konnte sie zum Frühstück essen, damit sie nicht gleich am ersten Morgen ein Geschäft suchen musste, das in der Nebensaison geöffnet hatte.

Ivy warf einen Blick in den Rückspiegel, der ihr vor allem verschmierte Wimperntusche und schwarze Locken offenbarte. Während sie ihr Spiegelbild anstarrte, vermeinte sie, Ruths Stimme zu hören: *Deine Schicht beginnt um sieben. Wir haben dieses Wochenende drei Partys. Keine Zeit für Freunde. Wir haben wieder eine Saison überstanden.*

Ivy steckte sich eine Handvoll Pommes frites in den Mund. Es waren noch zwölf Kilometer auf der Hauptstraße, bis sie bei Meilenstein 8 am Matratzenladen links in eine Seitenstraße abbog, die zur Strandstraße führte. Nach einem Kilometer hätte das Seaside Resort auftauchen müssen, aber das flache Land ohne das Wahrzeichen brachte sie so durcheinander, dass sie am Haus vorbeifuhr.

Als sie ihren Fehler nach einem Kilometer bemerkte, wendete sie und fuhr schließlich langsam auf den Parkplatz. In den letzten zwei Wochen hatte ein Abrissunternehmen alle Spuren des leuchtend aquamarinfarbenen Hauptgebäudes, der vierundzwanzig Bungalows und des Neonschilds Seaside Resort beseitigt.

Einen Tag nach dem Sturm hatte Ruth ihr mitgeteilt, dass sie das wertvolle Strandgrundstück verkaufen wollte.

»Es würde ewig dauern, die Schulden abzuzahlen, und dafür bin ich zu alt. Ich verkaufe das Hotel«, hatte sie gesagt.

»An wen?« Ivy lebte schon seit zwölf Jahren in New York. Doch immer wenn sie mit ihrer Großmutter sprach, kamen Schuldgefühle hoch, weil sie damals weggegangen war.

»An einen Bauunternehmer.«

»Das Land ist ein Vermögen wert.«

»Ich weiß. Es ist genug, um meine Kredite zu tilgen und meinen Lebensunterhalt zu bestreiten.«

»Wenn es nicht reichen sollte …«

»Doch, doch, es reicht«, sagte sie schnell. »Außerdem habe ich jahrelang gejammert, dass ich gern mehr Zeit hätte. Jetzt bekomme ich sie.«

»Ich kann morgen bei dir sein.«

»Keine Eile, Ivy. Ich weiß, wie voll es in Restaurants an den Feiertagen ist. Komm, wenn es geht. Du kannst es ja auch nicht ändern.«

»Gut. Ich bin bald bei dir.«

Ivy war in dem Hotel aufgewachsen. Sie hatte schon hinter der Rezeption gestanden, als sie kaum über den Tresen sehen konnte. In dem lang gestreckten Pool war sie nach der Arbeit geschwommen, in der Küche hatte sie all ihre Mahlzeiten eingenommen und auf dem Parkplatz war sie in der Nebensaison Skateboard gefahren.

In der Küche hatte sie das Kochen gelernt. Im Alter von zwölf Jahren stand sie in ihrer Schürze auf einem Tritt, schnitt, hackte und briet das Essen für die Gäste. Ja, ihre Großmutter brach das Gesetz gegen Kinderarbeit, aber Ivy machte die Arbeit ebenso viel Spaß wie Ruth. Sie liebte es, ihre Kreativität in der Küche auszutoben und zu hören, wie es den Gästen geschmeckt hatte. Mit sechzehn stand sie vor und nach der Schule in der Küche. Im Sommer an sieben Tagen in der Woche.

Und jetzt war alles weg.

Ivy sammelte sich und bog rechts in die betonierte Einfahrt, die von hohen, windgepeitschten Sträuchern gesäumt war. Sie parkte und starrte hinauf zu dem dunklen Haus, das auf zwei Meter hohen Pfosten stand. Die versetzten Zedernschindeln waren grauer, als sie sie in Erinnerung hatte, und die alten blauen Hurrikan-Fensterläden geschlossen. Die Treppe schien in gutem Zustand zu sein, und auch die umlaufende Veranda wirkte intakt. Wie launisch die Naturgewalten doch sein können!

Mit den Scheinwerfern beleuchtete sie den kleinen Geräteschuppen unter dem Haus. Die Sicherungen mussten umgelegt und das Wasser aufgedreht werden. Es würde eine Stunde dauern, bis das Haus warm wurde und der alte Wassertank heißes Wasser lieferte.

Sie griff in die Tüte mit den Pommes frites, aß mehrere davon und genoss jeden salzigen, fettigen Bissen. Sie hätte die Kalorien berechnen können, fand aber, dass Kalorien in Zeiten wie diesen nicht zählten.

Wie oft hatte Ruth von der Magie des Essens gesprochen? Es hob die Stimmung, heilte kranke Seelen und nahm Aufgaben den Schrecken. Ivy verputzte die Pommes, schlürfte die Limo, zerknüllte die Verpackung und stopfte sie in die Tüte zu dem unangetasteten Burger. »Los geht's.«

Mit der Taschenlampe bewaffnet rannte sie zum Schuppen. Der kalte Wind schnitt durch ihren dicken Daunenmantel, der schon zwölf New Yorker Winter überstanden hatte. Sie machte sich mit tauben Fingern an dem rostigen Schloss zu schaffen, das schließlich nachgab. Dann trat sie in den kleinen Raum und streifte mit dem Lichtkegel über die Wände, bis der Sicherungskasten aus der Dunkelheit auftauchte. Sie betete, dass die salzige Luft der Elektrik nicht allzu sehr zugesetzt hatte und die Wasserleitungen nicht eingefroren waren. Als sie die Klappe öffnete, stellte sie zu ihrer Überraschung fest, dass der Hauptschalter eingeschaltet war.

Sie hatte keine Ahnung, wer den Strom angestellt hatte, aber sie war dankbar, dass es heißes Wasser, intakte Leitungen und vielleicht ein warmes Haus gab. Als sie den Kasten schloss, wandte sie ihre Aufmerksamkeit dem Hauptwasserhahn zu. Er war ebenfalls aufgedreht. »Wer du auch sein magst, Gott segne dich.«

Sie nahm die Reisetasche und das Essen aus dem Van, stemmte sich gegen den Wind und stieg die Stufen zur Veranda hinauf, die einmal um das Haus herumführte. Das rostige Haustürschloss war frisch geölt worden und gab leicht nach. Nachdem sie die Tür geöffnet hatte, trat sie in das warme, dunkle Haus und schaltete das Licht an.

Sie stand vor einer Mauer aus Gegenständen aus dem Seaside: stapelweise rote Lederstühle, Kisten voller Hotelwäsche, Klapptische, Besteck und Schilder. SEASIDE RESORT, POOL, EMPFANG, PARKEN VERBOTEN. Ruth hatte allem Anschein nach alles aus dem Seaside Resort gerettet, was den Sturm überstanden hatte, und in ihr Haus gezwängt.

»Verdammt!«

Zweiundsechzig Tage bis zum Frühlingsanfang; sechzehn Tage bis zu ihrem dreißigsten Geburtstag, an dem sie das Cottage erben und verkaufen könnte.

Sie ließ sich auf die Couch neben dem dunklen Steinkamin fallen, der bis zur gewölbten Decke reichte, und kramte ihren zweiten Burger aus der Tüte. Scheiß auf das Frühstück – sie brauchte jetzt Trost! Sie saß einige Minuten lang da, konzentrierte sich auf den Geschmack des Burgers und nippte an ihrer viel zu süßen Limonade, während sie auf die Türme von Gerümpel starrte.

Nachdem sie die letzten Tropfen geräuschvoll mit dem Strohhalm aufgesogen hatte, erhob sie sich und schlängelte sich auf dem schmalen Pfad durch das Labyrinth von Zeug zur hinteren, mit einem Fliegengitter geschützten Veranda. Die gut geölten Scharniere der Tür ließen sich leicht öffnen. Die salzige, kalte Luft schlug ihr entgegen, als sie auf die tosenden Wellen unter dem vollen Mond blickte.

In ihrer Kindheit hatte Ivy sehr oft mit ihrer besten Freundin Dani auf dieser Veranda geschlafen. Sie hatten noch um Mitternacht gekichert, bis Ruth aus ihrem Schlafzimmer im ersten Stock »Schluss jetzt!« heruntergerufen hatte. Es war aufregend gewesen, hier draußen in der Meeresbrise einzuschlafen, beim Kreischen der Möwen und dem Lachen der Hotelgäste, die noch immer am Pool des Hotels saßen.

Als Ivy nach New York gezogen war, hatte sie anfangs Schlafprobleme gehabt. Der Straßenlärm mit dem dauernden Gehupe war ein schlechter Ersatz für das Rauschen der Wellen, das sie seit ihrer Kindheit in den Schlaf gewiegt hatte. Sie lag schlaflos auf dem schmalen Bett im YWCA, wo sich im Zimmer nebenan zwei Gäste lauthals stritten, und fragte sich, warum sie Dani und ihren Ex-Freund Matthew im Stich gelassen hatte.

Die drei waren seit der Mittelschule unzertrennlich gewesen. Im zweiten Jahr der Highschool wurden Matthew und sie ein Paar, und ihre Zukunftsträume verwoben sich schnell. Wie Ivy und Dani wollte auch er nicht aufs College, sondern mit den beiden anderen ein eigenes Unternehmen gründen. Ivy war einverstanden, weil sie keine bessere Idee hatte. Dani war begeistert, auch wenn sie an der Kunsthochschule angenommen worden war. Doch durch den Zusammenbruch des Immobilienmarktes war ihr Vater ausgerechnet jetzt knapp bei Kasse. Dani wollte ein Jahr lang Geld verdienen, dann hätte sie genug für die Hochschule.

Als Matthew verkündete, dass er ein kleines Restaurant gefunden hatte, dessen Kaufpreis sie nach und nach abstottern konnten, flippte Ivy aus. Dani würde in einem Jahr zur Uni gehen, und dann saß sie hier mit Matthew in einem Leben fest, auf das sie nicht vorbereitet war. Trotzdem brauchte sie ein paar Wochen und vier Biere auf einer Party, um den Mut aufzubringen, ihm zu sagen, dass sie den Vertrag nicht unterschreiben, sondern nach New York ziehen würde.

»Was? Du haust einfach ab nach New York?« Matthews breites Grinsen verflog, auch wenn er ihre Ankündigung noch nicht so richtig glauben konnte.

»Ja. Morgen.« Das Herz schlug ihr bis zum Hals. Sie hatte gehofft, wenn sie endlich mit der Sprache rausrückte, wäre es eine Erleichterung. Stattdessen war ihr schlecht vor Schuldgefühlen.

»Wir sollen übermorgen die Papiere unterschreiben!«

»Ich weiß.«

»Willst du mir so heimzahlen, dass ich vergessen habe, dich zu dieser Party abzuholen?«

»Ich will dir gar nichts heimzahlen. Ich gehe weg.«

»Weißt du, wie bekloppt das klingt?« Wut stand in seinen glasigen Augen. »Du warst erst einmal in New York. Letztes Jahr auf dem Highschool-Ausflug.«

Die Stadt hatte sie damals überwältigt. Aber sie war begeistert gewesen von den neuen Eindrücken und der flirrenden Energie, und dieses Gefühl hatte sie nach Hause begleitet. »Vielleicht schon. Aber ich muss es versuchen.«

»Hast du denn einen Job?«

»Nein.« Sie hatte eine Liste von Restaurants, in denen sie nach Arbeit suchen wollte, und dazu eine Reservierung für sieben Nächte im YWCA. Sie beschäftigte sich lieber nicht so sehr mit den Details, damit sich nicht herausstellte, dass das Ganze nur ein Hirngespinst war.

»Wirklich kein Witz?«

»Nein.« Je länger er fragte, desto sicherer wurde sie.

»Das ist doch alles kompletter Blödsinn«, sagte er. »Wir wollten unseren eigenen Laden aufmachen.«

»Es war dein Laden«, sagte sie.

»Ich dachte, wir wären ein Team.« Er gestikulierte so wild, dass er ihr weißes Kleid mit Bier bekleckerte.

»Oh, tut mir leid!« Sie konnten sich noch ein paarmal im Kreis drehen, aber sie würde ihre Meinung nicht ändern. Definitiv nicht. Dani kam auf sie zu, jonglierte mit drei Plastikbechern Bier in ihren langen Fingern und sah ihre angespannten Mienen.

»Was ist los?«, fragte sie.

»Ivy lässt uns sitzen«, stieß Matthew zähneknirschend hervor. »Sie unterschreibt nicht, sie zieht nach New York.«

Ivy holte tief Luft. Sie wünschte, sie wäre betrunkener. »Ich lasse euch nicht sitzen. Ich habe beschlossen, nach New York zu gehen.«

»Nicht im Ernst«, sagte Dani.

»Doch.« Es Dani zu sagen, war aus irgendeinem Grund noch schwerer. »Ich habe mit Ruth gesprochen, und sie versteht es.«

»Wann hast du mit Ruth gesprochen?«, fragte Matthew nach.

»Vor ein paar Wochen.« Ihre Großmutter hatte Zeit gebraucht, um nach einem neuen Koch und Küchenleiter zu suchen. Ruth hatte ihre Ankündigung mit einem Achselzucken aufgenommen, sie umarmt und gemurmelt: »Das müssen wir alle irgendwann mal machen.«

»Vor ein paar Wochen?«, brüllte Matthew. »Findest du nicht, dass ich genauso viel Rücksicht verdient habe? Verdammt! Mein Laden steht und fällt damit, dass ihr beide mitarbeitet. Ivy, du wurdest von einer der besten Köchinnen der Outer Banks ausgebildet, und das bedeutet meinen Geldgebern etwas.«

Dani wich zurück, als hätte sie eine Ohrfeige bekommen. »Warum hast du mir das nicht gesagt? Der Plan war, hart zu arbeiten und das nächste Jahr zu genießen.«

»Und im Jahr drauf, wenn du dein Geld für die Schule zusammengehabt hättest, wärst du gegangen«, sagte Ivy. »Matthews Laden würde brummen, während ich immer noch in einer Küche arbeiten würde, die grade mal zwei Kilometer von dem Ort entfernt wäre, in dem ich aufgewachsen bin.«

»Aber ich hätte mich nicht einfach so in Luft aufgelöst!«, rief Dani. »Du wusstest, dass ich gehen würde. Du hast uns beiden versprochen, dass wir drei noch mindestens dieses eine Jahr zusammenbleiben würden.«

»Es tut mir leid. Dieses Versprechen kann ich nicht halten.« Tränen stiegen Ivy in die Augen. »Ich muss es jetzt machen oder ich mache es nie.«

Dani knallte die roten Plastikbecher auf die Tischplatte und verspritzte noch mehr Bier. »Ich verbiete dir, zu gehen! Du gehst nicht, bevor wir das geklärt haben.«

»Tut mir leid«, sagte Ivy.

»Ihr Wort ist einen Dreck wert«, sagte Matthew.

»Scheint so«, brachte Dani heraus.

Am nächsten Morgen fuhr Ivy unausgeschlafen und mit einem fiesen Kater nach New York.

Sie ließ sich weder durch die lange Fahrt auf dem Interstate Highway 95 noch durch den Preisschock im Parkhaus beirren. Sie bezog das Zimmer im YWCA und klapperte nach den Restaurants auf ihrer Liste viele weitere ab. Niemand hatte vom Seaside Resort gehört, niemand hatte einen Job.

Am sechsten Tag war sie zermürbt von den Absagen, ihren Schuldgefühlen und der Einsamkeit. Sie holte ihren Koffer unter dem Bett hervor und begann zu packen, bevor sie sich wieder fing. Sie hatte nicht nur den Leichtsinn ihrer Mutter geerbt, sondern auch die Hartnäckigkeit ihrer Großmutter. Mit eingekniffenem Schwanz zu Hause aufzutauchen, war das Letzte, was sie sich vorstellen konnte. Also zog sie am nächsten Tag wieder los.

Ihre Ausdauer zahlte sich aus. Sie fand eine Stelle als Hilfsköchin und Tellerwäscherin in einem italienischen Restaurant namens Vincenzo's, zwei Straßen vom Broadway entfernt.

Es war ein Familienbetrieb, und sie war darin die erste Fremde seit zwanzig Jahren. Mama Leoni sagte später, ihr habe Ivys Aussehen gefallen, die Schwielen an den Händen und die Narben an den Armen, die von der Fritteuse des Seaside Resorts stammten. Und vor allem das wie aus der Pistole geschossene »Yes, Ma'am!« mit Ivys direktem Blick. Das Restaurant war in einem Blog groß besprochen worden und über Nacht zum

In-Lokal geworden. Dankbar erklärte Ivy sich bereit, an diesem Abend neben Mama Leonis Mann Mario und ihrem Sohn Gino mit der Arbeit zu beginnen.

Während Ivy in den großen Töpfen mit italienischer *salsa* rührte, Gemüse schnitt, Fisch sautierte und Fleisch anbriet, stritten Mario und Gino sich lauthals, wie sie es wohl schon Jahrzehnte machten. Es endete immer gleich: Mario floh in die Gasse vor der Hintertür und rauchte eine. Auch nicht viel anders als bei Ivy und Ruth in der Küche des Seaside.

Als Mario drei Jahre später an Krebs erkrankte, reduzierte er seine Arbeitszeit. Gino wurde Chefkoch und sie stieg zur stellvertretenden Küchenchefin auf.

Mama Leoni erklärte Ivy zum Familienmitglied. »In deinen Adern fließt italienisches Blut.«

Ivy wollte ihr nur zu gern glauben. Auch wenn Familien nicht immer so zusammenhielten wie behauptet. Und als harte Zeiten im Vincenzo's anbrachen, verdoppelte Ivy ihren Einsatz, um das Restaurant über Wasser zu halten.

Doch als die Zeit kam, in der Ivy nach Ruths Tod einen längeren Urlaub brauchte, um zu Hause alles zu ordnen, da hatte Mama Leoni – trotz großer Entschuldigungen und Krokodilstränen – nur Sekunden gebraucht, um ihre Bitte abzulehnen. Sie hatte sie schlicht und einfach fallen lassen.

Karma. Es hatte sich schließlich doch umgedreht und Ivy auf den Hintern gehauen.

Kapitel 2
IVY

Dienstag, 18. Januar 2022, 7.00 Uhr

Ivy stand mit der Sonne auf, wie sie es sich vor Jahren angewöhnt hatte, um die Märkte nach den frischesten und besten Produkten zu durchforsten. Nachdem sie ein Jahr im Restaurant gearbeitet hatte, nahm Mario sie frühmorgens mit und stellte sie den Händlern vor. Die Streifzüge erinnerten sie an die Bauernmärkte in North Carolina, wo sie fangfrischen Fisch, ganze Hühner, Süßkartoffeln, Mais und Kohl aller Art gekauft hatte. In New York stöberte sie unbekannte Sorten von Prosciutto und Tomaten auf, kaufte Kalbfleisch und geheimnisvolle Gewürze. Die Reizüberflutung machte ihr zu schaffen, bis sie allmählich von Mario lernte, wie er seine Wahl traf, welche Anbieter ehrlich waren, was sie sich leisten konnten und wie viele Lebensmittel für einen Abend ausreichten. Vergeudete Vorräte bedeuteten verlorene Einnahmen, und das Vincenzo's arbeitete wie das Seaside Resort auch mit einer hauchdünnen Gewinnspanne. Nie fühlte sie sich Ruth und ihrer Heimat näher als bei diesen frühen Streifzügen.

In ihrem letzten Jahr bei Vincenzo's hatte Ivy diese Aufgabe allein übernommen. Marios Krebs war erfolgreich behandelt worden, aber seine Knie machten ihm zu schaffen. Außerdem hatte er Diabetes, und auch wenn er das nicht wahrhaben wollte, wurde ihm bei Unterzuckerung manchmal schwindlig. Gino hatte mittlerweile drei kleine Kinder und brauchte so viel Schlaf, wie er kriegen konnte. Wenn es nach ihm ginge, so hatte er zu Ivy gesagt, würde er nie wieder so früh auf den Markt gehen.

Also war sie bei Sonnenaufgang über die Märkte geschlendert, hatte hier frisches Obst und Gemüse probiert und mit der flachen Hand auf Melonen geklopft, dort an Fisch gerochen und Kalbfleisch begutachtet. Für sie war es bis zuletzt ein Fest für die Sinne und ein Ansporn für ihre Kreativität geblieben.

Sie schlüpfte in ihre Jacke und zog sich die Schuhe an. Die Sonne lugte über den Horizont, als sie die Dünen überquerte und zusah, wie die Wellen auf den mit Muscheln übersäten Strand schlugen. Sie war versucht, am Strand spazieren zu gehen und alles in Ruhe zu betrachten, was der Ozean angespült hatte, aber erst wollte sie irgendwo einen Kaffee trinken und ein paar Lebensmittel einkaufen. Vielleicht würde sie morgen mit einem Becher Kaffee den Sonnenaufgang genießen können.

Sie kramte einen großen Beutel mit Toilettenartikeln aus ihrem Koffer und ging ins Badezimmer, in dem sich noch Ruths Zahnbürste und eine halb ausgequetschte Zahnpastatube befanden. Sie berührte die Zahnbürste behutsam.

Als sie sich im Spiegel sah, stöhnte sie und kramte ihre Utensilien aus dem Beutel. Sie putzte sich die Zähne, kämmte ihre dunklen Haare, die denen von Ruth so ähnelten, band sie zum Pferdeschwanz und trug Lippenstift auf, um etwas Farbe in ihr Gesicht zu bringen.

Dann schnappte sie sich die Handtasche und eilte durch die Kälte nach draußen zum Transporter. Wenn die Welt nicht auf dem Kopf stand, lag Dotty's Pancake House immer noch drei Kilometer nördlich und war immer noch in der Nebensaison geöffnet. Nach der kurzen Fahrt wurde sie belohnt: Unter einem riesigen Schild in Form eines Pfannkuchens blinkte ein neonrotes OPEN.

Bei den Autos auf dem Parkplatz handelte es sich um Lieferwagen und Kleinlaster, was darauf hindeutete, dass die örtlichen Handwerker, die unzählige Reparaturaufträge abarbeiteten, gerade frühstückten. Der Duft von Zimt und Speck, der ihr entgegenschlug, als sie die Tür öffnete, flutete ihr Gehirn augenblicklich mit Dopamin. Viele von Ruths Gästen hatten behauptet, dass der Geruch des Apfelkuchens im Seaside Resort die Ungerechtigkeit der Welt aufwog.

Ivy stellte sich hinter einem großen Mann an. Breite Schultern, dunkle Haare, die unter einer schwarzen Strickmütze hervorschauten, dicke Arbeitsjacke. Die Jeans war sauber, unten aber ebenso ausgefranst, wie die Stiefel abgenutzt waren. Er roch nach Seife, Sägemehl und kalter, salziger Luft. Als er bestellte, löste seine Stimme eine Lawine von Erinnerungen aus. Dalton Manchester, der ältere Bruder ihrer ehemals besten Freundin Dani.

Sie waren zusammen auf die Highschool gegangen, nur dass er drei Jahre über ihr gewesen war. Er war klug, sportlich, nett, nicht umwerfend oder übertrieben sexy, aber seine grauen Augen waren immer konzentriert, wenn er mit jemandem sprach. Keine beiläufigen Kommentare, kein halbherziges Zuhören. Wenn man seine Aufmerksamkeit hatte, dann ganz und gar. Alle in der Schule kannten Dalton.

Da sie keine Lust hatte, Erinnerungen an ihre Versäumnisse zu wecken, zog sie den Kopf ein, als er bezahlte. Sie wählte die Nummer vier – Eier, Speck, Pfannkuchen und Kaffee zum Nachschenken – und gab der Kassiererin einen Zehner.

»Das sind vier Dollar und fünf Cent Wechselgeld.« Die Kassiererin war ein paar Jahre jünger als sie und trug ihr dunkles Haar als Pferdeschwanz. Ihr gebräuntes Gesicht betonte die blauen Augen, um die sich bereits Krähenfüße abzeichneten.

»Super Preis«, sagte Ivy.

»Das höre ich zum ersten Mal«, antwortete sie. »Wir haben die Preise am ersten Januar um einen Dollar erhöht und müssen uns seither viel Gemecker anhören.«

Ivy schob das Wechselgeld in ihre Jeanstasche. »Ich lebe schon seit ein paar Jahren in New York.«

»Deswegen. Ich war erst einmal in New York, auf einem Schulausflug. Ich weiß noch, dass ich acht Dollar für einen einfachen Bagel und einen kleinen Kaffee bezahlt habe.«

»War der Bagel gut?«

Sie grinste. »Nicht schlecht, aber Dotty's Pfannkuchen sind besser.«

»Da bin ich gespannt.« Das hektische Tempo New Yorks steckte ihr in den Knochen, und so hörte sie auf zu plaudern, füllte den weißen Steingutbecher mit Kaffee und suchte sich einen Tisch in der Ecke.

Sie nahm ein paar Schlucke, genoss den Geschmack und spürte den Koffeinkick. Dann scrollte sie durch ihre E-Mails und suchte nach Nachrichten vom Restaurant. Es war sinnlos, immer wieder nachzuschauen. Beziehungen ließen sich nicht so sauber beenden, wie man es gern gehabt hätte. Es gab ein paar Nachrichten von Händlern, die ihr alles Gute wünschten. Die meisten betrafen allerdings unbezahlte Rechnungen oder Bestätigungen von Bestellungen. Gino hatte sich im letzten Jahr sehr auf sie verlassen. Na gut.

»Ivy?« Daltons Stimme war rau wie Teer. Sie sah in ein Paar grauer Augen, die sie aus einem in langjähriger Arbeit auf Baustellen wettergegerbten Gesicht anschauten. Ein dichter, dunkler Bart deutete auf den Rebellen hin, der mit dreizehn auf den Wasserturm von Currituck geklettert und mit sechzehn in seinem Jeep nach Kalifornien gebrettert war. Und der ein Vollstipendium an der Duke University gegen Dienst in der Marine eingetauscht hatte.

»Dalton.«

»Bist du jetzt etwas länger hier oder ist das wieder nur ein Blitzbesuch?« In seine Augenwinkel hatten sich Falten geschlichen und in sein dunkles Haar graue Strähnen.

»Weder … noch.« Sie steckte das Handy weg und stand auf. »Ich räume Ruths Haus aus. Es wird dauern, bei dem vielen Zeug, das sie gehortet hat.«

Er nickte. »Ja, bestimmt. Ich habe das alles da reintransportiert. Sie wollte sich von nichts trennen, was noch zu retten war.«

»Ich weiß die strategischen Tunnel zur hinteren Terrassentür und zum Badezimmer sehr zu schätzen.«

Er betrachtete sie, als ob auch er die Veränderungen der letzten zwölf Jahre bemerkte. »Es war ja klar, dass sich bald jemand damit beschäftigen müsste.«

Sie strich sich eine Strähne hinters Ohr und fragte sich, wie sie in seinen Augen wohl dastand. »Danke, dass du das gemacht hast. Es wird mühsam, das alles wieder auszumisten, aber wenn es Ruth ein wenig Frieden gebracht hat, dann ist es das definitiv wert gewesen. Das Hotel zu verlieren war für sie schlimm genug.«

»Sag mir Bescheid, wenn du Hilfe brauchst.«

»Danke, aber ich schaffe das schon. Ich muss zwar oft hin- und herfahren, aber ich habe Zeit.«

»Und dann gehst du wieder zurück nach New York?«

»Vielleicht.«

Er beugte sich vor. »New York hat deinen North-Carolina-Akzent nicht abgeschliffen.«

Es hatte Zeiten gegeben, in denen sie sich ganz von hier lösen wollte, aber ihre Wurzeln waren zu tief. »Du kriegst das Mädchen vielleicht aus den Südstaaten raus, aber die Südstaaten nicht aus dem Mädchen.«

Seine grauen Augen blieben konzentriert. »So ist das wohl.« Eine Glocke läutete, und die Kassiererin rief Bestellung zweiunddreißig aus. »Das ist meine.«

»Ruth hat mir erzählt, dass euer Bauunternehmen gut läuft.« Vor zwölf Jahren hatte das Vater-Sohn-Unternehmen nach dem Zusammenbruch des Immobilienmarkts schwer zu kämpfen gehabt.

»Wir haben jetzt fast vierzig Angestellte.«

»Großartig.«

Er zögerte. »Hat Ruth dir erzählt, dass mein Vater das Grundstück des Seaside Resorts gekauft hat?«

Sie schüttelte langsam den Kopf. Es verletzte sie, dass Ruth es ihr nicht gesagt hatte. »Sie hat etwas von PDD Construction gemurmelt.«

»Ja, genau, das sind wir. Peter, Dalton, Dani. PDD.«

Sie stellte sich das leere Grundstück vor. »Das war mir nicht klar. Der Deal war auch schon in trockenen Tüchern, als sie mir davon erzählt hat.«

»Dad hat ihr ein mehr als faires Angebot gemacht.« Er sprach mit Autorität. Ihm war wichtig zu betonen, dass Familie Manchester Ruth gut behandelt hatte.

»Ja, das hat sie auch gesagt.« Mit dem Verkauf hatte Ruth alle Schulden begleichen können, und das hatte sie getröstet.

»Weiß Dani, dass du zurück bist?«, fragte Dalton.

Ivy räusperte sich. Sie war noch nicht bereit, ihrer ehemals besten Freundin unter die Augen zu treten. »Nein. Ich bin erst gestern Nacht angekommen.«

»Ruf sie an. Sie will dich gern sehen. Bei der Beerdigung hatte niemand Gelegenheit, mit dir zu sprechen.«

»Schnee von gestern, oder?« Das klang schnippischer, als sie es beabsichtigt hatte.

Er betrachtete sie, als ob die Zeit diese Wunde hätte heilen sollen. »Ruths Haus ist voll bis obenhin. Es ist unmöglich, das allein zu entrümpeln. Ruf mich an.«

»Ich habe den Transporter und besorge Müllsäcke und Kartons.«

»Wie wäre es mit einem Container?«

»Ich glaube nicht, dass das nötig ist.«

»Glaub mir, ich habe schon viele Entrümpelungen wie die von Ruth erledigt. Ein Container ist ein Muss. Es gibt immer mehr Müll, als man denkt.«

Ruths Haus war voll, aber weniger als zwölf Stunden nach der Ankunft um Hilfe zu bitten, fühlte sich unverschämt an. »Nein, lass mal.«

»Betrachte es als Willkommensgeschenk. Wenn er voll ist, lasse ich ihn abtransportieren.«

»Ich glaube, ich kann das allein bewältigen.«

»Ruth war auch so unabhängig. Manchmal auch stur. Aber selbst sie hat begriffen, dass sie manchmal nachgeben musste.«

»Dazu musste erst ein Wirbelsturm über sie hereinbrechen«, sagte Ivy zu Ruths Verteidigung.

Er grinste. »Genau gesagt waren es vier Wirbelstürme. Weißt du, ihre Unabhängigkeit habe ich am meisten an ihr bewundert. Ich mochte sie unglaublich gern.«

»Ich auch.« Ruth und Ivy hatten während ihrer zwölf Jahre in New York mehrmals wöchentlich miteinander telefoniert. Seltsamerweise hatten sie mehr Gemeinsamkeiten entdeckt, als sechshundert Kilometer zwischen ihnen lagen.

»Der Müllcontainer ist die einzige Möglichkeit, das zu schaffen, Ivy.«

Ivy sah plötzlich Ruth in der Küche des Seaside Resorts neben sich stehen. *Das richtige Werkzeug für die richtige Aufgabe. Vergeudete Zeit ist vergeudetes Geld.* »Okay, danke.«

Die Anspannung in seinen Schultern löste sich. »Was machst du mit dem Haus?«

»Ich verkaufe es«, sagte sie. »Ich brauche das Geld.«

»Hast du schon einen Käufer?«

»Noch nicht. Ich bin noch nicht mal vierundzwanzig Stunden hier.«

»Ich möchte ein Gebot abgeben«, sagte er. »Ein großartiges Grundstück.«

»Ich verkaufe es nicht, damit es abgerissen werden kann«, sagte sie.

»Das Land ist das Wertvolle.« Sogar in der Highschool war er bereits schonungslos praktisch gewesen und hatte wenig Wert auf Sentimentalitäten gelegt. Dani hatte gesagt, der Tod ihrer Mutter habe ihn verändert, er sei danach verschlossener geworden.

»Schon klar. Aber ich möchte, dass das Haus erhalten bleibt. Es ist seit 1920 im Besitz der Familie. Außerdem ist Vintage doch so in Mode, oder etwa nicht?«

»Du bekommst mehr Geld, wenn du dich von dem Haus verabschiedest.«

»Geht leider nicht.«

»Und wenn sich niemand auf diese Bedingung einlässt?«

Im Haus musste eigentlich alles renoviert werden. Die Rohre, Elektrik und die Heizungs- und Klimaanlage stammten aus den Siebzigerjahren. Aber die offenen Holzbalken, der handgemauerte Steinkamin und die umlaufende Veranda weckten zu viele Erinnerungen. »Über diese Brücke gehe ich erst, wenn es so weit ist.«

»Nimm kein Angebot an, ohne mit mir zu sprechen, okay?«, sagte er.

»Alle Angebote, das Haus zu retten, sind willkommen.«

»Gut zu wissen. Sehen wir uns bald?«

»Ich bin da.«

Er nickte ihr zu, nahm seine Bestellung und ging damit hinaus zu einem schwarzen Kleintransporter.

Ivy saß am Tisch, nippte an ihrem Kaffee und starrte aus dem Fenster. Sie beobachtete, wie Dalton hinter dem Lenkrad die Alufolie abnahm, während ein weißer Labrador auf dem Beifahrersitz mit dem Schwanz wedelte. Dalton nahm einen Streifen Speck aus der Folie, gab dem Hund die eine Hälfte und aß die andere.

Die Kellnerin servierte das Essen. »Kann ich Ihnen noch etwas bringen?«

»Nein, das ist reichlich«, sagte Ivy. Die Kellnerin füllte Ivys Kaffeetasse nach.

Als Ivy aus dem Fenster schaute, fuhr Dalton gerade rückwärts aus dem Parkplatz. Den Kopf zurückgedreht, den Arm lässig über den Beifahrersitz gestreckt. Kantige Kinnpartie. Ivys Gedanken schweiften ab. »Zu lange her, Ivy Neale.«

Er lenkte den Wagen auf die Hauptstraße und fuhr in Richtung Seaside Resort. Dann musste sie wohl der Verlockung des Frühstücks erliegen. Sie riss ein Stück knusprigen Speck in zwei Hälften und genoss den rauchigen, salzigen Geschmack. Kein Wunder, dass Daltons Hund mit dem Schwanz gewedelt hatte.

Sie las dieselben zehn E-Mails, die sie eben schon gelesen hatte, und legte das Handy weg. Die Leine, die sie in den Norden zog, fühlte sich so real an wie ein Phantomarm. »Lass los, Ivy. Konzentriere dich. Ein neues Leben. Was auch immer das bedeuten mag.«

Sie aß ihr Frühstück auf, hinterließ ein großzügiges Trinkgeld von fünf Dollar und ging. Jetzt stand der Einkauf von Lebens- und Reinigungsmitteln an.

Auf dem Weg zum Auto nahm sie sich eine Wochenzeitung aus dem Ständer. Sie setzte sich ins Auto, schaltete die Heizung ein, trank einen Schluck Kaffee und blätterte in der dünnen Ausgabe. Zu dieser Jahreszeit war auf den Outer Banks nicht viel los; die Artikel handelten davon, wie man sein Haus winterfest machte, wer sein Geschäft öffnete oder schloss und natürlich von den Vorbereitungen auf die Saison, die inoffiziell in der Woche vor Ostern begann. Früher hatte die Saison von Juni bis September gedauert, aber durch die Möglichkeit der Arbeit im Homeoffice dehnte sie sich jetzt von März bis Dezember aus.

Auf der Suche nach Umzugszubehör schob sie den Einkaufswagen durch die gähnende Leere des Baumarkts. Sie warf Kartons, Müllsäcke und Reinigungsmittel hinein und hoffte inständig, dass ihre Karte an der Selbstbedienungskasse angenommen wurde. Und als es klappte, war sie um hunderteinundsechzig Dollar ärmer. Sie holte tief Luft. Nach dem Verkauf des Hauses würde sie erst die Schulden bei ihrem Vermieter und dann die beim Kreditkartenunternehmen begleichen. Ruth hatte ihr Leben lang mit Schulden jongliert, und Ivy hatte es in New York auch tun müssen.

Mama Leoni hatte vor vierzehn Monaten die Gehälter der Angestellten gekürzt, um das Restaurant über Wasser zu halten. Beim allabendlichen Familienessen hatte sie angekündigt, dass sie sparen mussten, wo sie konnten. Als Teamplayerin hatte Ivy eingewilligt, obwohl sie mit dem Gehalt nicht mehr über die Runden kam. Wenn sie durchhielten, so versprach ihnen Mama Leoni, bekämen sie alle einen Bonus. Darauf wartete sie noch immer.

Sie schob den Einkaufswagen nach draußen zum Van und warf die Sachen auf den Rücksitz. Sie hatte wenig Geld in der Tasche gehabt, als sie vor zwölf Jahren nach New York gezogen war, aber sie hatte etwas aus sich gemacht. Sie würde es wieder tun, nur besser.

»Ivy Neale?«

Hinter ihr stand ein großer Mann mit breiter Brust, vollen weißen Haaren, einem grauen Schnurrbart und rosigen Wangen. Tierarzt Dr. Brown hatte freitags immer im Seaside Resort Seafood Chowder gegessen. Dazu Brot mit viel Butter. »Dr. Brown«, begrüßte sie ihn lächelnd.

Er umarmte sie, als hätte es die letzten zwölf Jahre nicht gegeben. »Schön, dich wiederzusehen, Mädchen. Die Chowder war einfach nicht mehr dieselbe, nachdem du gegangen bist.«

Der Geruch von Tabak und Hund hüllte sie ein. »Danke.«

Er trat einen Schritt zurück und betrachtete sie. »Du siehst großartig aus. Die Jahre waren gut zu dir.«

»Das Gleiche könnte ich von Ihnen sagen.«

Er lachte. »Dann würdest du lügen. Aber ich lasse es mal so stehen.« Sein Lächeln verflog. »Tut mir so leid wegen Ruth. Sie war eine Granate.«

»Stimmt«, sagte Ivy. »Schön, Sie wiederzusehen!«

Als Ivy zum Strandhaus zurückfuhr, fiel ihr auf, dass Ruth mit allen gut klargekommen war außer mit ihr. Wenn sie im selben Raum waren, flogen die Fetzen. Ruth hatte oft gesagt, das läge daran, dass sie sich so ähnlich waren. »Zwei Leitwölfinnen in einer Küche, das ist eine zu viel.«

Obwohl Ivy früher behauptet hatte, ihre Großmutter und sie ähnelten sich gar nicht, kamen ihr in den letzten Jahren Ruths geflügelte Worte immer häufiger über die Lippen. Darunter Juwelen wie *Harte Arbeit hat noch niemandem geschadet*, *Genieße die guten Zeiten, solange sie andauern*, *Handlungen haben Konsequenzen* und *An meinem Tisch ist Platz für alle.*

Doch jetzt hörte sie auf einmal die Stimme ihrer Mutter: »Ivy, setz dich gerade hin!«

Die vierjährige Ivy nahm die Schultern zurück. Sie fuhren am Strand entlang, und die kalte Winterluft zog durch die rissigen Dichtungen an den Fenstern herein. Sie waren jetzt schon an sieben grünen Meilensteinen, einem Minigolfplatz und so vielen Häusern auf Stelzen vorbeigefahren, dass Ivy sie nicht mehr zählen konnte.

Auf dem Rücksitz lagen elf grüne Müllsäcke mit ihren Sachen. Ivy hatte ihre Lieblingsdecke, einen Quilt, den Plüschbären mit dem einen Auge und eine Plastiktüte mit ihren letzten drei Goldfischen dabei. »Bist du sicher, dass wir Weihnachten wieder zu Hause sind? Hier unten kann mich der Weihnachtsmann doch nicht finden.«

Im Rückspiegel sah sie, wie ihre Mutter nervös lächelte. »Mach dir keine Sorgen. Der Weihnachtsmann wird dich schon finden.« Mama fuhr mit ihren langen Fingern durch ihr dichtes, glattes schwarzes Haar, das ihr schmales Gesicht noch länger wirken ließ.

Ivy befreite sich von den Gurten ihres Autositzes, beugte sich zwischen den Sitzen vor und drückte auf den Suchlauf des Radios. In den letzten zwei Stunden hatte sie keinen Sender gefunden, der so war wie die in Richmond. Sie drückte noch mal. Und noch mal.

Schließlich hörten sie ein undeutliches *Always Be My Baby*. Manche Mütter in der Tagesstätte waren keine Fans von Mariah, aber Mama war es egal.

Ivy lehnte sich in ihrem Autositz zurück, steckte die Arme aber nicht wieder unter die Gurte. »Sind wir zu Jessicas Geburtstagsparty am Samstag zurück?«

»Ja, warum nicht?«

Ivy sah in den Rückspiegel und wartete darauf, dass ihre Mutter ihren Blick erwiderte. »Aber das ist in fünf Tagen.«

»Ich kann auch rechnen.« Mama drückte mehrmals auf den Radioknopf und kehrte zum ursprünglichen Sender zurück.

Wenn sie log, fand sie immer etwas, an dem sie herumfummeln konnte. Mama hatte mal gesagt, dass ihre Lügen eher Freundlichkeit als Sünde waren. Den Leuten zu sagen, was sie hören wollten, hielt den Frieden aufrecht. Und es funktionierte. Bis Mama es nicht mehr aushielt, mal wieder mit einem Freund Schluss machte, mal wieder aus einer Wohnung auszog oder mal wieder einen Job kündigte.

»Wie weit noch?«, fragte Ivy.

»Nur noch ein paar Kilometer.«

»Was ist ein Notfall?«, fragte Ivy.

»Was meinst du damit?«

»Das hast du zu Jessicas Mama gesagt. Wir haben einen Notfall in der Familie. Aber mir hast du das nicht gesagt.«

Mama holte eine dunkle Sonnenbrille aus ihrer Handtasche und setzte sie auf.

»Es ist nichts weiter.«

»Nichts weiter? Wir haben alle, alle Sachen dabei, und wir fahren zu Ruth. Wir fahren nie zu Ruth. Nur im Sommer.«

»Wir müssen sie jetzt öfter besuchen. Du musst deine Großmutter besser kennenlernen.«

»Warum jetzt?«

»Es ist Weihnachten, Ivy. An Weihnachten kommen Familien zusammen.« Sie rückte ihre Sonnenbrille zurecht, die den größten Teil ihres Gesichts verdeckte.

»Aber ihr redet nie.«

»Doch, wir reden.« Ivy kannte den vorsichtigen Ton in der Stimme ihrer Mutter.

»Wann?«

»Oft.«

»Aber wir besuchen sie nie, außer im Sommer.«

»Das hast du eben schon gesagt. Wir besuchen Ruth jetzt.«

Ivy sah aus ihrem Fenster auf die verschlossenen Schaufenster der Geschäfte und die Schilder mit der Aufschrift: AUF WIEDERSEHEN IM FRÜHJAHR. Sie konnte die Schilder nicht lesen, aber dass die Geschäfte zu dieser Zeit des

Jahres geschlossen hatten, wusste sie schon. »Wie soll uns der Weihnachtsmann dort finden?«

»Hör auf, so viele Fragen zu stellen, Ivy. Davon bekomme ich Kopfschmerzen.«

Mama hatte in letzter Zeit oft Kopfschmerzen, und wenn sie einmal anfingen, wurde sie sehr traurig. Ivy verschränkte die Arme, ließ die Schultern hängen und zählte die Strandhäuser an der Straße.

Dann tauchte der leere Parkplatz des Hotels auf, und Mama setzte den Blinker. »Home sweet home«, sagte sie, als die Reifen über den sandigen Asphalt knirschten.

Ivy sah gespannt hinaus. Sie war neugierig auf diesen Ort, der für sie nur im Sommer existierte. Es war menschenleer, und die kleinen aquamarinfarbenen Bungalows bildeten die einzigen Farbtupfer unter dem schiefergrauen Himmel.

Mama stellte den Motor ab. »Bist du so weit?«

Ivy war auf der Hut vor der Großmutter, über die sie so wenig wusste. »Ja.« Mama stieg aus dem Auto, rückte die Sonnenbrille zurecht und schob die Brust raus.

Ivy hüllte sich in ihre geliebte Quiltdecke und gemeinsam überquerten sie den Parkplatz. Ein kräftiger Wind vom Meer her schob sie auf den Eingang zu.

In der Lobby zögerte Mama. Dann nahm sie die Brille ab und schlug auf das kleine Glöckchen an der Rezeption.

»Bin sofort da!«, rief eine Stimme aus einem Hinterzimmer.

»Ich weiß immer, wo Ruth ist«, sagte Mama. »Sie ist an der Rezeption festgewachsen, so wie ich als Teenager.«

Die Tür schwang auf. Eine Frau Ende fünfzig erschien. Sie war nicht groß, aber wie sie da stand mit ihrem scharfen Blick wirkte sie auf Ivy wie eine Riesin. Sie trug das silberne lockige Haar zu einem Pferdeschwanz zurückgebunden. Ihr Gesicht war gebräunt, um Augen und Mund zeichneten sich Falten ab. Ihr geübtes Lächeln erstarrte, als sie ihre Tochter und Enkelin sah. Sie umrundete den Empfangstresen und umarmte Mama, die ihre Arme um die kräftigen Schultern ihrer Mutter schlang. Ivy spürte, wie die Spannung von ihrer Mutter abfiel.

»Wie schön, dass du wieder zu Hause bist«, sagte Ruth. »Ich habe das Gästezimmer drüben im Haus für euch fertig gemacht.«

»Danke, Mama.« Sie wischte sich die Tränen von der Wange. »Sieh dir Ivy an. Ist sie nicht groß geworden?«

Der Klang ihres Namens veranlasste Ivy, einen Schritt auf ihre Großmutter zuzugehen.

»Hallo.«

Ruth schien sich nicht sattsehen zu können. »Als ich dich das letzte Mal gesehen habe, bist du mir kaum bis an die Hüfte gekommen.«

»Ich bin fast fünf.«

»Na ja, kein Wunder! Du warst ja auch erst drei.«

»Das ist schon zwei Sommer her?«, murmelte Mama, mehr zu sich selbst. »Wie die Zeit vergeht.«

»Mama hat gesagt, ich war vier, als wir das letzte Mal hier waren.«

»Du warst drei. Ich habe einen Kopf für Zahlen«, sagte Ruth.

»Ich kann schon bis hundert zählen!« Ivy sagte lieber nicht, dass sie manchmal den Überblick verlor und wieder von vorn anfangen musste.

Ruth betrachtete Ivys Quiltdecke, unter der ein kurzärmeliges T-Shirt hervorlugte. »Ich hoffe, du hast Pullover eingepackt. Es wird noch ein paar Wochen kalt sein.«

»Ich dachte, hier ist es heiß«, sagte Ivy.

»Im Sommer wird es hier manchmal heißer als Schmalzkuchen. Und im Winter ist es eisig kalt.«

»Ich will am Samstag auf eine Geburtstagsparty«, sagte Ivy.

Ruth warf Mama einen Blick zu, die sich schnell eine Träne von der Wange wischte. »Du hast es ihr nicht gesagt?«

»Nein. Das wollte ich machen, wenn wir angekommen sind.«

»Worüber redet ihr?«, fragte Ivy.

»Wir ziehen nach Nags Head«, sagte Mama. »Das ist unser neues Zuhause.«

»Ich kann nicht zu Jessicas Geburtstag?« Ivy dachte an ihre Freundinnen in Richmond, an ihr lila und gelb gestrichenes Zimmer und an die Vorschule. »Wir gehen nie wieder nach Hause?«

»Nein«, sagte Mama und wandte sich ab. »Es hat in Richmond nicht so geklappt, wie ich mir das vorgestellt habe. Wir brauchen einen Neuanfang.«

Noch ein Neuanfang. »Mir hat es gefallen.«

»Hier wird es dir noch besser gefallen.« Mamas Stimme wurde etwas höher.

»Und wenn nicht?«, fragte Ivy.

»Dann eben nicht«, gab Ruth zurück. »Du musst das Beste daraus machen, genau wie wir anderen auch.«

»Das ist nicht fair«, brummte Ivy.

»Das Leben ist auch nicht fair«, sagte Ruth. In ihrem Blick lag eine eiserne Entschlossenheit, die sich nicht durch Gefühle oder Tränen erweichen ließ. Für sie zählten nur Fakten.

Der Weihnachtsmann würde Ivy nicht finden. Sie würde nicht zu Jessicas Geburtstagsparty gehen. Vorerst war der Strand ihr Zuhause.

Kapitel 3
IVY

Dienstag, 18. Januar 2022, 8.30 Uhr

Im Lebensmittelgeschäft ging Ivy direkt zur Fischtheke, denn sie wusste, dass das Angebot selbst in der Nebensaison frisch war. Als sie in der Küche des Seaside Resorts gearbeitet hatte, hatte sie Eimer von Fischsuppe, Berge von Maisbrot und Hügel von Feigenkuchen zubereitet. Plötzlich hatte sie Lust auf Chowder und Fried Chicken nach Ruths Rezept.

Sie kaufte Venusmuscheln, Old-Bay-Gewürz und Seafood – perfekt für den Chowder-Eintopf – und in der Fleischabteilung Schweinespeck und Bio-Hühnerkeulen. In der Gemüseabteilung füllte sie den Wagen mit Kartoffeln, Zwiebeln, Karotten, eingelegten Feigen und Nüssen. In der Backabteilung fand sie Semmelbrösel und alle Zutaten für einen Kuchen, und schließlich fehlten nur noch Butter und Buttermilch. Es war zwölf Jahre her, dass sie das Seaside-Menü zubereitet hatte. Aber die Vorstellung, nach Ruths Rezepten zu kochen, war frisch und neu wie ein vergessenes Spielzeug, das man vom Dachboden geholt hatte.

Sie erinnerte sich an das vollgestellte Haus und griff noch ein paar grüne Plastikmüllsäcke ab. Das Bezahlen dauerte keine fünf Minuten (im Sommer brauchte man oft viermal so lange), und ihre Kreditkarte hatte wieder funktioniert. Eine Viertelstunde später fuhr sie über die Strandstraße zurück zum Haus.

Sie nahm alle sechs Einkaufstüten und stieg die Treppe zur Veranda hinauf. Der kalte Nordwind drang durch ihre Jacke.

Nach einem kurzen Kampf mit dem Haustürschloss schob Ivy sich hinein und ging in die kleine dunkle, L-förmige Küche. Auf ein Chaos gefasst öffnete sie den Kühlschrank. Er war ausgeräumt und sauber. Ihre gute Fee war am Werk gewesen. Sie räumte die Lebensmittel ein, sah die Gewürze durch und warf mehrere Dosen mit abgelaufenem Zimt, Oregano und Basilikum weg. Normalerweise hatte Ruth ihren Gewürzschrank immer im Blick behalten, aber altersbedingt oder aufgrund einer Veränderung der Prioritäten war ihr dies wohl nicht mehr so wichtig gewesen.

Ivy ging in den Wohnraum, schlängelte sich durch das Durcheinander und musste zugeben, dass Daltons Idee mit dem Müllcontainer wirklich gut war. Sie entriegelte die Tür zur Schlafveranda und rüttelte an der aufgequollenen Holztür, bis sie aufsprang.

Die feuchte Brise vom Meer pfiff an ihr vorbei in die Dachsparren. Der Wind hatte den Atlantik aufgewühlt, und die Wellen schlugen ans Ufer. Sie trat auf die Veranda hinaus. Es war der einzige Platz, der nicht unordentlich war. Die Fliegengitter bewegten sich im Wind und der Sand knirschte unter ihren Füßen, als sie auf das sich wiegende Strandgras blickte. So einladend und schön dieses Land war, so unfreundlich und abweisend konnte es sein. Die Inseln erwarteten viel von ihren Bewohnern, und ihr Versprechen eines guten Lebens galt immer nur bis zum nächsten Sturm.

Sie kehrte ins Haus zurück und wandte sich den Papieren zu, die sich auf dem Esszimmertisch stapelten. Das meiste waren Werbesendungen, Rechnungen und Anzeigenblätter, die jemand in den letzten Wochen pflichtbewusst gesammelt und auf dem Tisch gestapelt hatte. Sie zog den Müllsack heran, in dem die alten Gewürzdosen klapperten, und begann, die oberste Schicht zu sortieren. Die Werbebriefe warf sie in die Tüte, die Post legte sie auf einen Stapel, den sie sich später ansehen würde. Wenn sie in den letzten Wochen etwas gelernt hatte, dann, dass der Tod eine Menge Papierkram mit sich brachte.

Nach einer halben Stunde Arbeit stieß sie auf ein altes Hotelregister aus den 1930er-Jahren. Sie schlug es auf und fuhr mit dem Zeigefinger über die mit schwarzer Tinte geleisteten Unterschriften, blätterte durch die vergilbten Seiten und studierte die unbekannten Namen, die in einer dieser sorgfältigen Handschriften eingetragen worden waren, die damals die Norm gewesen zu sein schienen. Ihre eigene Handschrift hielten andere für ein Gekrakel, das nur Ärzten oder Kryptografen gefallen konnte.

Ruth war am 2. Januar 1938 geboren worden. Ruths Mutter, Edna Wheeler, war damals Mitte dreißig gewesen. Heute ist das nichts Besonderes, aber in den Dreißigerjahren galt das definitiv als fortgeschrittenes Alter fürs Kinderkriegen. Dass Edna ihre Tochter nicht selbst zur Welt gebracht, sondern im Bungalow 28 gefunden hatte, spielte dabei keine Rolle.

Edna und Jake Wheeler hatten nur dieses eine Kind. Nach dem, was Ruth erzählt hatte, musste Edna rebellisch gewesen sein. Sie war 1902 in den Appalachen im Westen North Carolinas in einer großen Familie geboren worden und im Jahr 1920 nach Osten aufgebrochen. Auf den Outer Banks hatte sie nach Arbeit gesucht und Jake Wheeler kennengelernt, der sie sofort einstellte und nicht einmal ein Jahr später heiratete.

Ruth hatte um 1960 geheiratet; ihr Mann kam nicht lange danach bei einem Angelunfall ums Leben. Als ihr Vater Jake Wheeler nur kurz darauf starb, sprang Ruth, die selbst Mutter geworden war, ihrer Mutter Edna beim Betrieb des Hotels zur Seite.

Neben dem Register lag ein in Leder gebundenes Adressbuch. Die Namen waren in Ruths Druckschrift eingetragen und sagten Ivy nichts. Obwohl Ruth Ivy großgezogen hatte, wusste Ivy nur wenig über sie.

»Vielleicht ist es an der Zeit, dass wir uns kennenlernen, Ruth.«

Es klopfte. Sie öffnete die Tür und erwartete halb, Dalton zu sehen. Stattdessen stand seine jüngere Schwester, Dani Manchester, auf der Veranda, hielt zwei Flaschen Wein in der Hand und grinste auf die Art und Weise, wie sie es immer tat, wenn sie Frieden schließen wollte. »Willkommen zu Hause!«

Ivy suchte krampfhaft nach einer Erwiderung, während sie Danis langgliedrigen Körper und ihr kantiges Gesicht ansah. Wobei selbst sie seit der Highschool ein wenig fülliger geworden war.

Ihr blondes Haar war dicht und ihr Make-up gekonnt aufgetragen. Sie trug einen dicken smaragdgrünen Mantel, eine Brille mit Schildpattgestell, schwarze Jeans und rote Chucks. Wenn Ivy in so einem Outfit herumgelaufen wäre, hätte sie lächerlich ausgesehen, aber Dani konnte das lässig tragen.

Zwölf Jahre war es her, dass Ivy nach vier Monaten in New York mit schrecklichem Heimweh bei ihrer Großmutter angerufen hatte. Sie hatte genug vom Big Apple und war bereit zurückzukehren. Zwölf Jahre war es her, dass sie Dani und Matthew um Vergebung hatte bitten wollen.

»Wie geht es Dani? Ich wollte sie schon lange anrufen, aber ich habe mich nicht getraut.«

»Es ist nicht mehr so, wie es gewesen ist, als du weggegangen bist«, hatte Ruth zögerlich begonnen.

»Da war es ziemlich schlimm.«

»Na ja, es gibt noch was.«

»Wie meinst du das?« Ivy kauerte in der Ecke des winzigen Zimmers, das sie auf Staten Island gemietet hatte. Von draußen war das Hupen der Autos und das Heulen der Polizeisirenen zu hören. Ein gelbes Neonschild PFANDHAUS blinkte vor ihrem Fenster.

»Dani und Matthew haben geheiratet.«

»Was?«

»Sie ist schwanger.«

Ivy zählte schnell rückwärts. »Wie schwanger?«

»Im zweiten Monat.«

Tränen schnürten Ivy die Kehle zu. »Toll, dass sie gewartet haben, bis ich die Staatsgrenze von North Carolina passiert hatte, bevor sie sich zusammengetan haben.«

»Du warst mindestens schon zwei Monate in New York«, bemerkte Ruth trocken. »Es ist ja nicht so, dass sie dich verraten hätten. *Du hast sie verlassen.*«

Ruths Worte waren wahr, aber das milderte ihren Schmerz nicht. »Gibt es denn keinen Erlass, der einem Ex-Freund verbietet, etwas mit der Freundin seiner Ex anzufangen?« Sie war sich sicher, dass das Universum mindestens fünf, vielleicht sechs Jahre vorschrieb, bevor Ex-Freunde weiterziehen durften.

»Das Leben geht weiter, Mädchen, ob es dir nun gefällt oder nicht. Dein Weggang hat ein Loch in ihr Leben gerissen, und das haben sie gefüllt.«

»Sie waren mein Plan B«, sagte sie mehr zu sich selbst.

»Du warst ihr einziger Plan«, sagte Ruth. »Die Finanzierung von Matthews Restaurant ist ohne dich gescheitert. Und Dani arbeitet wieder für ihren Vater.«

»Ich wollte ihnen nicht wehtun«, sagte sie.

»Ich weiß. Aber du hast es getan.«

Und jetzt waren zwölf Jahre vergangen.

»Willst du mich nicht hereinbitten?«, fragte Dani.

Ivy trat zur Seite. »Dani, du siehst großartig aus.«

Danis Blick schweifte über das Innere des Hauses. Ihr Lächeln wurde so breit wie immer, wenn sie nervös oder wütend war. »Ich war seit Ruths Tod nicht mehr hier. Ich hatte vergessen, wie ernst es ihr war, alles zu retten, was sie retten konnte.«

Niemand hatte Ruths Herzinfarkt kommen sehen. »Sie hat mir erzählt, dass ihr beide euch viel unterhalten habt«, sagte Ivy.

»Alleinerziehende Mütter halten zusammen.« Dani hielt ihr die Weinflaschen hin. »Du hast in der Highschool keinen Wein getrunken, aber ich dachte mir, du wirst in New York schon auf den Geschmack gekommen sein.«

Ivy nahm die Flaschen entgegen. Sie war beeindruckt. Die Cabernets mussten über hundert Dollar gekostet haben. Ziemlich extravagant für ein Friedensangebot oder ein Willkommensgeschenk. Dani hatte nie mit ihrem Geld angegeben, aber wie bei ihrem Bruder war Geld nie ein Problem gewesen, außer in dem Jahr, in dem Dani auf die Kunstschule gehen wollte. »Danke.«

»Die Manchesters haben noch etwas Besseres als einen Baucontainer in petto. Wobei ich sagen muss, dass Dalton die richtige Idee hatte.«

»Beides ist mir willkommen.« Ivy stellte die Flaschen auf den Küchentisch. »Und Bella?«

Danis Grinsen wurde noch breiter. »Sie ist wunderbar. Willst du ein Foto sehen?«

»Klar.«

Dani scrollte durch die Bilder auf ihrem Handy und wählte eines aus. »Das habe ich gestern aufgenommen.«

Ivy betrachtete das Foto des jungen Mädchens. Sie hatte das dunkle Haar ihres Vaters, die blauen Augen ihrer Mutter und eine beneidenswerte Pfirsichhaut. Wenn Ivy in Nags Head geblieben wäre, hätten Matthew und sie dann wirklich geheiratet und Kinder bekommen? Wäre ihr Kind so hübsch wie Bella geworden? »Sie ähnelt euch beiden, Matthew und dir.«

»Sie hat meine kreative Energie und seinen Sinn fürs Geschäftliche. Wir sind überzeugt, dass sie es weit bringen wird.«

»Bestimmt«, sagte Ivy mit Nachdruck.

Dani schob das Telefon in die Gesäßtasche ihrer Designerjeans. »Es ist dunkel hier drin.«

»Ich hatte noch keine Zeit, die Vorhänge aufzuziehen und das Licht hereinzulassen. Wer auch immer das Haus kauft, wird für eine bessere Beleuchtung sorgen müssen.«

»Ruth hatte die Vorhänge immer offen, als wir Kinder waren.« Dani schlängelte sich vorsichtig um die Kisten und gestapelten Stühle herum und zog die Vorhänge von den nach Norden gerichteten Fenstern auf. Das wenige Sonnenlicht, das es durch die grauen Wolken schaffte, erhellte den Raum. »Schon besser. Je älter ich werde, desto weniger mag ich die trüben Tage. Ich hätte am liebsten rund um die Uhr strahlenden Sonnenschein.«

»Ich freue mich auf ein paar sonnige Tage. Davon gab es in New York in diesem Winter nicht viele.«

Dani fuhr mit der Fingerspitze über ein verstaubtes Schild mit der Aufschrift *Bitte warten Sie! Wir führen Sie an Ihren Platz.* »Wie geht's dir in New York? Machst du der kulinarischen Welt noch immer Feuer unterm Hintern?«

»Das Feuer ist gelöscht. Ich bin auf der Suche nach anderen Abenteuern.«

Dani hob eine Augenbraue. »Du verlässt New York?«

»Eher ein vorübergehender Tapetenwechsel.«

»Mit der Zeit laugt die Arbeit im Restaurant jeden aus. Matthew hat auch Höhen und Tiefen erlebt.« Irgendwann hatte

Matthew laut Ruth neue Geldgeber gefunden und ein Lokal eröffnet. Sein Erfolg hielt sich allerdings in Grenzen. Und keines der drei folgenden Unternehmen war ein Volltreffer. »Genug von Matthew«, sagte Dani. »Hast du dir Ruths Bilder schon angesehen? Sie sind im Gästezimmer, hat sie mir erzählt.«

»Bilder?«

»Ja, das Gästezimmer war ihr Atelier.«

»Ich wusste gar nicht, dass sie gemalt hat.« Ruth hatte schon immer irgendwas auf Zettel oder an den Rand von Haushaltsplänen und Anmeldelisten gekritzelt, aber gemalt hatte sie nie.

»Sie wurde sehr produktiv, nachdem du weggegangen bist.«

Es tat Ivy weh, dass sie Ruth alles über sich erzählt hatte, ihre Großmutter ihr aber nicht. *Das Leben geht weiter.* »Ich hatte noch keine Gelegenheit, irgendetwas so richtig anzupacken. Als Erstes muss ich dieses Zimmer ausräumen, damit ich mich überhaupt bewegen kann.«

»Ich kann dir dabei helfen.«

Den Container anzunehmen und dieses höfliche Wiedersehen durchzustehen, das war das eine. Aber Seite an Seite mit Dani zu arbeiten, das war zu viel, das ging zu schnell. »Das muss ich allein machen.«

Dani seufzte. »Okay, Ivy. Jetzt muss der Elefant im Raum dran glauben.«

»Welchen meinst du? Dass ich euch abserviert habe oder dass du mit Matthew geschlafen hast?«

»Das ist zwölf Jahre her«, betonte Dani. »Und das mit Matthew und mir war zwei Monate, nachdem du uns verlassen hast, um nach New York zu gehen.«

»Ich wäre nie auf den Gedanken gekommen, dass ihr romantische Gefühle füreinander haben könntet.«

»Wenn die Brücke hinter dir zusammenbricht, musst du vorwärtsgehen«, bemerkte Dani.

»Ich wollte nicht für andere die Brücke in die Zukunft sein. Ich wusste nicht einmal, was ich selbst wollte.«

»Dann warst du eine gute Schauspielerin. Es sah so aus, als wüsstest du genau, was du wolltest.« Dani holte tief Luft. »Zu viel Bier, verletzte Gefühle, die noch ganz roh waren, so kam es zu dieser einen Nacht mit Matthew. Ich wollte die Sache vergessen, aber dann stellte sich heraus, dass meine Übelkeit nicht von einer Magen-Darm-Grippe kam, sondern von einer Schwangerschaft. Meine Pläne für die Kunstschule lösten sich in Luft auf. Gerade als Dads Firma wieder richtig zu brummen begann.« Sie klang verärgert. »Du musst kein Mitleid mit mir haben. Du hast deine Entscheidung getroffen. Ich habe meine getroffen. Und ich habe die Verantwortung dafür übernommen.«

Das konnte Ivy von sich nicht sagen. Sie hatte Dani weder angerufen noch mit ihr über ihren Abgang gesprochen. »Deshalb hast du Matthew geheiratet?«

»Wir haben wegen des Babys geheiratet. Und ich bin froh, dass wir es Bella zuliebe wenigstens versucht haben. Die Ehe hat keine zwei Jahre gehalten, aber wir sind Freunde geblieben. Und wir kriegen das gut hin mit der gemeinsamen Erziehung. Matthew und ich haben das Beste daraus gemacht. Und das Gleiche wünsche ich mir für uns beide auch.«

Ivy wartete darauf, dass Wut in ihr aufflammte. Doch die Glut war längst kalt und konnte keinen Rauch, geschweige denn eine Flamme entfachen.

»Du hast mir einen Gefallen getan«, sagte Dani. »Mein Kind ist das Beste in meinem Leben.«

»Keine Kunstschule.«

»Aber du bist nicht auf die Kunsthochschule gegangen Wir haben alle drei nicht alles bekommen, was wir uns gewünscht haben«, sagte Ivy.

»Wie wäre es mit einem Waffenstillstand? Keine großen Erwartungen aneinander. Kein Druck«, schlug Dani vor.

»Klingt so einfach.« Mama Leonis Abfuhr schmerzte immer noch, und Ivy fragte sich, ob sie so vernünftig wie Dani sein könnte, wenn sich das Blatt wendete.

»Kein Streit. Kein Drama. Aber wir könnten uns ein paarmal *Schlampe!* um die Ohren hauen, wenn du dich dann besser fühlst.«

Mein Gott, warum war es so schwer, auf Dani wütend zu sein? »Irgendwann machen wir den Wein auf, den du mitgebracht hast. Und dann ziehen wir die Samthandschuhe aus.«

Dani grinste. »Die Samthandschuhe lassen wir an. Es hat keinen Sinn, alte Wunden aufzureißen.«

Kapitel 4
RUTH

Samstag, 17. Juni 1950, 11.00 Uhr

Mama war schlechter Laune. Sie hatte in den letzten Nächten wenig geschlafen, weil sie die Zimmer im Seaside Resort fertig machen musste. Sie füllte alle Vorräte in der Küche auf, packte die neue Lieferung von Bettwäsche und Handtüchern aus, säuberte zum dritten Mal den Pool und fegte den Carport vor der Rezeption.

Am ersten Tag der Sommersaison war sie immer nervös. Das Geld, das sie in den nächsten drei Monaten einnahmen, würde sie durch den Herbst mit wenig und den Winter mit gar keinen Touristen bringen müssen. Für den Sommer waren sie gut gebucht, aber ein Wetterumschwung konnte die Gäste vertreiben, und das konnten Mama und Daddy sich nicht leisten. Weil diese Gefahr immer nur eine Haaresbreite entfernt war, atmete Mama erst nach dem langen Labor-Day-Wochenende Anfang September auf.

Ruth hasste diese Zeit des Jahres. Sie betrachtete die Ankunft der Touristen als jährlich wiederkehrende Prüfung.

Die Fremden beschlagnahmten das Hotel und füllten ihr ruhiges Leben mit Lärm und Gelächter. Aus Freizeit wurde endlose Küchenarbeit. Sie musste Pfirsiche und Feigen pellen, Mais schälen oder Fische entschuppen, um hungrige Urlauber zu füttern. Ruth war der festen Meinung, dass sie mehr aßen, als man essen sollte.

Für die Festlandbewohner verhieß der Tag des Saisonbeginns große Aufregung. Es begann damit, dass sie ihre Koffer packten, die Autos beluden und bei Nettie Pearl's auf der anderen Seite des Currituck Sound anhielten, um sich an gebratenen Meeresfrüchten satt zu essen.

»Ruth!«, rief Mama.

Ruth wischte sich die Hände sauber. »Ich komme.«

»Zeit, die Gäste zu begrüßen. Räum die Zeichnungen weg.«

»Mache ich.« Ruth erhob sich vom Hocker und verstaute Stifte und Skizzenblock in der hintersten Ecke der Vorratskammer.

Ihre Mutter stand neben ihrem Vater, der in einem großen Topf mit Chowder rührte, die mit hausgebackenem Maisbrot als Willkommensessen serviert wurde, so wie es viele Stammgäste erwarteten. Zum Dessert gab es Pfirsichkuchen. Daddy war bei Meeresfrüchten sehr wählerisch, kaufte nur bei Leuten, denen er vertraute, und verwendete nie ein Rezept für die Chowder.

Ruth blieb neben dem köchelnden Eintopf stehen. Wenn sie ein Fünfcentstück für jede Schale Chowder bekäme, die sie in zwölf Jahren gegessen oder umgerührt hatte, wäre sie das reichste Mädchen in North Carolina. Sie war sicher, dass ihre Eltern ihr ab und zu einen Schuss von der cremigen hellen Suppe in ihr Fläschchen gefüllt hatten. »Sieht lecker aus, Daddy.«

»Danke, mein Darling.« Daddy war älter als alle anderen Väter. Obwohl er nie darüber sprach, schätzte sie, dass er mindestens sechzig sein musste. Bei seinen muskulösen Armen und der schlanken Statur fielen sein graues Haar und die sonnengegerbte Haut kaum auf. Er hatte sein Leben lang im Freien gearbeitet, zuerst als Fischer, dann als Marinesoldat und schließlich als Hotelbesitzer. Die Tätowierungen an den Armen zeugten von den Jahren im Ersten Weltkrieg, und sein Holzbein erinnerte an die Explosion an Bord eines Schiffes vor der französischen Küste, die ihn zum Quittieren seines Dienstes gezwungen hatte.

Er kehrte 1920 auf seinem Holzbein hinkend mit beträchtlichen Ersparnissen und dem festen Willen, sein Leben neu zu gestalten, auf die Outer Banks zurück.

Nach einer nächtlichen Pokerrunde nahm er Roy's Folly in Besitz – eine Ansammlung kleiner Bungalows, in denen im Winter Entenjäger und im Sommer Angler unterkamen.

Die Zimmer in Roy's Folly waren einfach, und es gab keine Lobby, in der die Gäste abends zusammensitzen konnten. Daddys erster Auftrag war der Bau des Hauptgebäudes mit Bar, Küche und Speisesaal. Damals trafen sich die Männer abends, um Zigarren zu rauchen, zu trinken und Karten zu spielen, sodass er keine Notwendigkeit sah, den Raum über das Nötigste hinaus einzurichten.

Als Mama 1920 nach Nags Head kam, war ihre erste Station Roy's Folly. Daddy erzählte immer, wie er Mama sofort als Kellnerin eingestellt hatte, weil er sich Hals über Kopf in die große Blondine mit der Alabasterhaut verliebt hatte. Sie wandte jedes Mal ein, er sei schon so betrunken gewesen, dass er sich unmöglich an ihre erste Begegnung erinnern konnte. Wie dem auch gewesen sein mag, die beiden heirateten im Jahr drauf. Er war einunddreißig und sie war neunzehn. Es sollte noch siebzehn Jahre dauern, bis Ruth zur Welt kam.

Wenn Mama sich nicht gerade Sorgen über den Eröffnungstag machte, ließ Ruth sich gern die Geschichte von dem Tag erzählen, an dem Mama sie – eingewickelt in eine rosa Decke – in Bungalow 28 gefunden hatte. Mama wurde dann immer ganz still, wie bei einem feierlichen Anlass. Sie begann mit der Beschreibung des heulenden Nordostwinds und betonte, dass es pures Glück gewesen war, dass sie sich dazu entschlossen hatte, die Bungalows auf Sturmschäden zu überprüfen. Trotz Windstößen von achtzig Stundenkilometern musste sich eine Frau in den Bungalow geschlichen, ein Kind zur Welt gebracht und sich gleich darauf davongemacht haben. Edna hatte Schreie gehört. Als sie die Tür von Nummer 28 öffnete, dachte sie an eine eingesperrte Katze, aber dann sah sie es unter der rosa Decke strampeln. Von der Mutter keine Spur, also nahm sie das Baby in den Arm und trug es nach Hause.

Sie stippte ein fest zusammengedrehtes Stück Musselin in Dosenmilch, an dem das Baby nuckeln konnte, und schickte Jake erst zur Nachbarin, um ein Fläschchen zu holen, und dann zum Sheriff. Als sich nach dreißig Tagen niemand gemeldet hatte, um Anspruch auf das Kind zu erheben, erklärten Jake und Edna, dass sie das Kind behalten würden. Sie machten kein Aufhebens davon, nannten das kleine Mädchen Ruth nach Jakes Mutter und zogen sie als eine Wheeler groß.

Mama schnippte ein nicht vorhandenes Staubkörnchen von ihrem gestärkten blauen Leinenkleid, zupfte den für den Eröffnungstag reservierten roten Seidenschal zurecht und befeuchtete die roten Lippen, die durch ihren cremefarbenen Teint noch strahlender wirkten. Normalerweise trug Mama kein Make-up, aber am ersten Tag der Saison machte sie eine Ausnahme.

Sie sah Ruth prüfend an und schob eine widerspenstige dunkle Strähne hinter ihr zimtfarbenes Ohr, das in der Sonne bereits Farbe angenommen hatte.

»Ich bin doch kein Baby mehr«, beschwerte sich Ruth. »Warum darf ich keinen Lippenstift tragen?«

Mama leckte über ihren Daumen und fuhr mit der feuchten Kuppe über einen Fleck Kohle oberhalb von Ruths rechter Augenbraue. »Nein, du bist kein Baby mehr«, sagte sie mit Bedauern. »Aber immer noch zu jung für Lippenstift.«

»Nur ganz wenig?«

»Nein.«

»Wann bin ich alt genug?«

Ein halbes Lächeln umspielte Mamas Mund, als ob sie sich an ein Gespräch erinnerte, das sie einmal mit ihrer eigenen Mutter geführt hatte.

»Ich wette, die anderen Mädchen dürfen das schon.« Ruth sprach von Dora, Jessie und Bonnie, die seit dem Kriegsende jährlich im Seaside Resort Urlaub machten. Die vier Mädchen waren alle um die sieben Jahre alt gewesen, als sie sich kennengelernt hatten. Mama achtete darauf, dass ihre Tochter immer Abstand zu den anderen Mädchen hielt.

»Denk daran, was ich über die Trennlinie zwischen Gästen und Personal gesagt habe. Sie sind auf der einen Seite. Daddy, du und ich, wir sind auf der anderen Seite.«

»Glaubst du, sie haben mich vergessen?«, fragte Ruth.

»Du bist schwer zu vergessen«, sagte Mama. »Geh jetzt zu Talley und frag sie, ob sie Hilfe am Pool braucht. Der Check-in beginnt frühestens in einer Stunde.«

Talley Jones war eine Cousine, von deren Existenz Ruth erst vor ein paar Wochen erfahren hatte. Da hatte Mama ihr angekündigt, dass Talley den Sommer über bei ihnen arbeiten würde. Sie war gestern mit dem Greyhound-Bus angekommen, der in Great Bridge hielt. Ruth und ihr Vater waren anderthalb Stunden gefahren, um sie abzuholen, und als Talley mit ihrem braunen Koffer in der Hand aus dem Bus stieg, spiegelten sich auf ihrer Miene Angst und Aufregung. Ruth glaubte, sie wegen der hellen Haut und der hellen Haare als Mamas Verwandte erkennen zu können. Als Talley sah, wie Ruth auf sie zukam und ihren Namen rief, löste sich ihre Anspannung.

Talley schlief im zweiten Bett in Ruths Zimmer. Als sie bei ihrer Ankunft ins obere Stockwerk gestiegen war, hatte sie ganze zehn Minuten lang sprachlos aus dem Fenster aufs Meer gestarrt. Sie hatte noch Angst vor den Wellen und ließ sie nicht mal bis zu ihren bloßen Zehen schwappen.

Ruth durchquerte die Lobby und ging durch die Hintertür zu dem großen, rechteckigen Pool, den Daddy bei Kriegsende hatte einbauen lassen. Das war ein Risiko gewesen, aber Daddy war es eingegangen, weil der Pool die zusätzliche Attraktion war, die das Seaside Resort von der wachsenden Zahl von Hotels auf den Outer Banks unterschied.

Talley stand neben der Poolbar und faltete sorgfältig einen Stapel frisch gebleichter Handtücher. Die, die nicht von den Gästen verschleppt wurden, würden in den nächsten zwölf Wochen Tausende von Malen gewaschen werden. Von den wenigen, die die Saison überlebten, schafften es noch weniger, durch die darauffolgende zu kommen.

Talley war groß und schlank und trug ihr dichtes blondes Haar, das dem von Mama so ähnlich war, zum Pferdeschwanz gebunden. Sie war das jüngste von acht Kindern, und ihre Verwandten – die also auch Ruths Verwandte waren – stammten aus den Bergen im Westen von North Carolina, in der Nähe von Asheville. Mama und Talleys Mama, Jolene, waren Schwestern. Mama hatte auch einen Zwilling namens Patsy und eine weitere Schwester, Beth Ann.

Ruth hatte nie irgendwen aus ihrer Großfamilie kennengelernt, aber Talley sagte, dass sich ihre Mutter regelmäßig mit ihren Schwestern in der Heimat schrieb. Irgendwann im letzten Winter hatten Mama und Jolene brieflich beschlossen, dass Talley den Sommer über im Seaside Resort arbeiten sollte.

Talley hatte nicht nur Angst vorm Meer, sie mochte auch keinen Sand zwischen den Zehen. Als Ruth und sie am Abend zuvor vom Strand zurückgekommen waren, hatte sie sich zweimal die Füße gewaschen. Dann hatte sie zwei abgegriffene Taschenbücher aus dem Koffer geholt und gelesen. Ruth hatte ihr vorgeschlagen, am frühen Morgen spazieren zu gehen, aber dazu hatte Talley keine Lust gehabt.

Ruth starrte auf den Haufen ungefalteter weißer Handtücher. »Ich schwöre, diese Haufen wachsen, sowie du dich umdrehst.«

»Was?« Talley betrachtete sie. »Handtücher wachsen nicht.«

Ruth nahm ein Frotteetuch, faltete es einmal in der Mitte und dann noch einmal. »Wart's nur ab. Du hast einen großen Stapel ordentlich gefalteter Handtücher; wenn du ihnen den Rücken zukehrst, ist im Nullkommanichts ein Haufen schmutziger Handtücher daraus geworden.«

»Mir macht das Falten nichts aus«, sagte Talley. »Es ist entspannend.«

»Wenn ich fünf Cent für jedes Handtuch bekommen hätte, die ich je gefaltet habe, wäre ich so was von steinreich.«

Hinter dem Pool brandeten die Wellen des Atlantiks gegen das Ufer und verjagten einen Schwarm Möwen, die nach den winzigen Krabben unter dem feuchten Sand suchten. »Wie ist es, am Meer aufzuwachsen? Es ist ein schöner Anblick, aber es macht mir Angst.«

Ruth blickte an Talley vorbei auf das spiegelglatte Meer. »Heute ist es ruhig. Schon seit du hier bist.« Ruth grinste. »Mama duldet am Eröffnungstag keinen Sturm.«

»Sie kann das Wetter nicht beherrschen.«

»Daddy schwört, dass sie es kann«, sagte Ruth.

»Ich möchte Muscheln sammeln.«

»Ich dachte, du hast Angst.«

»Habe ich auch, aber ich bin genauso neugierig.«

»Bis zum Ende des Sommers hast du bestimmt mehr als eine Million.« Ruth sammelte immer noch Muscheln, aber da sie am Meer aufgewachsen war, war sie wählerisch. Sonst hätte ihre Sammlung sie schon unter sich begraben. Wenn eine Muschelschale nicht vollkommen glatt und gleichmäßig gezeichnet war, legte sie sie wieder zurück. »Ist das Meer so schön wie die Berge? Die kenne ich nur aus Bildern.«

»Die Hügel und Täler haben ihre eigene Schönheit«, sagte Talley und legte ein Handtuch auf den wachsenden Stapel. »Aber sie sind still.«

»Das ist bei uns anders. Der Ozean ist immer in Bewegung.«

»Hier ist so ein Gefühl von Kommen und Gehen«, sagte Talley. »Gestern Abend habe ich dort draußen ein Schiff gesehen. Das war wie ein Weihnachtsbaum beleuchtet.«

»Die Fischerboote ankern abends vor der Küste, damit sie ihre Leinen vor Sonnenaufgang ins Wasser werfen können. Dann beißen die Fische am besten an. Das Boot gehörte bestimmt meinem Onkel Henry.«

»Warst du schon mal auf einem Schiff?«

»Ja, klar! Hundertmal. Letzten Monat habe ich mit Onkel Henry zehn gefleckte Fische gefangen.«

»Ich habe welche im Fluss geangelt. Wahrscheinlich sind sie gar nicht so anders.«

»Wahrscheinlich nicht. Obwohl ich sie gebraten probieren müsste, um sicher zu sein.« Ruths Stapel begann zu wackeln. Sie legte einen neuen an. »Freitagabends gibt es immer gebratenen Fisch. Du kannst sicher sein, dass du bis zum Ende des Sommers genug Meerwasserfische gegessen hast.«

»Tante Edna hat mir von den festen Tagesmenüs erzählt.«

»Chowder am Samstag, Fried Chicken am Sonntag, Barbecue am Montag, Spaghetti am Dienstag …« Ruth ratterte die ganze Liste herunter. »Das ändert sich nie. Daddy sagt, er kann besser haushalten, wenn er weit im Voraus weiß, was er wann einkaufen muss. Und dass die Leute etwas wollen, auf das sie sich in dieser verrückten Welt verlassen können.«

»Mir schmeckt alles, auch wenn ich oft dasselbe vorgesetzt bekomme.« Talley sagte das, als wäre es seltsam.

»Was macht dein Daddy eigentlich?«, fragte Ruth.

»Er ist Pfarrer und betreibt Landwirtschaft, jagt, und im Winter flicht er Weidenkörbe. Er hat viel zu tun, er muss uns ja alle ernähren. Da muss er sich echt abrackern.«

»Und deine Mom?«

»Sie kümmert sich um uns und um den Haushalt. Und sie nimmt Flickarbeiten an. Sie ist nicht wie Tante Edna. Sie weiß nicht, wie man ein Geschäft führt oder so.«

»Komisch, wenn Schwestern sich gar nicht ähnlich sind«, sagte Ruth.

»Sie sind so verschieden wie Tag und Nacht, sagt meine Mama.«

Ruth kannte ihre Großfamilie nicht. Onkel Henry war Daddys Cousin, aber sie kannte niemanden von Mamas Seite. »Wie viele Cousins und Cousinen gibt es denn?«

»Du bist eine. Patsy, die Zwillingsschwester von deiner Mama, hat vier Kinder. Meine Mama hat acht. Keiner weiß was von Beth Ann. Sie ist vor Jahren mit ihrer Cousine Carol durchgebrannt.«

»Und wohin?«, fragte Ruth.

»Keine Ahnung. Mama sagt, dass die beiden die hübschesten von allen waren und wahrscheinlich reiche Ehemänner gefunden haben.«

Ruth addierte die Zahlen. »Dann habe ich ja mindestens zwölf Cousins und Cousinen ersten Grades.«

»Wahrscheinlich mehr, wegen Beth Ann.«

»Mama spricht nicht viel über ihre Familie.«

»Wir hören immer viel von Tante Edna. Mama und Tante Patsy reden immer viel über ihre Briefe.«

»Was weißt du denn über Mom?«

Talley strich das Frotteetuch glatt. »Sie war die Erste, die aus den Bergen weg ist. Großmutter hat immer gesagt, dass Edna Carol und Beth Ann erst auf die Idee gebracht hat, wegzulaufen. Aber wenn Tante Patsy und Mama darüber quatschen, dass Tante Edna weggegangen ist, endet das immer damit, dass sie sie ganz doll vermissen.«

Ruth konnte sich nicht vorstellen, dass ihre Mutter eine Art Pionierin gewesen sein sollte. Sie war so beständig wie der Mondzyklus. »Eure Familientreffen an Weihnachten müssen wirklich etwas ganz Besonderes sein.«

»Sie sind vor allem laut«, sagte Talley. »Man kann sich selbst kaum denken hören.«

»Jedes Jahr an Weihnachten grillt Daddy ein Schwein, und alle bringen was mit. Daddy würzt das Schwein immer gleich. Und dazu gibt es Süßkartoffeln, Kohl und Feigenkuchen.«

»Kein Truthahn?«

»Er mag Truthahn nicht. Und er müsste zu viele Enten schießen, um all die Leute satt zu kriegen, die jedes Jahr kommen.«

»Mädchen, wie weit seid ihr mit den Handtüchern?«, rief Mama.

»Fast fertig!«, antwortete Ruth.

»Unser erster Gast ist da.«

»Ganz schön früh«, murrte Ruth. »Check-in ist doch erst um eins.«

Mama versuchte immer, den Gästen entgegenzukommen. Wenn das Zimmer fertig war, konnten sie einchecken. Einem Gast das Gefühl zu geben, etwas Besonderes zu sein, kostete nicht viel. Ruth und Talley stapelten die Handtücher in der Kabine am Pool und eilten in die Lobby. Beim Anblick des puderblauen Cabrios mit dem heruntergelassenen weißen Verdeck blieben sie wie angewurzelt stehen. Der Lack schimmerte wie ein geschliffener Edelstein in der späten Morgensonne.

Die Frau hinter dem Steuer war noch nie im Seaside Resort gewesen, und sie sah auch nicht aus wie die anderen Sommergäste. Sie trug ein weißes Kopftuch, das sie unterm Kinn verknotet hatte, eine große dunkle Sonnenbrille und ein hellblaues Kleid mit weißen Tupfen.

»Gehört sie zu einer von den Familien?«, fragte Talley.

»Das kann nicht sein.« Die Mütter waren bei der Ankunft zwar auch immer hübsch und in zarten Pastellfarben gekleidet. Aber sie fuhren holzgetäfelte Kombis, die bis obenhin mit Kindern und Koffern gefüllt waren.

»Sie sieht aus wie ein Filmstar«, flüsterte Talley.

Mama stand so dicht hinter Ruth, dass die Tochter ihre Anspannung spürte. »Sie wird in den nächsten beiden Wochen bei uns singen.«

»Eine Sängerin?«, fragte Ruth. »Davon hast du mir gar nichts gesagt.« An den meisten Abenden spielte entweder ein Junge aus dem Ort Gitarre oder Daddy legte eine Schallplatte auf.

»Weil ich mir nicht sicher war, ob sie es schafft«, gab Mama zurück. »Bei Showleuten weiß man das nie.«

Die Frau öffnete die Autotür, setzte einen hochhackigen Schuh auf den Asphalt und stieg mit einem kleinen weißen Hund unter dem Arm aus dem Auto. Der Hund trug eine blau getupfte Schleife auf dem Kopf und ein glitzerndes Halsband. Die Sängerin strich ihren Rock glatt und warf die Tür gerade so laut zu, dass es nicht unbemerkt bleiben konnte.

Mama setzte ihr Willkommenslächeln auf und ging an Ruth vorbei auf die Frau zu. »Wie schön, dass Sie es geschafft haben!«

Die Sängerin betrachtete Mama durch ihre dunkle Brille, und dann zauberte sie ein freundliches Lächeln auf ihre roten

Lippen. »Tut mir leid, ich bin etwas spät dran. Es gab auf der *Maisy Adams* mehr zu reparieren als gedacht.«

»Der Frühlingssturm hat uns alle überrascht«, sagte Mama. »Ich bin froh, dass Sie nah genug waren, um uns einen Besuch abzustatten.«

»Was ist eine *Maisy Adams*?«, fragte Ruth.

Mama legte ihr die Hand auf die Schulter. »Das ist meine Tochter Ruth. Sie ist zwölf. Ruth, das ist Miss Carlotta DiSalvo. Sie wird abends für uns singen. Normalerweise tritt sie auf dem Showboat *Maisy Adams* auf, aber das ist zur Reparatur in Coinjock.«

Miss Carlotta streckte eine weiß behandschuhte Hand aus. »Es ist mir ein Vergnügen, Ruth.«

Ruth wischte sich die Hand am Rock ab, bevor sie Miss Carlottas Hand ergriff. »Schön, Sie kennenzulernen, Miss DiSalvo.«

»Nenn mich Carlotta. Das tun alle.«

Mama mochte es nicht besonders, wenn man andere gleich mit dem Vornamen anredete. Sie fand, dass man mit den Gästen und dem Sommerpersonal nicht zu vertraulich werden sollte. »Und das ist meine Nichte Talley Jones«, sagte Mama. »Sie verbringt den Sommer bei uns.«

»Talley«, sagte Carlotta. »Es ist mir ein Vergnügen.«

Talley machte einen Knicks. »Guten Tag, Ma'am.«

»Wie heißt Ihr Hund?«, fragte Ruth.

Carlotta kraulte den kleinen weißen Hund zwischen den Ohren, woraufhin ihm die Augen zufielen. »Whiskey. Ihr müsst entschuldigen, sie ist schon etwas älter und schläft manchmal einfach so ein.«

»Sie ist so winzig«, sagte Ruth. »Sie sieht aus wie ein Welpe.«

»Dabei ist sie schon zwölf«, erwiderte Carlotta.

»So alt wie ich.«

»Ich würde Ihnen jetzt gern Ihre Unterkunft zeigen«, sagte Mama. Neben dem Hotel standen noch drei kleine Häuser, die die Wheelers im Krieg für wenig Geld dazugekauft hatten. In einem wohnten sie, die anderen beiden waren Gästen vorbehalten, die länger als einen Monat blieben.

Talley starrte Carlotta ehrfurchtig an. »Was singen Sie, Ma'am?«

»Meistens Songs aus Musicals. Komm und hör es dir an. Heute Abend ist Premiere.«

»Carlotta«, schaltete Mama sich ein, »Ihr Haus ist das graue da drüben mit den blauen Fensterläden.« Carlotta senkte den Kopf und spähte über den Brillenrand hinweg. Ihre Augen waren leuchtend grün.

»Oh, wie wunderbar! Kann ich dort parken?«

»Ja, unterhalb des Hauses. Wir treffen uns dort.«

»Oder Sie steigen ein.«

Mama strich sich über ihr blaues Kleid, das schon etwas von seiner Frische verloren hatte. Ihr roter Lippenstift war ebenfalls verblasst, und die Falten um ihre Augen hatten sich vertieft. »Es geht schneller, wenn ich zu Fuß gehe.«

»Sind Sie sicher?«, fragte Carlotta. »Ich verspreche auch, vorsichtig zu fahren.«

»Danke, ich gehe lieber zu Fuß.«

»Darf ich mitfahren?«, fragte Ruth.

»Vielleicht ein anderes Mal«, beschied Mama. »Du musst den Gästen zur Verfügung stehen.«

Carlottas grüne Augen verschwanden hinter der dunklen Brille. »Wir haben noch genug Zeit, um einen Ausflug zu machen.«

Talley blickte sie immer noch ehrfürchtig an, als wäre sie ein echter Filmstar. »Das wäre aber schön«, flüsterte sie.

»Abgemacht, dann unternehmen wir drei bald eine Spritztour. Könnt ihr mir jetzt vielleicht einen Gefallen tun?«, fragte Carlotta. »Könnt ihr Whiskey Wasser geben und dann den kleinen Gang zum Haus mit ihr machen?«

»Gern.«

Carlotta beugte sich vor. Ihr geheimnisvolles Parfüm beschwor eine Welt herauf, die es jenseits der Outer Banks geben musste.

Ruth nahm den kleinen Hund entgegen. Er passte genau in ihre Armbeuge. Sie hielt ihn dicht am Körper und hatte Angst, ihn fallen zu lassen. Whiskey sah zu ihr auf und leckte ihr über das Kinn. »Ich glaube, sie mag mich.«

»Das glaube ich auch«, sagte Carlotta.

»Ich passe gut auf«, versprach Ruth.

»Da bin ich sicher.«

»Also, ihr beiden kümmert euch um den Hund«, sagte Mama ungeduldig. »Gleich fällt hier eine Armee von Gästen ein.«

»Ja, Mama.« Ruth und Talley gingen verzaubert mit dem kleinen Hund davon.

»Hast du jemals so eine glamouröse Frau gesehen?«, fragte Talley.

»Wir hatten schon einige extravagante Leute hier, aber niemanden wie sie«, räumte Ruth ein. »So hellblonde Haare habe ich noch nie gesehen.«

»Und hast du ihre Nägel gesehen? Die waren knallrot lackiert.« Talley betrachtete ihre eigenen kurz geschnittenen Fingernägel mit der rissigen Nagelhaut. »Ich schwöre, ich höre auf, an den Nägeln zu kauen, wenn meine Mama mir erlaubt, sie rot zu lackieren.«

Ruth drückte den Hund mit dem glitzernden Strasshalsband an sich. Er verströmte Carlottas betörenden Duft.

»Sind die Sommer hier immer so aufregend?«, fragte Talley, als sie die Küche betraten.

»Nie. Jedes Jahr dieselben langweiligen Leute.«

Talley nahm eine Schüssel und füllte sie mit kühlem Wasser. »Carlotta gehört ja wohl nicht zu diesen langweiligen Leuten.«

Als Ruth Whiskey absetzte, schnupperte der Hund am Napf und begann zu trinken. »Stimmt. Aber dieser Sommer wird auch nicht wie all die anderen Sommer.«

Und damit sollte sie recht behalten.

Kapitel 5
IVY

Dienstag, 18. Januar 2022, 15.00 Uhr

Der achte Müllsack war mittlerweile voll, und doch gab es erst eine kleine Lücke in Ruths Schlafzimmerschrank. Ivys Großmutter hatte eine heimliche Schwäche für praktische Schuhe, Gürteltaschen und Pullover gehabt und anscheinend seit den Sechzigerjahren nichts mehr weggeworfen. Ivy zerrte die Müllsäcke die Holztreppe hinunter und schleppte sie zu ihrem Van, der schon voll war. Den letzten Sack stellte sie auf den Beifahrersitz neben die Kisten mit dem Steingutgeschirr und knallte die Tür zu.

Ein großer Truck lenkte ihre Aufmerksamkeit zur Hauptstraße. Er hatte einen Baucontainer geladen. Sie sah zu, wie er rückwärts auf den Parkplatz neben ihren Van manövrierte.

Sie schlenderte zur Fahrerseite und war überrascht, Dalton hinter dem Lenkrad zu sehen. »Bist du sicher, dass ich so einen großen Container brauche?«

»Vorsicht ist besser als Nachsicht.« Er stellte den Wagen auf Parken und drückte einen Knopf, woraufhin die Ladefläche langsam kippte.

Ivy trat einen Schritt zurück. »Das ist das perfekte Willkommensgeschenk.«

Er beobachtete im Seitenspiegel, wie sich der Müllcontainer langsam auf die Betonauffahrt senkte. »Du kommst mir nicht wie der Blumentyp vor.«

Das entlockte ihr ein Lächeln. »So weit würde ich nicht gehen. Aber heute Morgen kriege ich wirklich weiche Knie bei diesem Anblick.«

Er stellte den Motor ab und kletterte aus dem Führerhaus. »Ruth wollte einfach alles retten.«

»Wenn es Ruth getröstet hat, dann war es die Mühe wert. Du kennst niemanden, der zehn Gedecke weißes Steingutgeschirr haben möchte?« Sie hatte die Stapel auf der Kommode in Ruths Schlafzimmer gefunden.

»Der Secondhandladen an Meilenstein 5. Die nehmen alles.«

»Super! Ich habe gehofft, dass es den Laden noch gibt.«

»Mein Angebot steht. Wenn du Hilfe brauchst, ruf mich an.«

»Du warst mir jetzt schon eine Riesenhilfe. Ich habe mir was vorgemacht, als ich die Müllsäcke und das Dutzend Umzugskartons gekauft habe. Ein schwerer Fall von Wirklichkeitsverleugnung.«

»Ich hatte noch nie einen Job, der nach Plan lief. Immer ist irgendwas.« Ein Hund spähte aus dem Fenster der Fahrerkabine und fing an zu bellen.

»Dein Komplize?«

»Sailor wird alt, aber er will nicht, dass ich ihn zu Hause lasse. Er war immer mein Schatten.«

Ivy kletterte auf das Trittbrett des Trucks und streichelte Sailor durch das offene Fenster. Er stupste ihre Hand so lange an, bis sie ihn zwischen den Ohren kraulte. »Heute Morgen ist

Dani vorbeigekommen. Sie hat zwei richtig gute Flaschen Wein mitgebracht.«

»Schnell wie der Wind, so war sie schon immer, meine Schwester.«

Ivy kletterte wieder runter. »Und es war schon immer schwer, ihr böse zu sein.«

Er zuckte mit den Schultern. »Sie kann sehr charmant sein.«

»Definitiv.«

»Wenn du mich fragst, würde sie die Geschichte mit Matthew gern ungeschehen machen. Aber dann wäre Bella ja nicht da.«

»Ich würde unsere Geschichte auch gern umschreiben. Leider lässt sich die Zeit nicht zurückdrehen.«

Drei große, mit Baggern bestückte Tieflader fuhren auf das Nachbargrundstück, wo vor Kurzem noch das alte Seaside Resort gestanden hatte. Der New Yorker Verkehrslärm hatte sie eingeholt.

»Du hast dir wirklich ein tolles Grundstück ausgesucht«, sagte Ivy. »Ruth hat erzählt, dass ihr Vater sich auf der Stelle in diesen Ort verliebt hat.«

»Ein Visionär.«

»So hat Ruth ihn auch immer genannt.« Das Rumpeln der Laster wurde lauter. Home sweet home. »Wie lange dauert die Bauphase?«

»Das schwere Gerät kommt etwa eine Woche lang zum Einsatz. Danach sollte der Lärm erträglicher werden. Die Häuser könnten bis zur Mitte der Saison fertig sein. Drück uns die Daumen, dass es nicht zu viel regnet und die Baumaterialien pünktlich eintreffen.«

Während Matthew manchmal etwas großspurig war, strahlte Dalton eine ruhige Zuversicht aus.

Ivy bezweifelte, dass selbst ein Wirbelsturm ihn davon abhalten würde, die Cottages fertigzustellen.

»Dann hast du ja alle Hände voll zu tun«, sagte sie.

»Ja, so wie du. Und denk dran, dass ich auf Ruths Haus bieten möchte«, sagte er.

»Wann warst du das letzte Mal drinnen?«, fragte sie.

»Im Dezember, nach dem Sturm. Aber da habe ich eigentlich nur Kisten und dieses ganze Zeug aus dem Hotel reingetragen.«

»Dann hast du das Haus von innen gar nicht richtig gesehen?«

»Nein.«

»Ich dachte, du seist nur an dem Grundstück interessiert.«

»Vielleicht. Vielleicht auch nicht.«

»Okay, aber ich warne dich. Um das Haus in dieses Jahrhundert zu retten, musst du ordentlich Geld versenken.«

»Hast du jetzt zufällig Zeit für eine kleine Tour?«

»Es ist ein Hindernisparcours, aber ich habe schon ein paar Schneisen geschlagen.«

»Super.« Er gab Sailor Bescheid, dass er gleich wieder da wäre. Der Hund rollte sich auf seinem Platz ein.

Als sie die Treppe hinaufstieg, folgte er ihr dicht mit seinen gleichmäßigen Schritten. Sie öffnete die Tür. »Willkommen im Dschungel.«

Er wischte sich die Schuhe auf der Matte ab und nahm die Mütze ab, bevor er das dunkle, mit Kisten und Hotelmöbeln vollgestopfte Innere betrat. Er wandte sich zuerst der Küche mit den alten Geräten in Avocadogrün zu. »Das sieht nach einer Herkulesaufgabe aus.«

Ivy blickte auf den Herd mit dem gesprungenen Drehregler und der kaputten Uhr. Und auf einmal stand ihr alles vor Augen, als sei es gestern gewesen. Sie war zehn, als sie mit einem allzu dünnen Handtuch den Griff einer gusseisernen Pfanne umfasste, um sie von der Herdplatte zu heben. Er war glühend heiß. Sie ließ den Griff los, und beim Runterfallen schlug die

Pfanne gegen den Drehknopf. Ruth zerrte Ivy zur Spüle und ließ kaltes Wasser über ihre Hand laufen.

»Ich wünschte, ich hätte fünf Cent für jedes Mal, bei dem ich mir in der Küche die Hände verbrannt habe«, sagte Ruth wie so oft. »Ich war ungefähr so alt wie du, als ich anfing, meinem Vater beim Kochen im Seaside Resort zu helfen.«

Ivy japste. »Wie war dein Vater?«

»Mein Dad war ein ruhiger Mann«, sagte sie. »Im Sommer arbeitete er in der Küche und im Winter erledigte er Wartungsarbeiten. Er war immer in Bewegung.«

»Wie alt warst du, als er starb?« Seit dem Tod ihrer Mutter vor fünf Jahren war Ivy auf die Frage fixiert, in welchem Alter man alt genug zum Sterben war. Über dreißig? Sechzig? Achtzig? Es musste eine Grenze zwischen zu jung und gerade richtig geben, aber sie wusste nicht, wo sie lag.

»Ich war zweiundzwanzig.« Ruth stellte das Wasser ab und wickelte ein rot-weiß kariertes Geschirrtuch um Ivys Hand.

Die Erinnerung machte Ivy zu schaffen. Doch sie konnte sich den Luxus, einen vierzig Jahre alten Herd zu retten, selbst wenn er voller Erinnerungen steckte, nicht leisten. Sie gab sich einen Ruck.

»Die Schränke sind dunkel«, sagte sie zu Dalton, »aber sie wurden von meinem Urgroßvater aus dem Holz eines Schiffswracks gefertigt.«

Er horchte auf. »Weißt du vielleicht, welches Wrack das war?«

»Ein Schoner, der nach dem Ersten Weltkrieg gesunken ist. Ein Fischer hat meinem Urgroßvater das Holz für zwei Dollar verkauft. Heute ist das illegal, aber damals konnte man sich alles nehmen, was angespült wurde.«

Er öffnete eine Schranktür. Eine Ladung von Plastikdosen fiel heraus.

Ivy sammelte die Dosen auf. Die meisten schienen keinen Deckel zu haben.

»Zum Glück sind das keine zerbrechlichen Erbstücke«, sagte Dalton.

»Wenn es Nachfrage nach gebrauchten Plastikbehältern geben würde, wäre ich reich.« Sie schob die Behälter wieder hinein und knallte die Tür zu, bevor sie wieder herauspurzeln konnten.

»Die Schränke sind aus Massivholz und haben eine ganz besondere Geschichte. Sie müssten aufgearbeitet und wahrscheinlich umgestellt werden, damit sie den Blick auf das Wohnzimmer und den Steinkamin nicht versperren.«

Eine tolle Idee, aber mit möglichen Renovierungen hatte sie nichts zu tun. »Das überlasse ich dir oder demjenigen, der das Haus kauft.«

»Hast du eigentlich darüber nachgedacht, was du mit dem Rest deines Lebens machen willst?«

»Ehrlich gesagt, noch nicht. Ich war mit den Sturmschäden im Seaside Resort, mit Ruths Tod und dem Umzug beschäftigt. Sobald das Haus verkauft ist, habe ich den Kopf hoffentlich wieder frei.«

Die u-förmige Küche war gerade groß genug für eine Person. Bei zwei Leuten wurde es eng. Dalton roch nach frischen Sägespänen, nach Meer und seinem ganz eigenen Geruch. Ihr wurde warm.

Sie ging in den Eingangsbereich und von dort zwischen den Kisten hindurch in den Hauptraum mit der gewölbten Decke und dem steinernen Kamin, der vom Boden bis zur Decke reichte.

Dalton folgte Ivy den schmalen Pfad entlang zur Schlafveranda. Mit einem kräftigen Ruck öffnete er die Hintertür und trat hinaus. Eine frische Brise vom Meer wehte herein und kühlte ihre geröteten Wangen.

Er trat auf die überdachte Veranda und blickte hinaus auf die Wellen. »Ich liebe diesen Ort. So wie mein Vater. Er hat viele schöne Erinnerungen an die Ferien im Seaside Resort als kleiner Junge.«

»Seine Familie hat nur ein paar Jahre hier Urlaub gemacht?«

»Nach dem Tod seines Vaters kam seine Mutter nicht wieder ins Seaside. Aber Dad war damals schon der Küste verfallen, und sobald er alt genug war, zog er hierher.«

»Ruth hat immer gesagt, dass es ihr und ihren Eltern darum ging, schöne Erinnerungen zu schaffen.«

»Bei meinem Vater war es ein Volltreffer.«

Ivy hatte angenommen, dass die Freundschaft zwischen Ruth und den Manchesters mit Ivys intensivem Kontakt zu Dani begonnen hatte.

»Deine Mutter ist jung gestorben«, sagte Ivy.

»Mit sechsundvierzig«, sagte er. »Zu jung. Wie deine Mutter.«

Der Verlust ihrer Mütter war die Basis der Freundschaft zwischen Dani und ihr gewesen, als sie sich in der Grundschule kennengelernt hatten. Sie waren das Halbwaisen-Duo und hatten ihren eigenen Club. Sie wussten, wie es sich anfühlte, seine Mutter zu vermissen, sie wussten, dass Trauer keine zeitliche Begrenzung hat, und sie weinten zusammen an Geburts- und Todestagen.

»Ruth war immer lieb zu Dani, und mein Dad und ich, wir haben das immer zu schätzen gewusst«, sagte Dalton.

»Habt ihr deswegen das Hotelgrundstück gekauft?«

Dalton arbeitete die Spitze seines Sicherheitsstiefels unter ein vermodertes Brett auf der Veranda. »Es war ein gutes Geschäft.«

»Pass auf, dass ich deinen Vater und dich nicht als Weicheier abstempele. Erst gibst du Sailor Speck und dann kauft ihr aus Mitleid ein Grundstück.«

Ein Lächeln glitt über sein Gesicht. »Mach dir mal keine Sorgen um uns. Wir sind ganz gut im Geschäft.«

»Daran zweifle ich nicht.«

»Ich mache dir ein faires Angebot für das Haus.«

»Ich freue mich darauf.«

Er begutachtete einen Stapel schwarzer Metallstühle aus dem Speisesaal. »Nicht alles von dem Zeug hat nur sentimentalen Wert.«

»Bestimmt nicht. Ruth hätte dir bis auf den Cent genau sagen können, was sie für jeden Gegenstand im Hotel bezahlt hat. Sie hat auf ihrem Geld gesessen. Vielleicht hat sie sich gedacht, dass ich den Kram verkaufen und ein paar Dollar verdienen will.«

»Du verkaufst das Hotelmobiliar?«

»Ich spende es«, sagte sie. »Es ist alles in gutem Zustand und wird jemand anderem mehr nützen, als wenn ich ein paar Dollar damit verdiene.«

Er schüttelte den Kopf. »Die Sachen sind mehr als ein paar Dollar wert.«

»Spenden bringt besseres Karma.«

Er sah sie einen langen Moment an. »Irgendetwas von emotionalem Wert bisher?«

»Unter der Post auf dem Esszimmertisch lagen ein altes Hotelregister und ein Adressbuch. Ich habe keine Ahnung, warum sie das Register aufgehoben hat.« Sie holte das Adressbuch. »Vielleicht kennst du ein paar Namen?«

Er blätterte aufmerksam in dem kleinen schwarzen Buch. »Ja, ein paar schon. Henry Anderson war Handwerker und Fischer. Als er angefangen hat, hat er Tischlerarbeiten für Dad erledigt.«

»Ich erinnere mich an Henry. Er hat in der Küche gearbeitet, bis ich etwa sechs oder sieben Jahre alt war. Er war nett.« Sie erinnerte sich vage daran, wie Ruth sie für seine Beerdigung angezogen hatte. Als sie neben Ruth auf der Kirchenbank in der Methodistenkirche saß, hatte sie gesehen, wie eine Träne über die Wange ihrer Großmutter geronnen war.

»Dora Bernard Walton war mit meiner Mutter befreundet. Genauso wie Jessie Osborn Lee.«

Die Ehenamen der Frauen waren in einem anderen Blauton geschrieben, die Bögen der Os und Bs waren kleiner, kontrollierter. »Sie hat die Adressen offensichtlich aktualisiert.«

Er blätterte durch die Seiten durch. »Die Namen meiner Großmutter und meiner Tante Bonnie fehlen.«

»Es kann doch gut sein, dass sie den Kontakt zueinander verloren haben, nachdem deine Großmutter nicht mehr ins Seaside gekommen ist«, sagte Ivy.

»Als meine Tante Bonnie starb, war ich etwa zwölf. Ruth war bei der Beerdigung«, sagte Dalton.

»Wirklich? Ich weiß noch, dass mein Vater da mit Ruth gesprochen hat.«

»Wart ihr euch nah, deine Tante und du?«, fragte Ivy.

Dalton runzelte die Stirn. »Tante Bonnie hatte nicht viel für mich übrig. Sie hat nie ein Geheimnis daraus gemacht, dass Daddy einen Fehler gemacht hat, als er den Sohn seiner Frau adoptierte.«

Ivy konnte Ruths Empörung fast spüren. So etwas tolerierte Ruth nicht. Sie akzeptierte jeden.

»Es gibt hier unten zwei Zimmer. Das eine war Ruths Schlafzimmer. Das andere war ihr Atelier, das ist vollgestopft mit Staffeleien und Bildern. Das lasse ich erst mal so, bis ich den großen Raum ausgeräumt habe. Hoffentlich bin ich auch bald mit einem der Schlafzimmer so weit, dass ich in einem richtigen Bett schlafen kann. Die Couch ist so unbequem, wie sie aussieht.«

Er warf einen Blick auf die zerknitterte Decke und das Kissen mit dem gerade noch zu erahnenden Abdruck ihres Kopfes. »Autsch.«

»Wem sagst du das!«

»Dani will sich die Bilder gern wieder ansehen. Sie sagt, es könnte eine echte Nachfrage nach Ruths Arbeiten geben. Das wäre noch eine Einkommensquelle für dich.«

»Dani kennt sie?«

»Sie haben zusammen gemalt. Das war für beide gut.«

Ivy wollte nicht eifersüchtig sein, aber es ärgerte sie, dass Dani einen Teil von Ruth gekannt hatte, von dem sie nichts geahnt hatte. »Tja. Wir werden sehen. Ich möchte mir die Bilder in aller Ruhe ansehen, bevor ich eine Entscheidung treffe.«

»Du hast sie dir noch nicht angesehen?«

»Ich hatte noch nicht den Mut dazu.« Sie fragte sich wieder, warum ihre Großmutter ihr nie davon erzählt hatte. »Ruth hat ihre Skizzen streng gehütet. Ihre Gemälde werden ebenso persönlich sein.«

Er öffnete das Hotelregister. »1931 bis 1939.«

»Ich habe keine Ahnung, warum sie das aufbewahrt hat.«

»Der Raum im Seaside Resort, in dem die anderen Dokumente archiviert waren, war vollkommen zerstört. In dem Hotelteil hat der Sturm das Dach abgerissen, und der Regen ist ungehindert in den Raum geflossen. Von den Sachen konnte nichts gerettet werden. Sie muss die beiden Bücher hiergehabt haben«, sagte Dalton.

»Warum wohl?«

»Vielleicht wollte sie, dass du sie findest.«

»Warum hat sie es mir nicht einfach gesagt? Wozu die Geheimniskrämerei?«, fragte Ivy.

»Das weiß ich natürlich auch nicht.« Er kratzte sich den Bart. »Ihrer Generation ist es nicht leichtgefallen, offen und ehrlich mit Dingen umzugehen. Vielleicht war es auch zu schmerzhaft.«

»Sie hatte immer für alles einen Grund.« Ruth hatte ein geregeltes Leben geführt. Wäsche waschen am Samstag, Fried Chicken am Sonntag und Barbecue am Montag, Buchhaltung am Dienstag und Lebensmitteleinkauf am Mittwoch. Außerhalb der Saison nahm sie sich Zeit für ihre Skizzen, aber ohne die nächste Saison aus dem Blick zu verlieren.

»Sag Bescheid, wenn ich helfen kann, Ivy.«

»Der Baucontainer ist eine riesige Hilfe. Der könnte sogar voll werden.«

Er seufzte. »Als ich das ganze Zeug hier hochgeschleppt habe, habe ich mir das alles so ähnlich vorgestellt.« Er ging zur Tür. »Ich bin gleich nebenan, wenn du mich brauchst. Und ich habe genug Leute für die schweren Sachen.«

»Ich nehme dich beim Wort.«

»Gut.« Er drehte den rostigen Türknauf, stieg die Treppe hinunter und ging auf den Lastwagen zu. Sailor hielt vom Beifahrersitz Ausschau nach ihm.

* * *

Donner krachte über den Nachthimmel, rollte durch das Haus und weckte Ivy aus tiefem Schlaf. Sie lag zusammengekauert unter einer der drei Dutzend Rosensteppdecken, die Ruth aus dem Hotel gerettet hatte, auf der Couch. Sie hatte gegen sechs Uhr aufgehört, Ruths Zimmer auszuräumen. Da sammelten sich dicke schwarze Regenwolken über dem Container. Die Wetter-App ihres Handys kündigte keinen Sturm an.

Ruth war kein Fernsehfan gewesen und hatte keinen Apparat. Dalton hätte sie gewarnt, wenn ein großes Unwetter bevorgestanden hätte. Aufkommende Stürme waren von jeher Gesprächsthema Nummer eins in der Gegend, und gestern in Dotty's Pancake House hatte auch niemand ein Wort darüber verloren. Andererseits waren Stürme auf den Outer Banks unberechenbar.

Ivy verlagerte das Gewicht von ihrer geschundenen rechten Hüfte und sah zu, wie Blitze über den sternenlosen Himmel zuckten. Der Wind heulte laut und rüttelte am Haus. Das alte Gebälk ächzte, und die hohen Pfeiler unter dem Haus schwankten.

Sie stand auf, wickelte sich die Bettdecke um die Schultern und stapfte in ihren roten Wonder-Woman-Socken zum Fenster. Hinter der Veranda, wo die Dünen und der Strand lagen, war nur pechschwarze Dunkelheit. Ein Donnerschlag dröhnte durch das Haus, und kurz darauf durchzuckte ein Blitz den Himmel über den aufgepeitschten Wellen.

Ivy zog die Decke enger um sich. Die Wellen brandeten über die Treppe, die über die Dünen führte, und setzten dem Strandgras weiße Hauben auf.

Wie oft hatte sie zusammen mit Ruth Stürme ausgesessen? Wenn andere Familien evakuiert worden waren, hatte Ruth Ivy mit den Manchesters weggeschickt und versprochen, nachzukommen. Aber natürlich hatte sie ihr Versprechen nie eingelöst. Sie war in diesem Haus geblieben und hatte ein wachsames Auge auf ihr Hotel gehabt. Ihre Hartnäckigkeit hatte den Sheriff oft verärgert. Er hatte sie daran erinnert, dass er sie nicht würde retten können, wenn es wirklich schlimm würde. Aber sie hatte sich nie beirren lassen, bis zu jener Nacht im letzten Dezember, als der Sheriff ihr gedroht hatte, sie festzunehmen, wenn sie nicht freiwillig mitkäme.

Ivy setzte sich wieder auf die Couch, zog sich Schuhe an und legte Handtasche und Schlüssel auf den Beistelltisch. Nur für alle Fälle. Dann stopfte sie das Kissen auf die andere Seite der Couch, legte sich auf die linke Hüfte und starrte aus dem Fenster. Jetzt loszufahren wäre gefährlicher, als hierzubleiben, aber wenn der Sturm sich verschlimmerte und das Haus noch stärker schwankte, würde sie fahren.

Tatsächlich? Wem wollte sie etwas vormachen? Wenn der Sturm an Stärke zunahm, wäre die Straße nicht mehr befahrbar. Verdammt, vielleicht wäre die Brücke geschlossen. Dann wäre sie aufgeschmissen.

»Wäre das nicht das perfekte Ende?«, murmelte sie. »Der Sturm fegt mich mitsamt dem Haus hinaus aufs Meer.« Die dunklen Dachsparren explodierten im grellen Licht eines Blitzes, der durch den Raum zuckte. Regen prasselte auf das Giebeldach und stürzte den Schornstein hinunter auf den Feuerrost.

»Ruth, wenn du da bist und dies hier ein Test sein soll, dann ist das wirklich nicht lustig. Das Jahr war schlimm genug, ich brauche das nicht auch noch.« Sie zog die Knie an und rollte sich ein wie ein Embryo. »Und wenn du es nicht bist, aber irgendwelchen Einfluss haben solltest, wo auch immer du bist, dann denk dran, dass ich hier ein wenig Hilfe gebrauchen könnte.«

Kapitel 6
IVY

Mittwoch, 19. Januar 2022, 7.00 Uhr

Sie fiel immer wieder in einen leichten Halbschlaf, aus dem sie mit jedem Donnerschlag hochschreckte. Erst um vier Uhr morgens zog das Gewitter weiter. Ivy hatte sich solche Sorgen gemacht, dass das Haus einstürzen könnte, dass sie in einen tiefen, traumlosen Schlaf fiel – was bei ihr fast nie vorkam.

Sie hätte vielleicht ausgeschlafen, wenn die Sonnenstrahlen nicht durch die offenen Vorhänge der Schlafveranda gefallen wären. Sie öffnete ein Auge und warf einen Blick auf ihr Handy. Es war erst sieben.

»Zu früh.« Sie zog sich die Decke über den Kopf und nahm sich vor, mindestens noch drei Stunden weiterzuschlafen. Die verlorene Zeit würde sie abends dranhängen. Es war Jahre her, dass sie so lange geschlafen hatte. Nach dem Schrecken der Nacht konnte sie es gut gebrauchen.

Plötzlich dröhnte eine schwere Baumaschine vor ihrem Fenster. Nein, das mussten mindestens zwei sein. Metall kratzte über Steine und grub sich schrappend in den Erdboden, während das ununterbrochene Piepsen eines anderen Fahrzeugs signalisierte, dass es zurücksetzte. »Klar. Die Baustelle.«

Ivy stand auf. Es war eiskalt im Cottage. Der Thermostat zeigte zehn Grad an. »Alles, nur kein Blackout«, murmelte sie.

Sie probierte mehrere Lampen aus, aber keine funktionierte. »Das wird ja immer besser.« Schnell schlüpfte sie in ihre Jacke und eilte zum Sicherungskasten unter dem Haus. Beim Überprüfen stellte sie fest, dass der Hauptschalter herausgesprungen war. Sie legte ihn um und hörte, wie die Heizung zum Leben erwachte.

Drüben auf der Baustelle gab Dalton einem Fahrer Anweisungen, der sich die schlammigen Pfützen auf dem Gelände ansah. Sie schätzte Daltons Selbstvertrauen. Auf der Baustelle war er ganz in seinem Element. So hatte sie sich in der Küche des Vincenzo's bewegt. In dieser Welt war ihr kein Problem zu groß oder zu klein gewesen. Sie wusste genau, was sie tat, und sie genoss es. Selbst wenn sich die Probleme anhäuften, zweifelte sie nie an sich selbst und ihren Fähigkeiten. Und jetzt war sie hier, ohne Job, ohne Zukunftspläne. Eigentlich hätte das befreiend sein müssen, aber es fühlte sich an wie ein Hochseilakt ohne Netz.

Sie stieg die Treppe hinauf und kochte eine Kanne Kaffee. Die Maschine gluckerte vor sich hin, und als ein Drittel durchgelaufen war, füllte sie einen blauen Outer-Banks-Becher mit dem starken Gebräu. Dann schlängelte sie sich durch die gestapelten Stühle, Tische, Lampen und Nachttische auf die Veranda hinaus. Die Sonne warf ihr goldgelbes Licht auf die ruhige Wasseroberfläche, die mit dem Horizont verschmolz. Das unbeständige Wetter hier am Ende der Welt konnte von einer atemberaubenden Schönheit sein. Es war aber auch eine ständige Bedrohung.

Ihr Blick wanderte über den Strand. Etwas weiter entfernt erblickte sie etwas, das wie das aus dem Sand ragende

Gerippe eines alten Schiffs aussah. Es war nicht ungewöhnlich, dass Stürme Wracks freilegten. Das Gebiet vor der Küste war als »Friedhof des Atlantiks« bekannt. Im Laufe der Zeit waren Hunderte von Schiffen vor dieser Küste auf Sand gelaufen.

Als Ivy in die vierte Klasse ging, war ein Klipper in der Nähe vor Hatteras aus dem Sand aufgetaucht und lange genug oben geblieben, dass sie mit der Grundschule einen Ausflug dorthin machen konnte. Ihre Lehrerin hatte ihnen erklärt, dass vor der Küste zwei große Landmassen aneinanderstießen. Strömungen verschoben ständig die Sandbänke unter der Wasseroberfläche, auf denen Schiffe leicht stranden konnten.

Neugierig stellte Ivy den Kaffeebecher ab, öffnete die quietschende Fliegengittertür und stieg hinunter in den feuchten Sand. Sie zog den Reißverschluss ihrer Jacke zu und vergrub die Hände in den Taschen, während sie auf das Wrack zulief.

Der Rumpf des Schiffs war verschwunden. Nur noch die wie Rippen von seinem Rückgrat ausgehenden Spanten hatten die Zeiten überdauert. Das Salzwasser hatte das Holz dunkel gefärbt und versteinert.

Ruth hatte nie ein Schiffswrack in der Nähe ihres Hauses erwähnt, aber es konnte Jahrzehnte, wenn nicht gar Jahrhunderte dauern, bis der Strand eines seiner Geheimnisse preisgab.

Hinter sich hörte sie einen Hund bellen, und als sie sich umdrehte, lief ein irischer Wolfshund über die Düne. Er wirkte eher wie eine Bestie als wie ein domestizierter Hund. Sein tiefes Gebell rollte über den Dünenkamm und wurde vom Wind aufs Land getragen. Mit der aufgehenden Sonne im Rücken sah sie, wie er im hohen Strandgras verschwand.

Ivy suchte den menschenleeren Strand nach dem Besitzer ab. Aber es war niemand zu sehen, und so folgte sie dem Hund und beobachtete, wie er unter einem Stelzenhaus mit verschlossenen Fensterläden hindurchtrottete. Um diese Jahreszeit war der Strand hier menschenleer. Es war unwahrscheinlich, dass der Hund zu dem Haus gehörte.

Neugierig lief sie über die Strandpromenade und von dort über den Sand zu dem Strandhaus. Das in den Siebzigerjahren erbaute Haus war ein langer, rechteckiger Kasten auf zwei bis drei Meter hohen Stelzen mit einem schindelgedeckten Asphaltdach und Fensterläden. Eine Terrasse verlief entlang der Meerseite, und wie in Ruths Haus gab es zwei Treppen, eine vorn, eine hinten.

Ivy bahnte sich einen Weg durch das Unkraut zu der betonierten Einfahrt, ging unter dem Haus hindurch, aber ohne den Hund zu erspähen. Es war durchaus möglich, dass er zu einem anderen Haus gelaufen war.

Sie wusste nicht, warum der Hund ihre Neugier geweckt hatte. Er schien bei guter Gesundheit zu sein, und sein schlanker, wolfsähnlicher Körper bewegte sich mit dem Selbstbewusstsein der Einheimischen. Sie ging an zwei Mülleimern vorbei auf einen kleinen Abstellraum zu.

Keine Spur von dem Tier. Dafür knurrte ihr Magen. »Okay, ab ins richtige Leben.«

Doch als sie sich zum Gehen wandte, hörte sie ein leises Wimmern, das von der anderen Seite des Hauswirtschaftsraums kam. Das konnte nicht ihr Wolfshund sein, aber sie musste natürlich nachsehen.

Als sie um die Ecke bog, sah sie einen kleinen Hund in einem Nest aus Strandgras liegen. An dem stark geschwollenen Bauch erkannte sie auf den ersten Blick, dass das Tier trächtig war.

Ivy näherte sich langsam und kniete sich neben die Hündin, die zutraulich wedelnd zu ihr aufsah. »Du kleine tapfere Maus. Du bist ganz allein, oder?« Sie kraulte die Hündin zwischen den Ohren. »Hier kannst du deine Kleinen nicht bekommen. Wir müssen dich rausholen aus der Kälte.«

Die Hündin versuchte zurückzuweichen, als Ivy ihre Jacke abstreifte und über den angespannten Körper legte. »Ist ja gut. Alles wird gut.«

Es musste ein Dackelmischling sein und konnte nicht mehr als zehn Kilo wiegen. »Ich nehme dich jetzt auf den Arm. Kannst du mich bitte nicht beißen?«

Eine Wehe zog den Bauch der Hündin zusammen. Ivy wartete, bis sie vorbei war, bevor sie das Tier hochhob. Sie drückte es an sich und eilte über die Strandstraße zu ihrem Haus.

Dort nahm sie die dicke Bettdecke, unter der sie in der vergangenen Nacht geschlafen hatte, breitete sie in der Zimmerecke hinter einem Stapel von Kartons aus und hoffte, dass es der Hundemami wie ein sicherer Rückzugsort vorkam. Die Hündin sah zu ihr auf. Sie versuchte aufzustehen, doch eine Wehe hinderte sie daran. »Hier bist du in Sicherheit. Sei ganz ruhig. Ich hole heißes Wasser und saubere Handtücher und so was alles. Das ist das Schöne daran, dass du jetzt bei mir gelandet bist. Wir haben Hunderte von Handtüchern und Dutzende von Bettdecken, also mach dir darüber bloß keinen Kopf.«

Ivy eilte in die Küche, füllte eine Schüssel mit Wasser und kramte ein paar Handtücher aus einer Kiste. Als sie zurückkam, leckte der Hund gerade etwas ab, was wie ein Welpe aussah. »Wahnsinn, du bist aber schnell!«

Sie überlegte, ob sie bleiben und helfen sollte, dachte dann aber, dass es dem Hund ohne sie bestimmt besser gehen würde. Sie hatte keine Kinder, aber sie würde definitiv etwas dagegen haben, wenn ihr jemand zwischen die Beine glotzte, während sie ein Baby zur Welt brachte.

Sie suchte online nach Dr. Browns Tierpraxis und wählte die Nummer. Sie landete auf seiner Mailbox. »Hallo, Dr. Brown. Hier ist Ivy Neale. Ich habe eine streunende Hündin gefunden, die gerade Welpen bekommt. Ich wäre Ihnen für jeden Ratschlag dankbar.« Sie hinterließ ihre Nummer.

Nachdem sie sich eine frische Tasse Kaffee eingeschenkt hatte, lief sie in der Küche auf und ab. Die Minuten strichen langsam vorbei. Als ihr auffiel, dass ihre ständige Bewegung wahrscheinlich nicht hilfreich war, setzte sie sich an den Esszimmertisch und öffnete das Hotelregister aus den Dreißigerjahren. Die handschriftlichen Einträge waren so unterschiedlich wie die Gäste, und sie war überrascht, dass das Hotel während der Großen Depression im Geschäft geblieben war. Die Gäste waren überwiegend Männer, die ihren Beruf als Jäger oder Verkäufer angaben.

Sie fragte sich, wie es ihrer Urgroßmutter um diese Zeit ergangen sein mochte. Sie war mit Ruth schwanger gewesen und hatte sie auch allein zur Welt gebracht.

Ivys Aufmerksamkeit wurde von dem Winseln der Hündin auf die Wurfecke gelenkt. Sie erhob sich langsam und spähte hinter die Kisten. Die Hundemami hatte jetzt drei Junge.

»Ich hoffe für dich, dass es das war. Drillinge sind bestimmt anstrengend genug.«

Die Hündin war damit beschäftigt, die Fruchtblase des letzten Welpen abzulecken, während die winzigen blinden Wesen schon nach den Zitzen suchten.

Ivy hielt der Hündin eine Schüssel mit Wasser unter die Nase. Sie schnüffelte und leckte halbherzig daran. Ivy befeuchtete einen Lappen mit warmem Wasser und wischte erst die Hundemutter und dann die Welpen behutsam ab.

Ihr Telefon klingelte. »Hallo.«

»Ivy, hier ist Dr. Brown.«

»Ich habe jetzt drei Welpen.«

»Das ging aber schnell.«

»Allerdings. Was soll ich jetzt tun?«

»Ich bin gerade unterwegs in die Praxis, ich komme auf dem Weg vorbei. Du wohnst in Ruths Haus, richtig?«

»Ja.«

Als es Minuten später läutete, lagen die Welpen bereits an den Zitzen. Ivy öffnete die Tür. »Danke, dass Sie gekommen sind.«

»Das ist doch selbstverständlich. Wo ist die frischgebackene Mutter?«

»Folgen Sie dem Pfad durch die Kisten auf der rechten Seite. Die Wurfecke ist dahinter.«

Dr. Brown fiel die Kinnlade herunter, als er sich in dem Raum umsah. »Ach, du meine Güte!«

»Falls es Ihnen an Hotelvorräten mangelt, bedienen Sie sich.«

»Tja, damit hätte ich rechnen können.« Dann nahm er die Route durch die Kistenschlucht.

Er kniete sich nieder, sprach leise mit der Hündin und untersuchte die Welpen. »Sie wirken alle drei gesund.«

»Gut.«

»Soll ich den Tierschutz für Sie anrufen? Die kommen dann im Laufe des Tages und holen sie ab.«

Das wäre natürlich die einfachste Lösung. »Nein, die kleine Hundemami und ihre Jungen können erst mal hierbleiben. Wir haben genug Zeit, um eine Lösung zu finden.«

»In Ordnung. Ruf mich an, wenn du mich brauchst.« Er blieb vor einer Schachtel stehen, die mit *Stifte* gekennzeichnet war, und schaute hinein. »Bürobedarf können wir in der Praxis immer gebrauchen.«

»Dann ist heute Ihr Glückstag. Bitte nehmen Sie alle mit.«

»Ich bin noch nie in Bleistiften und Kugelschreibern bezahlt worden.«

»Wenn Sie mir eine Rechnung stellen, zahle ich mit echtem Geld.«

»Nichts da. War mir ein Vergnügen.«

Sie begleitete ihn zur Tür. »Sagen Sie Ihren Freunden, dass ich Hotelbedarf und Welpen habe. Abzugeben in gute Hände.«

»Wird gemacht.« Er griff in seine Manteltasche und zauberte zwei Dosen Hundefutter heraus. »Die Mama wird hungrig sein. Gib ihr jetzt ruhig ein bisschen zu fressen. Wasser soll sie auch trinken. In ein paar Stunden gibst du ihr dann noch mehr.«

»Wird gemacht. Danke, Doc.«

»Gern geschehen.«

»Kennen Sie einen irischen Wolfshund hier in der Gegend?«

Er schüttelte den Kopf. »Ich habe seit Jahren keinen mehr gesehen.«

»Es hätte ja sein können, dass Sie wissen, wer der Besitzer ist.«

»Nein, aber ich halte die Augen offen.«

»Danke.«

Sie schloss die Tür, nahm einen Teller aus dem Schrank, öffnete die Dose und löffelte vorsichtig eine kleine Portion Hundefutter auf den Teller. Dann wischte sie mit einem Papiertuch den Rand sauber, wie sie es ausnahmslos mit jedem Teller bei Vincenzo's getan hatte. Sie kniete sich vor das Lager, zog zwei Finger durch das Futter und hielt sie der Hundemami hin. Die leckte Ivys Finger mehrmals ab und nahm dann das Wasser aus dem Napf an.

Ivy wusch sich die Hände, breitete eine saubere Bettdecke auf dem Boden aus und verlagerte behutsam einen Welpen nach dem anderen auf das frische Bettzeug, in der Hoffnung, dass die Hundemutter folgen würde. Das tat sie auch. Als die vier versorgt waren, warf Ivy die alte Decke in den Müllcontainer.

Sie schenkte sich einen frischen Kaffee ein und sah sich im großen Raum um. Zuerst machte sie sich an die aufgestapelten Stühle, die sie nach und nach leise hinuntertrug. Es wäre ein Leichtes gewesen, sie in den Container zu werfen. Da sie aber noch akzeptabel waren, schleppte sie sie zum Ende ihrer

Einfahrt und brachte ein Schild mit der Aufschrift ZUM MITNEHMEN an.

Ohne die Stuhltürme war der Raum schon heller. Als Nächstes stellte sie die Klapptische an die Einfahrt, an die sie ein weiteres ZUM MITNEHMEN-Schild klebte.

Das eintönige Treppe-runter-Treppe-hoch schien kein Ende nehmen zu wollen (insgesamt sechsundfünfzig Mal). Alle Stunde schaute sie nach der Hundemami und war froh, dass sie die meiste Zeit fest schlief. Gegen ein Uhr nahm sie die Hündin schließlich vorsichtig auf den Arm. »Zeit, Pipi zu machen. Deinen Kleinen passiert nichts. Ich verspreche es dir.«

Sie trug die Hundemami nach draußen, die sich dabei versteifte und den Kopf Richtung Wurfecke verdrehte. »Keine Angst, die laufen nicht weg.«

Ivy setzte die Hündin auf ein Stück weiches Gras und wartete ab, ohne hinzugucken. Es war auch wieder so ein Moment, in dem ein Mädchen kein Publikum brauchte. Schließlich konnte Ivy sie aufheben und zu ihren Welpen zurücktragen. Die Hündin überprüfte jedes Junge sehr gründlich. Nachdem sie sich vergewissert hatte, dass alle da und gesund waren, trank sie die ganze Schüssel Wasser aus und legte sich schlafen.

Zwanzig Minuten später klopfte es an der Haustür. Ivy unterbrach die Sichtung einer Kiste mit Stoffservietten und Tischtüchern nur allzu gern.

Diesmal stand Dani lächelnd vor der Tür. »Machst du einen privaten Flohmarkt auf?«

»Ich möchte nicht all die Sachen wegwerfen, die Ruth gerettet hat und die noch gut sind«, erklärte Ivy.

Dani stutzte. »Was ist das für ein Geruch? Hast du einen Hund?«

Ivy trat zur Seite und ließ Dani herein. »Ich habe heute Morgen eine Hündin gefunden, und sie hat hinter den Kisten da drüben drei ganz niedliche Welpen bekommen.«

Dani grinste. »Darf ich mal gucken?«

»Ja, aber sei bitte ganz vorsichtig. Sie ist nervös.«

»Nach Bellas Geburt war ich ein Wrack.« Dani schlich zu den Kisten und spähte dahinter. Ihr Gesichtsausdruck wurde weicher. Sie machte Fotos mit ihrem Handy. »Bella darf die Welpen auf keinen Fall sehen. Sonst verliebt sie sich.«

»In sieben oder acht Wochen brauchen sie ein Zuhause. Bella und du, ihr könnt euch einen aussuchen.«

»Ein Welpe ist fast wie ein Baby. Ich brauche den Schlaf zwischen Mitternacht und Morgengrauen für Bella, meine Arbeit und vielleicht mal ein heißes Date.«

»Um zwei Uhr bin ich immer von der Arbeit nach Hause gekommen.«

»In New York ist das ein klein bisschen anders als in Nags Head. In dieser Jahreszeit werden die Bürgersteige hier um zehn hochgeklappt.«

Ivy zuckte mit den Schultern. »Wie kommst du damit klar?«

»Gut. Ich bin ein Tagmensch.«

»Seit wann?« Ivy erinnerte sich an viele Nächte, in denen sie mit Dani bis in die Morgenstunden auf einer Party gewesen war oder am Strand gefeiert hatte.

»Wir entwickeln uns alle weiter.« Dani sah sich im Raum um. »Du hast Fortschritte gemacht.«

»Die großen Sachen hat Ruth hier hinstellen lassen. Ich fürchte, für die Schlafzimmer brauche ich länger. Ich habe damit begonnen, Ruths Schrank auszuräumen, aber in ihrem Zimmer gibt es so viel durchzusehen, dass ich beschlossen habe, zuerst das Grobe anzugehen.«

Dani hielt eine Tüte hoch. »Ich habe Donuts mitgebracht.«

»Donuts?«

»Oder bist du keine Naschkatze mehr?«

»Schön wär's.« Ivy nahm die Schachtel entgegen und begutachtete die Donuts: Drei waren mit Streuseln glasiert, drei waren mit Schoko und Speck. »Ich wünschte, ich hätte den Stoffwechsel eines Teenagers.«

Dani gluckste. »Das wünschen wir uns doch alle!«

Ivy wählte einen Schokoladendonut. »Kaffee?«

»Wunderbar.« Dani setzte sich an den Esszimmertisch, während Ivy frischen Kaffee machte und ihn in zwei Steingutbecher schenkte. Sie warf einen Blick auf das Hotelregister.

»Das ist vom Seaside Resort. Ruth hat das Register aus den Jahren 1931 bis 1939 gerettet.«

Dani kniff die Augen zusammen, als sie die Namen überflog. »Mr Edward W. Trainer, New York. Entenjäger.«

Ivy brachte die Tüte mit den Donuts an den Tisch und setzte sich Dani gegenüber. Wie viele Jahre war sie sauer auf Dani gewesen? Und jetzt saßen sie zusammen, als wäre nie etwas gewesen.

»Mr James T. Kelce, aus Wilmington, Delaware, Entenjäger«, las Dani vor.

»Im Januar ist immer noch Entenjagdsaison.«

»Viele allein reisende Männer, viele Jäger.« Sie blätterte um. Sie hielt inne. »Guck mal, eine allein reisende Frau. Das war damals eher unüblich.«

Ivy beugte sich vor. »Mrs Janet Irvington.«

»Ein ganz gewöhnlicher Name.«

»Mrs Irvington hat keinen Grund für ihre Reise nach Nags Head angegeben.«

»Frauen haben auch gejagt«, sagte Dani.

»Ich würde gern glauben, dass ihre Geschichte etwas Geheimnisvolleres hat. Dass sie auf der Flucht vor der Mafia war, zum Beispiel. Das wäre doch viel interessanter.«

»Ivy, ich wollte eigentlich über etwas anderes sprechen.« Dani nippte an ihrem Kaffee. »Ich möchte dich wissen lassen, dass Matthew weiß, dass du zurück bist. Er will dich besuchen kommen.«

Ivy rutschte auf dem Stuhl hin und her. »Warum sollte ihn das interessieren?«

Dani zuckte mit den Schultern. »Keine Ahnung. Er hat Bella abgeholt, deswegen wollte ich das nicht weiter vertiefen. Ich glaube, er ist verrückt oder verzweifelt genug, um dir ein geschäftliches Angebot zu machen.«

Ivy hatte sich Dani und Matthew nie als Eltern vorstellen können. Irgendwie passte es nicht zu ihrem Bild von den beiden Teenagern, die auf eine andere Zukunft gehofft hatten. Und die Ivy im Stich gelassen hatte.

»Wer hätte gedacht, dass der Mädchenschwarm aus der Highschool einmal seine eigene Tochter vergöttern würde«, sagte Dani. »Er macht ständig einen Spagat zwischen seiner Arbeit und der Zeit, die er mit ihr verbringen will.«

»Er war immer ehrgeizig.« Matthew hatte oft mit Ivy über seinen Traum gesprochen, ein Restaurant zu eröffnen. Ivy hätte die Küche leiten sollen, und er wäre für die Geschäftsführung verantwortlich gewesen. Doch sie hatte gespürt, wie ihr eigener Traum in immer weitere Ferne rückte, je begeisterter er von seinem erzählte.

»Daran hat sich nichts geändert. Ich glaube, er sieht eine neue Chance, weil du länger als zehn Jahre in New York gekocht hast und bald in Geld schwimmen wirst. Allerdings vermute ich, dass er dich diesmal eher früher als später dazu bringen wird, einen Vertrag zu unterschreiben.«

»Die Mühe kann ich ihm ersparen. Ich bleibe nicht hier. Sobald ich das Haus verkauft und ein Zuhause für die Welpen gefunden habe, bin ich weg.«

»Und wenn du an diesem unbekannten Ort ankommst, was wirst du dort tun?«, fragte Dani leicht verärgert.

»Ich weiß es nicht.«

»Doch, natürlich weißt du es. Du willst es nur nicht laut aussprechen. Es wird irgendetwas mit einem Restaurant zu tun haben. Ruth und du, ihr seid aus dem gleichen Holz geschnitzt.«

»Das Risiko ist enorm. Und wenn ich das Geld aus dem Verkauf des Hauses verliere, dann habe ich nichts.«

»Aber warum gehst du davon aus, dass du pleitegehst? Ich glaube das nicht. Du kannst rechnen. Ich weiß, dass du Zahlen liebst.«

»Ich habe kein Sicherheitsnetz, Dani. Du schon.«

»Geld ist nicht alles.«

»Aber man fällt weich, wenn man welches hat.« Sie sah sich im Raum um. »Ruth wusste genau, wie viel ein Dollar wert ist, sonst hätte sie dies alles nicht gerettet.«

»Wirklich entspannt war Ruth eigentlich nur beim Malen«, sagte Dani. »Dann war sie glücklich.«

»Ich habe sie kein einziges Mal malen sehen. Wenn ich da war, hat sie so ein bisschen gekritzelt, aber nie gemalt.«

»Sie musste sich um das Hotel und um deine kranke Mutter kümmern, dich erziehen, und dann fing ich an, bei ihr rumzuhängen. Sie hatte ja kaum eine Minute für sich.« Dani hob die Hand. »Und nimm dir das bloß nicht zu Herzen. Sie hat dich geliebt und war immer froh, dir ein Zuhause geben zu können.«

Ivy fragte sich, ob Ruth glücklicher gewesen wäre, wenn sie das Strandhaus verkauft und etwas Praktischeres gefunden hätte. »Du warst bei ihr, als sie starb.«

Schweigen legte sich auf sie. »Ich wollte mir ihr neuestes Bild ansehen. Ich sah sofort, dass es ihr nicht gut ging. Ihre linke Hand zitterte. Sie wollte nicht, dass ich ›Theater mache‹, aber ich habe natürlich den Notarzt angerufen. Als die Rettungskräfte eintrafen und sie auf die Trage legten, erlitt sie einen Herzinfarkt. Und auf dem Weg zum Krankenhaus ist sie gestorben.«

Ivys Traurigkeit mischte sich mit Schuldgefühlen. »Danke, dass du bei ihr warst.«

»Sie war wie eine zweite Mutter für mich.«

Unter Ivys Dankbarkeit flackerte ein Hauch von Groll auf. Dani war in eine Rolle geschlüpft, die Ivys gewesen wäre, wenn sie in Nags Head geblieben wäre. Aber es war ihr eigener Fehler gewesen, dass sie gegangen war.

»Sie war froh, dass du nach New York gegangen bist«, sagte Dani, als hätte sie Ivys Gedanken gelesen. »Sie hat gesagt, du brauchtest eine Auszeit.«

»Warum hätte sie das sagen sollen? Sie ist nie von hier weg gewesen.«

»Da bin ich mir nicht so sicher.«

»Wie meinst du das?«, fragte Ivy.

»Mein Vater hat einmal erwähnt, dass Ruth nicht hier gelebt hat, als ihr eigener Vater gestorben ist.«

»Wusste dein Vater, wo Ruth in der Zeit gewesen ist?«

»Nein, aber ich kann ihn fragen.« Danis Blick schweifte durch das vollgestellte Zimmer. »Ich glaube, Ruth hat dir noch etwas zu sagen.«

Kapitel 7
RUTH

Samstag, 17. Juni 1950, 12.00 Uhr

Whiskey war eigensinnig. Sie blickte trotzig zu Ruth und Talley auf, schnupperte hier und da am Sand, tat, als würde sie in die Hocke gehen, ließ es dann aber doch. Dann wählte sie einen anderen Platz – und das gleiche Theater begann von vorn. So ging es ein paarmal.

»Kannst du nicht einfach pinkeln? Wir wollen zu deinem Frauchen.« Sie wandte sich an Talley: »Ich habe noch nie wen kennengelernt, der so interessant war wie sie.«

»Ich auch nicht«, sagte Talley.

Der Hund knurrte leise, kratzte auf der Erde, als ob ihm fester Boden verdächtig wäre. Schließlich ließ er sich hinten hinunter und pinkelte. Endlich.

»Wurde aber auch Zeit«, sagte Ruth. »Du bist wirklich ein verwöhntes Ding.«

Whiskey gähnte.

Ruth nahm den Hund auf den Arm. Die beiden Mädchen liefen über den hellen Sand vorbei an den Büschen und dem

Brombeergestrüpp zu dem Haus, in dem Carlotta untergebracht war. In der gleißenden Sonne kniffen sie die Augen zusammen. Es war schwül, und schon nach wenigen Schritten war die schmale Vertiefung zwischen Ruths Schulterblättern nass vor Schweiß.

»Die Sonne brennt«, bemerkte Talley.

Die Haut ihrer Cousine hatte eine leuchtende rosa Farbe angenommen und bald würde ein Sonnenbrand daraus werden. Das kannte Ruth von ihrer Mutter. Ruth saugte die Sonnenstrahlen auf wie ein Schwamm. Vorsichtshalber legte sie ihre Hand über Whiskeys Augen. »Willst du einen von den vergessenen Hüten haben?«

»Ich sage nicht Nein«, sagte Talley. »Habt ihr eigentlich oft Entertainer?«

»Mama hat schon öfter Künstler engagiert, aber selten länger als für ein oder zwei Nächte. Und niemand war je so glamourös wie Carlotta DiSalvo.« Alles an Carlotta funkelte. Sogar ihr Haar war einzigartig.

Ruth fuhr sich durch ihre stürmischen schwarzen Locken, die sich nur mit Mühe zusammenbinden ließen, und überlegte, ob sie sie irgendwie glätten und hochstecken könnte.

Als sie sich dem Haus näherten, sahen sie durch die geöffneten Fenster, dass Mama Miss Carlotta gerade mit allem vertraut machte. Vor drei Tagen hatte Mama Eimer und Lappen zum Haus gebracht, das seit dem letzten Sommer leer gestanden hatte, und mit Ruth die Oberflächen in der Küche gewienert, die Holzböden geschrubbt, die umlaufende Veranda gefegt und die Fenster mit weißem Essig geputzt. Als sie fertig waren, waren alle Spuren von Feuchtigkeit und Schimmel getilgt und der frische Duft von Leinöl lag in der Luft.

Jetzt waren die Fenster geöffnet, und die rostigen Ketten der Verandaschaukel knarzten leicht in der Meeresbrise, die die frischen Blümchenvorhänge aufblähte. Der Wohnraum war für hiesige Verhältnisse groß, auch wenn sich ein paar Gäste beschwert hatten, dass er zu klein sei. Doch der steinerne Kamin, der sich bis zum gewölbten Dach erstreckte, hatte auch die Nörgler überzeugen können.

Die Möbel – eine Couch, zwei Sessel, ein Couchtisch, ein Beistelltisch und ein Esstisch – waren alle von Daddy und Onkel Henry getischlert worden. Die niedrigen Sessel waren massiv und hatten dicke Armlehnen, wie diejenigen, die Daddy auf seinem Marineschiff im Südpazifik gesehen hatte. Anstatt Tikis und Schildkröten in das Eichenholz zu schnitzen, hatte Daddy das aus dem Meer geborgene Holz mit Fischadlern, Sanderlingen und Möwen verziert. Mama hatte Kissen und Polster aus Segeltuchhüllen genäht.

Ruth hatte Mama geholfen, das Doppelbett im ersten Stock mit einer Decke mit lauter kleinen Segelbooten zu beziehen, die in Grün, Rot und Blau leuchteten. Sie hatte auch die Kommode, den Spiegel und einen kleinen Stuhl in der Ecke abgestaubt. Auch wenn sie Mama schon in vielen Bungalowzimmern beim Putzen geholfen hatte, wünschte sie sich jetzt, dass sie dieses Mal sorgfältiger gewesen wäre und den Staub nicht unter den geflochtenen Teppich im Schlafzimmer gekehrt hätte.

Mamas Stimme drang durch die vergitterte Schlafveranda zu ihnen. »Oben gibt es noch zwei weitere Zimmer. Das Cottage bietet Platz für acht Personen. Gib mir bitte Bescheid, wenn du Übernachtungsgäste hast. Ich möchte wissen, wer sich auf meinem Grundstück aufhält.«

»Ich erwarte keine Gäste«, antwortete Carlotta. »Nach all den Jahren auf dem Boot freue ich mich auf etwas Zeit für mich. Und auf ein Haus für mich.«

»Du warst sehr lange auf dem Boot.« Mamas Aussage enthielt eine nicht gestellte Frage.

»Vierzehn Jahre«, gab Carlotta zurück.

»Wie war das für dich auf dem Boot? Und dauernd unterwegs zu sein?«

Ruth überkam ein Gefühl, das sie nicht deuten konnte. Sie stand unten bei den Stelzen an der Treppe und wurde magisch von dem Gespräch angezogen, als würden die beiden sich gleich etwas ganz Wichtiges zuflüstern.

»Mir gefällt es«, sagte Carlotta. »Wir sind alle paar Tage in einem anderen Hafen.«

»Ermüdet dich das nicht irgendwann?«, fragte Mama.

»Nein. Ich habe die ersten fünfzehn Jahre meines Lebens in einer sehr kleinen Stadt verbracht.«

»Vermisst du dein Zuhause?«

»Nein. Du?«

Whiskey bellte und drückte sich mit ihrem kleinen haarigen Körper an Ruth, die das gar nicht komisch fand. Jetzt blieb ihnen nichts anderes übrig, als hochzugehen. »Die waren gerade dabei, zum spannenden Teil zu kommen.«

»Trotzdem ist es besser, nicht zu lauschen«, bemerkte Talley.

»Wenn du in einem Hotel arbeitest, machst du den ganzen Tag nichts anderes.«

Die beiden Frauen kamen ins Wohnzimmer.

»Das ging aber schnell«, sagte Carlotta. »Normalerweise lässt sich Whiskey viel Zeit.«

»Na ja, sie macht ihre Geschäfte jedenfalls nicht überall«, sagte Ruth. »Hat länger gedauert, als ich erwartet habe.«

An Carlottas Handgelenk klimperten zwei silberne Armreife, als sie den Hund entgegennahm. »Sie ist nicht ans Festland gewöhnt. Sie ist auf dem Boot aufgewachsen.«

»Auf der *Maisy Adams*?«, fragte Ruth.

»Ja, genau.«

»Sie sind bestimmt schon an vielen Orten gewesen.« Ruth war bis nach Elizabeth City im Westen und bis nach Norfolk im Norden gekommen. Immer hatte sie Daddy begleitet, der entweder Holz oder irgendwas für sein Boot abholte. Er reiste nicht gern allzu weit, weil er am liebsten in seinem eigenen Bett schlief. Aber Ruth liebte es, über die Brücke zum Festland zu fahren, zu sehen, was dahinterlag, und an irgendeiner Tankstelle anzuhalten, um ein Getränk zu kaufen.

»Die *Maisy Adams* kreuzt auf den Seen und an der Ostküste«, erklärte Mama.

»Sind Sie vorher schon mal über den Sund zu den Outer Banks gekommen?«, fragte Ruth.

»Wir legen lieber in größeren Städten an«, sagte Carlotta. »Hier gibt es einfach nicht genug Zuschauer.«

»Vielleicht nicht im Frühling und im Herbst, aber im Sommer ist es hier proppenvoll«, wandte Ruth ein. »Das stimmt doch, Mom?«

»So ist es.« Mama war steif und ernst. Sie war ganz anders als mit den anderen Gästen, denen sie am ersten Tag der Saison immer das Gefühl vermittelte, sich zu freuen, dass sie wieder da waren.

Carlotta lächelte. »Ich merke es mir für die Zeit, wenn wir wieder einsatzbereit sind.«

»Wann ist das?«, fragte Ruth.

»In einem Monat, vielleicht auch schon vorher.«

»Und Sie bleiben die ganze Zeit hier?«, fragte Ruth.

»Deine Eltern waren so freundlich, mich für zwei Wochen zu engagieren, solange das Boot im Trockendock liegt. Whiskey und ich freuen uns darauf, für eine Weile festen Boden unter den Füßen zu haben.«

»Festen Boden gibt es hier mehr als genug.« Ruth konnte ihre Aufregung nicht verbergen.

»Ruth und Talley, es ist Zeit, dass ihr ins Hotel zurückgeht und euch um die Gäste kümmert«, wies Mama sie an. »Carlotta soll erst einmal in Ruhe auspacken können.«

»Darf ich ihr helfen?«, fragte Ruth.

»Die Gäste kommen immer zuerst dran«, sagte Carlotta. »Das ist die wichtigste Regel in der Unterhaltungsbranche.«

Ruths Grinsen verflog. Sie hatte keine Lust, schon wieder dieselben Leute zu sehen und die gleichen Spiele zu spielen. Das wiederholte sich doch alles Jahr für Jahr.

»Die Show muss weitergehen.« Carlotta lächelte.

»Komm schon, Ruth.« Mamas Worte waren wie ein kühler Windstoß. »Ich bin sicher, dass es Talley und dir Spaß machen wird, euch mit den Mädchen in eurem Alter zu unterhalten.«

»Du hast selbst gesagt, dass wir uns nicht mit den Gästen anfreunden sollen.«

Am ersten Saisontag war Mama immer ein Nervenbündel, aber heute war sie noch angespannter als sonst. »Verabschiedet euch von Carlotta.«

»Bis später«, sagte Ruth.

»Auf Wiedersehen, Miss Carlotta«, sagte Talley.

»Ich freue mich drauf, euch beide wiederzusehen.« Carlotta schenkte ihnen einen warmen Blick.

Als sie über den in der späten Vormittagssonne bereits heiß gewordenen Sand liefen, stellte Ruth all ihre Fragen über die Sängerin. »Wie hat Miss Carlotta uns gefunden?«

Bevor sie antwortete, schaute Mama auf die schmale goldene Uhr an ihrem Handgelenk. »Sie hat mir geschrieben, dass ihr Schiff in Coinjock im Trockendock repariert wird.«

»Ja, aber wie hat sie uns gefunden? Ich habe noch nie was von der *Maisy Adams* gehört.«

»Sie wird mehrere Hotels angeschrieben haben. Als ich ihren Brief bekommen habe, dachte ich, dass sie unser Sommerprogramm aufpeppen könnte. Das neue Hotel macht uns Konkurrenz. Es ist immer gut, den anderen einen Schritt voraus zu sein.«

»Sie sieht so gut aus«, schwärmte Ruth.

»Und ihre Haare sind so blond«, sagte Talley.

Mama eilte vor ihnen her.

»Glaubst du, sie war schon einmal in Hollywood?«

»Was glaubst du, wie alt ist sie?«

Mama blinzelte gegen die Sonne. »Ich würde sagen dreißig.«

»Sie sieht jünger aus.«

»Ist sie aber nicht.«

»Woher weißt du das?«

»Ich weiß es eben.«

»Und sie hat dir einfach so geschrieben?«

»Wie gesagt, sie hat an mehrere Hotels in der Nähe von Coinjock geschrieben.«

»Ich bin froh, dass du zugesagt hast. Sie wird bestimmt der Sommerhit.«

Talley nickte.

»Das kann ich mir auch gut vorstellen«, sagte Mama nach einer Pause.

Eine halbe Stunde später fuhr der erste holzgetäfelte Wagen unter das Vordach am Haupteingang. Die Frau am Steuer trug eine getönte Sonnenbrille, ein weißes Kopftuch über ihren blonden Haaren, ein Kleid mit Lochspitze und kleine Perlenohrringe. Auf dem Vordersitz saß ein kleiner Junge und auf dem Rücksitz ein Mädchen. Beide hatten flachsblonde Haare und helle Haut.

Ruth erkannte Mrs Manchester und ihre beiden Kinder, die seit Kriegsende Stammgäste im Seaside Resort waren. Mr Manchester, der in einem Sägewerk in Elizabeth City arbeitete, stieß erst in der zweiten und letzten Urlaubswoche zu seiner Familie.

Mrs Manchester stieg aus und nahm ihre rote Handtasche an sich. Sie passte perfekt zu dem Gürtel, der ihre schmale Taille betonte. Während sie mit dem Zeigefinger unter die Perlenkette fuhr, betrachtete sie das Hotel mit einer Mischung aus Erleichterung und Sorge.

Ihre Tochter Bonnie und ihr Sohn Pete, beide langbeinig, blass und schlank, stiegen jetzt ebenfalls aus dem Auto. Bonnie, die eine Sonnenbrille wie ihre Mutter trug, war ein Jahr jünger als Ruth, aber zwei Zentimeter größer, und ihre Brüste – mein Gott, ihre Brüste waren doppelt so groß wie im letzten Sommer! – füllten ihr rosa Etuikleid ganz aus. Pete, der fünf oder sechs Jahre alt sein musste, trug kakifarbene Shorts und ein weißes Hemd, das halb aus der Hose hing. Er schaute erwartungsvoll zum Meer.

Ruth blickte an sich herab auf ihre flache Brust und holte tief Luft, in der Hoffnung, etwas mehr Volumen zu erzeugen. Ohne Erfolg.

Mama gab Ruth einen Schubs und ging mit einem strahlenden Lächeln auf Mrs Manchester zu. »Wie wunderbar, Sie wieder bei uns zu haben, Mrs Manchester. Der Sommer beginnt erst, wenn Sie da sind.« Mit diesem oder einem ähnlichen Satz begrüßte sie alle Stammgäste. »Wird Mr Manchester am Ende der Woche zu uns stoßen?«

»Wahrscheinlich nicht«, antwortete Mrs Manchester. »Er ist leider sehr beschäftigt.«

»Wie schade. Wir werden ihn vermissen.«

Bonnie schaute seufzend über den Rand ihrer Brille hinweg auf das Hotel, als wäre sie jetzt schon gelangweilt.

»Ich bin froh, dass du wieder da bist, Bonnie«, sagte Ruth förmlich. »Ich hoffe, es ist dir gut gegangen.«

Bonnie sah Ruth an. »Hilf mir mit meinem Gepäck, Ruth. Ich möchte schwimmen gehen.«

Ruth stand einen Moment ganz still. »Hattet ihr einen schönen Winter?«

»Wir sind in ein neues Haus gezogen.«

»Ihr seid nicht mehr im Haus eurer Großeltern?«

»Zeit für ein eigenes Haus, hat Daddy gesagt.« Sie spielte mit einem kleinen Hundeanhänger, der an ihrem Silberarmband baumelte. Ihre Nägel waren sauber, ordentlich geschnitten und mit Klarlack lackiert. »Okay, kümmerst du dich um das Gepäck?«

Ruth holte einen der drei Gepäckwagen und rollte ihn zum Auto, während Mrs Manchester die Heckklappe öffnete. Zusammen mit Mrs Manchester und ihrer Mutter lud sie die Koffer aus und stapelte sie sorgfältig auf dem Wagen, während Bonnie ihre Nägel überprüfte und Pete sich Richtung Pool davonstahl.

»Peter junior, du bleibst hier! Lasst uns erst einchecken, Kinder«, sagte Mrs Manchester. »Gut, dich wiederzusehen, Ruth. Du bist ordentlich gewachsen.«

»Ja, drei Zentimeter.« Ruth schob den Wagen zur Glastür und öffnete sie für Mrs Manchester und ihre Kinder. Sie blickte zu ihrer Mutter zurück und erwartete ein Lächeln oder ein Zeichen der Ermutigung, aber Mama stand nur steif vor dem Hotel. Was war nur mit ihr los?

Das nächste Auto rollte unter das Vordach, Mamas Lächeln kehrte zurück, und diesmal half Talley beim Ausladen. Ruth legte einen Stein, den sie für solche Zwecke aufbewahrte, vor die Tür des Hauptgebäudes, damit sie offen blieb, und folgte der Familie in die Eingangshalle. Bis zum Abendessen würde sich diese Aufgabe mehr als zwei Dutzend Mal wiederholen.

Ruth öffnete das Hotelregister und sah zu, wie Mrs Manchester sich eintrug, während Bonnie schon wieder auf ihre Nägel schaute und Pete herumhampelte.

»Wie viele Tage haben wir noch?«, fragte er.

Mrs Manchester seufzte, unterschrieb schwungvoll und legte den Stift ab. »Pete, wir sind gerade erst angekommen. Die Frage kannst du mir in ein paar Tagen stellen.«

»Aber wie lange?«

»Vierzehn Tage.«

Pete strahlte. »Darf ich schwimmen gehen?«

»Sobald wir ausgepackt haben«, sagte Mrs Manchester genervt.

Ruth folgte der Familie mit dem Gepäck zur Südseite des Hauptgebäudes, einen betonierten Weg hinunter zum letzten Bungalow. Die Familie Manchester reservierte ihn jedes Jahr. Er hatte zwei durch ein großes Wohnzimmer mit herrlichem Blick aufs Meer getrennte Schlafzimmer.

Ruth entriegelte die Tür, stieß sie auf und schob den Gepäckwagen hinein. Wie ihre Mutter es ihr beigebracht hatte, zog sie die schweren aquamarinfarbenen Vorhänge zur Seite. Sonnenlicht durchflutete das Zimmer.

Mrs Manchester warf ihre Handtasche auf die Couch, öffnete die Schiebetür und atmete die salzige Luft ein, während sie auf das ruhige, glatte Wasser blickte. »Wie soll das Wetter diese Woche werden?«

»Daddy hat gesagt, dass es schön bleibt.« Ruth lud das Gepäck im Wohnzimmer ab und schob den Wagen zur offenen Tür.

»Gut. Bei schlechtem Wetter kann es hier ziemlich trostlos sein«, sagte Mrs Manchester.

»Kann ich noch etwas für Sie tun?«, fragte Ruth.

Mrs Manchester drehte sich um, musterte Ruth einen Moment lang und reichte ihr dann einen gefalteten Dollarschein. »Nein, das ist alles, Ruth. Danke.«

Ruth nickte, schloss die Tür, steckte das Geld ein und schob den Wagen zur Anmeldung. Ohne das Gewicht des Gepäcks wackelte das Vorderrad, als sie die Lobby durchquerte. Ihre Mutter war dabei, Gepäck auf einen anderen Wagen zu laden.

Ruth erkannte die Osborns mit ihren vier Kindern. Jessie war zwölf und die Älteste. Die Zwillinge Gary und Grant waren zehn und Billy acht. Mrs Osborn zog mit ihren rot geschminkten Lippen an ihrer Zigarette, bevor sie aus dem Auto stieg. Als sie die Zigarette antippte, fiel ein langes Stück Asche zu Boden.

Mama lächelte etwas entspannter. »Jetzt hat der Sommer begonnen.«

»Er beginnt erst, wenn ich mit einem eisgekühlten Gin Tonic am Pool sitze, Edna«, sagte Mrs Osborn.

»Die Bar ist geöffnet«, gab Mama leichthin zurück. »Sie tragen sich ein, und dann bringen wir das Gepäck zu Ihrem Zimmer. Der Pool ist bereit, und heute ist einer der schönsten Tage seit Wochen.«

»Gott segne Sie. Ich träume schon seit Wochen von diesem Ort«, sagte Mrs Osborn mit einem Seufzer.

»Freut mich, das zu hören.«

Zu Ruths Enttäuschung war Jessie größer geworden, und auch ihre Brüste füllten ihr kurzärmeliges marineblaues Oberteil aus. »Hey, Ruth.«

Ruth zupfte am Saum ihres Oberteils. »Schön, dich zu sehen, Jessie. Bonnie ist schon da.«

»Super. Ich ziehe mich um und dann gehe ich schwimmen.«

Eine Brise hob ihren kupferfarbenen Pony und wehte ihn aus ihrem sommersprossigen Gesicht, das sich in der Sonne jetzt schon rosa färbte. »Wir sehen uns später.«

»Klar.« Ruth sah dem Mädchen hinterher und war sich nicht sicher, ob sie froh oder enttäuscht sein sollte, dass sie nie Freundinnen geworden waren.

Dauernd fuhren Autos vor. Dora Bernard, ein großes, schlankes Mädchen mit braunen Haaren, kam kurz nach eins mit ihrer Familie an. Sie trug immer noch eine Brille mit Drahtgestell, wenn auch eine schlichtere, elegantere als im letzten Jahr. Ihre Brüste waren nicht explodiert. Ihr grünes Kleid und ihre Sommersandalen sahen so neu aus wie die Outfits und die Badebekleidung der anderen Kinder.

Es war schon nach drei Uhr, als Ruth und Talley endlich eine Pause einlegen konnten. Sie gingen in die Küche, wo ihr

Vater Fischabfälle in einen Eimer warf. Die Krabbenfänger würden sie als Köder benutzen.

Ruth schenkte Talley und sich selbst Limonade ein, die sie gierig tranken. Ihr Vater servierte ihnen eine Schüssel mit Chowder. Dazu gab es Krautsalat und Maisbrot.

»Langt zu. Ihr habt heute Nachmittag noch ordentlich zu tun.«

Ruth brach etwas von dem knusprigen Brot ab und steckte es sich in den Mund.

»Hast du diese Dame gesehen? Sie ist Sängerin.«

»Sie ist unglaublich hübsch«, sagte Talley.

Daddy hinkte stark. Ein deutliches Zeichen für Ermüdung.

»Deine Mutter hat mir von ihr erzählt. Ich habe sie noch nicht kennengelernt.«

»So eine wie sie habe ich noch nie gesehen.«

Talley bestrich ein Stück Maisbrot mit Butter. »Ich auch nicht.«

»Was ist so besonders an ihr?« Der verblasste Anker auf seinem rechten Bizeps guckte unter seinem weißen T-Shirt hervor, als er damit begann, das Geschirr abzuspülen.

»Die Art, wie sie sich anzieht, ihre Haare, ihre lackierten Nägel«, sagte Ruth und schaute auf ihre eigenen Finger. »Mama sagt, ich darf noch keinen Lippenstift tragen, aber ich schwöre, Bonnie Manchester hatte welchen. Und Nagellack auch.«

Die Falten auf seiner Stirn vertieften sich. »Bonnie ist so alt wie du?«

»Ein Jahr jünger. Aber sie sieht plötzlich viel älter aus.«

Wasserdampf stieg aus dem Spülbecken. »Manche Mädchen werden schneller groß als andere. Früher oder später bist du auch erwachsen. Egal, wie du dich entwickelst, du wirst hübsch sein, genau so, wie du bist.«

»Nein, bestimmt nicht.«

»Doch, bestimmt«, sagte er mit Entschiedenheit.

Sie griff nach der Butter und strich sie auf ihr Maisbrot. »Wirklich?«

»Wirklich.«

Talley kicherte. »Meine Mama sagt, es ist ein Segen, wenn es später losgeht.«

»Deine Mama hat recht. Wir brauchen im Leben nichts zu überstürzen.«

»Warum nicht?«, drängte Ruth.

Daddy blickte zur Decke, schüttelte den Kopf und murmelte irgendetwas über späte Rache.

»Rache wofür?«, fragte Ruth.

Daddy räusperte sich. »Vergiss es. Glaub mir einfach. Später ist besser.«

Ruth saß einige Minuten lang schweigend da und aß ihre Suppe. Gelächter und Wasserplanschen vom Pool drangen durch die Fliegengittertür in die Küche, und in irgendeinem Radio sang Bing Crosby »Don't Fence Me In«.

»Es muss schwer für euch sein«, sagte Daddy. »Aber ihr seid alt genug, um zu verstehen, dass man den Laden nur mit harter Arbeit am Laufen hält. Wir müssen alle anpacken.«

»Harte Arbeit macht mir nichts aus«, sagte Ruth.

»Dabei siehst du nicht einmal die Hälfte dessen, was deine Mutter tut.«

Egal, wie spät Ruth ins Bett ging oder wie früh sie aufstand, ihre Mutter war in einem ihrer gestärkten Kleider bei der Arbeit, schrieb Erledigungslisten, deckte Tische oder fegte.

»Ich weiß«, sagte Ruth. »Manchmal wünsche ich mir, sie würde weniger arbeiten.«

Daddy stellte einen sauberen Teller auf das Trockengestell. »Ich glaube nicht, dass sie weiß, wie das geht.«

Ruth schnappte sich ein Handtuch und trocknete den weißen Steingutteller ab. »Meinst du, Carlotta hat vielleicht

Hunger? Ich habe sie beim Mittagessen nicht gesehen. Sie muss hungrig sein.«

»Kann ich mir auch vorstellen.«

»Darf ich ihr was zu essen bringen?«

Er schwieg einen Moment. »Gut. Mach ihr einen Teller zurecht. Aber bleib nicht zu lange.«

»Darf Talley mitkommen?«

»Klar. Warum nicht?«

Talley aß die Suppe auf und brachte den Teller zur Spüle.

»Danke, Onkel Jake.«

»Ihr müsst in einer halben Stunde zurück sein, um die Poolbar zu übernehmen. Henry kommt heute nicht.«

»Okay.« Ruth wählte ein schönes Stück Maisbrot, tat eine dicke Scheibe Butter und Krautsalat auf und füllte eine Schüssel mit Suppe. Dann wickelte sie das Besteck sorgfältig in eine aquamarinfarbene Serviette und nahm eine Flasche Limonade aus dem Kühlschrank. »Wir sind gleich wieder da, Daddy.«

Auf dem Weg stießen sie auf Mama. »Wo wollt ihr denn hin?«

»Daddy hat gesagt, wir dürfen Carlotta etwas zu essen bringen.«

»Das hat Daddy gesagt?« Mama war einen Moment lang still. »Aber bleibt nicht zu lange.«

»Hat er auch schon gesagt.« Ruth achtete darauf, dass die Suppe nicht über den Rand der Schüssel schwappte, als sie über den heißen Sand liefen.

Aus den offenen Fenstern des Hauses drangen Musik und eine Frauenstimme. Sie schauten ins Fenster und sahen, wie Carlotta sich vorm Spiegel zu »A Little Bird Told Me« bewegte.

Ihre Stimme hatte einen etwas rauen Klang. Sie wiegte sich in den Hüften, schnippte mit den Fingern und tippte mit dem nackten Fuß vorn auf.

»Sie hat so eine schöne Stimme«, flüsterte Talley.

Ruth stimmte ihr zu und versuchte, ihre Hüften so wie Carlotta zu bewegen und zugleich den Teller zu balancieren. Ihre Bewegungen waren nicht so geschmeidig, sondern eher etwas ruckartig. Talley kicherte.

Whiskey kam bellend ans Fenster gelaufen.

Carlotta drehte sich um, stellte den Plattenspieler aus und öffnete die Tür. »Na, ihr beiden?«

Ruth hielt den Teller und die Limo hoch. »Wir bringen Ihnen was zu essen. Mama und Daddy haben sich Sorgen gemacht, dass Sie vielleicht Hunger haben.«

»Sie haben sich Sorgen gemacht?«

»Oder vielleicht ich. Daddy und Mama haben gesagt, dass ich Ihnen einen Teller Suppe vorbeibringen soll. Daddys Chowder ist die beste in ganz North Carolina.«

Carlotta stieß lächelnd die Fliegengittertür auf. Sie nahm das Essen und die Limonade entgegen und stellte beides auf den Tresen in der kleinen Küche. »Ich weiß es zu schätzen. Normalerweise esse ich nichts Großes, bevor ich singe, aber die Limonade wird mir guttun.«

»Die Suppe schmeckt auch kalt gut«, sagte Ruth. »Aber die Butter könnte schmelzen.«

»Ich stelle sie nachher in den Kühlschrank. Kommt doch rein.«

Whiskey kam auf Ruth zugelaufen, beschnupperte ihre Füße und leckte ihr die Finger ab, als sie sie ausstreckte. Dann legte sie sich leise grummelnd auf ihr rosa Kissen.

»Wie gefällt Ihnen das Haus?«, fragte Ruth.

»Es ist schön. Mehr Platz, als ich gewohnt bin.«

»Ist es nicht riesig im Vergleich zu einer Kabine?«, fragte Talley.

»Na ja, es ist ein besonderes Boot. Du wärst überrascht. Trotzdem ist meine Kabine nicht annähernd so groß wie dieser

Raum, auch wenn ich eine der größeren Kabinen habe. Es ist schön, mal so viel Platz zu haben, um sich ausbreiten zu können.«

»Gefällt es Ihnen, auf dem Boot zu leben?«, fragte Ruth.

»Es macht mir Spaß, all die verschiedenen Städte zu sehen. Und wenn ich singen will, muss ich dahin, wo das Publikum ist.«

»Sie haben wirklich eine schöne Stimme«, sagte Talley.

»Danke. Kann eine von euch singen?«

Talley schüttelte den Kopf.

Ruth kicherte. »Überhaupt nicht. Aber ich zeichne gern.«

»Was zeichnest du denn?«

»Alles Mögliche. Im Sommer komme ich fast nie dazu, aber wenn das Wetter kalt wird und die Gäste abgereist sind, habe ich Zeit genug. Mama näht die unbenutzten Tischsets aus Papier in der Mitte zusammen und macht mir ein Buch draus, und ich fülle die leeren Seiten. Zu meinem Geburtstag haben mir meine Eltern Buntstifte geschenkt.«

»Wann wurdest du denn geboren?«

»Am zweiten Januar 1938.«

»Dann bist du jetzt zwölf.«

»Ja, und Talley ist vierzehn. Wie alt sind Sie?«

Carlotta grinste. »Älter, als ich aussehe.«

»Was soll das heißen?«

Ein leichtes Achselzucken. »Das bedeutet, dass ich diese Frage nicht beantworten werde. Eine Dame verrät ihr wahres Alter nie.«

»Mama ist achtundvierzig. Das hat sie mir gesagt«, preschte Ruth vor.

»Meine Mutter ist sechsundvierzig«, schob Talley nach.

»Seid ihr zwei immer so frech?«, fragte Carlotta.

»Ja«, gab Ruth zurück.

»Mama sagt, ich spreche jeden Gedanken, der mir durch den Kopf geht, laut aus«, sagte Talley.

»Meine Damen, ich muss mich für meine Show heute Abend vorbereiten. Das bedeutet, Zeit für meine Nachmittagsruhe. Aber ihr könnt gern wiederkommen. Und Ruth, bring ein paar Skizzen mit. Ich bin sehr neugierig.«

»Im Ernst?«, fragte Ruth.

»Ja, im Ernst.«

Kapitel 8
IVY

Mittwoch, 19. Januar 2022, 11.00 Uhr

»Hast du das Schiffswrack gesehen?«, fragte Ivy Dani.

»Welches?«

»Sieh doch mal hinaus. Es ist letzte Nacht aufgetaucht.«

Dani ging auf die hintere Veranda. Eine kühle Brise wehte durch die Fliegengitter. Sie verschränkte die Arme und kuschelte sich in ihre Jacke, während sie die frei liegenden Rippen des Schiffs anstarrte. »Du kennst die Geschichte von diesem Wrack, oder?«

Ivy war Dani auf die Veranda gefolgt. »Nein. Woher kennst du sie?«

»Mein Vater hat sie mir erzählt. Als das Wrack das erste Mal auftauchte, war er sechs Jahre alt. Er erinnert sich, dass er darauf herumgeklettert ist. Aber so, wie er es beschrieben hat, war damals mehr zu sehen.«

»In welchem Jahr war das?«

»1950. Mein Vater war von diesem Wrack besessen und las schon als Teenager alles darüber, was er in die Finger bekam. Er wurde zum Experten für die Schiffswracks an diesem Strandabschnitt und hat schließlich auch dieses Wrack identifiziert.«

»Wirklich? Was hat es für eine Geschichte?«

»Es war die *Liberty T. Mitchell,* eine Schaluppe, die hier vor der Küste im Jahr 1870 auf dem Weg von South Carolina nach New York in einen Sturm geraten ist. Die meterhohen Wellen brachten das Schiff zum Kentern.«

»Wow.«

»Mein Vater hat herausgefunden, dass alle acht Besatzungsmitglieder und zwei Passagiere dabei ertrunken sind.«

Mit neun Jahren war Ivy einmal in der Brandung von einer großen Welle erfasst worden. Sie hatte ihr den Boden unter den Füßen weggezogen, sodass Ivy sich mehrfach überschlug und mit einer Schulter und dem Rücken über den Sand gezogen wurde, während sie Salzwasser schluckte. Sie kämpfte, um wieder auf die Beine zu kommen, und schluckte dabei noch mehr Wasser. Als sie dachte, sie würde sterben, wurde sie von einer kräftigen Hand aus der Brandung herausgezogen. Es war Ruth, die sie wütend und angsterfüllt ansah. Seit dieser Zeit hatte Ivy einen gesunden Respekt vor dem Meer. Sie stellte sich diese zehn Menschen und ihren unendlichen Schrecken vor, als der Atlantik sie verschlang.

»Weiß er mehr über die Menschen, die damals ertrunken sind?«, fragte Ivy.

»Ich erinnere mich nicht mehr an alle Einzelheiten. Du müsstest ihn fragen. Aber pass bloß auf, wenn du ihn nach der *Liberty T. Mitchell* fragst, kaut er dir stundenlang das Ohr ab. Er erinnert sich sogar an den Namen des irischen Wolfshundes auf dem Schiff. Boris.«

Ivy starrte auf den gewölbten Schiffsrumpf. »Ein irischer Wolfshund? So einen Hund habe ich heute früh in den Dünen gesehen. Wenn er nicht gewesen wäre, hätte ich Hundemami nicht gefunden.«

»Hundemami?«

»Bis mir ein Name einfällt.«

Dani tat Ivys Worte ab. »Gib ihr lieber keinen Namen. Ich kenne dich. Du bist zu empfindsam, und dann wirst du dich nicht mehr von ihr trennen können.«

»So empfindsam bin ich auch wieder nicht!« Sie hatte ihr Leben umgekrempelt und war ein Dutzend Jahre lang in der harten New Yorker Gastro-Szene beruflich erfolgreich gewesen. Jetzt hatte sie ihr Leben noch einmal komplett verändert. Dafür musste man hart sein.

Dani lachte. »Wenn du es sagst. Aber ein Hund bedeutet, Wurzeln zu schlagen. Du müsstest mehr Verantwortung übernehmen. Über einen Job und dieses alte Haus hinaus, das bald verkauft wird.«

Als Dani so unverblümt über den Hund sprach, wurde Ivy bewusst, dass ihr urplötzliches Verschwinden vor zwölf Jahren noch nicht vergessen war. »Was kannst du mir noch über die *Liberty T. Mitchell* erzählen?«

Danis Augen funkelten. »Wenn Sonnenlicht auf das Schiff fällt, sollen die verlorenen Seelen an der Küste umherstreifen und den Lebenden Unannehmlichkeiten bereiten.«

»Ernsthaft? Glaubst du daran?«

»Na ja, der Wolfshund hat dich zu Hundemami geführt, und jetzt bist du für vier Hunde verantwortlich. Das nennt man Unannehmlichkeiten.«

»Ich bin für niemanden verantwortlich außer für mich selbst.«

Dani lachte. »Das ist doch Quatsch, und das weißt du genau. Oder hättest du dir vor zwei Monaten vorstellen können, jetzt hier zu sein? Das waren die Geister!«

»Ich war aber schon hier, bevor das Wrack aufgetaucht ist.«

»Dad sagt, man konnte Teile davon schon vor deiner Ankunft sehen. Gleich nach dem großen Hurrikan, der das Seaside zerstört hat.« Sie zuckte mit den Schultern. »Die Geister sind wach gerüttelt worden. Wer weiß, wozu sie imstande sind?«

»Solange mich der Wolfshund nicht zu einer anderen trächtigen Hündin führt, mache ich mir darüber keine Sorgen. Ich bin heute gut vorangekommen, und es ist nur eine Frage der Zeit, bis das Haus ausgeräumt und verkauft ist und ich mein Glück woanders suche.« Es war ein einfacher Plan, auch wenn er sie mit Bedauern und Traurigkeit erfüllte.

»Glaubst du wirklich, dass du diesen Ort wieder verlassen kannst?«

»Ich weiß es sogar.«

Dani zog eine Augenbraue hoch. »Wohin willst du denn gehen?«

»Ziel unbekannt.«

»Hier ist es so gut wie überall«, sagte Dani. »Du hast die Outer Banks noch gar nicht als Erwachsene erlebt.«

»Hier erinnert mich alles an die Vergangenheit.« Der Verlust ihrer Mutter und ihrer Großmutter lastete auf dem Haus.

»Und du glaubst, wenn du woanders lebst, verschwindet das einfach? Es verfolgt dich. Ich weiß es genau.«

»Und was schlägst du vor?«

»Du konfrontierst dich damit.«

»Das tue ich doch. Ich bin hier.«

»Du ignorierst es. Nimm mich zum Beispiel«, sagte Dani.

»Was ist mit dir?«

»Du bist die ganze Zeit höflich gewesen, seit ich an deiner Tür geklopft habe. Ich an deiner Stelle wäre stinksauer gewesen.«

»Ich habe dir einen ordentlichen Streit über das Thema versprochen. Irgendwann.«

»Da wird nichts draus. Dafür bist du viel zu nett. All die Jahre, in denen du den Gästen im Seaside und den Geschäftspartnern vom Vincenzo's ein freundliches Gesicht gezeigt hast, haben dich gut trainiert. Konfliktscheu ist so tief in dir verankert – du weißt gar nicht, wie man kämpft.«

»Das stimmt überhaupt nicht. Frag die Händler auf den New Yorker Märkten, die Lieferanten oder die Kritiker.«

»Das sind Konflikte, die nicht unter die Haut gehen. Es sind die emotionalen Dinge wie der Verlust der Mutter und der Großmutter, die Zerstörung des Familienhotels durch einen Hurrikan, die Tatsache, dass die beste Freundin mit dem Ex schläft … die so richtig wehtun.«

»Mama ist gestorben, als ich fünf war. Ruth hatte ein tolles Leben. Das Seaside Resort hat ein Jahrhundert überdauert. Und ich war schon zwei Monate in New York, bevor Matthew und du euch zusammengetan habt.«

Dani zuckte mit den Schultern. »Vernunft funktioniert so lange, bis du vor Wut explodierst.«

Ivy hatte ein Engegefühl in der Brust. »Du machst aus allem ein Drama. Ich habe keine Zeit dafür. Ich muss mich um die Zimmer im ersten Stock kümmern.«

»Okay, wie du willst. Aber wenn du jemals wütend wirst und dein Schicksal infrage stellst, dann komm zu mir. Ich bin Expertin.«

»Du? Warum solltest du wütend sein? Du hast eine Tochter, bist gut im Geschäft, und das Leben ist nach der Trennung von deinem Ex-Mann weitergegangen, oder etwa nicht?«

»Das Leben ist voller Fallgruben, Ivy.«

»Was verschweigst du mir?« Ivy sah Dani beklommen an. »Stirbst du?«

»Nein, ich sterbe nicht.«

Ivy war erleichtert. »Und mit Bella ist alles gut?«

»Ja.«

»Dein Vater? Dalton?«

»Alles in Ordnung.«

»Was verschweigst du mir denn dann?«

»Es gibt nichts zu berichten«, sagte Dani. »Ich werde hundert Jahre alt. Außerdem warst du in zu vielen meiner Erinnerungen die Fiese. Ich würde es vermissen, mich über dich zu ärgern, wenn ich niemandem außer mir die Schuld geben kann.«

»Ich bin nicht fies«, gab Ivy schnell zurück. »Dumm, schwach, unreif vor zwölf Jahren, aber nicht fies.«

»Die Bösen sehen sich selbst nie als böse. Manche sind sogar charmant und höflich. Das macht sie ja so sympathisch.«

»Ich bin mir nicht sicher, ob das ein Kompliment oder eine Beleidigung sein soll«, sagte Ivy. Sie sah Dani schon lange nicht mehr als Urheberin ihrer Probleme an, und sie hatte angenommen, dass Dani das ihrerseits auch so sah.

Einen Moment lang sagte keine von ihnen etwas, während die Wellen um die Schiffstrümmer brandeten.

»Die Geister versetzen uns in Unruhe«, murmelte Ivy.

»Nein, es geht um dieses Gespräch über Gefühle. Diese Art von Gesprächen endet für mich nie gut.« Dani lächelte. »O Mann! Ich höre mich an wie Ruth.«

Morgenstund hat Gold im Mund. Ohne Fleiß kein Preis. Niemand hat gesagt, dass das Leben fair ist. Ruths Weisheiten. »Sie war gescheiter, als man auf den ersten Blick gedacht hat.«

»Ja, in vielerlei Hinsicht. Aber sie hat auch Chancen auf ihr eigenes Glück vorübergehen lassen«, sagte Dani.

»Wessen Idee war das mit dem Malen?«, fragte Ivy.

»Ihre, aber sie hat gesagt, sie würde es mir zuliebe tun. Damals war Bella erst ein paar Monate alt, Matthew hat die ganze Zeit gearbeitet, und ich wusste nicht weiter. Sie hat vorgeschlagen, dass ich mit dem Kind zu ihr komme und dass wir zusammen malen.«

»Wie schön, dass ihr etwas eingefallen ist, was euch beide glücklich gemacht hat.«

»Sie wollte schon als Kind Künstlerin werden. Und endlich hatte sie das Gefühl, dass sie selbstbestimmter leben konnte. Falls du verstehst, was ich meine«, sagte Dani.

»Woher willst du wissen, wie es sich anfühlt, fremdbestimmt zu leben? Du wurdest reich geboren, du warst eine kleine Prinzessin.«

»Wie ich schon sagte, Geld ist nicht alles, Ivy.«

Ivy freute sich, dass sie Dani aus der Fassung gebracht hatte, aber dann war sie genauso schnell enttäuscht von sich. »Das sagst du ständig. Aber Geld tut auch nicht weh, oder?«

»Das geht mir zu weit«, sagte Dani gereizt. »Ich glaube, ich muss für solche Gespräche betrunken sein. Ich gehe jetzt lieber. Ruf mich an, wenn du etwas brauchst. Oder wenn du dich betrinken willst.«

»Mache ich.«

»Machst du ja doch nicht. Aber ich komme wieder. Bestimmt will Bella sich die Welpen ansehen. Wer weiß? Vielleicht nehmen wir ja einen.«

»Ernsthaft? Ich dachte, du willst keinen.«

»Bella nervt mich schon so lange damit. Und jetzt haben uns die Geister drei Welpen beschert. Was soll ich dagegen tun? Bist du morgen hier?«

Ivy tat es jetzt doch leid, dass Dani ging. Früher war sie die Einzige gewesen, mit der sie sich in einem Moment streiten und die sie im nächsten um einen Vierteldollar bitten konnte. »Solange das hier dauert, bin ich jeden Tag hier.«

Dani öffnete die Tür und sah in den kobaltblauen Himmel. »Was für ein wunderschönes Blau.«

»Ja, zum Niederknien.«

»Alle Farben hier sind einmalig. Ich würde sie am liebsten in Flaschen abfüllen.« Dani ging die Treppe hinunter, stieg ins Auto und fuhr langsam aus der Einfahrt auf die Straße. Früher war sie wie eine Verrückte gefahren. Seit sie Mutter war, war sie sanfter geworden. Ihr Feuer war noch da. Ihre Neugier war geblieben. Aber ihre Energie war gezügelter.

Ruth, die ihre Gefühle nicht preisgegeben hatte, hatte diese Bilder niemandem gezeigt. Sie hätte wahrscheinlich gesagt, sie wären »zu persönlich«. Wäre es ihr denn überhaupt recht, wenn Ivy sie jetzt ansah? Das Letzte, was Ivy gebrauchen konnte, war, dass Ruths erzürnter Geist sich zu der Schar auf dem Schiff gesellte.

Sie warf einen Blick auf die Straße und stellte fest, dass sämtliche Stühle und Tische, die sie dort hingeschleppt hatte, verschwunden waren. Ein Punkt für den freien Markt.

Ivy schloss die Tür, und als sie sich umdrehte, hörte sie das Winseln der Welpen. Sie spähte hinter die Kisten und sah, dass Hundemami aufgestanden war. »Musst du mal raus?«

Sie hob die Hündin vorsichtig hoch, ging mit ihr die Treppe der hinteren Veranda hinunter und setzte sie in den Sand. Glücklicherweise war Hundemami schnell, sodass sie gleich wieder aus der Kälte rauskamen. »Ich muss aufhören, dich Hundemami zu nennen. Dir einen Namen zu geben, ist noch keine feste Bindung. Schließlich haben wir alle einen Namen verdient.«

Der Hund leckte ihr über das Gesicht.

»Ja, ja. Irgendwie mag ich dich auch.« Sie kraulte ihn hinter den Ohren.

Hundemami trank Wasser, machte sich über ihren Napf her und legte sich dann wieder zu ihren Welpen, die schon leise gewinselt hatten und gleich an ihre Zitzen robbten.

»Wie heißt du eigentlich, Hundemami?«, fragte Ivy.

Der Hund sah zu ihr auf.

»Die *Liberty T. Mitchell* hat uns zusammengebracht. Wie wäre es mit Liberty?«

Das klang schon ganz gut. »Oder Libby?«

Libby schloss unbeeindruckt die Augen.

»Wenn es dir nicht gefällt – ich bin offen für Vorschläge. Ich denk auch schon mal über Namen für deine Kleinen nach. Wir können sie schließlich nicht Eins, Zwei und Drei nennen.«

Ivy öffnete die Tür zu Ruths Atelier und schaltete das Licht an. Die Deckenlampe warf Schatten auf mindestens fünfzig in braunes Packpapier eingewickelte Gemälde, die an den Wänden lehnten. In der Ecke standen eine farbbespritzte Staffelei sowie ein Klapptisch mit Pinseln, Farben, Verdünner und Lappen. In der anderen Ecke war eine Kiste mit Skizzenblöcken.

Sie nahm ein kleines Gemälde, trug es ins Wohnzimmer und wickelte es aus. Es stellte das Seaside Anfang der Fünfzigerjahre dar, wie sie an ein paar Einzelheiten erkannte.

Eine kühne Mischung aus Blau-, Weiß- und Aquatönen war anscheinend ungeordnet auf die Leinwand gespritzt worden und schaffte eine festliche Stimmung. Vor dem dreieckigen Schild des Seaside Resorts (VOLL BELEGT) parkte ein puderblauer Buick Cabrio mit weißem Verdeck.

Ivy verstand sofort, warum Dani sich die Gemälde genau ansehen wollte. »Ich hatte ja keine Ahnung, Ruth. Ich wünschte, du hättest es mir gesagt.«

Sie spürte Ruth so nah, dass sie sich umdrehte, um sich zu vergewissern, dass ihre Großmutter nicht hinter ihr stand. »Es tut mir leid. Ich hätte dich nicht allein lassen dürfen.«

Draußen schlugen die Wellen gegen den Strand. Tränen glitzerten in ihren Augen, und sie blinzelte zweimal, um sie zu stoppen. Sie weigerte sich, sich selbst zu bemitleiden, und machte sich wieder ans Entrümpeln. Sie ging hinauf und öffnete die Tür zu ihrem alten Zimmer. Wie überall stapelte sich auch hier Zeug aus dem Seaside. Aber trotz des Durcheinanders waren hier und da Spuren ihres alten Lebens zu erkennen.

»Das ist dein Zimmer«, hatte Ruth vor vielen Jahren zu Ivy gesagt.

»Warum schläfst du nicht oben?«, fragte Ivy.

»Ich bin lieber näher am Boden«, sagte Ruth. »Aber du wirst dieses Zimmer lieben. Es ist das beste im Haus. Von deinem Fenster aus kannst du den ganzen Strand überblicken. Nicht viele Mädchen haben so eine Aussicht.« Zwischen den beiden Einzelbetten – eines mit einer grünen und eines mit einer blauen Decke – gab ein großes Fenster den Blick auf den Strand und das Meer frei.

Die Dielen knarrten unter einem Windstoß. »Ist es nachts hier oben nicht unheimlich?«

»Als ich ein Mädchen war, habe ich meistens allein hier geschlafen. Deine Mutter auch, als sie in deinem Alter war. Und jetzt bist du an der Reihe.«

»Warum bleibt sie jetzt unten?«, fragte Ivy.

»Es ist besser, wenn sie näher bei mir ist.«

»Hat sie Angst?«

»Manchmal.«

Ivys Stirn kräuselte sich. »Und wenn ich mich nachts erschrecke?« Sie starrte über den Strand hinaus auf die tosenden Wellen.

»Du erschrickst dich nicht.«

»Warum hat Mama Angst?«

»Du bist anders als deine Mutter. Sie ist mehr wie ihr Vater, während du mehr nach mir kommst.«

»Wie war mein Großvater?« Ivy betrat das Zimmer und strich mit den Fingern über die blaue Bettdecke.

»Er war nicht der Mutigste, aber er hat sich Mühe gegeben, so gut wie möglich zu sein.«

Ruth schüttelte sich, als wollte sie eine Last abwerfen, die sich wieder auf ihre Schultern gelegt hatte.

»Wo ist er?«

»Er ist bei einem Unfall gestorben.«

»Wie mein Vater?«

»Ja, wie dein Vater. Wir Wheeler-Frauen haben nicht so viel Glück mit Männern.«

»Heißt das, dass ich auch Pech haben werde?«

»Nein, du bist besser als deine Mutter und ich zusammen.«

»Und wenn ich nicht hierbleiben will?«, fragte sie.

Ruth grinste. »Dann tust du es nicht. Aber ich wette, dass du eines Tages wieder hierher zurückkehren wirst.«

Die Worte hallten schon seit Jahren in Ivys Kopf, und jedes Mal, wenn sie sich an sie erinnerte, lachte sie laut auf. Sie war sicher, dass Ruth sich geirrt hatte. Wie um das zu beweisen, sagte sie laut: »Es ist nur ein Wendemanöver, Ruth. Ich kehre nicht zurück.«

Die nächste Stunde verbrachte sie damit, Kisten mit Geschirr, Servietten und Schüsseln zu »ihrem« Platz am Ende der Einfahrt zu tragen. Als die Holzdielen zum Vorschein kamen, begann sie in der hinteren Ecke zu fegen und den Staub vorsichtig in Richtung Tür zu befördern. Das rechte Bett hob sie vorn am Gestell an und schob es vorsichtig nach links.

Unter dem Bett befanden sich Kisten mit großen Heften, die wie selbst gemachte und gekaufte Skizzenblöcke aussahen, sowie eine schwarze Schachtel.

Ivy trug alles ins Wohnzimmer neben das Hotelregister und die Adressbücher. Die älteren, behelfsmäßigen Skizzenbücher bestanden allem Anschein nach aus zusammengehefteten Papiertischsets aus dem Seaside Resort. Die Bilder waren im Stil der späten Vierziger- oder frühen Fünfzigerjahre gemalt.

Jeder Quadratzentimeter war mit Skizzen vom Ozean, von diesem Haus und den Bungalows bedeckt. Und alle waren mit *RW* in der unteren rechten Ecke signiert und datiert. *Ruth Wheeler*. Den Daten nach zu urteilen, war Ruth zwischen acht und zwölf Jahre alt gewesen.

Ruths Sinn für Perspektive, Schattierungen und Details wäre für einen Erwachsenen beeindruckend gewesen, geschweige denn für ein Kind. Doch ihr bemerkenswertes Talent zeigte sich vor allem in ihrem Blick für Formen und Bewegungen, der die Bilder mit Gefühl auflud.

Ruth hatte keine formale Kunstausbildung genossen. Einmal hatte sie gesagt, sie hätte Kunst studieren können, wenn sie bessere Entscheidungen getroffen hätte. Ivy nahm an, dass die schlechteren Entscheidungen mit ihrer Heirat und der Tochter in jungen Jahren zu tun hatten –und später, als Chefin des Seaside Resorts, in die Fußstapfen ihrer Mutter zu treten.

Ivy öffnete die schwarze Schachtel und fand hauchdünnes Seidenpapier darinnen vor, unter dem eine alte 35-mm-Leica-Kamera lag. Die besten Mode-, Kriegs- und Naturfotografen hatten diese Kamera verwendet.

Auf dem Metall an der Unterseite waren die Initialen *CD* eingeritzt. »Wer bist du, CD?«, murmelte Ivy halblaut. Sie blätterte durch das Adressbuch und ließ ihren Blick über alle Namen unter *D* schweifen. Aber es gab niemanden mit einem Nachnamen auf *D* in Verbindung mit einem Vornamen auf *C*.

Sosehr sie auch versucht war, die Kamera zu öffnen, ein Blick auf den Fotozähler zeigte, dass sich ein Film darin befand und zehn Bilder aufgenommen worden waren. Das Öffnen der Kamera würde den Film dem Licht aussetzen und die Negative zerstören. Ivy legte die Kamera beiseite. Fotofachgeschäfte gab es zwar nicht mehr so häufig wie früher, aber sie würde schon eins finden.

Sie fuhr mit dem Zeigefinger über das eingravierte Monogramm *CD*. Ruth konnte die Kamera gebraucht gekauft haben, oder ein Gast hatte sie vergessen. Es war erstaunlich, was die Leute alles vergaßen. Aber es war nicht Ruths Art, so eine schöne Kamera zu besitzen und sie nicht zu benutzen. Ruth hatte eine Menge Dinge aufbewahrt, aber alle waren auf irgendeiner Ebene emotional mit ihr verbunden.

CD musste Ruth etwas bedeutet haben.

Kapitel 9
RUTH

Samstag, 17. Juni 1950, 16.00 Uhr

Ruth stand vor dem Handtuchständer neben der Poolbar und sah zu den Kindern, die im kühlen Wasser planschten. Sie trat von einem Fuß auf den anderen und zog sich dann etwas in den Schatten zurück. Mama hatte ihr versprochen, dass sie später schwimmen durfte, wenn die Gäste zu Abend aßen. Im Moment war es ihre Aufgabe, Handtücher auszuteilen und Fragen über die Essenszeiten, die Toiletten, die Mondphasen und Gezeiten sowie alles mögliche andere zu beantworten. Und wenn sie den Gästen dann auch noch eine Cola oder einen Cocktail verkaufen konnte, umso besser.

Talley ging mit einem Tablett aus dem Restaurant auf eine Gruppe Mütter zu, die sich unter einem großen aquamarinfarbenen Schirm am Pool versammelt hatten. In den Gläsern klirrten die Eiswürfel. Mrs Manchester, Mrs Osborn und Mrs Bernard saßen an »ihrem« Tisch, dem gleichen wie im letzten Jahr und im Jahr davor. Es waren jeweils ihre dritten Cocktails.

Talley stellte die Getränke auf den Tisch, ohne dass sich eine der Frauen die Mühe machte aufzusehen. Mrs Manchester griff nach einem roten Päckchen Pall-Mall-Zigaretten, klappte ein silbernes Feuerzeug auf und hielt die Flamme an die Zigarettenspitze. Sie inhalierte und atmete Rauchringe aus.

Talley kam mit dem Tablett an die Poolbar, auf dem noch zwei Flaschen Cola standen. »Tante Edna hat gesagt, wir dürfen jede eine Cola trinken.«

Zärtliche Worte oder Umarmungen waren nicht Mamas Sache, sie bedankte sich mit kalten Limonaden, besonderen Zeichenstiften oder Ausflügen nach Elizabeth City. »Danke.«

Wassertropfen perlten an Ruths beschlagener Flasche hinunter, als sie mit einem langen Schluck fast die Hälfte der Limonade leerte. Talley hatte an ihrer nur genippt.

Ihr Gesicht wurde weich. »Wow, wie gut das schmeckt!«

»Hast du schon mal eine Cola getrunken?«, fragte Ruth.

»Einmal, als ich zwölf war, hat mir mein Cousin einen Schluck von seiner abgegeben. Aber ich hatte noch nie eine ganze Flasche für mich allein.«

»Mama erlaubt uns im Sommer immer samstags eine. Da gibt es am meisten zu tun.«

»Tante Edna ist wirklich nett.«

»Wir bleiben noch eine halbe Stunde hier«, sagte Ruth. »Dann helfen wir Mama, den Speisesaal fürs Abendessen vorzubereiten.«

»Meinst du, wir dürfen zuhören, wenn Miss Carlotta nach dem Essen singt?«, fragte Talley.

»Wir müssen sowieso da sein, um die Gäste zu bedienen. Es gibt keinen Grund, warum wir uns die Songs beim Servieren der Drinks nicht anhören sollten.«

»Ich habe noch nie eine Frau wie sie gesehen«, sagte Talley ein wenig atemlos.

»Warst du schon mal im Kino?«

»Nein.«

»Im letzten Jahr war ich mit Mama in *Melody Time.* Die haben die ganze Zeit gesungen, und viele Frauen haben so ausgesehen wie Carlotta.«

»Ich lese gern«, sagte Talley.

»Und was?«, fragte Ruth.

»Ich mag Nancy Drew. Krimis überhaupt«, sagte Talley.

»Wer ist das?«

»Nancy ist ein ganz normales Mädchen wie wir, die immer irgendwelche Verbrechen aufklärt.«

»Warum denn das?«, fragte Ruth.

Der Junge aus Manchester klatschte mit einer Arschbombe mitten zwischen mehrere Mädchen. Das Wasser spritzte weit über den Beckenrand. Die Mädchen schrien und riefen nach ihren Müttern, aber Ruth genoss die kühlen Wassertropfen auf ihrem Gesicht. Pete tauchte unter, als seine Mutter nach ihm rief.

»Keine Ahnung«, sagte Talley. »Nancy ist klug und findet gern Sachen heraus.«

»Nancy«, sagte Ruth und hob ihre Flasche. »Wenn du so von ihr sprichst, hört es sich an, als wärt ihr beide befreundet.«

»So kommt es mir manchmal auch vor.«

Ruth blickte in ihre Colaflasche und wünschte sich, es wäre mehr als ein Schluck übrig. Sie hatte keine Freundinnen aus Büchern, aber wenn sie zeichnete – hier noch etwas mehr Schatten, dort die Konturen etwas stärker –, fühlte sie sich nie allein.

»Du kannst Glück haben. Die Leute lassen alles Mögliche in ihren Bungalows liegen, manchmal auch Bücher. Vielleicht hat Mama sogar noch Bücher vom letzten Jahr im Abstellraum.«

»Wirklich?«, fragte Talley. »Was für Bücher?«

»Darauf habe ich nie geachtet.« Ruth war immer scharf auf die ausrangierten Buntstifte, Bleistifte und Kugelschreiber. »Wir können zwischen dem Abendessen und der Show im Lagerschuppen nachsehen.«

»Au ja.«

Ruth leerte ihre Cola. Es tat gut, jemanden zum Reden zu haben.

Das Abendessen war ein großer Erfolg. Alle liebten Daddys Chowder, und weil es der erste Abend war, baten viele um Nachschlag, manche sogar zweimal. Am nächsten Samstag würden sich alle dick und faul vorkommen und weniger essen, aber noch aßen sie alles, was ihnen unter die Augen kam.

Die Gäste hatten sich vor der Abendunterhaltung in ihre Zimmer zurückgezogen. Ruth und Talley hatten das saubere Geschirr auf dem langen Arbeitstresen in der Küche gestapelt.

»Daddy, können wir in der Abstellkammer nach alten Büchern suchen? Talley liest gern.«

»Ja, aber beeilt euch«, sagte er. »Mama braucht euch gleich zum Servieren der Getränke.«

Ruth schätzte, dass sie zwanzig, vielleicht sogar dreißig Minuten Zeit hatten, bevor Mama nach ihnen suchte. Sie hatte Mama am Eröffnungsabend lieber nicht um eine Pause gebeten. Aber Daddy war nicht so streng, und er schlug ihr eine vernünftige Bitte eigentlich nie ab.

Ruth trocknete sich die Hände ab. »Wo ist der Schlüssel?«

»Unter dem Stein neben der Eingangstür liegt ein Ersatzschlüssel. Ich weiß, dass du schon mal dadrin warst, um zu gucken, was du abstauben kannst.«

Ruth küsste ihren Vater auf die Wange. »Wir sind gleich wieder da.«

»Beeilt euch«, rief er ihnen hinterher. »Oder wir werden es alle drei bereuen.«

Ruth nahm Talley an der Hand und zog sie aus der Küche. »Der Schuppen ist direkt hinter unserem Haus.«

Die beiden liefen in der Dämmerung über den Sand zum Haus hinüber. Es wurde schon kühler. Der Schuppen war mit einem Vorhängeschloss gesichert. Ruth fischte den Schlüssel unter dem Stein hervor und drehte ihn im Schloss herum. Die Tür knarzte in den Angeln, und als sie an der Strippe zog, die neben der Tür baumelte, wurde das Innere vom Licht einer Glühbirne erhellt.

Hitze und Feuchtigkeit standen in dem Holzverschlag und verbreiteten einen muffigen Geruch. Das schwache Licht fiel auf Stapel von Kisten und fing Staubpartikel ein, die darüber in der Luft tanzten. Jede Kiste war mit einer Jahreszahl beschriftet. »Mama erlaubt mir immer, alles durchzusehen. Früher hat sie vieles zu den Methodisten gebracht, aber seit dem Krieg geht sie nicht mehr in die Kirche. Deswegen stehen die Kisten immer noch hier.«

»Warum geht Tante Edna nicht mehr in die Kirche?«, fragte Talley.

»Sie ist wütend auf den Pastor. Aber sie sagt nicht, aus welchem Grund. Daddy meint, wenn Mama sich etwas in den Kopf gesetzt hat, dann lässt sie sich davon nicht mehr abbringen.«

»Geht Onkel Jake in die Kirche?«

»Nein. Ihm hat der Gottesdienst nie etwas bedeutet, und seit Mama nicht mehr hingeht, lässt er es auch.«

Talley ging hinein und strich über die Kisten. »Und die sind voller Sachen, die die Leute vergessen haben?«

Ruth nahm die Kiste mit der Aufschrift *1946* vom Stapel. Vier Jahre waren genug, um zu vergessen, was man einmal besessen hatte. Sie stellte die Kiste unter die Glühbirne, nahm den Deckel ab und zog ein paar Blusen, zwei Hüte, eine Sonnenbrille und einen Spielzeugsoldaten heraus.

Talley hielt ein rosa-weiß kariertes Oberteil hoch. »Hat das auch jemand vergessen? Guck mal, wie schön das ist!«

»Wenn du etwas siehst, was du haben willst, nimm es dir. Mama wird nichts dagegen haben.«

»Bist du sicher? Und wenn jemand mich darin sieht und behauptet, ich hätte es gestohlen?«

»Wie kann man etwas stehlen, was zurückgelassen wurde? Wenn es ihnen wichtig gewesen wäre, hätten sie längst danach gefragt. So sehe ich das.«

In dieser Kiste waren keine Bücher. In der nächsten entdeckten sie einen Strohhut mit ausgefranstem Rand, den Talley für Strandspaziergänge brauchen konnte. Als sie sich den Hut auf den Kopf gesetzt hatte, entdeckte sie ein Taschenbuch: *Der Trumpf des Toten* von Georgette Heyer.

Talleys Augen leuchteten auf. »Es ist fast unbenutzt und hat gar keine Eselsohren. Ich habe meine Bücher so oft gelesen, dass ich sie mit einem Gummiband zusammenbinden muss, damit die Seiten nicht rausfallen.«

Da sie keine weiteren Bücher fand, schloss Ruth die Kiste und zog eine neue vom Stapel. »Worum geht es in dem Buch?«

»Es ist ein Krimi.«

»Wie die mit deiner Freundin Nancy?«

Talley blätterte vorsichtig durch die vergilbten Seiten. »Ich weiß es nicht.«

Ruth kramte in der mit *1949* beschrifteten Kiste zwischen Kleidern aller Art, Mützen und Schals, bis ihre Finger den Einband eines Buches ertasteten. Sie reichte Talley ein viel gelesenes Taschenbuch.

»*Für immer Amber*«, murmelte sie und bestaunte die Frau im Abendkleid auf dem Cover. Die Seiten waren unten gekräuselt, als hätten sie Spritzer aus dem Pool abbekommen.

In der nächsten Kiste fand Ruth einen Krimi mit einem finster dreinblickenden Pistolenmann. »Vielleicht solltest du Mama dieses Buch erst zeigen, *nachdem* du es gelesen hast. Sie könnte etwas gegen die Knarre haben.«

Talley hielt die drei Bücher fest in der Hand. »Ich gebe sie zurück, wenn ich sie durchgelesen habe.«

»Lies sie, solange du willst. Aber erzähl Mama nichts von dem Buch mit der Knarre.«

»Ist Nicht-Erzählen eine Lüge oder ist es nur Nicht-Erzählen?«

»Du kannst Mama erzählen, was du willst, aber ich an deiner Stelle würde es erst nach dem Lesen tun.«

Talley sah nachdenklich aus. »Besser spät als nie.« Sie hielt die Bluse hoch. »Soll ich sie zurücklegen? Deine Mutter mag es vielleicht nicht, wenn ich sie trage.«

»Nein, das ist ihr egal. Aber sie könnte sich Sorgen darüber machen, dass du durchs Lesen auf dumme Gedanken kommst.«

»Auf was für welche denn?«, fragte Talley.

Die beiden traten aus dem Schuppen. Ruth schaltete das Licht aus, schloss die Tür und legte den Schlüssel zurück. »Ich weiß es nicht. Das sagt sie immer zu mir, wenn ich zeichne. Sie sagt, es würde mir Flausen in den Kopf setzen und dass ich mich dann nach irgendwas sehne, was ich nicht haben kann. Das stimmt auch. Mein Kopf ist so voller Ideen und Träume, dass es mir manchmal vorkommt, als müsste er platzen.«

»Was für Ideen?«

»Zur Uni gehen und Kunst studieren zum Beispiel. Oder eines Tages fürs Bildermalen bezahlt werden. Kannst du dir das vorstellen? Das wäre so, als würde man fürs Lesen bezahlt werden.«

Talley kicherte. »Das sind doch keine schlechten Ideen.«

»Mama will, dass ich nie vergesse, dass wir mit dem Seaside unser Essen verdienen und dass es uns ein Dach über dem Kopf gibt. Das hat nicht jeder, sagt sie.«

»Damit hat sie recht. Bei mir zu Hause gibt es viele Menschen, die hungern.«

»Bist du deshalb hergekommen?«

»Ja, deshalb und weil meine Mama möchte, dass ich etwas von der Welt sehe.«

»Ich weiß nicht, wie viel du hier von der Welt siehst. Aber Arbeit gibt es genug.«

»Besser als auf dem Feld zu arbeiten, wie deine und meine Mama es getan haben.«

»Mama hat auf dem Feld gearbeitet?«

»Unser Großvater besitzt einen Bauernhof. Jetzt bewirtschaftet ihn unser Onkel Rich, sein ältester Sohn. Er baut Melonen, Süßkartoffeln, Mais und Weizen an. Du kannst dir nicht vorstellen, wie weh mir der Rücken nach der Ernte getan hat! Und meine Arme haben sich angefühlt, als wären sie aus Blei.«

»Wann hast du angefangen, beim Ernten zu helfen?«

»Da war ich ungefähr zehn.«

Ruths Mutter wich immer allen Fragen zu ihrem Leben vor den Outer Banks aus, oder sie lenkte Ruth mit einer Frage nach ihren Skizzen ab. »Mama arbeitet härter als alle anderen, die ich kenne.«

»Deine Mama scheint es richtig zu machen. Hier ist alles so schön, und die Gäste sehen zufrieden aus.«

»Sie hält das Hotel sehr sauber. Und was die Gäste angeht … Heute ist der erste Abend, im Laufe der Woche finden sie alles Mögliche, an dem sie rummäkeln können. Du wirst schon sehen.«

Die Mädchen eilten zurück in ihr Zimmer. Für Ruth war es seltsam, sich mit jemandem das Zimmer zu teilen, vor allem, nachdem Talley sich in der Nacht hin und her gewälzt hatte. Aber es war auch beruhigend, einen anderen Menschen in der Nähe zu wissen.

Talley verstaute ihre Bücher unter der Matratze, hängte die Bluse sorgfältig in den kleinen Kleiderschrank und stülpte den Hut über den Bettpfosten.

Vom Pool wehte Gelächter heran, das Klirren von Gläsern und Frank Sinatras »Fools Rush In«. Mama hatte das Lied vor ein paar Jahren im Radio gehört, und es hatte ihr so gut gefallen, dass sie die Platte in einem Laden in Norfolk ausfindig gemacht hatte.

Die überwiegend weiblichen Gäste hielten Getränke in der Hand. Die kleineren Kinder planschten im flachen Teil des Pools, und Dora, Jessie und Bonnie hatten Sonnenbrand auf den Nasen und Schultern und trugen Sommerkleider. Sie standen tuschelnd und kichernd beieinander.

»Dicke Freundinnen«, bemerkte Talley.

»Stimmt.«

»Du kennst sie auch, oder?«

»Sie kommen seit dem Krieg.«

»Aber es sind nicht deine Freundinnen?«

Ruth rieb sich den Bauch und löste ihre Anspannung dadurch unbewusst. »Keine Vertraulichkeiten mit den Gästen.«

»Sie sehen ein bisschen hochnäsig aus«, flüsterte Talley.

»Ich glaube, das liegt daran, dass sie jetzt Brüste haben«, sagte Ruth.

Talley lachte. »Ich habe auch Brüste, und ich bin nicht hochnäsig.«

Ruth reckte das Kinn vor. »Und wenn ich welche bekomme, bin ich es bestimmt auch nicht.«

»Wenn du mir im Winter schreibst, schreibe ich dir zurück. Es gibt nichts, was ich schöner finde, als einen Brief zu bekommen.«

Die Erwähnung des Winters erinnerte Ruth daran, dass der Sommer kurz war. Bald wäre Talley wieder weg und sie wieder allein. »Ich kann gute Briefe schreiben.«

»Und vergiss nicht, Skizzen mitzuschicken.«

Ihre Laune hob sich. »Okay.«

Sie erreichten die Poolbar, wo Mama eine grüne Flüssigkeit auf Eiswürfel in bereitgestellte Gläser goss und sie mit einer roten Kirsche krönte. »Wo seid ihr beiden denn gewesen?«

»Im Schuppen«, sagte Ruth. »Wir haben nach einem Strandhut für Talley gesucht. Wenn sie keinen Hut trägt, wird sie knallrot.«

»Das war eine gute Idee«, sagte Mama. »Und jetzt nimmt jede von euch ein Tablett und fragt die Gäste, ob sie einen Drink möchten. Aber jeder Gast bekommt nur einen.«

»Das ist der Willkommensdrink«, erklärte Ruth. »Der geht aufs Haus. Danach müssen sie bezahlen.«

»Probiert den bloß nicht. Diesmal ist er ziemlich stark geworden.«

Ruth und Talley gingen mit den Tabletts zu den Gästen, die die kostenlosen Getränke nur zu gern entgegennahmen. Als Ruth am Pool vorbeikam, sagte Bonnie mit einem Blick auf Dora und Jessie: »Ruth, vergiss unsere Getränke nicht.«

Die Mädchen kicherten.

»Die sind nur für die Erwachsenen«, sagte Ruth.

»Dann bring uns kalte Cola«, sagte Bonnie. »Mit Strohhalmen. Du kannst sie auf unsere Zimmer schreiben.«

Wäre Bonnie kein Gast gewesen, hätte Ruth ihr gesagt, sie könne dahin gehen, wo der Pfeffer wächst. Aber ihr Vater sagte immer, die Getränke in den Flaschen seien kleine Geldmaschinen. »Geht klar. Bin gleich zurück.«

Sie gab die letzten Getränke aus und kehrte zu ihrer Mutter zurück. »Drei Cola für die Mädchen. Wir sollen sie auf ihre Zimmerrechnung setzen.«

Mama hob eine Augenbraue und fischte drei Flaschen Cola aus dem Eiskasten. »Oh, die tun aber plötzlich erwachsen!«

»Na ja, sieh sie dir doch mal an.«

»Mach dir bloß keine Sorgen.« Mama senkte ihre Stimme. »Im Nullkommanichts hast du größere Brüste als die.«

Ruths Augen weiteten sich. »Woher weißt du das?«

»Daddy hat's mir gesagt.«

»Ja, aber wie kannst du dir sicher sein? Keiner weiß, wie *sie* aussieht.«

»Ich vermute, du wirst eines Tages so kurvig sein, wie du es dir wünschst.«

Ruth hoffte, dass ihre Brüste in diesem Sommer wachsen würden, bevor die Mädchen abreisten. Doch allein die Vorstellung, dass sich ihr Körper verändern würde, munterte sie auf. Sie trug die Flaschen zu den Mädchen hinüber und reichte jeder eine kalte Cola.

Bonnie zog am Strohhalm. »Mm. So gut. Willst du nicht auch eine haben, Ruth?«

»Im Moment nicht. Ich arbeite noch.«

»Mir ist die kleine Uniform aufgefallen, die du bei unserer Ankunft getragen hast. Wirklich hübsch.«

»Das war nur ein neues Kleid. Keine Uniform.«

»Oh, mein Fehler.«

Ruth drehte sich kopfschüttelnd um.

»Geh nicht zu weit weg«, rief Bonnie ihr hinterher. »Vielleicht wollen wir später noch was trinken.«

»Alles klar.«

Der Plattenspieler verstummte. Mama stieg auf die kleine Bühne, die Daddy erst letzte Woche zusammengezimmert hatte. Während der Saison trug Mama immer ein strahlendes Lächeln zur Schau. Obwohl es nicht echt war, hatte es etwas Ansteckendes, sodass es schwer war, sich in ihrer Gegenwart nicht gut zu fühlen.

»Meine Damen und Herren.« Das Mikrofon quietschte schrill. Mama tippte ein paarmal darauf. »Diese Woche können wir Ihnen etwas ganz Besonderes bieten.« Die Gäste ließen sich etwas Zeit, bevor sie verstummten. »Die außerordentlich talentierte Miss Carlotta DiSalvo wird heute Abend für Sie singen. Sie ist der Star der *Maisy Adams*, die derzeit im Trockendock von Coinjock liegt. Wer von Ihnen schon einmal die Gelegenheit hatte, eine Show auf der *Maisy Adams* mitzuerleben, der weiß, was für ein Vergnügen Sie alle heute Abend erwartet.«

Die Seitentür zur Lobby öffnete sich, und Carlotta kam heraus, als beträte sie eine große Bühne vor Tausenden von Menschen. Es schien keine Rolle zu spielen, dass das Podest aus angespültem Holz bestand und nur zwanzig Leute um den Pool versammelt waren.

Ihr Kleid war smaragdgrün, und wenn sie sich bewegte, glitzerte ihr ausgestellter Rock im Rhythmus ihrer schwingenden Hüften. Das Kleid betonte ihre schmale Taille und schmiegte sich an ihre vollen Brüste unter einem tiefen Dekolleté. Die wenigen anwesenden Männer reckten die Köpfe, wohingegen die Frauen sich ein wenig unbehaglich zu fühlen schienen. Sogar Bonnie, Dora und Jessie mussten bemerken, dass Miss Carlotta DiSalvo sie im Hinblick auf ihre Oberweite lässig übertrumpfte.

Carlottas hellblonde Haare waren toupiert und in einen Chignon gelegt. Diamanten baumelten an ihren Ohren und ihre hochhackigen Schuhe schimmerten. Als sich ihre Lippen zu einem Lächeln öffneten, blitzten weiße, leicht schiefe Zähne auf. Diese kleine Unvollkommenheit ließ sie nicht weniger glamourös erscheinen, sondern mehr. Sie war keine Frau, die ihre Fehler versteckte.

Ruth fuhr sich mit der Zunge über ihren leicht quer gestellten Schneidezahn.

»Guten Abend, meine Damen und Herren«, sagte Carlotta. Ihre Stimme war klar und hell und brachte das letzte Tuscheln zum Schweigen. Es war unmöglich, Carlotta zu ignorieren. Den Männern gefiel ihr Aussehen, und so manch eine Frau fragte sich, wie anders ihr Leben verlaufen würde, wenn sie nur Carlotta wäre.

Ein Lächeln umspielte Carlottas Lippen, als ob sie ein unanständiges Geheimnis kannte, in das sonst niemand eingeweiht war. Sie ließ ihre Hand sinken und begann mit den Fingern zu schnippen, während ihre Hüften sanft zu einer Band wippten, die nur sie hören konnte.

Billie Holidays »It Had to Be You« kam ihr verführerisch über die Lippen. Ihre Stimme war so sanft wie das Meer an einem windstillen Tag und glitt leicht über die Noten. Als sie zu klatschen begann und das Publikum zum Mitmachen aufforderte, klatschten alle mit. Die Männer waren vollkommen fasziniert, und die Frauen, die anfangs ein wenig neidisch geschaut hatten, entspannten sich.

Ruth blickte zur grinsenden Talley hinüber. »Sie ist fantastisch.«

»Wie aus dem Bilderbuch«, flüsterte Talley.

Mama war so sicher gewesen, dass Ruth aufblühen würde. Sie hatte Andeutungen gemacht, dass sie eines Tages aufregender sein würde als die Mädchen vom Festland. Als Ruth Carlotta singen sah, keimte ein Verdacht in ihr auf. Hatte ihre Mama ihr damit etwas sagen wollen?

Ruth hielt oft Ausschau nach Merkmalen von sich in anderen Frauen. Ein schiefes Lächeln, eine Eigenart, sogar das Talent zum Zeichnen. Aber als sie jetzt noch einmal mit der Zunge über ihren schiefen Zahn fuhr, schlug ihr das Herz bis zum Hals. Es ergab durchaus Sinn, dass eine Frau, die auf einem Showboat arbeitete und immer unterwegs war, keine Zeit für ein Baby hatte.

Es war nicht das erste Mal, dass sie sich fragte, ob ein Gast die Frau gewesen sein konnte, die sie im Sturm ganz allein in Bungalow 28 zur Welt gebracht, in eine rosa Flanelldecke gewickelt hatte und dann verschwunden war.

Aber es war das erste Mal, dass diese kleine Stimme ihr sagte, dass Miss Carlotta DiSalvo ihre richtige Mama war.

Kapitel 10
IVY

Donnerstag, 20. Januar 2022, 15.45 Uhr

Am frühen Nachmittag bekam Ivy einen Hüttenkoller. Sie hatte sich um Libby und die Welpen gekümmert, den Schrank in ihrem alten Zimmer ausgeräumt, ein Dutzend stapelbarer Beistelltische und sechs in mattgoldene Rahmen gefasste Strandlandschaften zum Bordstein getragen. Sie klebte ein ZUM MITNEHMEN-Schild an einen Tisch und hoffte, dass es ihr gutes Karma bringen würde.

Die Leica steckte sie in ihre Handtasche und setzte sich hinter das Lenkrad ihres Lieferwagens, der mit Sachen für den Secondhandladen vollgepackt war. Zehn Minuten später fuhr sie auf den Parkplatz des einstöckigen Backsteingebäudes und öffnete den Kofferraum. Der erste Sack, den sie heraushievte, war voller Bettlaken und Handtücher. Sie schwankte unter dem Gewicht zur Tür und balancierte den Sack auf ihrem Knie, während sie die Tür aufstieß. Glöckchen ertönten, und eine grauhaarige Frau kam hinter dem langen Tresen auf sie zu. »Schätzchen, das können Sie gleich da abstellen.«

»Danke.« Sie ließ den schweren Sack fallen. »Ich habe noch ein paar von der Sorte.«

»Wollen Sie Ihr Haus renovieren?«, fragte die Frau.

»Nein, verkaufen.«

»Jetzt ist der richtige Zeitpunkt. Häuser sind rar. Wo ist Ihre Immobilie?«

»Erinnern Sie sich an das Seaside Resort?«

Ihre Augen wurden wehmütig. »Natürlich. Und an Ruth.«

»Ich bin ihre Enkelin und will ihr Haus neben dem Seaside verkaufen.«

»Ivy Neale?«

»Genau.«

»Das letzte Mal, als ich dich gesehen habe, warst du noch in der Highschool. Ich darf doch Du sagen?«

Ivy kramte in ihrem Gedächtnis und erinnerte sich vage an die Arbeit bei einer Wohltätigkeitsveranstaltung im Seaside Resort. »Na klar. Wir haben mal Geld für Ihren Laden gesammelt.«

»Richtig. Das fand im Seaside statt, und Ruth hat uns keinen Cent für die Saalmiete und die Erfrischungen berechnet.«

»Das war großzügig.«

»Allerdings. Und es blieb nicht bei dem einen Mal. Aber sie konnte es nicht leiden, wenn das an die große Glocke gehängt wurde.«

Jetzt war die Erinnerung wieder da. Ruth hatte Ivy sogar für die Arbeit bei der Veranstaltung bezahlt.

»Mein Mann und ich haben das Seaside Resort geliebt. Wir haben da immer unseren Hochzeitstag gefeiert, und er hat jedes Mal Fried Chicken bestellt.«

»Mrs Cooper, richtig?«

Die Frau lächelte erfreut. »Du hast ein gutes Gedächtnis.«

»Sie haben immer um einen Tisch am Fenster gebeten.«

»Ja, die Aussicht war toll. So eine hatte man sonst nirgends.« Sie beugte sich vor. »Aber nachdem du weggegangen bist, war das Essen längst nicht mehr so gut. Ruth war so stolz auf deine Kochkünste. Du warst in New York?«

Ivy hatte gedacht, niemand habe bemerkt, dass sie nicht mehr im Seaside kochte. »Ja, genau.«

»Mit deinen Kochkünsten wirst du keine Schwierigkeiten haben, Arbeit zu finden. Vielleicht solltest du hier ein Lokal eröffnen.«

»Das ist eine gute Idee«, sagte sie höflich.

Mrs Cooper war jetzt kaum noch zu bremsen. Ivy hob eine Hand. »Bitte merken Sie sich, was Sie sagen wollten. Ich bin sofort wieder da.« Sie ging ein paarmal hin und her, und als sie fertig war, standen zehn Säcke vor der Ladentheke.

»Was ist das alles?«

»Jede Menge Handtücher, Tisch- und Bettwäsche aus dem Seaside. Alles in gutem Zustand. Ein paar Anziehsachen. Meine Großmutter hat einfach alles aufgehoben.«

»Möchtest du eine Quittung?«

»Nein danke. Ich hoffe nur, dass irgendjemand die Sachen gebrauchen kann. Darüber hätte Ruth sich gefreut.«

»Es überrascht mich nicht, dass sie das alles aufbewahrt hat. Das Seaside ist ihr Zuhause gewesen, und diese Sachen waren ihre Verbindung dazu. Sie werden bestimmt in Heimen und anderen Einrichtungen Verwendung finden.«

Viele der Gebrauchsgegenstände weckten bei Ivy Erinnerungen. Die Servietten, die sie jeden Tag nach der Schule gefaltet hatte, die Bettdecken, die sie geglättet hatte, wenn es sonst niemanden gab, der die Zimmer sauber machte, die großen Tischdecken, die sie vor Hochzeiten oder Familientreffen über die runden Tische gebreitet hatte. Das ganze Aussortieren, Schleppen und Weggeben war eine Reise in die Vergangenheit. »Gibt es hier in der Nähe vielleicht ein Fotogeschäft?«

»Ja, Bobs Kleingerätereparatur. Kameras kauft zwar niemand mehr, aber er hat noch Kunden, die ihre reparieren lassen wollen. Der Laden ist am Meilenstein 10.«

»Ach, ganz nah. Perfekt.«

»Brauchst du eine gebrauchte Kamera? Ich habe eine kleine Auswahl.«

»Nein, vielen Dank. Ich habe eine von Ruth, in der wohl noch ein Film steckt.«

Mrs Cooper hob eine Augenbraue. »Oh, wie geheimnisvoll. Halt mich auf dem Laufenden.«

»Ja, mache ich. Ich komme sowieso bald wieder. Das hier, das sind nur die Sachen aus meinem alten Zimmer.«

Ivy verabschiedete sich und fuhr ein paar Kilometer nach Süden, bis sie den Laden in einem kleinen Einkaufszentrum entdeckte. Im Schaufenster blinkte ein rotes OPEN-Schild.

Sie stieg aus dem Auto und betrat den kleinen Laden, der bis obenhin mit Toastern, Ventilatoren, Mikrowellen und Laubbläsern vollgestopft war. In einer Glasvitrine sah sie Kameras, Stand- und Taschenuhren. Dahinter war eine Kasse und ein durch einen Vorhang halb abgetrennter Raum.

Sie läutete die kleine Glocke auf dem Tresen, und ein stämmiger Mann mit dünnem, schwarzem Haar erschien.

»Guten Tag, was kann ich für Sie tun?«, fragte er.

»Hallo, ich hoffe, Sie können mir weiterhelfen. Ich bin Ivy Neale. Die Enkelin von Ruth Wheeler.« Sie legte die Kamera auf die Vitrine.

»Mein Beileid.«

»Danke.«

»Ich bin Bob. Soll die Kamera repariert werden?«

»Nein, erst mal jedenfalls nicht. Ich habe sie in Ruths Haus gefunden.«

»Eine Leica? Sieht sehr alt aus.«

»Ich glaube, da steckt noch ein Film drin.«

Er nahm die Kamera entgegen. »Würde ich auch sagen. Wie's aussieht, wurden mit der Kamera zehn Fotos gemacht.«

»Sie war unter einem Bett versteckt. Ich weiß nicht, ob der Film noch gut ist, aber einen Versuch ist es wert.«

»Okay, ich kann es versuchen. Ich habe hier eine behelfsmäßige Dunkelkammer und bekomme ab und an noch einen Auftrag.«

Er drehte die Kamera um und fuhr mit seinem schwieligen Zeigefinger über die Gravur *CD* auf der Unterseite. »Vielleicht hat sie ein Gast vergessen?«

»Keine Ahnung, wer CD ist. Aber wenn die Bilder noch zu retten wären, könnte ich es möglicherweise herausfinden.«

»Wir werden sehen«, sagte er. »Aber Sie wissen schon, dass der Film schwarz ist, falls die Kamera irgendwann geöffnet wurde.«

»Ja, aber wie gesagt: Einen Versuch ist es wert. Brauchen Sie eine Anzahlung oder eine Kreditkarte?«

Er nahm Zettel und Stift aus einer Schublade. »Nein. Schreiben Sie mir einfach Ihre Nummer auf, dann rufe ich Sie an, wenn ich fertig bin.«

»Ich weiß das zu schätzen.«

»Für Ruth tue ich alles. Eine großartige Frau. Als mein Haus im Winter 2005 überflutet wurde, konnte ich drei Wochen in einem Seaside-Bungalow wohnen. Sie hat mir nie einen Cent dafür berechnet.«

Ivy erinnerte sich an den Winter. In der Hälfte ihrer Bungalows hatte Ruth damals Anwohner untergebracht, deren Häuser ebenfalls überflutet worden waren.

Als sie den Laden verließ, war es vier Uhr. Sie war noch keine Stunde unterwegs und konnte noch ein paar Vorräte besorgen, bevor Libby unruhig werden würde. Der aussortierte Zimt, Oregano und Basilikum mussten ersetzt werden, und sie brauchte frischen Paprika und Chiliflocken. Wenn sie Hähnchen frittieren wollte, brauchte sie gute Gewürze.

Sie kaufte die Gewürze, zwei Packungen Kaffee, Kaustangen für Libby und zwei Pfund Butter.

Dann stellte sie sich hinter einem großen, breitschultrigen Mann an der Kasse an, dem die dunkelbraunen Haare über den Hemdkragen fielen. Er legte ein Steak, Kartoffeln, ein Bund Petersilie und ein paar Zweige Rosmarin sowie Zutaten für einen Salat aufs Band. Ihrer Erfahrung nach griffen Männer in der Regel zu den Fertigprodukten. Alle Achtung!

Sie war dabei, ihre Einkäufe aufs Band zu legen, als er sich dem Kassierer zuwandte und sie sein Profil sah. Ihr Magen war plötzlich steinhart. Matthew Peterson, ihr Highschool-Freund. Danis Ex-Ehemann. Mist. Ausgerechnet.

Warum hatte sie sich die Haare nicht gewaschen? Sollte sie die paar Sachen vom Band nehmen und ganz unauffällig zwischen den Gängen verschwinden? Stattdessen sagte sie: »Matthew?«

Er drehte sich um, brauchte einen ganz kurzen Moment, um sie zu erkennen, dann grinste er. Keine Spur von Bitterkeit oder Wut, aber Matthew lächelte immer, wenn er etwas wollte. Er hätte sie umarmt, wenn der Wagen nicht zwischen ihnen gestanden hätte. Und in Anbetracht der Tatsache, dass sie heute nicht geduscht hatte, war das ganz gut.

Matthew war in Form geblieben, er hatte nicht einmal einen Bauch wie die meisten Väter. Mit seiner Jeans, einem grauen Pullover und einer Lederjacke mit hochgeschlagenem Kragen arbeitete er immer noch an dem Image des bösen Jungen.

»Ivy, ich hatte schon gehört, dass du zurück bist. Hey, wie geht's dir?«

»Großartig.«

»Ich hätte dich fast nicht erkannt. Du hast eine New Yorker Ausstrahlung. Irgendwie trendig.«

»Oder irgendwie schmuddelig?«

»Nein. Überhaupt nicht. Die Jahre stehen dir.« Der Kassierer war durch, Matthew steckte die Kreditkarte in den Schlitz. »Ich habe gehört, du verkaufst Ruths Haus.«

»Ja, leider.«

»Das Ende einer Ära.«

»Das Leben geht weiter.« Selbst wenn sie lange nachgedacht hätte, wäre ihr keine größere Untertreibung eingefallen.

Während der Kassierer die Waren eintütete, sah Matthew sie sehr aufmerksam an. »Du siehst toll aus.«

»Danke.« Plötzlich waren die Teenager-Jahre ganz präsent. Bauchfreie Tops, Gummibänder im Haar und lila Flip-Flops.

Damals hatte Matthew es geschafft, dass sie sich sehr wohl in ihrer Haut gefühlt hatte. Ironischerweise hatte seine positive Einstellung ihr den Mut gegeben, nicht nur die Outer Banks, sondern auch ihn zu verlassen. Diese Rückkehr nach Hause fühlte sich langsam wie eine Studie vergangener Fehler an.

»Ich wette, du hast alle Hände voll zu tun«, sagte er. »Ruth hat ja alles aus dem Hotel gehamstert, was nur ging.«

Aus seinen Worten hörte sie heraus, dass Ruth zum Ende hin nicht mehr ganz auf der Höhe gewesen sein musste. »Sie war ein Kind der Depressionszeit. Sie hat es immer vermieden, etwas wegzuwerfen.«

»Es ist ja auch schrecklich, wenn man verliert, was man liebt.«

Er ließ einen unausgesprochenen Schmerz anklingen, den Ivy lieber überhörte. »Das stimmt.«

Während sie bezahlte, lud er seine Tüten in den Einkaufswagen. »Und was kochst du?«

»Ob du es glaubst oder nicht: Ruths Fried Chicken.«

»Kurz vor unserem Schulabschluss hast du dir geschworen, nie wieder auch nur eine Hähnchenkeule zu frittieren.« Matthew hatte ihre Beschwerden über die Fettspritzer, die ihre

Unterarme mit kleinen Brandnarben übersäten, irgendwann sattgehabt.

»Wenigstens mache ich Fried Chicken am Donnerstag und nicht am Sonntagabend. Eine kleine, aber bedeutungsvolle Abwechslung.«

Er schmunzelte. »Du hast dein Temperament nicht verloren. So wie damals, als du das Auto gepackt hast und ohne Plan nach New York gefahren bist.«

Die Achtzehnjährige von damals war teils Pionierin, teils Närrin und vor allem egoistisch gewesen. Sie würde sie brauchen, damit sie hier keine Wurzeln schlug und den Sprung in die Zukunft wagte. »Ich lebe gefährlich. Was soll ich sagen?«

»Weißt du noch, wie man das Hühnchen macht?«

»Das Rezept ist tief in meinem Gedächtnis verankert.«

»Wirst du es mir je verraten?«

Sie griff nach der Einkaufstüte. »Ruth hat mich schwören lassen, das Rezept für mich zu behalten.«

»Sie hat es mir auch nicht verraten, sooft ich sie auch danach gefragt habe. Und ich kann ziemlich charmant sein.«

Das stimmte, aber Matthews Sanftmut hatte Ruth nie gefallen. Sie hatte ihre Missbilligung zwar nicht direkt geäußert, doch ihre gelegentlichen Seitenblicke hatten mehr gesagt als jedes Wort. »Und ich werde dir das Rezept auch nicht verraten.« In weniger als einer Minute waren sie in den lockeren Ton aus Highschool-Zeiten gefallen. »Dani habe ich auch schon wiedergesehen, sie hat bei mir geklingelt. Und sie sieht toll aus, wie immer.«

Sein Kiefer spannte sich kaum merklich an. »Sie hat immer alles im Griff. Immer perfekt.«

Steckte hinter dem Kompliment eine Art von Schuldzuweisung? Matthew kam aus einer Familie, die mit dem Verkauf von Möbeln sehr viel Geld verdient hatte. Ivy war sich ihrer unterschiedlichen Herkunft bewusst gewesen, aber sie hatte sich eingeredet, dass das keine Rolle spielte. Es hätte sie nicht überraschen dürfen, dass er, zumindest für eine Weile, bei der sehr eleganten Dani gelandet war.

»Streben wir nicht alle irgendwie danach?«, fragte Ivy.

»Wollen wir essen gehen? Uns aufs Laufende bringen?«

»Ich bin gerade ziemlich fertig.« Allein der Gedanke, sich zu waschen, nur für sich selbst, war ihr schon zu viel. Und für Matthew auf Absätzen herumzustöckeln, ging dann doch zu weit.

Ein Lächeln umspielte seine Lippen. »Absolut zwanglos.«

»Nett, dass du fragst, Matthew. Wirklich.« Er folgte ihr hinaus. »Aber mit dem Haus und den Hunden …«

»Hunde?«

»Lange Geschichte. Ich habe eine Hundemutter mit drei Welpen.«

»Die darf Bella aber nicht sehen.« Er lachte voller Wärme. »Sie löchert Dani und mich seit Monaten, dass sie einen Hund haben will.« Die Zärtlichkeit für Bella ließ seine Böse-Junge-Attitüde in sich zusammenfallen und machte ihn noch attraktiver.

»Ja, das habe ich schon gehört.«

»Wir müssen wirklich zu Abend essen, Ivy. Alles andere wäre verrückt. Außerdem möchte ich dir ein Projekt vorstellen.«

»Klar, warum nicht? Wie wäre es mit morgen Abend?« Sein Grinsen war zu charmant.

»Ich schaue mir morgen einen neuen Laden an, aber ich bin damit früh durch. Unsere Verabredung steht?«

Ihre leere Tanzkarte machte es schwer, Nein zu sagen. Und wenn sie ehrlich war, schmeichelte es ihr schon, wenn er sie so begeistert ansah. »Ja.«

»Ich hole dich um sechs ab.«

»Klingt nach einem Plan.«

»Schön, dass du wieder da bist.« Er hob die Hand, als wollte er sie berühren, aber dann ballte er die Finger zu einer lockeren Faust. »Nachdem du weg warst, waren die Outer Banks nie wieder so wie davor.«

»Danke.«

Sie lud ihre Einkäufe ein und fuhr zurück zum Haus. Als sie ankam, lag Libby auf der Seite und säugte geduldig ihre schmatzende Brut.

Statt *einer* großen Bratpfanne stöberte Ivy *Dutzende* in den Küchenschränken auf. Sie entschied sich für die schwere Gusseiserne, die durch die Jahre geschwärzt war und die sie damals in Dauerbenutzung gehabt hatte. Sie nahm die Pfanne am Griff, als wäre es die Hand eines alten Freundes. Dann stellte sie sie auf die vordere Platte und schaltete sie an, wobei sie sich an ein altes Gespräch mit Ruth erinnerte.

»Warum benutzen wir immer die gleiche Pfanne?«, hatte Ivy Ruth gefragt, während sie sich eine Schürze um ihre schmale Taille band. Sie war in der fünften Klasse und arbeitete als Küchenhilfe.

»Sie hat weder mich noch meine Mama noch meinen Daddy im Stich gelassen«, sagte Ruth. »Und sie wird auch dich nicht im Stich lassen, wenn du sie gut pflegst.«

»Machst du alles so, wie sie es gemacht haben?«, fragte Ivy.

Ein Lächeln huschte über Ruths Lippen. »Meine Mutter hätte sich darüber kaputtgelacht. Sie hat immer gesagt, ich wäre ein Dickkopf.«

»Das sagst du auch über mich.«

»Der Apfel fällt nicht weit vom Stamm.« Ruth goss reichlich Öl in die Pfanne, schaltete das Gas an und schüttete Mehl in eine Schüssel. »Wir salzen und pfeffern es ordentlich. Wer mag schon fades Hähnchen!«

Normalerweise brachte Ruth am späten Sonntagabend Fried Chicken aus der Hotelküche mit nach Hause. Es war das erste Mal, dass sie es gemeinsam zubereiteten.

Als Nächstes goss sie Buttermilch in eine zweite Schüssel und wusch ein paar zimmerwarme Hähnchenschenkel. Das Knistern und Knacken des Öls klang ohne das Hintergrundgeplapper ihrer Mutter besonders laut. Sie war nun schon fünf Jahre tot, und immer noch war das Haus so still. Ruth zog die Keulen durch die Buttermilch und wälzte sie anschließend sorgfältig im Mehl. Sie tauchte den Stil eines Holzlöffels ins Öl und beobachtete, wie die Flüssigkeit um ihn herum brodelte. »Wenn du das siehst, weißt du, dass das Öl genau die richtige Temperatur hat.« Vorsichtig ließ sie das erste panierte Hähnchenteil in die Pfanne gleiten. Es zischte und knackte. »Jetzt du.«

Ivy nahm eine Keule und tauchte sie genauso langsam wie ihre Großmutter in das sprudelnd heiße Öl. Das Fett spritzte auf und biss ihr in die Haut.

»Autsch«, beschwerte sich Ivy.

Ruth reichte ihr ein feuchtes Handtuch. »Das gehört zum Kochen dazu.«

Ivy betrachtete die kleine rote Beule. »Vielleicht kann ich das nicht so gut.«

»Mach dir keine Sorgen«, sagte Ruth. »Du bist ein Naturtalent.«

»Kann ich in der Küche des Seaside als Köchin arbeiten?«

»Warum nicht?«

Am nächsten Tag begann Ivy nach der Schule in der Küche zu arbeiten. In der Anfangszeit war sie Küchenhilfe und sonst nichts, saß meist am Tisch, machte erst ihre Hausaufgaben, aß eine Kleinigkeit und faltete dann Servietten. Sie reichte Ruth und Mr Anderson alles an, der mit seinen zweiundneunzig Jahren immer noch ab und zu mit ihrer Großmutter kochte. Mit elf Jahren schnitt sie Kohl für den Krautsalat, würfelte

Zwiebeln für die Chowder mit Meeresfrüchten, und am Ende der Mittelstufe stand sie auf einem Tritthocker am Herd und kochte.

Es gab nicht viel Lohn. Das Seaside war ein Familienunternehmen. Die Familienmitglieder wurden am schlechtesten bezahlt und manchmal gab es gar keinen Gehaltsscheck.

Je mehr sie konnte, desto selbstbewusster wurde sie. Viele ihrer Freundinnen wussten nicht so recht, was sie nach der Highschool machen wollten, aber Ivy hatte ihre Bestimmung gefunden. Egal, was passierte, sie würde Köchin werden.

Ivy bereitete alles so vor, wie Ruth es ihr vor fast zwanzig Jahren beigebracht hatte, außer dass sie das Öl nicht mehr mit einem Löffel prüfte. Tausende von Stunden am Herd hatten ihre Sinne geschärft, sodass sie wusste, wann das Öl die richtige Temperatur hatte und wann das Hähnchenteil gewendet oder herausgenommen werden musste.

Fünfundvierzig Minuten später erfüllte der Duft von Fried Chicken das alte Haus. Und mit dem Duft waren auch die Erinnerungen da. Libby kam schnuppernd von ihrem Lager in die Küche.

»Fried Chicken hat diese Wirkung auch auf Menschen«, murmelte Ivy. Sie löffelte Hundefutter in den Napf und streute ein paar Stückchen knuspriger panierter Haut darüber. »Ich gewöhne dir etwas Schlechtes an, aber eine frischgebackene Mutter sollte sich ab und an etwas gönnen.«

Ivy stellte den Napf auf den Boden, und der Hund verschlang alles auf einen Schlag. Es hatte etwas Befriedigendes zu sehen, wie jemand ihr Essen genoss. Sie nahm eine Keule vom Teller, pustete darauf und hielt sie vor die Nase. Für sie war der Geruch der stärkste Auslöser von Erinnerungen. Und der Geruch von Ruths Fried Chicken erinnerte sie wieder an das Leben, das sie hätte haben können.

Kapitel 11

IVY

Freitag, 21. Januar 2022, 7.00 Uhr

Ivy wachte durch die Geräusche von Bulldozern auf, die über Sand und Erde knirschten. »Guten Morgen, Dalton.«

Sie setzte sich in ihrem alten Bett auf und blickte aus dem Fenster auf die orangerote Sonne, die gerade über den Horizont schaute und das Wasser des Atlantiks in glitzernd frischem Licht erstrahlen ließ. Sie streckte und dehnte ihren verspannten Rücken. Während die Maschinen über das Grundstück nebenan ratterten, rieb sie sich die Augen und stapfte hinunter in die Küche. Als der Kaffee durchlief, ging sie zu Libby und den schlafenden Welpen hinter die Kisten. Libby sah aus, als müsste sie mal raus.

Sie führte den Hund zur Hintertür und ließ ihn zur Düne laufen. Während Libby herumschnüffelte, sah Ivy zum Wrack hinüber. Sie war froh, dass es noch da war. Wenn der Schleier zwischen den Lebenden und den Toten tatsächlich dünner geworden war, war Ruth ihr ganz nah. Und das gab ihr Trost.

Sie brachte Libby zurück ins Haus, fütterte sie und füllte ihren Wassernapf auf, während die Maschine gluckerte. Dann schenkte sie Kaffee in einen großen Steingutbecher, erklomm die Düne und ging zu dem alten Schiff. Sie strich über das dunkle, versteinerte Holz, das mittlerweile härter als Stahl war.

Dani hatte gestern Abend eine SMS geschickt und gefragt, ob ihr Vater mittags vorbeikommen und sich das Wrack von der Schlafveranda aus ansehen könnte, die die beste Aussicht bot. Ivy hatte gleich zugestimmt, und sie hatten sich auf elf Uhr geeinigt.

Weit und breit gab es keine Hinweise auf den Wolfshund und zum Glück auch keine auf umherwandernde Geister, die nur darauf warteten, dass das Schiff wieder in den Tiefen des Ozeans versank.

Ivy nippte an ihrem Kaffee, der für ihren Geschmack schon zu kalt war. »Übrigens, ihr Geister, nur damit das klar ist: Ich habe euer Schiff nie geplündert, also lasst euren Frust nicht an mir aus.«

Der Wind pfiff über das Strandgras und wirbelte Sand auf. »Und Ruth, falls du dich hier herumtreibst, wäre ich für jeden Tipp, was das Haus angeht, sehr dankbar. Ich vermisse dich.«

Sie stand etwa eine halbe Stunde dort, atmete die salzige Luft ein und lauschte dem Rauschen des Meeres. Diese Stelle hatte eine wilde Anziehungskraft, und die sanftere Witterung versuchte, sie zum Bleiben zu verführen.

Das Schrappen von Baumaschinen auf Erde ließ sie an das frühere Seaside denken. »Ich lasse mich nicht täuschen. Ich weiß, wie schnell sich alles ändern kann.«

Sie schüttete den Rest Kaffee auf den Sand und kehrte ins Haus zurück. Dani und ihr Vater kämen in ein paar Stunden, und sie wollte davor noch was schaffen. Ihr war es egal, dass Dani das Haus auf dem Höhepunkt des Chaos gesehen hatte, aber Ruth hätte nicht gewollt, dass Pete es so sähe.

Sie begann, das zweite Zimmer im Obergeschoss zu entrümpeln. Sie schleppte fast alles hinaus: alte Bankettstühle, ausrangierte Drucker, eine Registrierkasse und das, was vor fünfzehn Jahren ein moderner Computer gewesen war.

Es war nach zehn, als Ivys Telefon klingelte und sie dabei unterbrach, einen mit Hotelbibeln vollgestopften Schrank auszumisten. Sie holte ihr Telefon aus der Gesäßtasche. »Ivy Neale.«

»Ms Neale, hier ist Bob vom Fotogeschäft.«

»Hallo, Sir. Hatten Sie Glück mit dem Film?«

»Der Film war in ausgezeichnetem Zustand. Ich habe zehn belichtete Negative entwickelt und bin gerade mit den Abzügen fertig geworden«, sagte er.

Sie ging in die Hocke und strich sich eine Haarsträhne aus dem Gesicht. »Und was war drauf?«

»Auf einem Foto sieht mal wohl das Seaside Resort aus den frühen Fünfzigerjahren, auf einem anderen ein Showboat. Dann sind da noch Bilder von einem kleinen weißen Hund, einer sehr hübschen Frau, die mich an Lana Turner erinnert, einer Gruppe junger Mädchen und mehreren Frauen in den Dreißigern. Und ich glaube, auch eines von Ruth.«

»Wirklich?« Sie stretchte ihre überbeanspruchten Rückenmuskeln. »Kann ich sie schon abholen?«

»Ja, gern. Ich bin den ganzen Vormittag hier. Ich schließe mittags und nehme mir den Nachmittag frei, um angeln zu gehen.«

»Ich bin gleich bei Ihnen.«

Ivy beendete das Gespräch aufgeregt. Sie sah nach Libby, führte sie noch mal nach draußen zum Pinkeln und inspizierte die Welpen. Drei kleine, blinde Kreaturen, deren Persönlichkeiten sich bereits entwickelten. Der größte Welpe robbte weg, sobald er sich satt getrunken hatte. Sie vermutete, dass ihm zu warm wurde. Das hellbraune Mädchen war entspannt, und das kleine schwarz-weiße war laut. Sie hatten alle drei zugenommen und waren gewachsen. Wenn die Kleinen erst herumwuselten, würden sie Ruths Cottage in ein Tollhaus verwandeln.

Als sie die Haustür abschloss, bemerkte sie, dass Vermessungsingenieure auf dem Nachbargrundstück nebenan Parzellen absteckten. Wie es aussah, hatte man in Ruths Haus im nächsten Jahr viele neue Nachbarn.

Dalton trug eine schwere Jacke, Helm, Jeans und Arbeitsstiefel und bewegte sich mit langen, entschlossenen Schritten zwischen den Arbeitern. Es war deutlich, wie wohl er sich in seiner Welt fühlte, und wenn Ivy ehrlich war, war sie neidisch auf ihn. Eine Zeit lang in New York, als sie keine Jugendliche mehr und noch keine Erwachsene war, hatte sie gedacht, sie hätte ihre ideale Nische gefunden.

Und als sie ihre Wohnung aufgelöst hatte, war sie davon ausgegangen, dass eine ältere, weisere Ivy instinktiv wissen würde, was als Nächstes käme. Aber bis jetzt hatte sie noch keinen Schimmer.

Sie fuhr rückwärts aus der Einfahrt hinaus und bemerkte, dass nur noch das UMSONST-Schild da war. Alles andere war wieder weg. »Gott sei Dank.«

Fünf Minuten später fuhr sie auf den Parkplatz des Ladens und ging hinein.

Bob stand hinter dem Tresen, trug eine große Lupenbrille und untersuchte das Innere einer Uhr. »Hallo.« Er legte einen winzigen Schraubenzieher auf den Tisch und nahm seine Brille ab. »Ich hole Ihre Fotos.«

»Ich kann es kaum erwarten. Es gibt nicht mehr viele Bilder vom Seaside Resort. Die meisten sind dem Sturm zum Opfer gefallen.«

»Salzwasser ruiniert so ziemlich alles.«

Nach dem Dezembersturm war Ruth kaum zu trösten gewesen. Sie hatte sich auch nicht nach New York locken lassen, weder mit Ausflügen ins Metropolitan Museum noch mit Restaurantbesuchen noch mit Spaziergängen durch den Central Park. Ruth hatte nur abgewunken. Als Ivy ihr wie versprochen ein paar Wochen später einen Besuch abstatten wollte, war es zu spät.

Bob öffnete eine Mappe, die einen Streifen mit zehn Negativen in einer durchsichtigen Plastikhülle enthielt. »Wie ich schon sagte, war der Film in erstaunlich gutem Zustand. Ich habe ihn problemlos entwickeln können.«

Ivy hielt die Negative gegen das Licht und wandte sich dann den Abzügen zu. Sie waren kühl und rochen nach Chemikalien. »Es ist ein Wunder, dass ich Sie gefunden habe! Es gibt doch kaum noch was anderes als digitale Fotografie.«

»Und Fotos werden auch nicht mehr mit Kameras gemacht, sondern mit Handys.«

Ivy betrachtete das erste Bild von einem am Dock liegenden Schiff. Es trug den Namen *Maisy Adams* und hatte drei Decks, die mit weißen Geländern und Zierleisten versehen waren. Über die hintere Hälfte des oberen Decks war ein Sonnensegel gespannt, in dessen Schatten ein paar Leute an der Reling standen und dem Fotografen zuwinkten. Aus den beiden schwarzen Schornsteinen stieg kein Rauch auf.

»Ein Showboat?«, fragte Ivy.

»Die waren von etwa 1900 bis in die späten Sechzigerjahre auf den Wasserstraßen des Intracoastal beliebt. Ich habe eine Freundin angerufen und sie nach der *Maisy Adams* gefragt, und sie hat mir erzählt, dass d*as Boot* noch bis Mitte der Sechzigerjahre gut im Geschäft war.« Die Intracoastal war eine Binnenwasserstraße, die sich von der Südspitze Floridas bis nach Boston erstreckte. Die Route, die über Kanäle, Flüsse, Buchten und Sunde führte, wurde seit über einem Jahrhundert für den Transport von Waren genutzt.

»Im Grunde war es eine Wandershow oder ein Zirkus«, vermutete Ivy.

»Genau. Es gab Sänger, Schauspieler, Zauberer und Gaukler an Bord. Erwünscht war alles, was den Verkauf von Eintrittskarten ankurbelte.«

»Warum hat Ruth eine Kamera mit einem Bild von der *Maisy Adams*? Ob ihre Eltern mal mit ihr zu einer Show gefahren sind?«

»Mag sein, aber eine Kamera wie diese Leica war damals teuer. Die Wheelers waren dafür bekannt, jeden Penny umzudrehen. Das passt nicht so recht zusammen.«

Auf dem nächsten Foto war ein heller Buick mit weißem Verdeck zu sehen. Es war ein Foto von dem blauen Cabrio auf Ruths Ölbild. »Die Wheelers waren keine Leute, die so ein Auto gefahren hätten.«

»Dieser Buick stammt aus den späten Vierzigerjahren. Ein Auto für Ausflüge und Spritztouren.«

Das folgende Foto zeigte eine Frau mit flachsblondem Haar, das zu einem Chignon frisiert war. Nachgezogene dunkle Brauen betonten ihre hellen Augen. Sie hatte ein ansteckendes Lächeln. Ihr helles Oberteil war tief ausgeschnitten und betonte ihre vollen Brüste. »Das ist sicher nicht Ruths Mutter.« Nach dem, was Ruth von Edna Wheeler erzählt hatte, war sie liebevoll und ein wenig mürrisch gewesen. »Diese Frau muss zu dem Auto und dem Showboat gehören.«

Auf dem Foto vom Seaside Resort erkannte Ivy, dass die Bungalows damals kalkweiß gestrichen waren und das Hauptgebäude flankierten, in dem sich der Speisesaal befand. Auf der anderen Seite des Hauptgebäudes musste der Pool sein. Es sah alles neu aus, ganz anders als das in die Jahre gekommene Hotel, an das sie sich erinnerte. Das SEASIDE RESORT-Schild wirkte brandneu, und das ZIMMER FREI-Schild war ausgeschaltet. Wie auf Ruths Gemälde. »Ein paar Jahrzehnte lang war das Hotel in den Sommermonaten ausgebucht.«

Das nächste Foto zeigte ein lächelndes junges Mädchen, dem die Sonne ins Gesicht schien. Keine Frage, diese dunklen Augen und dieses breite Lächeln erkannte Ivy. »Das ist Ruth.«

Für Ivy war Ruth immer alt gewesen. Sie hatte selten etwas anderes getan, als sich um das Hotel, um Ivys Mutter und später um Ivy zu kümmern.

Abgesehen von den körperlichen Merkmalen gab es keine Hinweise auf die Frau, die Ruth einmal werden würde. Das Mädchen wirkte, als fände sie alles aufregend und als wäre die Arbeit das Letzte, woran sie dachte. Ivy schätzte, dass Ruth auf dem Foto etwa zwölf Jahre alt sein musste, also wäre es um 1950 aufgenommen worden.

Es folgte ein Foto vom Atlantik, und dem Blickwinkel nach zu urteilen, musste es von Ruths Haus aus aufgenommen worden sein, das jetzt Ivy gehörte. Den Mittelpunkt des Bildes bildete genau das Schiffswrack, das sich gestern wieder gezeigt hatte.

»Das Schiff ist wieder aufgetaucht, nicht wahr?«, fragte Bob.

»Ja. Und es ist immer noch da. Pete Manchester will gleich vorbeikommen, um es sich anzusehen. Ich habe gehört, er ist Experte.«

»Stimmt. Hoffentlich bringt er ein paar seiner Fotos von dem Wrack mit. Eines stammt aus dem Jahr 1870, dem Jahr, in dem das Schiff gestrandet ist.«

»Ich freue mich darauf.«

»Nehmen Sie sich vor den Geistern und Kobolden in Acht«, sagte Bob grinsend. »Sie haben nichts als Ärger im Sinn.«

»Hoffentlich nehmen sie mir meine Anwesenheit nicht übel«, sagte Ivy, während sie die restlichen Fotos vom Seaside Resort und seinen Urlaubern durchblätterte. »Wie viel schulde ich Ihnen?«

»Nichts«, sagte er.

»Bestimmt nicht?«

»Ruths Enkelin wird mir nie auch nur einen Cent schulden.« Er schob die Mappe mit den Negativen und den Fotos in eine weiße Plastiktüte mit der Aufschrift »Bob's Small Appliance Repair«.

»Nochmals danke.«

»Nicht dafür.«

Sie war der Identifizierung des Besitzers der Kamera nicht nähergekommen, aber vielleicht wusste Mr Manchester etwas darüber. Er könnte in dem Sommer, als die Bilder gemacht wurden, vor Ort gewesen sein.

Als sie am Haus ankam, standen zwei Autos in der Einfahrt. Dani und ihr Vater blickten zum Haus hinauf. Mr Manchester war groß, hatte dichte graue Haare, breite Schultern und hielt sich sehr grade.

»Ivy!« Dani begrüßte sie lächelnd. Sie trug Designer-Stiefel, Bootcut-Jeans und eine dicke pelzgefütterte Lederjacke, die ihr bis zur Taille reichte.

Wieder einmal fühlte sich Ivy in ihrem bewährten grauen Sweatshirt schlecht angezogen. »Hey, Dani.«

»Du erinnerst dich doch an meinen Vater, oder?«, fragte Dani.

Ivy streckte die Hand aus. »Schön, Sie wiederzusehen, Mr Manchester.« Als sie Ruths Beerdigung verließ, hatte er ihr die Hand geschüttelt und etwas Nettes über Ruth gesagt. Aber all die Menschen und all die Worte waren miteinander verschmolzen.

»Schön, dass du wieder da bist«, sagte er. »Wir haben dich alle vermisst.«

»Es ist schön, Dani, Sie und das alte Haus wiederzusehen!«

»Das Haus hat sich nicht verändert«, sagte er. »Eine Seltenheit heutzutage.«

Alles andere hatte sich verändert. »Wollen Sie das Wrack sehen?«

»Ich kann es kaum erwarten.« Er rieb seine langen, schwieligen Hände aneinander. »Hat Dani dir erzählt, dass ich mich ein bisschen für Geschichte interessiere?«

Ivy stieg die Treppe hinauf. »Ja, hat sie. Und ehrlich gesagt ist das Wrack bemerkenswert.«

Ivy öffnete die Haustür, und jetzt begann Libby zu bellen und kam um die Kisten herum. »Ich bin's nur. Kein Grund zur Sorge.«

»Bella wäre zu gern mitgekommen, aber sie hat ja Schule«, sagte Dani. »Sie kann es kaum erwarten, die Welpen zu sehen.«

»Sie ist jederzeit willkommen.«

Ivy legte die Mappe mit den Fotos auf den Tisch neben das Hotelregister und führte Dani und Pete zur Hintertür und über die Dünen zum Strand. Sobald Pete das Schiffswrack sah, zückte er sein Handy und begann, Fotos zu schießen.

»Du bist *das* Gesprächsthema in unserer Familie«, sagte Dani. »Bella und die Welpen, Daddy und das Wrack und Dalton und …«

Ihre Wangen erwärmten sich. »Dalton und was?«

»Sagen wir einfach, du bist eine willkommene Bereicherung für die Outer Banks, soweit es ihn betrifft. War er oft hier?«

»Nicht wirklich. Sieht aus, als hätte er drüben auf der Baustelle alle Hände voll zu tun.«

»Zehn Häuser, das ist ein großes Projekt für die Firma«, sagte Pete. »Er steht mit dem Bau und dem Verkauf ganz schön unter Druck.«

»Das Geschäft müsste doch gut gehen«, sagte Ivy.

»Ja, solche Grundstücke am Strand sind selten. Dalton hat bereits die Hälfte verkauft.« Der Stolz in Petes Stimme war nicht zu überhören.

Er ging zum Wrack und strich über das Holz. »Das Schiff hat damals Ware von South Carolina nach New York transportiert«, sagte er. »Neben den Besatzungsmitgliedern waren auch eine Frau und ihr zwei Monate altes Baby an Bord. Die Frau hieß Francesca Wentworth und das Baby Sarah. Francesca war eine junge Dame der Gesellschaft auf dem Weg zu ihrem Ehemann. Ich fand mehrere Artikel in den New Yorker Zeitungen mit ihrem Bild. Ihr Tod war damals ein paar Tage lang groß in den Nachrichten. Sie ist nur einundzwanzig Jahre alt geworden. Von den zwölf Menschen an Bord des Schiffs wurden alle geborgen, mit Ausnahme von Francesca und ihrem Baby.«

»Was ist mit ihren Leichnamen passiert?«, fragte Ivy.

»Man vermutet, dass Francescas schwere Röcke sie nach unten gezogen und sich auf dem Meeresboden verfangen haben. Und dass sie Sarah bis zum Ende fest in den Armen gehalten hat.«

Eine kalte Brise wehte vom Meer her und strich über Ivys Haut. »Das ist ja furchtbar.«

»Wie entsetzlich«, sagte Dani betroffen.

»Manche sagen, sie hätten ihren Geist gesehen«, sagte Pete. »Sie trägt ein schwarzes Kleid und ihr lockiges blondes Haar umrahmt ihr blasses Gesicht wie ein Heiligenschein.«

»Wow, Sie haben gut recherchiert.« Ivy rieb die Hände aneinander, um sie warm zu halten.

»Ich kann euch etwas über jeden Seemann erzählen, und ich weiß auch genau über die Fracht Bescheid. Das Schiff ist so eine Art Besessenheit von mir.« Er holte sein Handy wieder aus der Tasche und zeigte ihnen ein Schwarz-Weiß-Bild des Schiffs mit eingeholten Segeln im Hafen von Charleston.

Die kühle Luft zog Ivy in die Knochen. »Ich habe auch etwas Interessantes gefunden.«

Sie ließen den Strand hinter sich. Die Wärme des Hauses schlug ihnen entgegen. Ivy nahm die Farbfotos aus der Mappe vom Esstisch. »Seht euch die mal an. Ich habe Fotos von Ruth, dem Hotel und dem Wrack. Einige Leute kenne ich nicht.«

Sie legte die zehn Bilder nebeneinander auf dem Tisch aus. Pete trat aufgeregt hinter sie. »Das ist tatsächlich Ruth«, sagte er und zeigte auf das junge Mädchen. »Und hier steht sie neben Talley, meiner Schwester Bonnie und ihren beiden Freundinnen Jessie und Dora.«

Ruths Lächeln wirkte zurückhaltend, sogar gezwungen. Ivy betrachtete drei Frauen, die in Badeanzügen, Strohhüten und Katzenaugen-Sonnenbrillen am Pool saßen. Alle hatten eine Zigarette in der Hand, und auf ihrem Tisch standen leere Cocktailgläser. »Und die drei?«

»Die Frau ganz rechts ist meine Mutter, Ann Manchester«, sagte Pete.

Dani beugte sich vor und musterte die schlanke Blondine. »Das ist Grandma? Sie sieht ja aus wie Grace Kelly!«

»Sie war in ihren jungen Jahren umwerfend«, sagte er. »Sie sagte immer, mein Vater habe sich Hals über Kopf in sie verliebt, als er sie sah. Er musste ins Ausbildungslager, und als er im Frühjahr zurückkehrte, heirateten sie. Die Familie meines Vaters war nicht glücklich darüber, aber was geschehen war, war geschehen.« Pete atmete langsam ein.

Dani streichelte ihn zwischen den Schulterblättern. »Es ist schön, sie so zu sehen, bevor sie krank wurde.«

Pete räusperte sich. »Die beiden anderen Frauen sind Mrs Osborn und Mrs Bernard. Ihre Töchter haben mit meiner Schwester Bonnie gespielt.«

»Sie müssen ungefähr in Ruths Alter gewesen sein«, sagte Ivy.

»Ruth war ein Jahr älter. Sie war immer nett zu den Mädchen. Umgekehrt war das nicht immer der Fall.«

»Warum nicht?«, fragte Ivy empört.

Pete druckste verlegen herum. »Ruth gehörte zum Personal. Meine Mutter achtete auf Klassenunterschiede. Sie, ihre Freundinnen und ihre Kinder waren Gäste.«

Ivy kannte das. Manche Gäste nahmen keinen Blickkontakt auf, waren unhöflich oder sagten Dinge zu ihr, die sie Kollegen nie gesagt hätten. Viele sprachen in ihrer Gegenwart miteinander, als wäre sie unsichtbar oder taub. In der Highschool hatte das Ivy und Dani nie davon abgehalten, miteinander abzuhängen, aber Ivy war sich immer bewusst gewesen, dass Leute mit Geld andere Probleme hatten als sie.

Dani tippte auf eine junge Frau auf einem anderen Foto. »Und wer ist das?«

»Das ist Carlotta«, antwortete Pete.

»Carlotta?«

»DiSalvo«, ergänzte Pete, als ihm der Nachname wieder einfiel. »Carlotta DiSalvo. Sie hat in jenem Sommer im Seaside gesungen.«

»Eine Sängerin?«, fragte Ivy.

Er nahm das Bild des Showboats in die Hand. »Sie hat eigentlich auf der *Maisy Adams* gearbeitet. Aber das Schiff hatte im Frühjahr einen Sturmschaden erlitten, und Entertainer und Crew saßen in der Nähe fest. Die Unterhaltungskünstler schwärmten aus und suchten in den Resorts und Hotels nach Arbeit. Carlotta kam ins Seaside Resort.«

»Erinnern Sie sich an sie?«, fragte Ivy.

»Das kann man wohl sagen. Man konnte sie unmöglich übersehen. Sie hatte eine unglaubliche Bühnenpräsenz. Die Frauen beneideten sie, und die Männer, nun ja, sie begehrten sie. Ich erinnere mich, wie ich sie singen hörte und dachte, dass ich wohl verliebt bin.«

Dani lachte. »Wie alt warst du, Dad?«

»Sechs.« Er zuckte mit den Schultern. »Es war schwer, sie nicht großartig zu finden.«

Dani stieß ihrem Vater sanft in die Seite. »Daddy, du hast nie von ihr gesprochen.«

»Ich hatte sie vergessen.«

Ivy deutete auf Talley. »Über sie hat Ruth nie ein Wort verloren.«

»Sie waren jahrelang dicke Freundinnen, aber irgendwann haben sie sich zerstritten. Zuletzt habe ich gehört, dass Talley in Elizabeth City in einem Heim für betreutes Wohnen lebte. Sie war nicht bei Ruths Beerdigung, aber sie war in der letzten Zeit auch krank.«

Ivy schlug das Adressbuch auf und blätterte es durch, entdeckte aber keine Talley. »Noch ein Rätsel.«

»Sie war süß und immer ein bisschen nervös. Ruth und sie waren in jenem Sommer gute Freundinnen. Aber außer dem Schwimmen im Pool und meinen Freunden habe ich wenig mitgekriegt. In jenem Sommer geriet alles aus den Fugen, und ich vergaß das Seaside für die nächsten zehn Jahre.«

Kapitel 12
ANN

Sonntag, 18. Juni 1950, 12.00 Uhr

Ann Manchester hielt ihren Gin Tonic in der linken und eine Zigarette in der rechten Hand, als sie sich mit ihrem roten Körper in den Schatten des Sonnenschirms am Pool zurückzog. Es war bereits ihr dritter Drink, und sosehr sie sich auch einen vierten wünschte, sie musste sich zusammennehmen. Es war noch nicht einmal Mittag, und bei dem Tempo, das sie vorlegte, wäre sie schon vor dem Abendessen außer Gefecht. Sie hatte nicht vor, sich in ihrer kostbaren Urlaubszeit abzuschießen. Ziel war es, angenehm angesäuselt zu sein – mit einem zarten Schleier zwischen sich und dem Ärger und den Frustrationen des Lebens.

»Was hältst du von der Sängerin?« Kate Bernard zog die Worte mit ihrem Südstaatenakzent in die Länge. »Sie ist unglaublich attraktiv. Und ihre Stimme ist toll.«

Ann schloss die Augen und zog an ihrer Zigarette, während sie sich die kühnen grünen Augen und das ausdrucksstarke Lächeln der Sängerin vorstellte. Carlotta lebte außerhalb der

Grenzen der anständigen Gesellschaft, und Ann konnte sich nicht entscheiden, ob sie neidisch oder verärgert über diese gewagte Entscheidung war.

Ann hatte vor Jahren eine Vorstellung von Carlotta gesehen, kurz nachdem Peter und sie geheiratet hatten. Er war begeistert und sprach danach endlos von ihr. Sie war schrecklich nervös gewesen, weil sie befürchtete, Carlotta könnte sie erkennen. Dann hätte Ann zugeben müssen, dass sie sich an Carlotta und eine andere Zeit erinnerte. Wie sich herausstellte, hatte Peter Anns Stimmung an diesem Abend kaum bemerkt.

»Solange sie ihre Darbietung auf die Bühne beschränkt, soll's mir recht sein«, grummelte Ann.

Kate sah Maggie Osborn an, und beide hoben die Brauen. Sie wagten es nicht, zu lachen oder einen Kommentar abzugeben. Es war kein Geheimnis, dass Peter Manchester anderen Frauen nachschaute. »Was meint ihr, wie Edna an sie herangekommen ist? Das Seaside ist nett, aber kaum ein Ort, an dem sich solche Künstler die Klinke in die Hand geben.«

»Edna ist smart«, gab Maggie zu bedenken. »Nach dem Krieg war es auch alles andere als leicht, einen Pool zu finanzieren und das Hauptgebäude zu renovieren.«

Ednas Lächeln verbarg, dass sie ebenfalls aus Stahl gemacht war, so wie Ann. Und sie hatten es beide im Leben weit gebracht. Trotzdem fragte sich Ann jetzt, womit Edna Carlotta ins Seaside gelockt haben mochte.

»Ich hoffe, sie singt ›Blue Moon‹«, sagte Kate.

»Du kannst sie doch darum bitten«, sagte Maggie.

»Ist das Showboat wirklich zur Reparatur?«, fragte Ann. »Oder ist das auch nur eine von Ednas Geschichten?«

Maggie und Kate wechselten einen Blick. »Was gibt es sonst noch für welche?«

Der Gin hatte Anns Zunge gelockert. »Edna tischt uns dauernd irgendetwas auf.« Sie klimperte mit den Eiswürfeln in ihrem Glas und wusste genau, dass sie den Mund halten sollte. »Carlotta kann in Norfolk oder Raleigh auftreten. Dort gibt es ein viel größeres Publikum.«

»Wen interessiert das schon?«, sagte Maggie. »Ich bin froh, dass sie hier ist. Sie bringt etwas Farbe in diesen zwar angenehmen, aber auch ziemlich langweiligen Urlaub.«

Maggie und Kate stammten aus wohlhabenden Familien, die mit Holzhandel und Farmen ihr Geld verdienten. Vor dem Krieg hatten sie Europa bereist und sie fuhren oft nach New York. Dieser Urlaub war für die beiden nichts Besonderes, aber die Kinder amüsierten sich bestens.

Nach Anns Heirat mit Peter verkehrte sie gesellschaftlich in Maggies und Kates Kreisen, wenn sie sich auch täglich fragte, ob sie dem allen gewachsen war. Sie hatte das Seaside zum ersten Mal im Krieg vorgeschlagen, und sie hatten alle einen solchen Hunger nach Spaß gehabt, dass sie beschlossen, jedes Jahr herzukommen. Und nach dem Krieg schlossen die heimgekehrten Ehemänner sich ihren Familien an.

Peter hatte nie mit seiner Frau und seinen Kindern Urlaub gemacht. Wegen der Arbeit, wie er beteuerte. Aber so naiv war Ann nicht. Sie fragte sich sogar, ob er sich überhaupt die Mühe machte, ins Büro zu gehen, wenn sie weg waren. Doch wenn sie bedachte, wie angespannt und verschlossen er nach ihrem letzten Streit gewesen war, war sie froh über diese Auszeit.

»Die Mädchen scheinen sich prächtig zu amüsieren«, sagte Maggie.

Ann schaute über ihre Sonnenbrille hinweg zu den drei Mädchen, die an ihrem eigenen Tisch saßen. Sie war enttäuscht gewesen, als Bonnie angekündigt hatte, dass sie und ihre Freundinnen dieses Jahr eigene Wege gehen würden. Jetzt saßen Bonnie, Jessie und Dora am Pool, posierten und taten ihr Bestes, um ihre Mütter zu imitieren.

Sie sah sich am Pool um und stellte fest, dass Pete jr. nirgends zu sehen war. Wahrscheinlich war er am Strand. Der Junge suchte immer nach vergrabenen Schätzen. Sie wollte sich gerade auf die Suche machen, als er mit feuchten Haaren und sandigen Füßen vom Strand herangetrottet kam. Er ließ sein Handtuch fallen und sprang in den Pool.

Ann hob die Hand und winkte, bis Ruth in ihre Richtung schaute, dann klapperte sie mit den Eiswürfeln. Es war das erste Jahr, in dem Ruth in der Poolbar arbeitete, und sie machte ihre Arbeit gut.

Ruth nickte und eilte ins Haus, um einen Gin Tonic zu holen.

Wer auch immer dieses Jahr die Drinks mixte, tat sehr viel Gin hinein, aber da Peter nicht da war, schadete es auch nicht.

»Seltsam, dass uns jetzt eine Zwölfjährige die Drinks serviert«, sagte Maggie.

»Solange sie sie nicht trinkt, macht das doch nichts«, erwiderte Ann. »Sie wirkt ohnehin sehr reif.«

»Wo ist eigentlich Henry? Der Barkeeper?«, fragte Maggie.

Henry Anderson, der groß und schlank war und dessen gebräunte Haut das helle Blau seines verbliebenen Auges betonte, arbeitete seit fünfzehn Jahren im Hotel. Er hatte einen von harter Arbeit gestählten Körper und war trotz oder wegen seiner Augenklappe attraktiv. Zu den Müttern hielt er Distanz, sosehr sie auch mit ihm flirteten.

»Keine Ahnung«, sagte Ann. »Er war nie zuverlässig.«

Das Mädchen kam mit einem Tablett zurück, auf dem ein Glas mit Eiswürfeln stand, die in einer sprudelnden Flüssigkeit schwammen. Sie stellte das Getränk vor Ann hin. »Kann ich Ihnen noch etwas bringen?«

»Nein danke, Liebes.« Das Mädchen war braun gebrannt und sehr hübsch.

»Ich muss sagen, du bist über den Winter gewachsen«, sagte Maggie. »Bestimmt ein paar Zentimeter.«

»Ja, Ma'am«, sagte Ruth. Sie nahm den Bestellschein aus ihrer Schürzentasche und legte ihn mit einem Stift auf den Tisch.

Anns Unterschrift war kaum lesbar. »Wie geht es deiner Mutter? Ich habe sie heute kaum zu Gesicht bekommen.«

»Sie ist in der Küche und hilft Daddy, das Mittagsbuffet vorzubereiten.«

»Geht es Edna gut?«, fragte Maggie.

»Ja, Ma'am«, antwortete Ruth. »Es geht ihr wirklich gut.«

»Und wie geht es dir?«, fragte Maggie.

»Sehr gut, Ma'am.«

Ann nippte an ihrem Drink. »Malst du noch?«

»So oft ich kann.«

»Gut. Ruth, frag die Mädchen, ob sie noch eine Limonade möchten«, sagte Ann. »Es sind Ferien, und die Mädchen haben sich eine Belohnung verdient.«

»Ja, Ma'am.«

»Gönn dir und dem anderen Mädchen auch eine Limonade«, sagte Ann. »Und setz die Getränke auf meine Rechnung.«

Ruth sah Ann an. »Sie wollen Talley und mir eine Limo spendieren?«

»Ja.« Der Gin übernahm das Reden. Es war nicht das erste Mal, dass er sie in die falsche Richtung lenkte.

»Danke schön«, sagte Ruth.

Ann beobachtete, wie sie zum Tisch der Mädchen hinüberging, die sie zunächst ignorierten und dann jeweils eine Limonade bestellten. Als Ann in Ruths Alter gewesen war, hatte sie auf den Tabakfeldern gearbeitet und mitgeholfen, ihre fünf jüngeren Cousinen aufzuziehen. Bonnie hatte keine Ahnung, wie viel Glück ihre Freundinnen und sie hatten.

Doch wer wusste das schon. Vielleicht war Ruth die Glückliche. Ihr Leben würde in vorhersehbaren Bahnen verlaufen, aber sie war klug und stand mit beiden Beinen fest auf dem Boden.

Carlotta hatte sich ihr eigenes Leben aufgebaut und brauchte keinen Mann wie Peter. Ann war sicher, dass Carlotta für den Tag sparte, an dem sie nicht mehr singen wollte. Carlotta, die Planerin. In vielerlei Hinsicht beneidete Ann Ruth und Carlotta.

Anns Schönheit war ihre Eintrittskarte zum Erfolg gewesen, und sie hatte hart an ihrer Sprache, ihrer Kleidung und ihrem Benehmen gearbeitet, um ihren Status zu behaupten. Aber wenn ihre Schönheit eines Tages verblasste, würde Peter sie verlassen und diese Welt würde sich ihr wieder verschließen.

Sie nippte an ihrem Gin. Dieser beängstigende Gedanke erschütterte sie jedes Mal aufs Neue. Sie würde den Riss zwischen Peter und sich kitten und einen Weg finden, an diesem Leben festzuhalten.

* * *

EDNA

Edna stellte einen Stapel warmer Teller am Anfang des Mittagsbuffets ab, schaute aus dem Panoramafenster zum Pool und sah, wie Ruth Bonnie, Jessie und Dora noch eine Limonade servierte. Es machte sie traurig, dass Ruth sich so sehr wünschte, erwachsen zu werden und wie die anderen Mädchen zu sein, die wie ihre Mütter Getränke bestellten und unterschrieben. Die Rolle der erwachsenen Frau zu spielen und mit der Macht zu kokettieren, die eine Frau über einen Mann hat, machte anfangs

Spaß. Und in Ruths Alter war es leicht, die Erwachsenen um ihre Freiheit zu beneiden, die die Vorzüge des Lebens zu genießen schienen. Aber die Belohnungen waren rar, und all die Mädchen würden lernen, dass Freiheit ihren Preis hatte.

Es gefiel ihr nicht, dass Ann Manchester Limonade für Ruth und Talley gekauft hatte. »Es ist das Beste, sich nicht zu gut mit denen anzufreunden, denen man dient«, hatte ihr Vater immer gesagt.

Heute waren es deutlich über dreißig Grad, und Edna ging es gegen den Strich, dass Ruth in der Poolbar arbeiten musste. Aber Henry kam zu Saisonbeginn immer zu spät, und das Budget war zu knapp für zusätzliche Hilfe außer ihm und Talley. Edna war versucht, mit Henry ein paar Worte über seine Verspätung zu wechseln, aber sie wusste, dass es besser war, wenn er etwas später kam, dafür aber gut gelaunt war.

Sie brachte zwei Gläser mit Eiswasser zum Pool. Ruths Stirn war schweißnass, und ihre Wangen glühten. Edna gab ihr ein Glas Wasser und stellte das andere auf den Tresen. Limos waren zwar lecker, aber sie löschten den Durst nicht. »Wo ist Talley?«

»Auf der Toilette«, brachte Ruth zwischen zwei großen Schlucken hervor.

»Warum gehst du nicht rein und hilfst mit dem Buffet? Drinnen ist es kühler.«

»Ich mache das hier gern«, sagte sie.

»Es ist heiß, und die meisten Leute gehen in ein paar Minuten sowieso hinein.«

Ruth warf einen Blick auf den Bungalow, in dem Carlotta wohnte. »Ich habe sie heute noch nicht gesehen, und es ist fast Mittag. Glaubst du, sie fühlt sich nicht wohl?«

»Ich bin sicher, sie schläft sich aus. Gestern war ein langer Tag für sie.«

»Wird sie heute Abend wieder singen?«

»Sie wird jeden Abend singen.«

Ruth leerte das Glas. »Was denkst du, was sie den Tag über macht?«

»Sie schläft und sitzt auf dem Deck.« Edna war schon lange ununterbrochen in Bewegung. Ausschlafen oder Stillsitzen konnte sie sich nicht vorstellen, ja, sie fürchtete sich sogar davor.

»Sängerin kommt mir wie ein guter Beruf vor.«

»Ich glaube, es ist schwieriger, als es aussieht. Sie lässt es leicht erscheinen.«

»Kann ich sie nach dem Mittagessen besuchen? Sie könnte hungrig sein und ein Sandwich haben wollen. Und ich darf ihr meine Skizzen zeigen.«

Es überraschte Edna nicht, dass Ruth von Carlotta fasziniert war. Die Sängerin war aufregend und schön. »Mach ihr einen Teller fertig. Und nimm dir etwa eine Stunde Zeit für einen Besuch. Aber belästige sie nicht mit all deinen Bildern. Zeig ihr nur die besten.«

»Darf ich wirklich?«

Es gab ein halbes Dutzend Jobs, die am Nachmittag erledigt werden mussten. Aber Ruth war noch ein Mädchen, und Edna wollte, dass ihre Tochter so viel Kindheit wie möglich hatte. Das Erwachsensein kam schnell. Sie strich Ruths dunklen, schweißnassen Pony zurück. »Du hast es dir verdient.«

»Danke, Mama.«

Ein Wind aus Nordosten kühlte ihre Haut. Obwohl der Himmel klar war, spürte sie, dass die Sonne bald hinter Wolken verschwinden und dass es in der Nacht stürmen würde. »Geh jetzt rein und sieh, was Daddy braucht. Er wird bald zum Mittagessen läuten.«

»Oh, und ich habe Mrs Manchesters Drinks mitgezählt. Sie hat schon vier getrunken«, sagte Ruth.

»Wenn sie noch einen bestellt, verdünne ich ihn ein bisschen. Danke, mein Schatz.«

Die Getränkebestellungen waren eine gute Einnahmequelle, doch Ann Manchester neigte dazu, zu viel zu trinken. Bisher hatte es noch keine Schwierigkeiten gegeben, aber Edna war Problemen gern einen Schritt voraus.

Kapitel 13
RUTH

Sonntag, 18. Juni 1950, 15.00 Uhr

Ruth war noch nie so froh gewesen wie dieses Mal, als die pappsatten Gäste in ihre Zimmer zurückkehrten und die Tische abgeräumt waren. Diese ruhigen Nachmittagsstunden, die Flaute zwischen den Mahlzeiten, waren die besten des Tages. Die Gäste zogen sich zurück, um zu duschen und ein Nickerchen zu machen. Gegen fünf Uhr tauchten sie wieder auf, um zu trinken, zu essen und die Show zu sehen.

Sie begutachtete das Tablett mit dem Aufschnitt und versuchte zu erraten, was Carlotta schmecken könnte. Schinken oder Huhn? Emmentaler oder Cottage Cheese? Mayo stand fest, aber vielleicht auch Senf? Salat, Tomaten, Zwiebeln? Schließlich entschied sie sich für eine Auswahl von allem und legte zwei Scheiben Weißbrot dazu.

»Wohin gehst du?«, fragte Daddy.

»Carlotta einen Teller bringen.«

»Schon wieder?«

»Sie muss jeden Tag etwas essen, Daddy.«

Sein Seufzen klang sorgenvoll. Und er hatte in den letzten Wochen oft geseufzt.

»Na gut, bleib nicht zu lange. Und setz deinen Hut auf, Ruth. Lass dich vom Wind nicht täuschen. Die Sonne ist stark.«

Mama kam mit einem Tablett halb leerer Salz- und Pfefferstreuer in die Küche.

»Schlägt das Wetter um?«, fragte Ruth. »Es fühlt sich an wie vor einem Sturm.«

»Ja, aber er zieht erst am Abend auf.«

Ruth schnappte sich den Strohhut vom Haken neben der Hintertür und stieß das Fliegengitter mit der Hüfte auf. Den abgedeckten Teller balancierte sie dabei geübt. Hinter ihr klapperte ihr Vater mit dem Geschirr in der Spüle. »Keine gute Idee«, sagte er.

»Es wird schon gut gehen«, gab Mama zurück.

»Ich weiß, dass du das Richtige …«

Die Neugier ließ Ruth innehalten, aber die Sekunden dehnten sich und ihre Eltern sagten nichts mehr. Sie würden das Gespräch erst wieder aufnehmen, wenn sie ihre Schritte auf dem Deck hörten. In letzter Zeit hatten sie viel getuschelt. Und sowie sie dazukam, hatten sie abrupt geschwiegen.

Als sie über den heißen Sand zu ihrem Haus eilte, war sie dankbar für den auffrischenden Wind. Im Norden ballten sich die Wolken, während der Himmel im Süden strahlend blau war. Mama hatte recht. Es würde einen Sturm geben.

Sie stürmte hinein, die Treppe hoch, schnappte sich das Skizzenbuch und eilte zu Carlottas Bungalow. Alle Fenster waren geöffnet, sodass die Brise durch das Haus wehte. Ruth hörte ein leises Summen. Whiskey schlief auf einem Kissen, ohne auf ihr Frauchen zu achten, die sich zu einem Lied in den Hüften wiegte.

Carlotta trug eine Capri-Hose, die ihre kurvigen Hüften hervorhob, und ein knappes weißes Oberteil, das ihre schmale

Taille und ihre Oberweite zur Geltung brachte. Sie war barfuß, hatte das Haar zu einem lockeren Pferdeschwanz zurückgebunden und trug kein Make-up.

In diesem privaten Moment ohne jeden Glamour sah Ruth eine ganz normale Frau, die sie ein wenig an Mama erinnerte, wenn auch nicht so sehr an sich selbst. Wenn Carlotta die Frau war, die sie geboren hatte, dann müssten sie sich doch ein wenig ähnlich sehen, oder?

Ruth klopfte. Carlotta erschrak nicht, sondern drehte sich langsam um, und ihr Lächeln wurde wärmer. »Hallo, Ruth.«

»Ich bringe Ihnen Mittagessen.«

Carlotta bewegte sich mit langsamen, gleichmäßigen Schritten auf die Tür zu. »Das ist aber lieb von dir.« Sie stieß die vergitterte Tür auf. »Komm doch herein.«

Als Ruth den Raum betrat, in dem sie schon hundertmal gewesen war, stellte sie fest, dass er sich irgendwie verwandelt hatte. Die dunkle Holzvertäfelung wirkte heller, und das nicht nur, weil die Sonne durch die Fenster schien. Carlottas an den Türpfosten hängende Kleider glitzerten wie im Karneval in leuchtenden Grün-, Rot- und Blautönen. Fünf Paar Stöckelschuhe standen vor dem Kamin, und Ruth fragte sich, wie es sich wohl anfühlte, in ihnen zu laufen. Sie war in den guten Schuhen ihrer Mutter herumgeeiert, aber die Absätze waren viel niedriger und eckig.

»Du siehst aus, als hättest du ordentlich Sonne abbekommen«, bemerkte Carlotta.

»Ich habe den Getränkestand am Pool übernommen. Der Mann, der das normalerweise macht, hat es noch nicht bis zum Seaside geschafft. Deswegen hat Mama mich gebeten auszuhelfen.« Sie blickte auf ihren braunen Arm und verglich ihn mit Carlottas blasser Haut. »Ich werde schnell braun und es hält bis Weihnachten.«

»Ich nicht. Ich werde gleich knallrot.« Ein Lächeln umspielte Carlottas Lippen. »Deine Haut ist sehr schön.«

»Danke.«

»Deine Mutter lässt dich Getränke servieren?« In ihrem Blick lagen Neugier und Belustigung.

»Es sind ja hauptsächlich Limos. Ab und an ein Cocktail.«

»Deine Mutter hält sich nicht an die Vorschriften.«

Ruth zuckte die Achseln. »Sie sagt, wir tun, was wir tun müssen. Sie lässt nicht zu, dass wir uns von Vorschriften gängeln lassen.«

»Edna bricht die Regeln?«

»Aber ohne es an die große Glocke zu hängen. Sie sagt, Gott hat Schwarz, Weiß und Grau aus einem bestimmten Grund geschaffen.«

»Gut für sie.« Carlotta zwirbelte einen Ohrring zwischen den Fingern. »Was für Getränke mögen die Damen denn?«

»Gin Tonic.«

»Ja, sie sehen aus wie eine Gin-Truppe.«

»Ich kann Gin Tonics mixen.« Es war ihr wichtig, älter zu wirken, als sie aussah. »Henry hat es mir beigebracht. Sobald er wieder da ist, übernimmt er.«

»Und wann hat er dir das beigebracht?«

»Vor ein paar Wochen.« Ruth war erleichtert, dass in Carlottas Blick keine Missbilligung lag. Die Mütter waren zwar nicht damit einverstanden, dass Mama ihr das mit den Getränken überließ, aber das hielt sie nicht davon ab, Drinks zu bestellen. »Wie sieht eine Gin-Truppe aus?«

»Nach Country Club. In meinem Beruf lernt man, Menschen zu lesen. Das hilft mir zu entscheiden, welche Lieder ich singen soll.« Sie zog die Serviette vom Teller und nahm sich ein Stück Käse. »Köstlich.«

»Ich war mir nicht sicher, was Sie auf Ihr Sandwich haben wollten, deswegen habe ich so viel Aufschnitt und Käse mitgebracht.«

»Das ist aber aufmerksam von dir.« Carlotta nahm noch etwas Käse. »Wie ist meine Vorstellung gestern angekommen?«

»Es war ein großer Erfolg.«

»Ich habe nicht viele Männer gesehen.«

»Die stoßen normalerweise Mitte bis Ende der Woche dazu. Die Mütter bleiben ein paar Wochen, und die Väter kommen nur an den Wochenenden.«

»Sehr praktisch.«

»Ich bin mir ziemlich sicher, dass die Väter Sie auch toll finden.«

»Normalerweise schon.«

Ruth bemerkte den Fotoapparat, der auf dem Esszimmertisch lag. »Machen Sie oft Fotos?«

»Ich habe immer einen Film drin«, sagte Carlotta. »Wenn ich etwas Interessantes sehe, mache ich ein Foto.«

»Haben Sie hier schon etwas Interessantes gesehen?«

»Ja. Sind das deine Zeichnungen?«

Ruth hatte Schmetterlinge im Bauch, als sie Carlotta das Skizzenbuch reichte. »Die habe ich letzte Woche gemacht.«

Carlotta schlug es vorsichtig auf und blätterte es durch.

»Die sind sehr gut, Ruth.«

»Sie brauchen nicht höflich zu sein.« Eine Mutter sagte etwas Freundliches, weil sie es musste.

»Bin ich auch nicht. Du hast wirklich Talent.«

Ruth wurde warm. »Echt?«

Carlottas Blick schweifte von der mit Bleistift gezeichneten Meereslandschaft zum Meer jenseits der Fenster. »Diese Gegend ist wirklich schön. Ich habe schon viele Wasserwege, Flüsse und Buchten gesehen, aber dieser Ort ist einer der schönsten.«

Ruth versuchte herauszufinden, was am Meer so besonders war. »Ich wollte schon immer mal die Berge sehen. Ich kenne sie nur von Bildern.«

»Ich bin im Westen von North Carolina aufgewachsen. Dort gibt es viele Berge. Im Sommer ist es sehr grün und im Winter verschneit und kalt.«

»Meine Mutter hat auch in den Bergen gelebt, als sie ein Kind war. Und wie sind Sie auf das Showboat gekommen?«

Carlotta sah sie an, antwortete aber nicht.

Ruth schob schnell hinterher: »Meine Mutter sagt, dass meine Zunge manchmal schneller ist als meine Gedanken. Wenn Sie nicht antworten wollen, ist das total in Ordnung.«

»Warum ist deine Mutter in diese Gegend gezogen?«

Ruth zuckte mit den Schultern. »Sie wollte das Meer sehen – so wie ich die Berge. Sie ist zu Besuch hergekommen, hat Daddy kennengelernt und sagt, dass es Liebe auf den ersten Blick war.«

»Ach, Tatsache?«

»Waren Sie schon einmal verliebt?«

Carlotta grinste. »Öfter, als ich zählen kann.«

»Ich dachte, wahre Liebe gibt es nur einmal.«

Carlotta schloss das Skizzenbuch und gab es Ruth zurück. »Das ist ein Gespräch, das du mit deiner Mutter führen solltest.«

»Sie redet nicht gern über solche Dinge.«

»Ich kann mir vorstellen, dass es ihr nicht gefällt, dass ihr kleines Mädchen erwachsen wird und solche Fragen stellt. Keine Mutter will, dass ihr Kleines groß wird.«

Ruth ging zu den hochhackigen Schuhen und bestaunte die glänzenden Lacklederpumps, die ganz rechts standen. »Tut es nicht weh, in denen herumzulaufen?«

»Manchmal. Aber ich trage sie so oft, dass sie mich nicht mehr stören.« Ein Windstoß blies durch die Fliegengitter der Schlafveranda ins Haus.

»Mama sagt, dass es heute Abend einen Sturm geben wird. Ich weiß nie, woher sie das weiß, aber sie kann das Wetter vorhersagen.«

»Ich habe schon von Leuten gehört, die spüren können, wie sich das Wetter ändert. Ich hatte nie ein Talent dafür.«

»Ich schon«, sagte Ruth. »Aber nicht so wie Mama.«

»Dann schließe ich die Fenster heute Abend vor meinem Auftritt lieber.«

»Was werden Sie singen?«

»Ich habe schon ein paar Ideen. Ich bin mir noch nicht sicher, aber es wird auf alle Fälle anders als gestern.«

»Es wird bestimmt wieder richtig toll.«

»Gibt es Lieder, die du gern hören würdest?«

»Ich weiß nicht genau. Gestern Abend hat alles so wunderbar geklungen. Am besten hat mir der Song über die Augen gefallen.«

»›Them There Eyes‹?«

»Ja, genau der!« Ihr hatte die Art und Weise gefallen, wie Carlotta die Augen schloss und ihren Gefühlen freien Lauf ließ.

»Das Lied wurde durch Billie Holiday berühmt. Sie ist überhaupt eine meiner Lieblingssängerinnen. Dann singe ich es heute Abend wieder.«

»Wirklich? Vielen Dank.«

»Das ist das Mindeste, was ich tun kann. Schließlich hast du mir heute wieder das Mittagessen gebracht. Du bist ein sehr freundlicher Mensch, Ruth.«

»Das mit dem Mittagessen ist doch keine große Sache. Es war einfach nur das Richtige.«

Carlotta holte tief Luft, ihr Lächeln wurde weicher. »Darf ich dich fotografieren?«

»Ja, klar.«

Carlotta griff nach ihrer silbernen Kamera. Ruth lächelte. Die Kamera klickte.

»Darf ich Sie fotografieren?«, fragte Ruth.

Carlotta gluckste. »Sobald ich geschminkt bin.«

»Ich finde, Sie sehen gut aus.«

»Die Welt braucht keine Erinnerung an mein unscheinbares Gesicht.«

»Das stimmt nicht.«

Carlotta musterte sie. »Zeichne weiter. Irgendetwas sagt mir, dass du großes Talent hast.«

»Ich habe keinen Lehrer und wir haben auch keinen Kunstunterricht in der Schule.«

»Hast du dir das selbst beigebracht? Das gefällt mir. Ich habe auch so singen gelernt, und wenn ich meine Technik verbessern wollte, habe ich mich an die gehalten, die besser waren als ich.«

»Sie haben nicht von Anfang an so gesungen wie jetzt?«

»Sind deine Zeichnungen mit der Zeit besser geworden?«

»Ja. Auf alle Fälle.«

»Du und ich, wir sind gar nicht so verschieden.« Carlotta lächelte. »Und jetzt muss ich mich ausruhen. Bis heute Abend.«

Ruth wäre gern noch geblieben. »Okay. Bis später.«

Draußen fühlte sie sich leichter, beschwingter, als sie an Carlotta dachte und daran, wie direkt sie ihr in die Augen gesehen hatte. Es war, als hätte sie ihre Ähnlichkeit erkannt.

Sie hatte es nicht eilig, in die Küche oder in den Speisesaal zurückzukehren. Wenn sie bei Carlotta war, fühlte sie sich erwachsen, fühlte sich gesehen, und im Hotel wäre sie wieder unsichtbar.

Der Strand war menschenleer. Die Mütter und selbst die Mädchen ruhten sich aus oder überlegten, was sie am Abend anziehen sollten. Sie wetteiferten ständig ums beste Aussehen.

Sie schlüpfte aus den Schuhen, ging ein Stück den Strand hinunter und genoss die kühlenden Wellen an Füßen und Knöcheln.

Das Kreischen einer Möwe lenkte ihre Aufmerksamkeit auf das Meer. Es war unruhiger als heute Morgen, die Wolken waren grauer.

Doch als ihr Blick über die Schaumkronen der Wellen glitt, entdeckte sie statt eines Vogels zappelnde Arme. Sie drehte sich zum Hotel und zum Pool, aber da war niemand, den sie um Hilfe hätte rufen können.

Die Armbewegungen wurden hektischer. Ruth wusste, dass es dort bei Flut Strömungen mit einem gefährlichen Sog geben konnte.

Mit zusammengekniffenen Augen erkannte Ruth blonde Haare und rosa Haut. Das musste der kleine Manchester sein.

Er war in eine Rippströmung geraten und musste sich parallel zum Ufer halten; er durfte nicht versuchen, direkt aufs Ufer zuzuschwimmen. Sie formte einen Trichter vor dem Mund und schrie: »Hör auf zu kämpfen! Zappel nicht so!«

Aber er fuchtelte nur noch hektischer mit den Armen in der Luft herum, und seine Schreie bekamen etwas Gurgelndes.

»Verdammt.« Ruth fluchte, warf ihre Schuhe auf den Sand und legte ihr Skizzenbuch daneben.

Sie rannte auf die Wellen zu, hinein in die Brandung. Das Salzwasser spritzte ihr ins Gesicht. Daddy und Onkel Henry hatten dafür gesorgt, dass sie mit gerade mal fünf oder sechs Jahren eine gute Schwimmerin geworden war. Sie hätten sie sonst nicht mit zum Angeln genommen. In ihrer ersten Stunde hatte Henry sie als Fisch bezeichnet, was sie auf den Gedanken brachte, dass ihre echte Mama vielleicht eine Meerjungfrau war. Es dauerte lange, bis sie sich von dieser Vorstellung wieder verabschieden konnte.

Sie holte tief Luft und tauchte unter der Welle hindurch, die sich gerade brach, schwamm weiter hinaus, bis sie durch den Auftrieb hinter der Brandung die Oberfläche durchstieß.

Als sie sich das Salzwasser aus den Augen rieb, entdeckte sie den kleinen Peter. Seine Armbewegungen waren langsamer geworden. Im Takt ihrer Schwimmzüge hörte sie Henrys

Warnungen vor Ertrinkenden. *Sie sind verzweifelt und ziehen dich nach unten. Sie wollen dich nicht töten, aber sie tun es.*

Jetzt war sie bei dem Jungen, schwamm hinter ihn, packte ihn unter den Armen und drückte ihn an ihre Brust. Er presste sich gegen sie und versuchte verzweifelt, über Wasser zu bleiben.

»Hörst du auf zu zappeln, verflucht und zugenäht!« Schimpfwörter gehörten zu Onkel Henrys und Daddys Angelausflügen dazu, und sie hatte sich ein paar angeeignet. »Du bringst uns beide um, wenn du nicht damit aufhörst.«

»Ich sterbe!«

Ihr fielen deutlich bessere Worte als *verdammt* ein. »Wenn du nicht aufhörst herumzufuchteln, lasse ich dich los. Und dann stirbst du wirklich. Atme tief ein und aus. Ich halte dich fest.«

Sie musste selbstbewusster geklungen haben, als sie sich fühlte, denn er entspannte sich tatsächlich ein bisschen. Mit kräftigen Beinschlägen hielt sie sie beide über Wasser. Ihr Herz klopfte hart und schnell.

»Tritt mit den Füßen wie ein Frosch. So wie ich.«

»Okay.« Pete hörte auf sie und ahmte ihre Bewegungen nach. Sie schaute über die Schulter und schwamm parallel zum Ufer.

»Wohin schwimmen wir?«, fragte er alarmiert.

»Raus aus der Strömung, Blödkopf.«

»Was?«

»Ich zeig's dir, wenn wir es geschafft haben.« Sie hatte nicht genug Kraft, um sie über Wasser zu halten und gleichzeitig zu reden. Sie paddelten beide japsend. Es dauerte gut fünf Minuten, bis sie spürte, wie der Sog des Meeres nachließ. »Jetzt halten wir aufs Ufer zu.«

Petes Nicken war kaum wahrnehmbar, aber er trat weiter. Bald darauf hatten sie die Brandung erreicht. »Augen zu! Mund zu!«, befahl sie. »Lass sie zu!«

In dem Moment schlug die erste Welle über ihnen zusammen, spülte ganz über sie hinweg und stieß ihre Körper auf den Strand zu. Sie wollte nach Luft schnappen, aber die nächste Welle war schon über ihnen und schleuderte sie an Land. Als sie spürte, wie sie über die groben Sandkörner geschoben wurden, wusste sie, dass sie in Sicherheit waren. Sie ließ Pete los und kniete sich hin.

Ein Atemzug, bevor die nächste Welle kam. Sie packte Pete am Arm und hielt ihn fest. »Los, raus!«

Der kleine Junge stemmte sich auf wackeligen Beinen hoch. Er taumelte, aber sie stabilisierte ihn, bis er wieder laufen konnte. Atemlos und mit schmerzender Lunge stolperten sie auf den Strand.

Pete sank auf die Knie. Er spuckte Wasser aus. Seine Brust hob und senkte sich rasend schnell, als er durch ein Netz aus blonden Haaren zu ihr aufsah. »Danke.«

»Allein schwimmen ist so dumm!«

»Du bist allein zu mir reingekommen.«

»Dann sind wir beide Dummköpfe. Los, steh auf.« Sie blickte sich um und war erleichtert, dass niemand zu sehen war. »Schau dir das Wasser an. Siehst du, wie sich die Wellen an manchen Stellen seitlich bewegen?«

Seine Augen wurden schmal. »Ja.«

»Das ist eine Rippströmung. Versprich mir, dass du nie wieder in eine reinschwimmst!«

»Versprich mir, es nicht meiner Mutter zu sagen, Ruth«, flehte er. »Sonst darf ich nie mehr ins Wasser.«

»Schwöre, dass du nie wieder allein reingehst.« Sie hielt ihm die Hand hin.

Er schlug ein. »Ich schwöre.«

»Dann ist es unser Geheimnis.«

Kapitel 14
IVY

Freitag, 21. Januar 2022, 11.00 Uhr

Sosehr Ivy auch versucht war, Mr Manchester über den Sommer 1950 zu befragen, sie ließ es lieber. Dani hatte ihr einmal erzählt, dass ihr Großvater zu dieser Zeit gestorben war und sich das Leben ihres Vaters dadurch für immer verändert hatte. Jedes Mal, wenn Dani versuchte, ihren Vater nach ihrem Großvater zu fragen, wechselte er das Thema.

»Wie erinnern Sie sich an Ruth?«, fragte Ivy ihn stattdessen.

»Sie war ein lustiges Mädchen, freundlich und voller Energie. Hat mich einmal aus dem Meer gezogen. Ohne sie wäre ich ertrunken.«

»Was? Wann war das?«, fragte Ivy.

»Am ersten oder zweiten Ferientag im Jahr 1950. Ich habe mich rausgeschlichen, als meine Mutter Mittagsschlaf gehalten hat. Ich wollte unbedingt ins Meer.«

»Ganz allein?«, fragte Dani.

Mr Manchester zuckte mit den Schultern. »Es war eine andere Zeit. Da gab es so was wie Helikoptereltern noch nicht.«

»Und Grandma hat gern Gin Tonic getrunken«, sagte Dani.

Mr Manchester stritt es nicht ab. »Wie auch immer, mir war langweilig. Ich hab die Badehose angezogen und mich aus unserem Bungalow gestohlen.«

»Wo war deine Schwester?«

»Bonnie hat sich fürs Abendessen mit ihren Freundinnen schick gemacht. Sie hat mich gesehen, als ich an Jessies Bungalow vorbeigegangen bin, und hat mir nachgerufen, ich solle vorsichtig sein.«

Er war sechs Jahre alt gewesen. Auch wenn Ivy keine Kinder hatte, bekam sie eine Gänsehaut. Sie erinnerte sich daran, wie sie einmal in der Brandung von den Beinen gerissen worden war. »Was ist passiert?«

»Ich wurde von einer Rippströmung erfasst. Ruth ist am Strand langgegangen und hat mich strampeln sehen. Sie ist rausgeschwommen, hat mich von hinten unter den Armen gepackt und abgeschleppt. Und dabei hat sie geflucht wie ein Seemann. Als wir am Strand waren, hat sie mich ausgeschimpft und mir klargemacht, wie dumm das gewesen war. Sie hatte natürlich recht. Und dann haben wir uns geschworen, niemandem etwas zu erzählen. Daran habe ich mich bis heute gehalten.«

»Ich durfte nicht allein schwimmen gehen. In dem Punkt war sie absolut eisern«, sagte Ivy. »Und als ich es einmal doch gemacht habe, musste sie mich auch aus dem Meer holen. Ich hatte zwei Wochen lang Hausarrest.«

»Alle Einheimischen haben Respekt vor dem Meer«, sagte Dani.

»Damals wohnte ich ja auf dem Festland«, sagte er lächelnd. »Ich wusste nicht, was der Unterschied zwischen dem Atlantik und dem Pool war.«

»Diesen Fehler hast du nie wieder gemacht, richtig?«, fragte Dani.

»Nein, Ma'am.« Sein selbstironischer Ton passte nicht zu seinem dunklen Blick. »Edna hat mich in den nächsten Tagen ein paarmal sehr missbilligend angesehen, wenn ich auf den Ozean geschaut habe.«

»Glauben Sie, Ruth hat es erzählt?«, fragte Ivy.

»Nein. Aber Miss Edna hat alles bemerkt. Ihr werden Ruths nasse Kleidung und mein schockierter Gesichtsausdruck nicht entgangen sein. Ruth und Edna bewahrten Geheimnisse für sich.« Er blickte auf das Foto der fünf Mädchen hinab und tippte auf das Gesicht seiner Schwester. »In ihren letzten Lebensjahren haben Bonnie und ich manchmal über jenen Sommer gesprochen. Da hat sie bedauert, wie sie Ruth damals behandelt hat.«

»Ruth ist dankbar für alles, was Sie in den letzten Jahren für sie getan haben«, sagte Ivy. »Dass Sie die Reparaturarbeiten haben durchführen lassen, ohne ihr einen Cent zu berechnen. Und Sie haben ihr das Land zu einem guten Preis abgekauft.«

»Das war das Mindeste, was ich tun konnte«, sagte Mr Manchester. »Es ist schön, diese Fotos zu sehen. Sie wecken so viele Erinnerungen.«

Er küsste Dani auf die Wange. »Kommst du allein nach Hause?«

»Ich bin ja auch allein hergekommen, Dad«, sagte Dani leicht gereizt. »Auf dem Rückweg hole ich Bella von der Schule ab.«

»Küss meine Enkelin von mir«, trug Mr Manchester ihr auf. »Ivy, falls ich noch was über das Wrack erfahre, erzähle ich es dir.«

»Danke. Ich weiß das zu schätzen.«

»Ich wusste nicht, dass er fast ertrunken wäre«, sagte Dani, als er außer Hörweite war. »Weder Ruth noch er haben je ein Wort darüber verloren.«

»Sie hat es mir auch nie erzählt.«

»Es gibt so viel, was wir über sie nicht wissen.« Einen Moment lang sah Dani so aus, als wollte sie noch etwas sagen. Doch dann sah sie sich im großen Raum um. »Du hast aber Fortschritte gemacht!«

»Ja, ich komme voran.«

»Ich weiß, dass du einen Plan hast. Aber ich würde mir so gern Ruths Bilder ansehen.«

»Klar, warum nicht?«

Ruth hatte die Bilder im Atelier jeweils zu mehreren gegen die Wände gelehnt. Dani wickelte ein kleines Bild aus dem Packpapier. Es zeigte ein kleines Mädchen, das am Strand saß und auf den Horizont blickte. Sie hielt es hoch und kniff die Augen zusammen. »Darf ich es mir bei besserem Licht ansehen?«

»Natürlich.«

Dani trug das Bild ins große Zimmer und hielt es vor das Küchenfenster. Im Licht der Sonne strahlten die hellblauen Farben des Himmels über den stimmungsvollen Grautönen des Meeres. Das kleine Mädchen saß da, das dunkle Haar zu einem Pferdeschwanz gebunden, die Arme um die angezogenen Knie geschlungen. Sie trug ein weißes Oberteil und rote Shorts. In der Ferne war ein Segelboot zu erkennen.

»Was hältst du davon?«, fragte Ivy. »Es kommt mir so vor, als wollte sie uns irgendetwas damit sagen.«

»Das bist du. Du betrachtest ein Boot, das sich von der Küste entfernt.«

Ivy dachte an all die Stunden, die sie einfach so am Strand gesessen und aufs Meer geblickt hatte. Damals hatte sie sich oft gefragt, wie das Leben anderswo aussehen mochte. Sie war sicher gewesen, dass irgendwo etwas Besseres auf sie wartete. Eine Zeit lang hatte sie geglaubt, es gefunden zu haben, aber es war ihr so leicht entglitten, wie das Schiff auf der Leinwand sich von dem Mädchen entfernte. Sie hoffte inständig, dass es da draußen immer noch etwas Besseres gab.

»Ich liebe ihren Umgang mit Farben. Sie sind so hell und lebhaft«, bemerkte Dani.

»Sie benutzt besonders gern Türkis – die Farbe des Seaside Resorts.«

»Ein Farbklecks in einem Landstrich, der an bewölkten Tagen ziemlich duster ist.«

Für die meisten, die hier Urlaub machten, waren die Outer Banks das Paradies. Viele sprachen sehnsüchtig davon, sich ein Haus am Wasser zu kaufen. Nur wenige begriffen, dass es hier nicht nur schön war, sondern dass man auch den Elementen ausgesetzt war. Mutter Natur schickte nicht nur Stürme, sondern auch die alles zersetzende Salzluft, Ungeziefer und Nagetiere, um die Menschen daran zu erinnern, dass sie von ihren Launen abhingen.

»Hast du jemals darüber nachgedacht, woanders zu leben?«, fragte Ivy.

»Sicher. Bella und ich wären vor vier Jahren fast nach Richmond gezogen, aber dann wollte ich doch nicht so weit entfernt von meiner Familie leben. Und Bella liebt ihren Vater.«

»Ich habe Matthew heute im Lebensmittelladen gesehen.«

Danis Gesichtsausdruck wurde etwas härter. »Und?«

»Er hat mich zum Essen eingeladen, damit wir uns aufs Laufende bringen.«

»Und glaubst du ihm?«, fragte Dani.

»Ich erwarte jedenfalls nicht mehr als ein gutes Essen und ein paar Gläser Wein.«

»Er ist ein großartiger Vater. Und er hat versucht, ein guter Ehemann zu sein.«

»Und er war ein guter Freund.«

»Touché.« Dani sah Ivy an.

»Weißt du, nach etwa zwölf Wochen wäre ich am liebsten wieder zurückgekommen.« Ein Dutzend Jahre fiel von Ivy ab. »Schon Anfang September, am Labor Day, habe ich geglaubt, ich hätte den Verstand verloren. Ich hatte alle Menschen verlassen, die mich liebten. Ich hatte eine solide Zukunft aufgegeben. Ich wollte nur nach Hause zurück.«

Dani nickte. »Ich war verletzt und verängstigt, und doch wünschte ich mir, ich wäre dir gefolgt. Aber ich wollte von dir gebeten werden. Ich wollte nicht in den Traum einer anderen hineinplatzen.«

»Meine Wohnung in Staten Island war so groß wie ein Schuhkarton. Ich fuhr täglich mit der Fähre zur Arbeit nach New York. Mama Leoni gab mir all die Scheißjobs und fragte mich jeden Tag, ob ich nicht endlich gehen wollte. Du wärst unglücklich gewesen.«

»Das war ich sowieso schon.« Dani schüttelte den Kopf. »Deshalb habe ich dir gesagt, du sollst zur Hölle fahren.«

»Als ich das von Matthew und dir erfahren habe, wurde mir klar, dass ich einen Punkt erreicht hatte, an dem es kein Zurück mehr gab. Ich musste bleiben.«

»Wahrscheinlich ist es jetzt egal, aber es tut mir wirklich leid«, sagte Dani. »Auch der Alkohol und die Eisprunghormone ändern ja nichts an einer beschissenen Entscheidung. Ich hätte einfach nicht mit deinem Ex schlafen dürfen.«

Ivy betrachtete das Bild mit dem kleinen Mädchen am Strand. »Du hast mir einen Gefallen getan. Wenn du nicht gewesen wärst, wäre ich zurückgekommen und hätte mich ewig über mich selbst geärgert. Und endlos über die Was-wäre-wenn-Frage gegrübelt.«

»Die Frage wurde zu meinem Mantra. Ich erinnere mich an schlaflose Nächte, in denen ich Bella gestillt habe. Meine Brustwarzen taten weh, ich hatte akuten Schlafmangel und mein Kind Koliken. Matthew arbeitete die ganze Zeit, um genug Geld für uns drei zu verdienen. Ich war allein.« Wolken zogen an der Sonne vorbei. »Ich habe das Kind vom ersten Tag an geliebt, aber es gab Zeiten, in denen ich mir gewünscht habe, ihre Geburt wäre zehn Jahre später dran gewesen.«

»Das Leben spielt sich ab, während wir versuchen, Pläne für unsere Zukunft zu machen.«

»Ich liebe Bella über alles und kann mir kein Leben vorstellen, in dem ich sie nicht jeden Tag sehe.«

»Dann haben wir beide bekommen, was wir wollten. Abgesehen von Matthew natürlich.«

»Versteh mich nicht falsch. Er ist ein guter Kerl. Aber nichts für mich«, sagte Dani.

Ivy dachte an das geplante Abendessen mit ihm. Sie war merkwürdig aufgeregt und begeistert von seiner Einladung. Die sexuelle Attraktion war sofort wieder da gewesen, als sie ihn gesehen hatte, aber sie hoffte, dass die ältere, weisere Ivy sich nicht von ihren Eierstöcken leiten lassen würde. »Behalt das Bild, Dani.«

»Was? Nein.«

»Im Ernst. Du hast es sofort gemocht, und du warst Ruth immer eine gute Freundin. Sie hat ihre Kunst mit dir geteilt, nicht mit mir. Nimm es und hänge es an deine Wand und denke liebevoll an uns beide.«

»Je älter sie wurde, desto gefühlvoller wurden ihre Bilder. Schließlich wurde ihr klar, dass sie zu viel von ihr preisgaben, als dass sie sie jemals hätte verkaufen wollen. Sie waren eine Art Verlängerung von ihr. Und sie war es leid, Dinge zu verlieren.«

Ivy hatte Gewissensbisse. »Wie Mama. Wie mich.«

»Sie hat immer verstanden, warum du gehen musstest. Immer. Sie hat dir nie missgönnt, dass du deinem Traum gefolgt bist.«

»Ich wünschte, sie hätte sich beschwert. Ich wünschte, sie hätte mir die Leviten gelesen. Dann wäre ich wenigstens in der Lage gewesen, ein wenig rechtschaffene Empörung zu zeigen.

Es ist immer einfacher, auf jemanden wütend zu sein, als sich ihm gegenüber schuldig zu fühlen.«

»Du musst die Wut rauslassen. Sie frisst dich sonst bei lebendigem Leibe auf«, sagte Dani.

»Worüber bist du denn wütend? Du hast ein tolles Kind und du bist nicht mit Matthew zusammen.«

»Jeder hat sein Kreuz zu tragen.«

Sie wusste, dass Dani etwas bedrückte, aber wenn sie gestern etwas dazugelernt hatte, dann, dass Dani sich nicht unter Druck setzen ließ. »Behalt das Bild. Ganz im Ernst. Die anderen sehe ich mir an einem anderen Tag an. Wenn dieses kleine Bild schon so viele Emotionen weckt, habe ich Angst, dass mich die größeren umhauen könnten.«

»Das gilt für uns beide. Aber warte nicht zu lange. Ich wette, Ruth hat sie auch deshalb nicht verkauft, weil sie wollte, dass du sie bekommst. Sie hat dir etwas zu sagen.«

Ein Grund mehr, das Ganze hinauszuzögern.

Dani ging zur Haustür. »Kann ich mit Bella die Welpen angucken kommen? Sie sollte ihn aussuchen, es wird ja ihr Hund.«

»Du nimmst wirklich einen?«

Dani rollte mit den Augen. »Ich muss den Verstand verloren haben. Ein Welpe ist das Letzte, was ich im Moment brauche. Aber Bella hat sich die Fotos schon eine Million Mal angesehen. Ach so, sie möchte gern das kleinste Mädchen haben.«

»Den Zwerg?«

»Sie hatte schon immer eine Schwäche für Außenseiter«, sagte Dani nicht ohne Stolz. »Und sie hat ihr schon den Namen Star gegeben.«

»Star?«

»Bella ist angehende Astronomin.«

»Klasse.«

»Sag mal, weißt du eigentlich, dass ich eine Galerie habe?«

»Nein.«

»Sie ist weder groß noch schick, aber sie behauptet sich ganz gut am Markt. Komm doch mal vorbei und sieh sie dir an.«

Die Einladung klang etwas zaghaft, als ob sie nicht erwartete, dass Ivy tatsächlich kommen würde.

»Mache ich.«

»Ich finde uns bemerkenswert reif«, sagte Dani.

Ivy lächelte. »Das würde bedeuten, dass wir erwachsen werden.«

»Tja, das passiert wohl auch den Besten von uns.«

Kapitel 15
IVY

Freitag, 21. Januar 2022, 17.00 Uhr

Am Ende des Tages hatte Ivy Ruths Schlafzimmer so weit aufgeräumt, dass all der Kram vorm Bett weg war und sie die Bettwäsche abziehen und in die Waschmaschine stecken konnte. Nachdem sie sie angestellt hatte, setzte sie sich zu Libby und den Welpen, die gerade wieder zu den Zitzen krabbelten.

Die winzige schwarz-weiße Star hatte anscheinend Schwierigkeiten anzudocken. Ivy schob das kleine Wesen vorsichtig etwas weiter nach rechts, bis sich sein rosa Mäulchen um die Zitze schloss. Sie sog kräftig und knetete Libbys Gesäuge mit ihren winzigen Pfoten. Libby sah zu Ivy auf, wedelte ganz leicht und dann fielen ihr die Augen zu.

Star hatte einen Namen – und die anderen hatten auch einen verdient. »Wie wäre es, wenn wir die beiden anderen Sunny und Moon nennen? Es klingt zwar, als wäre ich Mutter Erde, aber irgendeinen Namen muss ich ihnen doch geben, was meinst du, Libby?«

Libby gähnte.

»Na ja, besonders fantasievoll ist es nicht, aber sie passen gut zu Star.«

Ivy stand auf und sah auf die Uhr. Es war Zeit zu duschen und sich für die Verabredung mit Matthew zurechtzumachen.

Sie kramte eine anständige Jeans, einen schwarzen Pullover mit V-Ausschnitt und Schlangenlederstiefel aus ihrem Koffer heraus. Das war ihre New Yorker ›Uniform‹, die sie an ihren seltenen freien Abenden getragen hatte, wenn sie mit Freunden und Kollegen aus den Restaurants was essen und trinken ging. Die Leute, die in Restaurants arbeiteten, kannten sich untereinander. Sie bildeten eine eigene kleine Stadt, und manchmal waren ihre Beziehungen so eng miteinander verwoben wie die einer kleinen Gemeinde.

Sie drehte den Wasserhahn auf, trat in die Kabine und ließ sich vom heißen Wasserstrahl Salz und Schweiß abspülen. Dann legte sie den Kopf in den Nacken, und während das Wasser über ihr Gesicht lief, fragte sie sich, was Dalton an diesem Abend wohl machte. Nicht, dass es wichtig gewesen wäre oder sie interessiert hätte. Aber sie fragte es sich trotzdem.

Sie hätte gern noch länger unter der warmen Dusche gestanden, aber das Heißwasser war begrenzt. Ruth hatte ein paarmal über die Heizstäbe geklagt, sie aber nicht reparieren lassen. Das war typisch. Weniger heißes Wasser bedeutete weniger Verbrauch.

Ivy rubbelte sich ab, holte den Haartrockner aus dem Koffer und föhnte sich zum ersten Mal seit Wochen die Haare. Erstaunlich, wie glänzend sie aussahen. Als Nächstes kramte sie die Schminktasche hervor, in der sich neben einer fast leeren Tube Concealer noch Reste von Puder und Rouge sowie verklumpte Wimperntusche befanden. Nicht perfekt, aber es reichte aus, um den Job zu erledigen.

Sie zog die Jeans, den Pullover und die Ankleboots an, an denen noch der Staub von New Yorker Straßen haftete.

Nachdem sie sie mit dem Handtuch geputzt hatte, fischte sie ihre geliebten goldenen Ohrringe aus der Schminktasche. Klassische Schmuckstücke, die sie im Ausverkauf bei Macy's für immerhin einundfünfzig Dollar gekauft hatte. Sie steckte die Ohrringe an und bauschte die Haare auf. Der Gesamteffekt war nicht schlecht und irgendwie erfrischend. »Willkommen in der Zivilisation.«

Nachdem sie in die Lederjacke geschlüpft war, wickelte sie sich einen Schal um den Hals, kontrollierte Libbys Wasser- und Futternäpfe und hängte sich ihre Handtasche über die Schulter. Sie war fünf Minuten zu spät dran, aber wenn sich Matthew in den letzten zwölf Jahren nicht drastisch verändert hatte, käme er noch später. Zehn Minuten waren bei ihm normal, zwanzig bis dreißig Minuten Verspätung auch nicht ungewöhnlich.

Am Ende ihrer Einfahrt stand ein Truck, dessen Fahrer gerade die abgestellten Sachen auf die Ladefläche hievte. Im schummrigen Licht konnte sie erkennen, dass der Mann größer als Matthew war. Als sie näher kam, drehte er sich um. Es war Dalton.

Ihre hochhackigen Stiefel klackerten auf dem Beton. »Du kommst mir nicht wie ein Typ vor, der auf kostenlose Sachen angewiesen ist.«

Als er den Kopf hob, lagen seine Augen unter dem Schirm der Kappe, aber sie spürte seinen intensiven Blick. »Ich komme auf dem Heimweg immer am Secondhandladen vorbei«, sagte er lächelnd. »Es ist ein Leichtes für mich, den Kram dort abzugeben.«

»Und ich habe gedacht, es gäbe eine Nachfrage nach alten Hotelmöbeln, Tagesdecken und Lampen.«

Als er die Heckklappe schloss und um den Wagen herumging, betrachtete er sie. »Wow, bist du schick!«

»Früher bin ich immer so rumgelaufen.« Seine Begeisterung ging ihr durch und durch. »Aber das letzte Jahr war ein bisschen hektisch.«

»Na dann: Auf ruhige Zeiten!«

Sie grinste. »Komplimente sind immer willkommen.«

»Ich bin nur ehrlich.« Er streifte die abgetragenen Arbeitshandschuhe ab. Sailor stellte sich auf den Rücksitz des Pick-ups und wedelte, als er Ivy sah. Sie öffnete die Hintertür und kraulte den Hund zwischen den Ohren. »Wo willst du hin?«, fragte Dalton.

»Essen gehen mit Matthew.«

»Mit meinem Ex-Schwager?«

»Und meinem Ex von der Highschool. Er will mit mir über ein neues Projekt sprechen.«

»Was hat er jetzt wieder vor?« Dalton klang skeptisch.

»Das hört sich nicht zuversichtlich an.« Sie streichelte Sailor noch einmal und schloss die Tür.

»Er hat mehrere Sachen aufgezogen.« Dalton schien seine Worte sorgfältig zu wählen. »Einige haben sich besser entwickelt als andere.«

Sie fragte sich, ob Danis Erbe mütterlicherseits einige seiner Geschäfte mitfinanziert haben könnte. »Er war schon immer ein Träumer.«

»Habt ihr beiden in der Highschool nicht auch darüber gesprochen, ein Restaurant zu eröffnen?«

»Ja, stimmt, er jedenfalls. Große Pläne. Wir haben sogar ein paar mögliche Restaurants ausgekundschaftet.«

»Warum ist nichts draus geworden?«

»Ich bin irgendwann mitten in der Nacht aufgewacht und habe mir vorgestellt, wie es mir fünfzig Jahre später gehen würde. Ich hätte mich mein ganzes Leben nicht vom Fleck gerührt, und das Leben wäre an mir vorbeigezogen.«

»Es gibt Schlimmeres.«

»Erzähl das einer Achtzehnjährigen. Ich musste weg und auf eigenen Beinen stehen. New York kam mir richtig vor.«

»Und was hast du in den Jahren im Big Apple gelernt?«

»Dass ich überall überleben kann. Außerdem addieren sich die Millionen von Stunden in der Küche zu einer kulinarischen Ausbildung.«

»Ruth hat erzählt, du hättest ein paar Auszeichnungen gewonnen.«

»Ein paar lokale.«

»Sie hat ziemlich mit dir geprahlt.«

»Wirklich? Als ich ihr davon berichtet habe, hat sie nur gemeint, dass sie nichts anderes von mir erwartet hätte.«

»Hm. Sie hat mir jedenfalls alle Artikel gezeigt, die über dich geschrieben wurden. ›Auszeichnung als Beste der Rubrik *Up and Coming*‹. Und dann noch den Artikel über die sechs New Yorker Köche, denen wahrscheinlich eines Tages mal ein James Beard Award verliehen wird.«

»Wirklich? Das hat sie dir erzählt?« Dieser Artikel hatte das Restaurant monatelang zum Brummen gebracht.

»Sie war eine stolze Großmutter.«

Ivys Kehle schnürte sich zu. Sie schwieg einen Moment. »Das ist schön zu hören.«

»Ich habe keine Töpfe und Pfannen bei den Gratissachen gesehen.«

»Die Töpfe, Pfannen und ich haben viel Zeit miteinander verbracht. Einige waren wie eine Verlängerung meines Arms.«

»Ruth hat sie alle gerettet. Ich weiß es genau, denn ich habe die Kisten ins Haus getragen.«

»Ich werde irgendwann welche aussortieren müssen. Aber viele werde ich nur um der alten Zeiten willen behalten.«

»Du bist sentimentaler, als du selbst vermutet hättest.«

»Vielleicht.« Um das Gespräch von sich wegzusteuern, fragte sie: »Was treibst du denn so? Ruth hat mir erzählt, dass du verlobt bist.«

»Ich war verlobt. Vor ein paar Jahren. Aber es ist nichts draus geworden.«

»Mehr gibt es dazu nicht zu sagen? Mann, du bist ja so zugeknöpft wie ich.«

Er steckte die Hände in die Manteltaschen. »Es ist eben eine alte Geschichte.«

»Ich verstehe schon.« Sie hatte immer genau hingehört, wenn Ruth ihn mal erwähnt hatte. »Wie geht es mit den neuen Häusern voran? Ihr legt ja ein ordentliches Tempo vor.«

»Ich weiß, dass es einen Heidenlärm macht. Wenigstens sind die Gitterroste jetzt fertig. Nächste Woche soll es wärmer werden, dann gießen wir die Fundamente. Danach geht es schnell. Wir hoffen, dass die Häuser Ende Februar schlüsselfertig sind.«

»Vor Saisonbeginn verkauft?«

Er kreuzte die Finger. »Die Telefone klingeln ununterbrochen. Kann sein, dass sie alle weggehen, bevor sie gedeckt sind. Das bedeutet aber auch, dass wir jedes Haus dann nach individuellen Wünschen gestalten würden. Dani arbeitet seit einem Jahr bei uns als Innenausstatterin, und sie hat bereits Kontakt zu einigen der potenziellen Käufer aufgenommen.«

»Sie hat ein gutes Auge für Farben.«

»Und sie hat schon tolle Zimmer entworfen.«

»Gut, wenn alles in der Familie bleibt.«

Ein schwarzer Geländewagen hielt neben Daltons Pick-up. Matthew stieg aus. Er trug eine Jeans, ein blaues Hemd und einen gut sitzenden Mantel. Er sah schick aus, und als er näher kam, roch sie sein verführerisches Rasierwasser.

»Dalton«, sagte Matthew und streckte die Hand aus. »Wie läuft das Projekt?«

»Ich kann mich nicht beklagen.«

Matthew warf einen Blick hinüber zur Baustelle. »Sieht sehr vielversprechend aus.«

»Hoffen wir das Beste.« Die bescheidenen Worte standen in Widerspruch zu Daltons Zuversicht während der Arbeit.

Matthew lächelte Ivy an. »Du siehst gut aus.«

»Manchmal muss ich mir beweisen, dass es im Leben noch was anderes gibt als Restaurantküchen und vollgepfropfte Häuser.«

Sein Blick war voller Wertschätzung. »Beweis geglückt.« Matthews Anerkennung erinnerte sie an die Highschool, an den Rausch der Hormone, an ihre scheinbar unendlichen Möglichkeiten. So intensiv wie flüchtig. »Danke. Fahren wir? Ich bin am Verhungern.«

Dalton räusperte sich. »Guten Appetit.«

»Dalton, danke noch mal, dass du all das Zeug in den Secondhandladen bringst.«

»Es wird alles für einen guten Zweck verwendet.«

»Gut. Ruth dreht sich im Grab um, wenn es weggeschmissen wird.«

»Keine Sorge.«

Sie machte einen Schritt auf ihn zu und hätte ihm eigentlich gern die Hand auf den Unterarm gelegt. Doch dann ging sie um seinen Wagen herum zu Matthews SUV.

»Man sieht sich, Dalton«, rief Matthew zum Abschied.

»Aber sicher«, sagte Dalton.

Ivy schloss ihre Autotür und ließ sich in den weichen Ledersitz sinken. Das Interieur war luxuriös, das Fahrzeug war ein neueres Modell. Matthew hatte schon immer was für Autos übriggehabt. In der Highschool hatte er sich von selbst gespartem und von seinem Vater geliehenen Geld seinen ersten Truck gekauft. Er war gebraucht, aber in tadellosem Zustand, und als Matthew sie zum ersten Mal hier vorm Haus abgeholt hatte, war er so mit seiner Wirkung hinter dem Steuer beschäftigt gewesen, dass er nicht auf ihr neues Kleid geachtet hatte.

»Wirklich, im Ernst«, sagte er. »Du siehst gut aus.«

»Danke.«

Im Rückspiegel sah sie, wie Dalton sich hinter das Steuer seines Trucks setzte. Er strahlte Dauer und Beständigkeit aus. Wenn er einen Kurs einschlug, hielt er ihn auch.

»Welches war dein Lieblingsrestaurant in New York? Und es darf nicht das sein, in dem du gearbeitet hast.«

Ivy konzentrierte sich auf Matthew. »Es gab ein Steakhaus in SoHo. Die hatten Rib-Eye-Steaks zart wie Butter.«

»Du warst in der Highschool doch Vegetarierin.«

»Du erinnerst dich vielleicht an Dani. Sie war die Vegetarierin. Ich bin Fleischfresserin.«

Er zog eine Grimasse. »Sorry. Wie blöd, euch beide zu verwechseln. Ich werde mit dem Alter vergesslich«, scherzte er.

»Freud'scher Versprecher.«

»Oje!«

Sie hatten nie über seine Beziehung mit Dani gesprochen. »Mach dir keinen Kopf.« Nicht, dass er dazu neigte. Sie hatte nur einmal mitbekommen, wie er sich aufregte, und das war nach einem Blechschaden an seinem ersten Truck. »Am Ende war es doch alles gut so.«

»Schön, dass du das so siehst. Ich weiß es zu schätzen und Dani auch.«

Dass sie Matthew verloren hatte, hatte sie nie als so schlimm empfunden wie ihren jahrelangen Groll auf Dani. Doch selbst diese Empörung war verpufft. Es gab ganz andere Probleme als eine gescheiterte Highschool-Beziehung.

»Ich habe gehört, du willst das Haus verkaufen.«

»Ja, habe ich vor.« Vor ihnen tauchte ein kleines Lokal auf – eines der wenigen, die im Winter nach vier Uhr geöffnet hatten. Hier trafen sich die Einheimischen, und das schien auch heute so zu sein. »O'Toole's. Schön, dass sich manche Dinge nie ändern.«

»Ja, irgendwie tröstlich.« Er fuhr auf den Parkplatz.

»Hier?«

»Ja, um der guten alten Zeiten willen.«

Sie stieg aus und wartete auf Matthew, der eine SMS las. Ein Windstoß drückte sie Richtung Eingang. Wärme schlug ihr entgegen, als sie Matthew die Tür aufhielt.

»Tut mir leid. Arbeit.«

»Verstehe.« Es war auch ein Arbeitstreffen, und sie sollte keinen Anstoß daran nehmen, dass er geschäftliche Nachrichten durchlas. Seine ungeteilte Aufmerksamkeit hatte sie dennoch genossen.

Als sie sich in der Kneipe umsah, kam es ihr plötzlich vor, als hätte die Zeit stillgestanden. Es war alles wie früher: die Einrichtung im Stil eines irischen Pubs für Seefahrer, die dunkle Vertäfelung, die kleinen runden Tische mit zusammengewürfelten Stühlen, die Ölbilder von alten Segelschiffen. Der Geruch nach Burgern, Pommes und Guinness vom Fass. Und die Dubliners mit »Whiskey in the Jar« aus den Lautsprechern.

Joe Truitt, ein großer stämmiger Typ, der mit ihnen zur Highschool gegangen war, stand hinter der Bar. Damals hatte sein Vater den Laden geführt, aber auch hier hatte es einen Generationswechsel gegeben.

»Joe, sieh mal, wen ich gefunden habe«, rief Matthew.

Joe blickte von einem Bierkrug auf, der unter einem offenen Zapfhahn stand. Über seine unbewegte Miene breitete sich ein Grinsen aus. Er stellte das Bier vor einen Gast an der Bar und kam auf Ivy zu, schloss sie in die Arme und hob sie hoch. »Hey, du bist zurück aus dem hohen Norden.«

Ivy lachte. »Und du bist immer noch so stark wie eh und je.«

Er setzte sie sanft ab und betrachtete sie. »Und du bist immer noch genauso hübsch. Mein Beileid. Ich habe Ruth geliebt.«

»Ich habe dich auf der Beerdigung gesehen.« Obwohl sie fast nur noch verschwommene Gesichter und gut gemeinte Bemerkungen in Erinnerung hatte, wusste sie, wie er mit rot verweinten Augen hinten im Beerdigungsinstitut gestanden hatte.

»Dort drüben hängt ein Bild von ihr.«

Ivy folgte seinem Blick. Das Gemälde zeigte ein Paar am Strand vor Joes Bar bei Sonnenaufgang, der sich in Rot-, Orange- und Aquatönen auf dem ruhigen Meer spiegelte. »Fantastisch.«

»Ruth hat es mir vor zwei Jahren geschenkt, als ich die Bar übernommen habe. Sie fand, das neue Kapitel im O'Toole's müsste gefeiert werden.«

»Sie hat immer eine Schwäche für dich gehabt«, sagte Ivy.

Das Seaside und das O'Toole's hatten alljährlich im Mai Geld für die Feuerwehr gesammelt. Mehrere Jahre lang hatten Ivy und Joe Stände auf der Wohltätigkeitsveranstaltung betrieben. Er hatte Würstchen mit Kartoffelbrei verkauft, sie Fischsuppe und Maisbrot. Es konnte sein, dass es einen gewissen freundschaftlichen Wettbewerb zwischen ihnen gegeben hatte. Na gut, es ließ sich nicht leugnen. In den letzten beiden Jahren hatte sie gewonnen, aber was bedeutete das schon? »Wie gehts deinem Dad?«, fragte Ivy.

»Es geht so. Der Schlaganfall hat ihm den Wind aus den Segeln genommen. Er bewegt sich schwerfällig. Von Zeit zu Zeit lässt er sich hier blicken, aber meistens hängt er zu Hause ab und treibt meine Mutter in den Wahnsinn.«

Franks Schlaganfall hatte Ruth verunsichert. Sie hatte gesagt, dass sie hoffte, der liebe Gott würde sie schnell zu sich nehmen, wenn ihre Zeit gekommen war. Ivy erinnerte sich noch daran, wie sie bei dem Gespräch gescherzt hatte, dass Ruth ewig leben würde.

»Wie läuft das Geschäft?«

»Besser als im letzten Januar. Jetzt will keiner mehr zu Hause bleiben. Viele sitzen lieber mit Fremden an der Bar.«

»Kann ich verstehen.«

Matthew blickte zu einem leeren Tisch hinüber. »Joe, gibst du uns Speisekarten? Wir setzen uns da drüben hin, okay?«

Joe brachte ihnen zwei laminierte Speisekarten.

»Gibt es den Burger mit den Pommes noch?«, fragte Ivy.

»Hätte Ruth jemals Fried Chicken von der Speisekarte genommen?«, fragte Joe.

»Was? Nein!«

»Da hast du deine Antwort.«

»Okay, dann nehme ich das und ein Bier.«

»Das ging schnell.« Matthew grinste. »Ich nehme das Sandwich mit dem gegrillten Huhn.«

»Wie immer ohne Mayo? Salat, keine Pommes?«

»Ja, leider habe ich nicht so einen Stoffwechsel wie Ivy«, sagte Matthew.

»Wir arbeiten alle hart daran, unsere mädchenhaften Figuren zu behalten«, stichelte Joe.

Ivy lachte. »Ich habe dich vermisst, Joe Truitt.«

»Ich hoffe, du bist nicht nur zu Besuch«, sagte Joe.

»Einige Zeit werde ich im Haus schuften müssen. Darüber hinaus kann ich nichts versprechen.«

»Dann müssen wir was dafür tun, dass du deine Pläne änderst«, sagte Joe.

Sie setzte sich mit dem Rücken zur Wand und legte die Handtasche auf den Stuhl neben sich. Matthew folgte ihr mit den beiden Bieren.

Sie trank durstig und genoss das kühle, malzige Getränk. »Als wäre ich wieder in der Highschool.«

Matthew setzte sich und nippte an seinem Bier. »Ich habe mir gedacht, dass du gern herkommen würdest. An das O'Toole's habe auch ich gute Erinnerungen.«

Sie hatten oft hier gegessen und Pläne auf Servietten gekritzelt. Im Wesentlichen waren es seine Ideen für sein Restaurant gewesen. Er hatte sie immer miteinbezogen, aber er wollte der Boss sein. Damals konnte sie nicht sagen, was sie wollte. Schon allein, weil sie es nicht wusste. Sogar ihr Entschluss, nach New York zu gehen, war aus einer unbestimmten Rebellion ohne konkrete Pläne entstanden. Alles, was sie wusste, war, dass sie sich beweisen musste, dass sie Ivy war und nicht nur Ruths Enkelin oder Matthews Freundin.

»Es tut mir leid«, sagte sie. »Ich hätte dich und unsere Pläne nicht einfach so im Stich lassen dürfen.«

»Ach, das ist doch Schnee von gestern.«

»Finde ich nicht«, sagte sie. »Ich habe alle enttäuscht.«

»Längst vergeben und vergessen. Jedenfalls, was mich angeht. Bei Dani bin ich mir nicht so sicher.«

»Es scheint ihr gut zu gehen.«

»Dann muss man bei ihr auf der Hut sein«, sagte er mit einem hintergründigen Lächeln.

»Ich weiß nicht, was ich noch für sie tun könnte.«

»Nicht viel. Wir können nur nach vorn schauen.«

»Wahrscheinlich schon.«

»Wenn du eine Zeitmaschine hättest und zurückgehen könntest, würdest du etwas anders machen?«, fragte er.

Ja. Vielleicht. »Nein.«

»Ich auch nicht. Ich habe ein tolles Kind und anständige Restaurants. Das Leben ist, was man daraus macht.«

Ivy nahm einen großen Schluck und wünschte, es wäre so einfach. »Du hast eine Idee für ein Restaurant?«

Er strich über den Rand seines Bierkrugs. »Du willst gleich zur Sache kommen?«

»Warum nicht? Was stellst du dir vor?«

Er lehnte sich zurück und schien ihre Aufmerksamkeit zu genießen. »Es geht um ein Feinschmeckerrestaurant. Ich habe ein Lokal in Duck gefunden, direkt gegenüber von Danis Galerie.«

»Es ist sinnvoll, dass du in Bellas Nähe sein willst.«

»Mir ist es wichtig, so viel Zeit mit ihr zu verbringen, wie ich kann. Wer weiß, vielleicht arbeitet sie ja eines Tages für mich.«

»Wenn sie nicht bei der Galerie einsteigt.«

»Richtig«, sagte er vorsichtig.

Ivy wandte sich wieder dem Geschäftlichen zu. Duck war eine kleine Stadt rund dreißig Kilometer nördlich von Nags Head. Die Stadt hatte sich in den letzten zehn Jahren explosionsartig entwickelt, und die Chancen standen gut für ein feines Lokal. »Größere Häuser bedeuten höhere Mietpreise.«

»Und mehr Menschen, die nach einem Restaurant suchen, in dem sie richtig gutes Essen bekommen und den Sonnenuntergang über dem Sund beobachten können.«

Das stimmte, aber nur bis zu einem gewissen Grad. Ihrer Erfahrung nach hatten die meisten Leute vielleicht an ein oder zwei Urlaubsabenden Lust auf ein ausgefallenes Essen. Aber das Rückgrat ihrer Branche war eher Freizeitgastronomie. Nicht jeder wollte sich im Urlaub fein machen. So oder ähnlich hatte sie das im Vincenzo's oft genug von Touristen gehört, die jeden Abend wegen der hausgemachten Pizza wiederkamen.

»Klingt großartig«, sagte sie und hob ihr Glas. »Ich bin sicher, du kriegst das genauso hin, wie du es dir vorstellst.«

»Im Moment ist es nichts weiter als eine Idee. Ich habe den Mietvertrag noch nicht unterschrieben. Ich strecke meine Fühler aus.«

»Wonach?«

»Unter anderem nach einem Koch.«

Sie lehnte sich zurück und nippte an ihrem Bier. »Und an wen hast du gedacht?«

»An dich.«

Sie lachte. »Da schließt sich der Kreis. Wir sind im O'Toole's und reden darüber, dass ich für dich arbeite.«

Die Furche in seiner Stirn vertiefte sich. »So sehe ich das nicht. Ich sehe uns als Partner, Ivy. Ich gebe zu, dass ich in der Highschool sehr von mir eingenommen war.«

»Wer war das nicht?«

»Allein kann ich es jedenfalls nicht stemmen. Ich habe es ein paarmal versucht, aber so richtig ist nichts draus geworden.«

»Und du würdest mir zutrauen, mit dir zusammenzuarbeiten?«

»Sonst würde ich dich doch kaum fragen, oder?«

Wenn Ruth ihr etwas beigebracht hatte, dann, dass man sich Erfolg mit Knochenarbeit verdienen musste. Matthew war ein Mann mit Ideen, von denen einige wirklich gut waren. Aber er würde sich mit einem zuverlässigen Küchenchef zusammentun müssen, damit es funktionierte. »Nein.«

»Nein?« Er beugte sich mit einem angedeuteten Lächeln vor, als glaubte er, sie wolle ihn auf den Arm nehmen.

Aber sie war weit davon entfernt. »Ich werde mich ganz sicher nicht wieder ins Restaurantleben stürzen, es dann bereuen und nach einem halben Jahr verschwinden. Ich bin in einer Hotelküche aufgewachsen und habe über ein Jahrzehnt lang mehr oder weniger in einer Restaurantküche gelebt. Ich brauche eine Pause.«

»Es liegt dir im Blut. Du wirst es nicht lange ohne Job als Köchin aushalten. Und dann ist es doch viel besser, wenn du Mitinhaberin bist.«

Joe kam mit ihren Tellern und stellte sie vor ihnen ab. Er sah zwischen den beiden hin und her, sichtlich fasziniert von dem Anblick. Matthew beugte sich so weit zu Ivy, wie es ging, während Ivy sich so weit zurücklehnte, wie es die Stuhllehne zuließ. »Manche Dinge ändern sich nie. Guten Appetit.«

»Danke, Joe«, sagte sie. Sie nahm sich ein paar Pommes vom Teller. »Hier geht es weder um dich noch um mich noch um unsere Vergangenheit. Ich bin ausgebrannt, Matthew. Ich bin im Moment nicht kreativ genug, um eine Küche zu leiten.«

»Handwerklich bist du eine der Besten.«

»Es braucht mehr als handwerkliches Können, wenn man sich von der Herde absetzen will.« Sie wickelte das Besteck aus und strich die Papierserviette glatt. Dann biss sie in den Burger, schloss die Augen und genoss den saftigen Geschmack und das weiche Butterbrötchen. Sie aß die erste Hälfte des Burgers schweigend. Doch dann legte sie ihn ab, denn sie wusste, dass sie platzen würde, wenn sie weiteraß. Außerdem würde Libby den Burger an ihrem Atem riechen und einen oder zwei Bissen abhaben wollen.

Matthew inspizierte sein gegrilltes Hähnchensandwich und entfernte das Brot, bevor er in das Fleisch schnitt. Als er ihren amüsierten Blick sah, sagte er nur: »Keto. Es funktioniert.«

»Ist das Leben ohne Kohlenhydrate lebenswert?« Sie nahm sich zwei Pommes.

»Na ja, es ist jedenfalls besser, gesund zu sein.«

»Stimmt.«

»Du könntest dem Lokal den Namen geben, die Richtung bestimmen und die Speisekarte festlegen und die Leute aussuchen.«

Das war schmeichelhaft und klang tatsächlich aufregend, aber sie schüttelte den Kopf.

»Ich muss dich enttäuschen, Matthew. Ich steige nicht ein.«

Er grinste. »Da bin ich mir nicht so sicher.«

»Ich mir schon.« Sein breites Grinsen und seine ausdrucksstarken Augen hatten früher großen Eindruck auf sie gemacht. Nach dem Abschlussball hatte er sie ganz sanft ausgezogen und dazu verführt, in einem leeren Bungalow des Seaside Resorts ihre Jungfräulichkeit aufzugeben. Entweder war sie jetzt immun gegen seinen Charme, oder sie hatte gelernt, dass es besser war, gleich Nein zu sagen, als Versprechungen zu machen, nur um den Frieden zu wahren. »Ich bin kein Kind mehr, Matthew.«

Sein Blick wurde ernst. »Ich auch nicht. Ich habe aber eines zu versorgen, und ich stehe mit beiden Beinen fest auf dem Boden. Natürlich habe ich geschäftliche Fehler gemacht, aber dabei habe ich auch ein paar harte Lektionen gelernt. In dem Lokal in Duck steckt eine solide Projektplanung. Ich sage dir, Ivy, wenn du die Küche leitest und ich mich um alles andere kümmere, dann wird es ganz einmalig.«

»Während der Saison vielleicht schon, aber was ist in der Nebensaison?«

»Wir werden achtzig Prozent unseres Jahreseinkommens in vierzehn Wochen verdienen.«

»Und wenn es ein schlechter Sommer ist? Schade, dass Ruth nicht hier ist, um uns zu sagen, was während einer aktiven Hurrikansaison passiert.« Sie nippte an ihrem Bier. Der Schwips lockerte ihre Zunge. »Sie kannte Geschichten über Hurrikan Hazel im Jahr 1954, und ich erinnere mich an Hurrikan Floyd im Jahr 1999 und an deinen Namensvetter, Hurrikan Matthew im Jahr 2016, der North Carolina richtig zugesetzt hat. Ganz zu schweigen von dem letzten namenlosen Sturm, der Ruth auf dem Gewissen hat.«

»Wenn sie jünger gewesen wäre, hätte sie sich von dem Sturm erholt.«

»Willst du ein Leben lang das Wetter beobachten und dich fragen, ob es deine Existenz zerstören wird?«

»Das hast du von Ruth.«

»Was?«

»Das Gefühl, dass das Unglück immer hinter der nächsten Ecke lauert. Ich glaube, das war einer der Gründe, warum du gegangen bist. Du warst so auf die Nachteile fixiert und hast selten das Positive gesehen. Und auf die Art hast du viele meiner Ideen in der Highschool abgeschmettert.«

Sie legte den Kopf schief. »Nimmst du mir das übel?«

»Ehrlich gesagt nein. Aber genau deshalb brauchen wir uns gegenseitig. Ich brauche jemanden, der mich drosselt, und du brauchst jemanden, der dich aus dem ersten Gang schiebt.«

»Ich fahre selten im ersten Gang.«

»Du warst in New York. Klarer Punkt für dich. Dann hast du einen Job gefunden und bist über zwölf Jahre lang im selben Lokal geblieben. Warum?«

»Weil es mir gefallen hat.«

Er hob eine Augenbraue. »Hattest du keine anderen Angebote?«

»Doch, aber ich wurde immer wieder befördert.«

»Hast du wenigstens gut verdient?«

»Nicht wirklich. Aber das tun nur wenige Leute in der Gastronomie.«

»Du hast einen sicheren Hafen gefunden und bist geblieben.« Er hob die Hände.

Sie hatte eine neue Familie gefunden, und sie hatte sie nicht im Stich lassen wollen.

»Es war keine vergeudete Zeit«, fuhr er fort. »Du hast dir einen fantastischen Ruf gemacht. Du bist eine großartige Köchin geworden.«

»Willst du sagen, dass ich zu viel Angst hatte, um was zu wagen?«

»Nicht zu viel Angst. Aber da bist du wie Ruth. Du findest etwas, das funktioniert, und dann bleibst du bis zum bitteren Ende.«

Der Pfeil traf ins Schwarze. Selbst wenn es nur darum ging, ihm zu beweisen, dass das nicht stimmte, müsste sie sich den Geschäftsplan ansehen, die Finanzierung besprechen, das Gebäude besichtigen …

Er grinste. »Ich kann hören, wie du nachdenkst.«

Sie trank das Bier aus.

»Ich nehme das als ein Vielleicht«, sagte er.

»Ich habe nicht Ja gesagt.«

»Du hast nicht Nein gesagt.«

Sie starrte in ihren leeren Bierkrug und erinnerte sich daran, dass es gefährlich war, diese Tür auch nur einen Spaltbreit zu öffnen. Wenn sie Ja zu Matthew sagte, würde sie den Rest ihres Lebens hier verbringen. »Hast du irgendetwas Schriftliches?«

Er grinste breit. »Aber sicher doch.«

Kapitel 16
DANI

Samstag, 22. Januar 2022, 10.00 Uhr

Die Textnachricht trübte einen ohnehin schon verhangenen Tag. Dani mochte diese Grautöne nicht, die der Welt die Farbe nahmen. Der Blick von ihrer Veranda auf den Currituck Sound war deprimierend, ihre Stimmung gedrückt. Farbe signalisierte Leben und Vitalität und verwandelte das Zweidimensionale ins Dreidimensionale.

Sie tippte eine Antwort. *Mach dir keine Sorgen. Ich lass mir was anderes einfallen.* So oder so, sie würde jemanden finden, der sie nach Norfolk brachte.

Dani blickte auf Ruths Gemälde an der Wand gegenüber ihrem Schreibtisch. Sie hatte dieses Bild vorher nie gesehen, vermutete aber, dass Ruth es kurz vor dem großen Sturm gemalt hatte. Sie hatte all ihre Gefühle mit großem Können auf die Leinwand übertragen.

In jenen Tagen hatte Ruth viel über Ivy gesprochen und sich gewünscht, sie würde nach Hause zurückkehren. Dani hatte ein paarmal daran gedacht, Ivy anzurufen, aber sie hatte sich nie dazu durchringen können. Jetzt, da sie das Bild betrachtete, wünschte sie sich, sie hätte es getan.

Dani nahm ihre Brille ab, knetete die Nasenwurzel, warf einen Blick auf das kabbelige Wasser des Sundes und wandte sich ihrem halb fertigen Gemälde zu, das sie vor drei Monaten begonnen hatte. Es hätte längst fertig sein sollen.

»Mom!«

»Ich bin hier, Bella!«

Die Schritte ihrer Tochter donnerten durch das kleine Haus und brachten das Geschirr im Schrank zum Klappern. Für eine Elfjährige war Bella groß, und wenn die Prognose des Kinderarztes stimmte, würde sie wie Dani über einen Meter achtzig werden. Sie hatte die blauen Augen ihres Vaters und sein dunkles Haar. Dazu eine olivfarbene Haut, die in der Sommersonne nicht verbrannte. Wäre Bella nicht so groß und langgliedrig gewesen, niemand hätte sie für Danis Tochter gehalten.

Bella blieb mit dem Smartphone an der Türschwelle stehen. Sie hatte es nicht aus der Hand gelegt, seit Matthew es ihr zu Weihnachten geschenkt hatte. Dani hatte Matthew darum gebeten, ihrer Tochter erst ein Handy zu schenken, wenn sie zwölf war, aber wenn ihr Ex-Mann eine Idee hatte, ließ er sich nie davon abbringen. Er hatte sämtliche Sicherheitsvorteile aufgezählt, die dafürsprachen, dass ein Mädchen ein Handy haben sollte, weil er wusste, dass das für Dani die oberste Priorität hatte. Natürlich blieb es Dani vorbehalten, die täglichen Kämpfe um die Bildschirmzeit auszufechten.

»Können wir uns heute die Welpen ansehen?«, fragte Bella.

Vor ein paar Tagen hatte Dani die Welpen zum ersten Mal erwähnt, um Bella von ihrem Handy abzulenken. Das hatte funktioniert. Und zwar außerordentlich gut. Denn seitdem sprach Bella über nichts anderes mehr und interpretierte ununterbrochen das Foto mit den drei Hundebabys.

Dani blickte in den aschfahlen Himmel. Die Sonne sollte gegen elf Uhr herauskommen. Sie wollte Ivy wirklich nicht bedrängen, aber sie würde keine Ruhe haben, bis Bella die Welpen gesehen hatte. »Ich rufe Ivy mal an.«

»Jetzt?« Bella setzte ihr süßestes Kleinkindlächeln auf.

Dani ließ sich erweichen. Sie liebte dieses Lächeln einfach zu sehr. »Das ist nicht fair.«

Bella strahlte sie an. »Ich weiß.«

Ivy hatte gut auf ihren Besuch reagiert. Dani war nicht sicher gewesen, was sie erwarten würde, als sie mit zwei Flaschen Wein an Ivys Tür geklopft hatte. Sie war darauf eingestellt, den Stier bei den Hörnern zu packen und gleichzeitig gelassen zu bleiben. Ihr ging es schließlich gut oder etwa nicht?

Sie hatte das Zerwürfnis nie gewollt. Ivys plötzlicher Weggang nach New York hatte sie sehr verletzt. Aber nachdem sie mit Matthew geschlafen hatte, war sie aus ihrem Tief herausgekommen und hatte überlegt, was sie in ihrem Leben wirklich wollte. Nach New York zu ziehen war eine Option. Im Big Apple gab es so viel Kunst! Sie konnte sich an der Kunsthochschule einschreiben und nebenbei kellnern.

Doch als der Schwangerschaftstest einen rosa Strich anzeigte, nahm ihr Leben eine andere Wendung. Sie saß weinend und völlig durcheinander im Badezimmer ihres Elternhauses. Irgendwann trocknete sie ihre Tränen. Sie hätte gern Ivy angerufen, die ihr seit der Grundschule immer zur Seite gestanden hatte. Aber was sollte sie ihrer besten Freundin sagen? *Ich bin schwanger von deinem Ex-Freund?* Ivy war ja erst zwei Monate weg.

Ihr nächster Gedanke galt Ruth, die auf ihre Weise versucht hatte, für Dani die Mutterrolle zu übernehmen. Aber was hätte sie Ruth sagen sollen? *Der Typ, den Ivy gerade sitzen gelassen hat und den du nie leiden konntest, na ja, von dem bin ich schwanger?*

Ein paar Monate lang tat sie so, als ob der Schwangerschaftstest und die fünf folgenden ungültig wären. Doch dann kam Dalton von der Marine nach Hause und bemerkte, dass sie rund geworden war und ständig Ginger Ale trank.

Fünf Tage, nachdem er in das Unternehmen ihres Vaters eingestiegen war, nahm er sie am Arm und führte sie aus dem Büro der Firma, deutlich außer Hörweite ihres Vaters. »Was ist los?«

Es war Ende September, eine Brise wehte vom Meer her und doch brannte die Sonne so heiß, dass sich der Schweiß in ihrem Nacken und zwischen ihren wachsenden Brüsten ansammelte. »Was meinst du?«

»Ich bin nicht dumm, Dani«, sagte er. »Wer ist der Vater?«

»Was?«

»Dani, der Vater?«

In seinem Tonfall grollte eine Wut, die ihr signalisierte, dass er die Sache nicht auf sich beruhen lassen würde. Dalton war äußerst konzentriert, wenn es um die Arbeit ging, aber in seiner Freizeit war er ziemlich entspannt. Er hatte schon ein paar Freundinnen gehabt. Aber nichts an ihm deutete in diesem Moment darauf hin, dass er sich entspannen würde, bis er die Antwort hatte.

Fast eine Minute brachte sie nichts heraus. Sie standen sich unmittelbar gegenüber. Schließlich nahm sie allen Mut zusammen. »Matthew.«

»Matthew? Peterson? Der Ex-Freund von Ivy?«

»Ja, der.«

»Scheiße. Wann war das?«

Wie sie es drehte und wendete, es ließ sich nichts daran ändern, dass es nur acht Wochen nach Ivys Abreise geschehen war. »Es war nicht geplant. Bitte schrei mich nicht an. Du kannst mir nichts sagen, was ich mir nicht tausendmal selbst gesagt hätte.«

Dalton wirkte nicht mehr wütend, sondern besorgt. »Wer weiß davon?«

»Ich habe es noch niemandem gesagt.«

Dalton fand immer schnell vom Problem zur Lösung. Er zögerte nicht, wenn Handlungsbedarf bestand. »Warst du schon beim Arzt?«

»Nein.«

»Das ist die oberste Priorität. Und als Nächstes steht Matthew auf der Liste. Er wird dich heiraten.«

»Dalton, wir sind nicht im finsteren Mittelalter. Ich will nicht noch einen zweiten Fehler machen.«

Dalton sah sie an. »Erst der Arzt. Dann Matthew.«

Matthew war schockiert gewesen, aber er hatte eingewilligt, sie zu heiraten, und drei Tage später gingen sie aufs Standesamt. Die ersten Wochen und Monate ihrer Ehe waren schwierig gewesen. Alles drehte sich um das erwartete Baby. Und nachdem Bella geboren war, bemühten sie sich, ein richtiges Paar zu sein. Eine Zeit lang war es auch gar nicht so schlecht. Aber man konnte von einem Kind nicht erwarten, das Fundament einer Ehe zu bilden. Sie trennten sich an Bellas erstem Geburtstag.

Ihre Ehe war zwar in die Brüche gegangen, aber Dani und Matthew waren sich einig, dass sie mit Bella gesegnet waren. Danis bescheidener Meinung nach waren sie gute Eltern. Sie konnten sich ein Leben ohne ihre Tochter gar nicht mehr vorstellen, und beide hätten alles für das Kind getan.

Dani tauchte aus der Vergangenheit auf, drehte Bella den Rücken zu und wählte Ivys Nummer.

Ivy nahm nach dem dritten Klingeln etwas atemlos ab.

»Ich bin's, Dani. Ich habe hier eine Elfjährige, die an nichts anderes mehr als an Welpen denkt.«

»Und ich habe drei, die sie in sechs Wochen bekommen kann.«

Ivy hatte sich im letzten Jahrzehnt verändert. Na ja, sie hatten sich alle verändert. Ivy war bodenständiger geworden, pragmatischer, ruhiger. Sie ähnelte Ruth mit jedem Tag etwas mehr.

»Können wir heute vorbeikommen?« Dani spürte, wie Bella sich von hinten an sie heranschlich.

»Jederzeit. Die Welpen werden gerade gefüttert. Libby macht bestimmt gleich eine Pause, und dann kann Bella vielleicht Star, Moon oder Sunny halten.«

»Hast du den anderen beiden auch Namen gegeben?«

»Ja, nachdem Bella die Kleinste Star genannt hat.«

Draußen riss die Wolkendecke auf und gab etwas Sonnenschein und blauen Himmel frei.

»Wir sind gleich da.«

»Ich bin den ganzen Tag hier.«

Dani beendete das Gespräch. »Okay, Bella. Wir sind startklar. Ivy hat gesagt, wir können jetzt kommen.«

»Jetzt?«

»Jetzt.«

Dani frischte ihr Make-up auf, bürstete sich die Haare, schnappte sich die Handtasche und nahm die Schlüssel vom Schlüsselbord. Bella stürmte durch das Haus, um ihren Mantel und ihre Mütze zu holen. Sie sah auf die Uhr. Zehn Uhr fünfzehn. Keine Spur von Regen. Der Himmel klarte auf. »Fertig?«

»Fertig!«

Sie setzten sich ins Auto. Dani legte den Rückwärtsgang ein und behielt den Reflektor im Auge, den sie an den Baum genagelt hatte, nachdem sie den Stamm einmal oder vielleicht sogar zweimal erwischt hatte. Dann nahm sie die vertraute Route, die sie immer entlangfuhr, seit sie mit Bella vor zehn Jahren in dieses Haus gezogen war.

Sie schlängelte sich durch die paar Straßen von Southern Shores und bog dann links auf die Strandstraße ein. Zehn Minuten später parkte sie hinter Ivys Wagen.

»Denk an unsere Abmachung. Du musst dich um den Hund kümmern. Das heißt, du musst ihn füttern, mit ihm spazieren gehen und seine Hinterlassenschaften wegräumen.« Sie sagte das laut, um es einmal festzuhalten. Natürlich war ihr klar, dass sie an Schultagen meistens für den Welpen zuständig wäre. Und sie hatte auch schon einen Platz für den Hund in der Galerie.

Bella zappelte vor lauter Aufregung. »Klar, Mama. Und das Beste an einem Hund ist, dass ich dann nicht mehr so viel am Handy bin.«

Ja, diese Karte hatte Bella schon ein paarmal gespielt. »Das ist der Plan.«

Als sie aus dem Auto stieg, blickte sie in Richtung der Baustelle, wo die Arbeiter gerade die Fundamente der zehn Häuser begutachteten. Dalton und Dani waren beide erstaunt gewesen, als ihr Vater ihnen erzählt hatte, dass er Ruths Grundstück gekauft hatte. Ruth hatte mit Dani nie über ihre Finanzen gesprochen, aber Dani hatte immer vermutet, dass sie sich ordentlich verschuldet hatte. Es war ein Wunder, wie Ruth den Laden am Laufen gehalten hatte. Selbstverständlich war das Grundstück auch nicht billig gewesen.

Dalton hatte bereits fünf der zehn Parzellen verkauft, bevor er mit der Räumung begonnen hatte. Gestern war noch eine hinzugekommen. Die restlichen vier würden auch schnell weg sein. Solange nichts Unvorhergesehenes passierte, machte PDD Construction ein vorteilhaftes Geschäft.

Dalton hatte bereits mehreren Käufern Danis Visitenkarte gegeben und sie als Dekorateurin empfohlen. Es war eine Nebenbeschäftigung, die die ruhigen Stunden in der Galerie ausfüllte und sie davor bewahrte, ihren Vater oder Matthew in Monaten, in denen sie zu viel Geld ausgab, um Unterstützung zu bitten.

Als Dani auf das Haus zuging, machte sie sich plötzlich Sorgen. Sie war sich nicht sicher, wie Ivy auf Bella regieren würde, die schließlich aus Danis Nacht mit Matthew hervorgegangen war. Es ließ sich nicht leugnen, wer dieses Kind gezeugt hatte. Sie läutete die Glocke.

Drinnen bellte ein Hund, und Bella hüpfte vor Aufregung von einem Fuß auf den anderen. »Meinst du, das war ein Welpe?«

»Klang eher nach der Hundemami, nach Libby.«

Die Tür ging auf und Ivy stand mit einem schwarz-weißen Welpen von der Größe ihrer Handfläche da. Sie lächelte Bella an. Falls sie die Ähnlichkeit mit Matthew sah, ließ sie sich nichts anmerken. »Ich habe gehört, dass ein Mädchen großes Interesse an einem Welpen hat.«

»Das bin ich!«, rief Bella.

»Meine Tochter«, sagte Dani und legte die Hände auf Bellas Schultern. »Bella Peterson.«

»Freut mich, dich kennenzulernen, Bella. Ich bin Ivy, und dieses kleine Wesen ist Star. Wenn du reinkommst und dich neben Libby setzt, darfst du sie halten.«

Dani musste zugeben, dass Ivy das Zeug zur Verkäuferin hatte. »Ist ihr Lager noch hinter den Kisten?«

»Ja. Guck mal, wie sie uns gerade durch die Lücke fixiert. Sie mag es nicht, von ihren Babys getrennt zu werden.«

Ivy ging hinter die aufgestapelten Kisten, setzte sich auf den Boden und klopfte auf den Platz neben sich. Bella war sofort neben ihr, und nachdem Libby an ihrem Welpen gerochen und sich vergewissert hatte, dass alles in Ordnung war, legte Ivy Star behutsam in Bellas Hände.

»Oh, Mommy«, gurrte Bella und schmiegte ihr Gesicht an den winzigen Körper. »Sie ist so süß.«

»Sie ist die Kleinste von den dreien«, sagte Ivy. »Sie hat noch einen Bruder und eine Schwester.«

Bella schaute die beiden braunen Welpen an. »Die sind alle so süß! Mommy, können wir alle drei nehmen?«

Auf die Frage war Dani vorbereitet. »Nein, nur einen.«

»Aber wie soll ich mich entscheiden?«, fragte Bella. »Ich kann die anderen doch nicht hierlassen.«

»Du hast die erste Wahl«, sagte Ivy. »Und keine Angst. Ich finde für alle ein gutes Zuhause.«

»Star macht die Augen nicht auf«, sagte Bella und drückte den Welpen an ihre Wange.

»Welpen werden blind geboren«, sagte Ivy. »Sie öffnen die Augen ungefähr in einer Woche.«

»Darf ich den kleinen Jungen auch mal auf den Arm nehmen?«, fragte Bella.

Ivy nahm Star und legte sie an Libby, die ihr gleich das Gesicht ableckte. Star fiepte leise und robbte zielsicher auf Libbys Zitze zu.

Dani konnte mit Libby mitfühlen. Bella hatte immer viel Hunger gehabt, und beim Stillen waren ihre Brustwarzen schon nach der ersten Woche wund gewesen. Damals hatte Ruth sie mit einem rosa Korb voller Strampelanzüge besucht. Dani war bei ihrem Anblick in Tränen ausgebrochen.

»Es ist okay«, hatte Ruth gesagt und den Arm um Danis Schulter gelegt.

»Ich habe gedacht, dass du nicht kommst, weil du sauer auf mich bist.«

»Ach was, ich bin dir doch nicht böse.« Ruth setzte sich neben sie auf die Couch im Arbeitszimmer ihres Vaters.

»Hast du es Ivy gesagt?«, fragte Dani leise.

»Ja.«

»Und?«

»Es hat ihr sehr zu schaffen gemacht. Ehrlich gesagt war es ein Schock für sie.«

»Ich wollte ihr nicht wehtun«, sagte Dani weinend.

»Das weiß ich. Und sie dir auch nicht.«

»Hat sie aber. Und ich ihr auch.«

Ruth strich zärtlich über Bellas Kopf, die schon dichte schwarze Haare hatte. »Ivy muss Bella nur sehen, dann wird sie sich sofort in sie verlieben. Wart's nur ab.«

Und erst jetzt lernten die beiden sich kennen. Ivy hob einen der beiden braunen Hunde hoch. »Das ist Sunny.«

»Er ist soooo süß!«

Ivy stand auf. »Sie sind alle süß.«

»Dir ist schon klar, dass sie mir ab jetzt ununterbrochen damit in den Ohren liegen wird?«, fragte Dani.

Ivy lächelte. »Na sicher.«

»Teil deines bösen Plans?«, fragte Dani.

»Genau.«

»Wenn du dein erstes Kind bekommst, erinnere mich daran, es mit Zucker zu füttern und ihm einen Welpen zu schenken.«

»Okay, du hast mich gewarnt.«

Dani sah sich im Haus um. »Und, kommst du voran?«

»Heute werde ich mit meinem alten Zimmer fertig. Nur noch die vollgestopften Kommoden und der ganze Kinderkram.«

Bella legte den Welpen vor seine Mutter und sich selbst platt auf den Bauch davor, machte kleine Geräusche und war in einer anderen Welt.

»Sag mal, kann ich dich um einen Gefallen bitten?«, fragte Dani. Sie fühlte sich sehr unwohl dabei.

»Du kannst mich jedenfalls fragen.«

»Ich muss am Montagvormittag zu einer Untersuchung nach Norfolk. Eine Freundin wollte mich hinbringen, aber sie ist vorhin abgesprungen.« Das war wirklich das Letzte, was Dani wollte: auf Ivy angewiesen zu sein. Aber schließlich war es nur ein kleiner Gefallen. »Die Praxis schreibt vor, dass man abgeholt wird. Ich weiß, dass es viel verlangt ist.«

»Was ist das für ein Arzttermin?«, fragte Ivy besorgt. »Ist es ernst?«

»Nein. Nichts Ernstes. Ich brauche eine neue Brille, und sie geben mir Tropfen, nach denen ich eine Weile nur verschwommen sehen kann.«

»Ich dachte, all die verschiedenen Brillen seien modische Statements.«

»Na ja, irgendwie schon, aber sie haben auch einen praktischen Nutzen gegen Hornhautverkrümmung. Astigmatismus. Etwas nervig, aber so ist das nun mal.«

»Als Kind hattest du nie Probleme mit deinen Augen.«

»Das bringt das Älterwerden eben so mit sich.«

»Du bist dreißig. Das ist doch nicht alt.«

»Als Mutter altert man schneller.«

»Wann bist du das letzte Mal mit Freunden was trinken gegangen oder hattest ein Date?«

»Ist schon eine Weile her.«

»Bei mir auch.«

»Hinter der Brücke gibt es ein Weingut. Bevor du abfährst, gehen wir da hin.« Dani hatte keine Lust, um den heißen Brei zu reden. »Das letzte Mal habe ich dich nicht richtig verabschiedet, aber dieses Mal werde ich es tun. So viel schulde ich dir. Ich lade dich zum Mittagessen ein, sobald das Haus geräumt ist und die Welpen älter sind.«

»Okay, das machen wir. Und klar bringe ich dich am Montag nach Norfolk.«

»Danke.«

»Ich war gestern Abend mit Matthew aus. Er ist immer noch sehr charmant.«

Dani sah zu Bella hinüber, die jetzt den dritten Welpen streichelte und Libby gleichzeitig den Kopf kraulte. »Stimmt.«

»Er eröffnet ein neues Restaurant.«

»Davon redet er schon seit Monaten. Aber ich fürchte, ich habe ihm nicht richtig zugehört.«

»Er hat es gut durchdacht. Weißt du eigentlich, dass er das Lokal direkt gegenüber der Galerie im Auge hat?«

»Wie gesagt, Matthew ist Matthew. Er hat viele Ideen.« Dani betrachtete Ivy und wartete darauf, dass Ivy seine Pläne in der Luft zerriss.

Stattdessen fragte Ivy: »Was hältst du von seiner Idee?«

»Theoretisch könnte es funktionieren. Aber du weißt ja, dass es Jahre dauert, ein Restaurant zu etablieren. Ich bin mir nicht sicher, ob er die Geduld dazu hat.«

»Kann sein, dass er damit schon in der ersten Saison bankrottgeht«, sagte Ivy.

»Man kann mit allem bankrottgehen, Ivy.«

»Er hat gemeint, ich wäre immer zu vorsichtig.«

»Das würde ich nicht sagen.«

»Jedenfalls tue ich mich im Moment schwer, mit irgendwas durchzustarten.«

»Er will dich als Köchin?«, fragte Dani.

»Ja, genau.«

»Und?«

»Ich habe ihm gesagt, dass ich mir die Zahlen ansehe, wenn er mir den Geschäftsplan schickt. Aber ich habe ihm nichts versprochen.«

»Ich glaube, er meint es gut«, sagte Dani. »Und ich kenne die Gegend natürlich bestens. Es ist eine tolle Location für ein Restaurant.« Dani musterte Ivy. »Bist du wirklich interessiert?«

»Schockiert dich das? Ich habe viel darüber nachgedacht, was ich anders gemacht haben könnte. Ich möchte niemanden mehr enttäuschen.«

»Wenn du glaubst, bei Matthew einzusteigen mache alles wieder gut, dann täuschst du dich.«

»Nein, ich versuche nicht, die Vergangenheit zu ändern.«

»Wirklich nicht?«

»Ich habe in New York zu viele Restaurants kommen und gehen sehen. Ich bin älter und erfahrener.«

»Hinterher ist man immer schlauer.«

»Das hat Ruth immer gesagt.«

»Ja, und sie hat nie zurückgeblickt. Sie hat aus der Vergangenheit gelernt, sich aber nie mit dem aufgehalten, was hätte sein können, wenn …«, sagte Dani.

»Das würde ich mir auch wünschen.«

Kapitel 17
CARLOTTA

Montag, 19. Juni 1950, 7.00 Uhr

Der Sturm war schnell vom Atlantik über sie hereingebrochen. Heulende Winde rüttelten am Cottage und weckten Carlotta kurz nach Mitternacht. Sie war dem tobenden Sturm vollkommen ausgeliefert, so wie in ihrem ersten Sommer auf der *Maisy Adams*. Damals hatte der Wind das Showboat hin und her geschaukelt und alles an Deck weggefegt, was nicht niet- und nagelfest war. Mutter Natur hatte alle daran erinnert, wer die Macht hatte.

Nach diesem ersten Atlantiksturm hatte sie ihre Sachen gepackt und war drauf und dran gewesen, der *Maisy Adams* auf Nimmerwiedersehen den Rücken zuzukehren. Sie war nicht für solche Stürme gemacht. Aber da war ein junger Mann gewesen, und der hatte sie veranlasst zu bleiben.

Vierzehn Jahre später war der Verehrer längst vergessen, aber sie lebte noch immer auf der *Maisy Adams* und genoss die Fahrten an der Ostküste entlang und auf den Flüssen, Sunden und Binnengewässern. Wenn der Kapitän das Schiffshorn ertönen ließ, kamen alle an den Hafen gerannt, um den Schaufelraddampfer einlaufen zu sehen. Die Menschenmenge wuchs schnell an, denn alle freuten sich auf den kleinen Zirkus auf dem Wasser.

Die beiden Auftritte im Seaside Resort waren gut gelaufen. Sie war gut angekommen, und jedes Mal, wenn sie auf die Bühne zurückgekommen war, hatten sich mehr Leute eingefunden. Die Vorstellung morgen Abend wäre ein persönlicher Rekord: Noch nie war sie öfter als dreimal hintereinander an einem Ort aufgetreten. Gelegenheit herauszufinden, ob ihre Popularität nur dem Neuigkeitswert geschuldet war, ob es ihr weiterhin gelingen würde, die Zuschauer in ihren Bann zu ziehen.

Edna und sie hatten sich auf zwei Wochen geeinigt. Sie wussten beide nicht, ob das funktionieren würde, aber einen Versuch war es wert. Schließlich hatten sie beide etwas, was die andere brauchte. Anfang Juli würde die *Maisy Adams* dann wieder in See stechen.

Unruhig setzte sie sich auf und lauschte dem Heulen des Windes. Das vertraute Schaukeln des Bootes hätte sie vielleicht in den Schlaf gewiegt. Sie schwang die Beine über die Bettkante, streichelte die tief schlafende Whiskey und setzte Teewasser auf.

Dann öffnete sie den Kühlschrank und entdeckte das halb gegessene Sandwich. Sie wusste jetzt schon, dass sie Ruth vermissen würde. Das Kind – Ednas Kind – war voller quirliger Energie. Sie arbeitete jetzt schon hart, und sie hatte ein gutes Herz. Carlotta freute sich schon auf ihren nächsten Besuch.

Mehrmals hatte sie Ruth dabei überrascht, wie sie sie musterte. Vielleicht sah das Mädchen zum ersten Mal jemanden aus dem Showgeschäft von Nahem. Vielleicht sah sie etwas anderes. Ruth war klug, und ihre Zeichnungen bewiesen, dass sie scharfsichtig war.

Carlotta ging auf die Schlafveranda und ließ den Blick schweifen. War das ein Wrack dort auf dem Strand? Sie wusste, dass an diesem Küstenabschnitt überall Schiffe gekentert waren. Trotzdem war es kein gutes Omen.

»Warum mache ich mir wegen ein paar verwitterter Bretter Sorgen? Warum ist es mir nicht egal, dass Ruth mich forschend mustert?«, murmelte sie halblaut vor sich hin.

Der Kapitän der *Maisy Adams* blieb nie länger als drei Tage in einem Hafen. Das führte nur zu komplizierten Geschichten und gebrochenen Herzen, und das war schlecht fürs Geschäft.

Der Teekessel pfiff. Sie wandte den Blick vom Wrack und hoffte, dass es die richtige Entscheidung gewesen war, hierherzukommen.

* * *

RUTH

Ruth war mit Stürmen aufgewachsen. Sie kannte deren Zerstörungswut gut genug, um sie zu respektieren, und hörte auf ihre Eltern, wenn sie ihr sagten, sie solle sich im Badezimmer verkriechen. Der nächtliche Sturm war zwar heftig, aber nicht von der richtig schlimmen Kategorie gewesen. Talley hatte sich jedes Mal unter ihrer Decke verkrochen, wenn ein Blitz über den Himmel zuckte. Aber sie hatte weder geweint, noch hatte sie Ruth gebeten, wach zu bleiben, um sie zu beruhigen.

Der Geruch von Speck und Milchbrötchen brachte Ruth dazu, aus dem Bett zu springen. »Steh auf, du Schlafmütze! Daddy macht Milchbrötchen.«

»Schon so spät?« Talley stöhnte.

»Tut mir leid.« Ruth machte ihr Bett, zog sich an und wusch sich. Mit frisch geputzten Zähnen und gebürsteten Haaren hüpfte sie hinunter in die Küche.

Daddy spießte gerade knusprig gebratenen Speck aus einer gusseisernen Pfanne auf eine Gabel. »Morgen, meine kleine Erdnuss.«

Ruth stibitzte ein Stück Speck. Es war so heiß, dass sie es schnell von einer Hand in die andere warf, während sie ihrem Vater einen Kuss auf die Wange drückte. »Morgen, Daddy. Was für ein Sturm!«

»Ach, halb so schlimm.« Die Launen der Natur brachten ihn selten aus der Ruhe.

»Hat er großen Schaden angerichtet?«

»Er hat ein ordentliches Stück Strand weggespült, aber im Hotel ist alles in Ordnung. Deine Mama ist schon rübergegangen, nur für den Fall. Es gibt bestimmt Gäste, die sich ordentlich erschreckt haben.«

Schritte ertönten auf der Treppe, dann stand Talley in der Küche. Sie wirkte erschöpft. Die Haare fielen ihr offen und kraftlos auf die Schultern.

»Dein erster Sturm«, sagte Ruth. »Ich erinnere mich noch an meinen.«

Talley fuhr sich durch die Haare. Sie stützte sich auf der Arbeitsfläche ab, als stünde sie auf einem schwankenden Schiff. »Ich dachte, das Dach fliegt weg.«

»Wenn es so schlimm gewesen wäre, hätten uns Daddy und Mommy ins Bad gebracht.«

»Wozu soll das gut sein?«, fragte Talley.

Ruth reichte ihr eine Scheibe Speck, als ob das alles wieder gutmachen würde. So schien es auch fast, Talleys Gesichtsausdruck nach zu urteilen. »Das ist der sicherste Raum im Haus, stimmt's, Daddy?«

»Stimmt.« Er öffnete die Ofenklappe und nahm eine Platte mit süßen Milchbrötchen heraus. Wenn Daddy einen Hefeteig gemacht hatte, der Stunden brauchte, musste er in der Nacht aufgestanden sein. So gut konnte er auch nicht geschlafen haben.

»Was ist, wenn der Sturm stärker ist als das Badezimmer?«, fragte Talley.

»Dann muss man rüber aufs Festland«, antwortete Daddy.

»Aber das wäre während des Sturms nicht gegangen.« Talley nahm sich noch eine Scheibe Speck.

»Da hast du recht.« Daddy träufelte Honig über die heißen Milchbrötchen.

»Was hätten wir dann getan?«, fragte Talley.

Ruth nahm eine halb volle Milchflasche aus dem Kühlschrank und füllte zwei Gläser. Eines stellte sie vor Talley hin.

»Es hat keinen Sinn, sich darüber Gedanken zu machen«, sagte Daddy. »Es ist ja alles gut gegangen. Setzt euch jetzt richtig an den Tisch und lasst uns frühstücken. Die Tage nach einem Sturm sind die besten, um Muscheln zu sammeln. Und dieses Jahr gibt es eine Überraschung am Strand.«

»Was für eine Überraschung?«, fragte Ruth.

»Du musst noch ein bisschen Geduld haben.«

Talley schaute Daddy an und schien auf mehr zu warten. Doch so wie der Wind in der Nacht war auch er in Gedanken schon ganz woanders. »Wir bekommen heute neue Gäste: Die Väter stoßen dazu.«

Die Ankunft der Männer bedeutete, dass an der Bar mehr Bourbon verkauft wurde, in der Nacht Poker am Pool gespielt wurde und die Kinder im Speisesaal nicht mehr so tobten. Die Mütterrunden lösten sich auf. Die Frauen saßen tagsüber an den Tischen ihrer Familien.

»Gibt es andere Aufgaben?«, fragte Talley.

»Sie brauchen mehr Handtücher, und ihr müsst mehr Becher und Flaschen am Pool aufsammeln. Aber heute kommt Henry und übernimmt die Bar und wirft den Grill an. Mittags gibt es Burger und Würstchen und abends ein großes Barbecue.«

Talley zuckte mit den Schultern und aß den Rest Speck. »Klingt nach meinen Brüdern.«

»Wahrscheinlich kein großer Unterschied«, sagte Daddy. »Esst in Ruhe auf. Ich gehe rüber zum Hauptgebäude und sehe nach, was los ist und ob ich Edna helfen kann.«

Als er weg war, schob Ruth eine Gabel unter ein Milchbrötchen und ließ es auf Talleys Teller fallen. »Die Brötchen sind das Beste an Stürmen. Daddy schläft dann nie gut.«

»Hat er sich Sorgen gemacht?«

Ruth zupfte ein Stück vom weichen Brötchen ab. »So wie immer.«

»Und wenn es noch mal einen Sturm gibt?«

Der würde nicht lange auf sich warten lassen. Aber Daddy war für sie immer der Fels in der Brandung gewesen, der ihr viel Angst nahm. »Probier mal. Nach einem Bissen wünschst du dir den nächsten Sturm.«

Talley biss in das weiche Brötchen. »Hmm«, machte sie überrascht. Ihre Augen leuchteten.

»Bessere gibt's nicht. Daddy hat mir erzählt, dass der Koch auf einem der Schiffe, auf denen er angeheuert hat, solche Brötchen gebacken hat, um die Matrosen nach ihrem ersten Sturm bei Laune zu halten.«

»Na, ich habe meinen ersten auch überstanden«, sagte Talley.

»Genau.« Sie aß das köstliche Brötchen auf und kippte die Milch hinterher. »Beeil dich. Ich will sehen, was das für eine Überraschung ist.«

»Seltene Muscheln?«

»Vielleicht. Oder eine tote Schildkröte oder eine Monsterqualle.«

»Was ist eine Qualle?«, fragte Talley.

Ruth grinste. »Wirst du schon noch sehen.«

Zehn Minuten später kletterten die beiden die mit Strandhafer bewachsenen Dünen hinauf. Von oben hatten sie freien Blick auf das glatte Meer und den mit Algen, Muscheln und Unmengen von Treibholz übersäten Strand.

»Was ist das?«, fragte Talley mit ausgestrecktem Arm.

Es sah aus wie der Rumpf eines alten Schiffs. Es lag parallel zum Meer; der Bug zeigte nach Norden, das Heck steckte im Sand. Die dicken Planken waren tiefschwarz.

»Ein Schiffswrack!«, rief Ruth. »Ich habe schon so viel darüber gehört, aber ich habe noch nie eins gesehen.«

So vorhersehbar die Tage hier auch sein mochten, ihr Vater hatte sie oft gewarnt, dass das Meer einen überraschte, wenn man es am wenigsten erwartete.

»Und die Leute, die auf dem Schiff gewesen sind?«, fragte Talley.

»Die meisten werden das nicht überlebt haben.«

»Das Schiff hat es ans Ufer geschafft. Dann müssten die Passagiere es doch auch geschafft haben.«

Ruth rutschte die Düne hinunter und staunte, wie groß das Wrack war.

»Nicht unbedingt. Viele sind ertrunken, bevor sie das Festland erreicht haben. Es gibt so viele Wracks da draußen. Daddy sagt, dass Seeleute diese Gewässer am liebsten umfahren, weil die Sandbänke sich ständig verschieben. Das Wasser ist sehr flach. Gerade wenn man denkt, dass man die Küste hinter sich hat … KNIRSCH!«

Talley fuhr zusammen.

Ruth grinste. »Wenn sich die Sandbänke bewegen, bleiben die Schiffe stecken. Und wenn das im Sturm passiert, zerschlagen die hohen Wellen ein Schiff im Nullkommanichts.« Talley hörte so aufmerksam zu, dass sie nicht widerstehen konnte, die Geschichte noch ein wenig aufzupeppen. »Man nennt diesen Küstenabschnitt den Friedhof des Atlantiks, weil es hier so viele Schiffswracks und vermisste Seemänner gibt.«

Talley starrte mit großen Augen auf den Atlantik hinaus. »Werden hier auch Tote ans Ufer gespült?«

»Ja, sicher«, sagte Ruth.

»Was passiert mit denen dann?«

»Die Leute begraben sie. Aber erst, nachdem sie sie durchsucht haben. Das Wrack natürlich auch. Das Holz wird zum Bauen verwendet, und die Waren werden meistbietend versteigert.«

»O Gott.« Talley ging näher an das Wrack.

Ruth zog die Schuhe aus, kletterte auf die oberste Planke und balancierte zum Vorderdeck. Sie prüfte, ob das feuchte Deck sie tragen würde, und wagte es. Am Bug angekommen schirmte sie die Augen vor der Sonne ab und blickte hinaus auf den Ozean, wie ein längst verstorbener Seemann.

»Nimm dich vor den Splittern in Acht«, warnte Talley sie.

»Du hörst dich an wie Mama.«

»Ich habe mir oft genug welche bei der Ernte in den Fuß getreten. Das war überhaupt nicht lustig.«

Ruth tänzelte über das Holz, das über Jahrzehnte, wenn nicht Jahrhunderte vom Wasser geglättet worden war. Sie achtete jetzt noch etwas mehr darauf, wo sie hintrat.

Talley umrundete das Wrack neugierig, fasst es aber nicht an. »Was für ein Schiff war das wohl?«

»Keine Ahnung. Aber Daddy oder Henry wissen es bestimmt. Die beiden kennen alle Schiffe, die jemals gebaut wurden.«

»Wer ist Henry?«

»Er war auch bei der Marine wie Daddy, nur dass sie in verschiedenen Kriegen gekämpft haben. Sie sind Cousins, aber Henrys Eltern sind früh gestorben, und deswegen ist er von Daddys anderer Schwester aufgenommen worden. In den Wintermonaten arbeitet er in einer Seenot-Rettungsstation und im Sommer im Hotel. Und wenn er Zeit hat, geht er angeln.«

»Müßiggang ist aller Laster Anfang«, sagte Talley.

»Genau das sagt Mama auch immer. Wahrscheinlich bleibt sie deswegen auch immer in Bewegung.« Ruth sah Talley an. »Sag mal, war deine Mama als Kind oft mit meiner Mama zusammen?«

»Ich glaube schon. Aber ich weiß es nicht genau, weil Tante Edna schon lange vor meiner Geburt weggegangen ist. Irgendwie ist es mir nie eingefallen, Mama nach ihr zu fragen.«

»In Mamas Familie gibt es so viele Geschwister. Ist das bei allen Familien in eurer Gegend so?«

»Die meisten Leute haben fünf oder sechs Kinder. Du hast Glück, du hast das ganze Zimmer für dich.«

»Wenn ein Sturm kommt, ist das gar nicht so ein großes Glück.« Es war schön gewesen zu hören, wie Talley atmete und sich in ihrem Bett hin und her warf. Ruth war wenigstens nicht allein gewesen.

Talley zuckte mit den Schultern. »Wahrscheinlich muss man das Alleinsein auch üben.«

Ruth sprang auf den Sand und lief um das Boot herum. Die Flut kam, spritzte an die Planken und umspülte ihre Beine.

Talley senkte den Blick und sah die Muscheln am Brandungssaum. »Oh, sind das viele!«

»Zu dieser Jahreszeit sind es vor allem Miesmuscheln und Austern. Die Meeresschnecken kommen erst im Januar.« Als Talley sie fragend ansah, fügte Ruth hinzu: »Wie die spiralförmige auf meiner Kommode.«

»Glaubst du, ich finde auch so eine?«

»Wer weiß?«

»Ich würde Mama so gern eine mitbringen. Sie sieht nicht mehr gut. Wenn sie etwas anfassen kann, weiß sie meistens viel darüber.«

»Dann gebe ich dir eine meiner Schnecken. Wenn sie sie ans Ohr hält und die Augen schließt, kann sie das Meer hören.«

»Ist das dein Ernst?«

»Ja, absolut.« Ruth schaute auf die Uhr. »Wir müssen rübergehen, es ist fast acht. Zeit, das Frühstück zu servieren.«

Talley hob eine Muschel auf. »Können wir später wiederkommen?«

»Klar.« Dann wäre alles schon wieder ganz anders. Die Flut wäre da, die Wellen würden sich näher am Wrack brechen. Nach und nach würde das Meer die Muscheln wieder mitnehmen. Und das Wrack würde irgendwann später wieder im Sand versinken.

Sie überquerten die Dünen, legten Talleys Muscheln unter das Haus und spülten sich die Füße ab. Um fünf vor acht kamen sie am Hauptgebäude des Seaside Resorts an.

Als sie den Speisesaal betraten, saßen schon einige Gäste an den Tischen. Aber die meisten kamen in Bademänteln, nahmen sich Kaffee und verschwanden wieder auf ihren Zimmern.

Am Pool saß ein Mann. Er trug eine helle Hose, ein kurzärmeliges Hemd und Deckschuhe. Sein tintenschwarzes Haar war nach hinten gebürstet. Im marmornen Aschenbecher vor ihm glomm eine brennende Zigarette, während er im *Norfolk Journal and Guide* blätterte.

Ruth ging zu ihrer Mutter, die gerade einen Stapel weißer Steingutteller abstellte. »Er ist früh dran.«

»Gerade angekommen«, sagte Mama knapp. »Sieh nach, ob Mr Manchester noch Kaffee möchte. Talley, du kommst mit in die Küche.«

»Ja, Mama.«

»Ja, Tante Edna.«

Ruth ging mit der Kaffeekanne zum Pool. »Noch Kaffee?«

Mr Manchester sah auf und musterte sie lange. »Ja, danke.«

Sie schenkte nach und nahm dabei den starken Geruch seines Rasierwassers der Marke Old Spice wahr. Mr Manchester begutachtete sie so unverhohlen, dass sie nervös wurde. Aber sie hielt die Kaffeekanne ruhig und verschüttete keinen einzigen Tropfen. »Das Frühstück ist fertig.«

»Danke, Ruth.«

Auch wie er ihren Namen aussprach, war ihr unangenehm. Nicht, dass er wusste, wie sie hieß, machte sie stutzig, die meisten Stammgäste wussten das. Aber Mr Manchester gab ihrem Namen irgendwie zu viel Bedeutung. Sie spürte, wie er ihr mit dem Blick folgte. Sie betrat das Hauptgebäude. Dort stand Mama und beobachtete sie.

»Alles in Ordnung?«

»Ja, alles in Ordnung.«

»Hat Mr Manchester irgendetwas gesagt?«

»Nur ›Danke, Ruth‹.«

»Und sonst nichts? Du siehst nervös aus.«

»Die Art, wie er meinen Namen gesagt hat, war irgendwie komisch.«

»Wie meinst du das?«

»Als ob er witzig wäre.«

Mama legte Ruth die Hand auf die Schulter. »Mach dir nichts draus.«

»Bist du sicher, dass alles in Ordnung ist, Mom?«

»Worauf du wetten kannst.«

Was auch immer Mama sich denken mochte, sie versteckte es hinter ihrem Willkommenslächeln. »Und jetzt lass uns Frühstück servieren.«

Kapitel 18
RUTH

Montag, 19. Juni 1950, 15.00 Uhr

»Heute Abend Gespenstergeschichten am Wrack?«, fragte Ruth, als sie mit Talley die Gläser am Pool abräumte.

Talley machte große Augen. »Bloß nicht!« Sie leerte den Aschenbecher aus.

»Warum denn nicht?«, fragte Ruth. »Mir würde das Spaß machen. Ich kann Daddy bitten, am Wrack ein Lagerfeuer zu machen, und wir grillen Marshmallows.«

»Wenn man über Geister redet, könnte wirklich einer auftauchen.«

»Das können wir nur hoffen!«

»Das solltest du dir nicht wünschen, Ruth Wheeler. Wenn du Unruhe unter den Toten stiftest, musst du dir ein Leben lang Sorgen machen.«

»Woher weißt du das?«

Talley schob das Kinn vor. »Ich weiß es eben.«

Ruth wischte den runden Tisch ab. Je länger sie über das Lagerfeuer und vielleicht eine kleine Geisterbeschwörung nachdachte, desto besser gefiel ihr die Idee. »Wir fragen Mama. Wenn sie uns davon abrät, dann lassen wir es.«

»Tante Edna wird nichts davon halten. Bei uns zu Hause ist niemand so verrückt, die Geister in Versuchung zu führen.«

»Aber sie ist nicht mehr von dort. Sie ist von hier. Und uns sind die Geister ziemlich schnuppe.«

»Man nimmt etwas aus seiner Heimat mit, wohin man auch geht.«

Ruth schleppte die Wanne mit den schmutzigen Gläsern in die Küche, während Talley den Mülleimer hinter einen hohen Zaun trug. Dieser Teil des Grundstücks war nicht in hübschen Farben gestrichen. Hier war alles aus grauem Beton und rostendem Metall.

Ruth stieß die Fliegengittertür mit dem Fuß auf und betrat die Küche, wo sie die Wanne auf den niedrigen Arbeitstresen stellte. Als sie den Blick hob, sah sie, dass Carlotta und Mama sich schweigend mit angespannten Mienen musterten.

Mama hatte ein altes graues Arbeitskleid an und darüber eine vom Kochen befleckte und vom Geschirrspülen feuchte Schürze. Carlotta trug eine blaue Caprihose mit weißen Tupfen, ein rückenfreies weißes Top, einen breitkrempigen Hut und Sandalen mit Keilabsatz. Ihre Nägel waren leuchtend rot lackiert.

Sie schienen sich ertappt zu fühlen, als Ruth sie über den Holztisch hinweg anstarrte.

»Oh, Ruth«, sagte Mama und räusperte sich. »Ist das das ganze Geschirr?«

»Ja. Talley bringt gerade den Müll weg.« Ruth lächelte Carlotta an. »Hallo, wie geht's?«

»Ich bringe nur meine Teller zurück. Nochmals vielen Dank, Ruth«, sagte Carlotta.

»Da nicht für.«

Mama hatte nichts dagegen gehabt, dass Ruth Carlotta einen Teller zum Lunch brachte. Sie hatte sogar noch etwas von dem besten Käse spendiert.

»Du kannst dir ein paar Stunden freinehmen, Ruth. Und den Tag genießen.«

»Und das Abendessen? Soll ich nicht beim Vorbereiten helfen?«

»Das machen Daddy und ich.«

Mama hatte heute Morgen klar gesagt, dass sie Hilfe beim Kochen brauchte. Ruth fragte sich, warum ihre Mutter ihre Meinung geändert hatte. Was doch so gut wie nie vorkam.

Die Gelegenheit schien so günstig, dass Ruth sich dachte: Wer nichts wagt, der nichts gewinnt. »Können wir heute ein Lagerfeuer am Wrack machen? Und Marshmallows rösten? Und wenn Henry heute Abend kommt, kann er Geistergeschichten erzählen?«

Mama sah sie erstaunt an. Ruth merkte, dass sie hin- und hergerissen war. Einerseits wollte sie den Vorschlag verwerfen, andererseits überschlug sie schon, was sie dafür alles brauchen würden.

Carlotta verfolgte den Austausch aufmerksam.

»Die Leute können ihre Decken mitbringen«, sagte Ruth. Der Funke in den Augen ihrer Mutter spornte Ruth an. »Und es sieht nach wunderschönem Wetter aus.«

»Klingt nach Spaß«, schaltete Carlotta sich ein. »Heute wird der Mond kaum zu sehen sein. Und ich habe gehört«, sagte sie mit gesenkter Stimme, »dass der Schleier zwischen Lebenden und Toten in solchen Nächten dünn ist.«

Ruth grinste. »Und das Ganze am Wrack. Henry kennt so viele Geschichten darüber.« Sie sah ihre Mutter bittend an. »Was denkst du? Kein anderes Hotel in Nags Head hat so etwas zu bieten.«

»Ich habe nichts gegen das Lagerfeuer, wenn ihr helft, das Holz zu sammeln«, sagte ihre Mutter.

»Ich bitte Talley um Hilfe. Sie war ganz Ohr, als ich ihr von den Geistergeschichten erzählt habe.«

Carlotta gluckste. »Ausgerechnet. In ihrer Familie will man nichts mit Geistern zu tun haben.«

»Sie schafft das schon«, sagte Ruth. »Sie hat hier vor allem Angst, aber sie gewöhnt sich langsam ein.«

»Ich kann die Show ans Wrack verlegen«, schlug Carlotta vor. »Ich habe Songs für jeden Anlass. Sogar für die Beschwörung von Geistern.«

»Das ganze Gerede von Geistern kann unsere Gäste aber auch verschrecken«, konterte Mama. »Sie könnten sich beschweren.«

»Dann können sie ja wieder in ihre Zimmer gehen«, sagte Ruth. »Daddy bringt sie hin.«

Talley kam durch die Hintertür herein und drehte den Wasserhahn am Waschbecken auf. Sie wusch sich die Hände, ohne aufzusehen, als hätte sie Angst zu stören.

»Hilfst du mir, Holz für das Lagerfeuer zu sammeln, Talley?«, fragte Ruth.

Talley drehte den Wasserhahn zu. Ihr spukten bestimmt schon Geister im Kopf herum. »Sicher.«

»Miss Carlotta singt, und Mama sagt, dass Henry Geistergeschichten erzählen kann.«

»Ich habe nicht gesagt, dass Henry Geschichten erzählen kann«, widersprach Mama.

»Du hast nicht gesagt, dass er es nicht kann«, konterte Ruth.

Carlotta kicherte. »Ruth, du bist schlauer, als gut für dich ist.«

Ruth sah den Humor in Carlottas Augen blitzen. »Sie klingen ja wie Mama.«

»Ich nehme das als Kompliment.«

Mama räusperte sich. »Ich frage Henry. Und wenn ihr beiden genug Holz zusammenbekommt, kündige ich das beim Abendessen an.«

Ruth strahlte. »Morgen wird das das Gesprächsthema Nummer eins am Strand sein. Wart's nur ab, Mama.«

»Das wäre wirklich schön«, sagte Mama. »Wir sollten uns immer anstrengen, das Seaside von der Konkurrenz abzuheben.«

Ruth klatschte in die Hände. »Talley, wir haben viel zu tun.«

Talley schüttelte den Kopf. »Ich sammele das Holz, aber ich bleibe nicht, wenn ein Geist auftaucht.«

»Doch, natürlich«, sagte Ruth. »Du willst sie doch nicht wütend machen, indem du einfach wegläufst.«

Ruth hielt Talley die Küchentür auf und sah sich nach ihrer Mutter und Carlotta um. Was auch immer für Spannungen zwischen ihnen geschwelt hatten, sie waren einstweilen verschwunden.

* * *

Nachdem Ruth und Talley genug Holz für mindestens drei Feuer gesammelt hatten, bekamen sie einen Riesenhunger. Daddy stellte ihnen das Abendessen in der Küche hin, danach wuschen sie das Geschirr ab. Um kurz nach sieben Uhr scheuchte er die beiden hinaus und folgte ihnen mit zwei Schaufeln und einer Axt zum Wrack.

Dort begutachtete er den Holzstapel. »Wir müssen uns wirklich keine Sorgen machen, dass uns das Holz ausgeht. Gut gemacht, Mädels.«

»Wir haben alles rangeschleppt, was wir finden konnten.« Talley wirkte immer ein wenig erstaunt, wenn Mama oder Dad etwas Nettes zu ihr sagten.

»Dürfen Talley und ich das Feuer anzünden?«, fragte Ruth.

»Zuerst müssen wir eine Grube ausheben. Mit Feuer ist nicht zu spaßen.«

»Wir sind auch ganz vorsichtig«, sagte Ruth. »Du könntest direkt neben uns stehen.«

Vom Hotel kam ein Mann auf sie zu. Nach kurzem Zögern erkannte Ruth ihn. Henry war frisch rasiert, trug eine saubere kakifarbene Hose und ein weißes T-Shirt, das die Marine-Tattoos auf seinen Armen zur Geltung brachte.

Er war ein großer Mann, schlank und muskulös, dem die schwarze Augenklappe und das markante, wettergegerbte Gesicht das Verwegene eines Piraten verlieh.

Als Ruth einmal mit Henry in der Küche des Seaside Resorts abwusch, fragte sie ihn nach seinem Auge. Er war gerade dabei, eine fettige Pfanne in das mit heißem Seifenwasser gefüllte Spülbecken zu tauchen. »Das war vor der italienischen Küste. Eine Rakete hat das Schiff getroffen, und mir schlug ein Schrapnell ins Gesicht.«

»Hat es wehgetan?«

»Nicht gleich. Ich war viel zu sehr damit beschäftigt, das Feuer auf dem Deck zu löschen. Und dann schoss mir plötzlich der Gedanke durch den Kopf, dass ich, wenn ich dreißig Zentimeter weiter vorn gestanden hätte, ebenso gestorben wäre wie der Mann vor mir.«

»Er ist in die Luft gesprengt worden?«

»Ja.« Henry schrubbte das eingebrannte Fett mit Stahlwolle vom Pfannenboden.

»Was geschah dann?«, fragte Ruth.

Die Muskeln in Henrys Kiefer pulsierten, als er die Pfanne abspülte. Sein Blick ruhte auf Ruth, als versuche er abzuschätzen, wie er darauf antworten solle. »Ich habe das Feuer gelöscht. Das war alles, was ich tun konnte.«

Sie nahm die tropfende Pfanne und stellte sie auf den Ständer zum Trocknen. »Hattest du keine Angst?«

»Angst ist Zeitverschwendung.« Und dann grinste er, zwinkerte mit seinem verbliebenen Auge und schon war die nächste Pfanne an der Reihe.

Später erfuhr sie von ihrer Mutter, dass sich Henry oft bis spät in die Nacht mit Daddy unterhielt. Sie saßen auf der Veranda, rauchten Zigarren, tranken Whiskey und schauten aufs Meer hinaus.

»Dein Daddy erdet Henry«, sagte Mama.

»Und wer erdet Daddy?«, fragte Ruth.

»Du und ich«, sagte sie schlicht.

Wenn ein Sturm über die Gegend hereinbrach, gab es keinen furchtloseren Mann als Henry. Im letzten Winter setzte ein Schiff über Funk einen Notruf ab, als Henry in der Nähe war. Er zögerte keine Sekunde, sondern kämpfte sich mit seinem Boot durch die tobende Brandung aufs offene Meer hinaus. Man erzählte sich, dass er das in Seenot geratene Boot zwischen den meterhohen Wellen fand und die sechs Besatzungsmitglieder heil an Land brachte.

Aber es gab Zeiten, in denen Henry nicht zum Dienst erschien. Mama ärgerte sich jedes Mal darüber, aber Daddy nahm seinen jüngeren Cousin immer in Schutz. »Nach dem, was er durchgemacht hat, hat er ein Recht darauf«, sagte Daddy.

»Du warst im Ersten Weltkrieg«, sagte Mama. »Du lässt mich trotzdem nie im Regen stehen.«

»Der Krieg hat unterschiedliche Nachwirkungen«, sagte er still.

Jetzt kam Henry breit grinsend auf sie zu.

»Henry, du hast es geschafft!«, rief Ruth.

Er nahm Ruth in die Arme. »Ich wäre gestern schon da gewesen, aber der Sturm ist mir dazwischengekommen.«

»Hast du wieder wen gerettet?«, fragte Ruth.

»Ja. Hab ein paar Männer an Land gezogen.«

Daddy reichte Henry die Hand. »Ich freue mich, dass du wieder bei uns bist.«

»Das ist meine Cousine Talley. Sie ist den Sommer über hier«, sagte Ruth. Henry streckte seine raue Hand aus. Talley nahm sie vorsichtig.

Er drückte ihr sanft die Hand. »Freut mich, dich kennenzulernen. Und? Macht Ruth dich fertig?«

Talley errötete. »Nein, Sir. Sie ist sehr lustig.«

»Hier gibt es keine ›Sirs‹, Talley«, sagte Henry. »Nur hart arbeitende Leute. Nenn mich Henry. So wie alle anderen.«

Talley runzelte die Stirn. Dort, wo sie herkam, schien so eine Zwanglosigkeit nicht üblich zu sein. »Okay.«

»Ruth, deine Mama hat gesagt, du willst Geistergeschichten hören«, sagte Henry.

»Ja!«, rief Ruth begeistert. »Kannst du uns eine erzählen?«

Ein warmes Lachen stieg aus seiner Brust. »Ein oder zwei Geschichten warten nur darauf, erzählt zu werden.«

»Wenn ich das Lagerfeuer nicht bald aufschichte, setzt Ruth noch den Holzstapel in Brand«, bemerkte Daddy.

Henry betrachtete den riesigen Haufen Holz. »Das Feuer wird man noch in England erkennen.«

»Ich will ein richtig großes!«, sagte Ruth.

»Oh, das wird groß genug.« Henry richtete den Blick auf das tintenschwarze Holz des Wracks, das in der Gischt glitzerte. »Ich hätte nie gedacht, dass ich dieses Wrack noch einmal sehen würde. Wie lange ist es her?«

»Dreißig Jahre«, sagte Daddy. »Sommer 1920. Ich war gerade raus aus der Marine.«

»Dann war ich zehn«, sagte Henry. »In den Wochen, in denen das Wrack auf dem Sand lag, bin ich ständig darauf herumgeklettert. Diesmal liegt mehr frei. Der Sturm muss direkt auf die Sandbank getroffen sein.«

»Verdammt nah an uns dran«, murmelte Daddy.

»Es klang, als ob der Sturm das Haus von den Pfählen reißen wollte«, sagte Ruth. »Aber Talley und ich hatten keine Angst.«

»Schön zu hören«, sagte Henry. »Talley, du kannst stolz sein. Du hast deinen ersten Atlantiksturm überstanden.«

»Gibt's die oft?«, fragte Talley.

Henry war niemand, der jemanden wie Talley ängstigen würde. »Ich hoffe, dass das Schlimmste für den Sommer vorbei ist.«

»Das wäre prima«, sagte sie.

Ruth hielt sich zurück. Die schwersten Stürme traten im August und September auf. »Was weißt du über das Schiff?«

Henry warf einen Blick auf Daddy. Seine Lippen verzogen sich zu einem verschmitzten Grinsen. »Hast du ihr davon erzählt?«

Daddy schüttelte den Kopf. »Nicht ein Wort. Ich dachte, das überlasse ich dir.«

»Mir was erzählt?«, fragte Ruth.

»Warte es ab«, sagte Henry.

»Kennen Sie Geschichten über dieses Wrack?« Talley machte große Augen.

»Ja, eine oder zwei vielleicht.«

»Woher wissen Sie, welches Wrack dies ist?«, fragte sie.

»Ich weiß es eben.«

»Sind deine Geschichten gruselig?«, drängte Ruth.

»Kommt darauf an, was du für gruselig hältst«, sagte Henry.

Talley wippte von einem Fuß auf den anderen. »Kommen in der Geschichte Geister vor?«

Henry schien Freude an seinem Publikum zu haben. »Möchtest du das denn?«

»Nein!«, rief Talley.

»Ja!«, rief Ruth.

»Schauen wir mal, wie der Abend läuft«, sagte Henry. Er erzählte gern Geschichten. Nicht über den Krieg, sondern über die Outer Banks. Letztes Jahr hatte er die Gäste am Pool an mehreren Abenden mit seinem Seemannsgarn von verlorenen Schätzen und Piraten unterhalten. Ein paar kleinere Jungs hatten den Rest der Woche am Strand Löcher gegraben, um nach verlorenem Gold zu suchen. Es war amüsant, bis eine Mutter ein tiefes Loch übersah und sich den Knöchel verstauchte.

»Na gut«, sagte Ruth. »Kennst du Carlotta schon?«

»Ich glaube, ich hatte noch nicht das Vergnügen.« Henry blickte zu Dad, der den Holzstapel betrachtete.

»Sie ist Sängerin«, sagte Ruth. »Und sie singt heute Abend hier am Lagerfeuer.«

»Klingt nach einer richtig guten Party«, sagte Henry.

Daddy sah vom Wrack zu den Dünen, prüfte die Windrichtung und bestimmte eine Stelle für das Feuer. Er reichte Henry eine Schaufel und machte sich selbst daran, eine tiefe Grube zu graben. »Wenn du nichts essen willst, kannst du graben.«

Zu zweit hatten sie das im Handumdrehen erledigt. Henry begann fachkundig, das Holz für das Feuer zu schichten.

»Ganz unten kommt Reisig hin«, sagte er. »Ihr Mädchen legt die dünnsten und trockensten Zweige in die Mitte des Lochs.«

Henry trug den längsten Baumstamm, den Ruth und Talley mit vereinten Kräften hergeschleppt hatten, einhändig an die Grube und hackte ihn mit der Axt in Scheite. Eine halbe Stunde später hatten sie das Holz sortiert und für das Feuer geschichtet.

Die Mädchen kehrten ins Hotel zurück und holten die Decken für die Gäste, die ihre vergaßen. (Irgendjemand vergaß immer irgendetwas.)

Einige Gäste, darunter auch die Familie Manchester, erschienen schon oben auf der Düne. Pete jr. rannte voraus.

Er warf Ruth einen kurzen Blick zu, bevor er den Kopf einzog. Bonnie und ihre Freundinnen Jessie und Dora kamen viel langsamer heran, als hätten sie Angst, ebenso kindlich zu wirken wie Pete. Sie trödelten, blieben tuschelnd stehen und schauten dabei immer wieder zu Ruth.

Mr und Mrs Manchester nahmen eine Decke, breiteten sie neben den Osborns aus und setzten sich. Alle vier hatten einen Drink in der Hand. Mrs Manchesters Gesicht war gerötet. Das lag entweder am Alkohol oder an einem Streit mit ihrem Mann oder an beidem.

Bonnie, Dora und Jessie kicherten, musterten Ruth und flüsterten wieder.

Es machte Ruth wütend, wenn sie so taten, als wüssten sie alles besser. In dieser Woche hatten sie das oft getan, und es fiel ihr immer schwerer, ihre verletzten Gefühle zu verdrängen.

Talley flüsterte Ruth ins Ohr. »Wir tuscheln jetzt auch über die.«

Ruth sah Talley an und war überrascht, wie entschlossen sie wirkte. »Worüber denn?«

»Sagen wir, Bonnie hat große Füße. Jessies Gesicht ist zu breit. Und Dora ist ein bisschen zu groß.«

Ruth sah wieder zu den Mädchen. Ihr Blick wanderte von Jessies Gesicht über Bonnies Füße zu Doras Beinen. Sie kicherte.

»Trampel, Mondgesicht und Bohnenstange«, spottete Talley.

»Das ist gemein«, sagte Ruth.

»Wo ich herkomme, hält die Familie zusammen, egal was passiert.«

Ruth lachte. Talley hatte Stehvermögen. »Ich glaube, du bist vielleicht die Zäheste von uns allen.«

»Nein, nein, das bist du, Ruth. So viel steht fest.«

Henry sah an Ruth vorbei, und für einen Moment fiel ihm tatsächlich die Kinnlade runter. Ruth drehte sich um. Carlotta kam in ihrem eng anliegenden smaragdgrünen Kleid auf sie zu. Sie war barfuß, ihre Keilsandaletten baumelten an ihren manikürten Fingern.

Sie bewegte sich langsam und bewusst, während die Väter sie mit ihren Blicken verschlangen. Carlotta schlich sich nie auf die Bühne. Sie achtete darauf, dass es ein großer Auftritt wurde, dass alle einen Moment innehielten und sie bewunderten.

»Guten Abend, meine Damen. Sieht aus, als hättet ihr ein sehr schönes Feuer vorbereitet«, sagte sie lächelnd zu Ruth und Talley.

»Daddy zündet es gleich an«, sagte Ruth.

Henry räusperte sich.

»Carlotta, das ist Mr Henry Anderson«, sagte Ruth. »Im Sommer arbeitet er hier meistens.«

Henry streckte Carlotta die Hand entgegen. »Schön, Sie kennenzulernen, Carlotta.«

Seine Stimmlage war um eine Oktave tiefer. Er sprach ihren Namen langsam und gedehnt aus, während er sie aus seinen blauen Augen anschaute, als wäre sie die einzige Frau auf der Welt. »Sind wir uns schon einmal begegnet?«

Carlotta lächelte. Ihre Wirkung auf ihn schien sie nicht in Verlegenheit zu bringen. »Nein, das glaube ich nicht. Stimmt es, dass Sie der Mann mit den Geistergeschichten sind?«

Sein kurzes Lachen war tief und rau. »Meistens erzähle ich Piratengeschichten, aber Ruth zuliebe werden heute auch ein oder zwei Geister mit von der Partie sein.«

»Ruth, hilfst du mir, das Feuer anzuzünden?«, rief Daddy.

»Au ja!«

»Wo ist Mom?«

»Noch in der Küche, Daddy.«

Daddy schaute in Richtung der Dünen. »Dann beeilen wir uns lieber, damit wir nicht erwischt werden.«

Ruth und Talley folgten ihm. Er klappte den Deckel eines silbernen Feuerzeugs auf und zog den Daumen mit einem Ruck über den Feuerstein. Mehrere Male sprühten Funken, bis einer schließlich eine Flamme zum Leben erweckte. »Und jetzt die Zweige.«

Ruth hielt ein zusammengedrehtes Reisigbündel über die Flamme. Die trockenen Enden fingen schnell Feuer. Daddy nahm ihr das Büschel ab und schob es unter das aufgeschichtete Holz. Das Feuer biss sich sofort hungrig zur Mitte durch und leckte dann an den im spitzen Winkel aneinandergestellten Ästen.

Henry entschuldigte sich bei Carlotta, lud sich Holzscheite auf, ging vor der Grube in die Hocke und fütterte die Flammen. Bald tanzte das knisternde Feuer und verschlang einen Scheit nach dem nächsten.

Mama kam mit einem Korb voller Marshmallows und langen, angespitzten Zweigen heran. Als sie Ruth so nah am Feuer stehen sah, hob sie eine Augenbraue. Daddy zuckte mit den Schultern und zwinkerte ihr zu.

Mama schüttelte den Kopf, doch ein Lächeln umspielte ihre Lippen.

»Los, ihr beiden«, sagte Daddy. »Weg vom Feuer, oder sie häutet uns bei lebendigem Leib.«

Die Hitze des Feuers wärmte Ruth wie die Mittagssonne. »Oder du wickelst sie einfach wieder um den Finger wie sonst auch.«

Daddy grinste schief. »Ich tue mein Bestes.«

Mama hatte sich ein hübsches Kleid angezogen und Lippenstift aufgetragen; sie sah jünger und frischer aus als am Morgen. Die Kinder scharten sich um sie und baten um Stöcke und Marshmallows. Ruth eilte zu ihr, nahm ihr den Korb ab und verteilte alles. Die Mädchen steckten die Marshmallows auf die Zweige, während die Jungen erst mal Schwertkämpfe ausfochten.

Ruth sah Carlotta und Henry nebeneinander am Wrack stehen. Sie lächelten sich an und wirkten entspannt. Es brauchte nicht viel, um zu erkennen, dass sie sich mochten. Ruth hatte sich immer gefragt, wer ihre richtige Mama war, aber nie viel über ihren Daddy nachgedacht. Sie vermutete, dass er groß und gut aussehend sein musste wie Henry, weil Carlotta sich nicht mit weniger zufriedengegeben hätte.

Mama unterhielt sich kurz mit den beiden, bevor sie in die Hände klatschte und um Aufmerksamkeit bat.

Sie stellte Carlotta vor und alle applaudierten erwartungsvoll. Carlottas Popularität wuchs, und ihr heutiger Auftritt hatte Einheimische und Publikum aus anderen Hotels angelockt.

Mama hieß sie alle am Strand des Seaside Resorts willkommen. Wenn es um Aufgabenverteilung und harte Arbeit ging, war Mama in ihrem Element. Aber vor einem größeren Publikum wirkte sie etwas unsicher, sogar schüchtern.

»Aber Sie sind nicht hergekommen, um mich zu sehen«, sagte Mama, während die letzten Zuschauer ihre halblauten Gespräche beendeten. »Ich habe heute Abend zwei besondere Gäste für Sie. Begrüßen Sie Carlotta DiSalvo, frisch vom Showboat *Maisy Adams*.«

Mama stellte sich neben Ruth, während Carlotta vortrat und sich bedankte. »Ein Applaus für Edna, Jake, Ruth und Talley. Ohne sie würden wir heute Abend nicht hier am Strand sitzen und dieses schöne Feuer genießen.«

Die Gäste klatschten. Carlotta wartete ab, bis alle ganz still waren, stellte ihre Sandalen ab und begann mit dem Fuß zu wippen. Wieder schnippte sie zu einer Melodie, die nur sie hörte. Als die Aufmerksamkeit aller auf sie gerichtet war, begann sie zu singen: »*Blue moon …*«

Der Wind trug ihre Stimme über die Wellen und das Knistern des Feuers.

Henry stand am Feuer, die Hände in den Taschen, und starrte Carlotta gebannt an, als wäre sie eine leibhaftige Sirene. Er trat von einem Fuß auf den anderen und holte tief Luft.

Sie ließ das Lied auf einem hohen Ton ausklingen und schloss mehrere lebhaftere Songs an. Mittlerweile war das Publikum auf über vierzig Personen angewachsen, die zum Schluss begeistert klatschten.

Carlotta hob die Hände. In ihren Augen tanzte der Schalk, während sie darauf wartete, dass sich die Menge beruhigte. »Seid ihr bereit für eine ganz besondere Darbietung?«

»Ja«, kam es murmelnd aus der Menge.

»Ich kann euch nicht verstehen«, rief Carlotta und hielt sich die gewölbte Hand hinters Ohr. »War das ein Ja?«

Mehrere Leute lachten und riefen lauter: »Ja!«

»Wie bitte? Seid ihr bereit für eine Darbietung der Extraklasse? Ja oder nein?«

Diesmal kam ein lautstarkes »Ja!« aus der Menge.

»Das klingt doch besser. Ich stellte Ihnen einen Mann vor, den einige von Ihnen sicherlich schon kennen, Mr Henry Anderson. Ich habe gehört, dass er hier in den vergangenen Jahren einige Geschichten erzählt haben soll. Aber in diesem Jahr hat er uns eine Geschichte mitgebracht, die weitaus faszinierender als alle früheren ist, vielleicht sogar ein wenig dunkler und gruseliger.«

Gelächter wogte durch die Menge.

»Mr Anderson, würden Sie mir hier wohl Gesellschaft leisten?«, fragte Carlotta. Henry nahm die Hände aus den Taschen und ging mit langen Schritten auf sie zu. Als er neben ihr stand, überragte er sie um mehr als einen Kopf.

Sie legte ihm den Arm um die Taille, als ob sie alte Freunde wären. »Er wird Ihnen die Geschichte von diesem Wrack erzählen und von den verlorenen Seelen, die bei dem Unglück an Bord waren.«

Henry sah ein wenig überrascht zu ihr hinunter, entweder weil sie ihn berührte oder weil sie ihn herausforderte. Wer Henry Anderson kannte, wusste, dass er nie vor einer Herausforderung zurückschreckte.

Carlotta trat zur Seite, hob ihre Schuhe auf und ging zum Feuer mit seinem unwirklichen Schein.

»Dieses Schiff hieß einmal *Liberty T. Mitchell*«, begann Henry und sah hinter sich. »Sie war ein stolzer, schnittiger Klipper und stach vor achtzig Jahren in See.« Henry strich mit der Hand über das Holz, als wäre es eines der Wildpferde, die um den Currituck-Leuchtturm umherstreiften. Mit einem Mal schwang er sich mühelos hoch und balancierte auf der obersten Planke zum Bug. Dort blieb er stehen, wie es der Kapitän getan haben könnte, und ließ seinen Blick über das ruhige Wasser des Atlantiks schweifen. »Die *Liberty T. Mitchell* stach an einem ruhigen Tag in Charleston, South Carolina, in See. Sie hatte Wind in den Segeln, und selbst die graubärtigen Seemänner witterten keinen Sturm. Man erwartete eine schnelle und reibungslose Reise nach New York.«

Ruth bemerkte, wie ängstlich Talley Henrys Worten folgte. Sie stupste das ältere Mädchen mit dem Ellbogen in die Seite. »Es wird dir bestimmt auch Spaß machen«, flüsterte sie. »Du wirst schon sehen.«

Talley schüttelte den Kopf. »Das glaube ich nicht.«

Henry drehte eine Runde auf dem Deck und wandte sich dann wieder an die Zuhörer. »Aber wenn Sie den Kapitän gefragt hätten, hätte er Ihnen gesagt, dass er sich große Sorgen machte. Er spürte, dass die *Liberty* dem Untergang geweiht war. Und wenn der Himmel auch noch so klar sein mochte, er wurde die Angst nicht los, dass sein Schiff verflucht war.«

Henry grinste, aber dieses Mal war keine Spur von Humor in seiner Miene, sondern etwas Geheimnisvolles, vielleicht sogar Bösartiges. »Warum der Klipper verflucht war, fragen Sie sich?«

Sein Blick schweifte über die Menge, die in nervöses Gelächter ausbrach.

»Der einzige weibliche Passagier auf der *Liberty T. Mitchell* war Francesca Wentworth, die schönste Frau von Charleston. Ihr Vater Charles Wentworth war Richter. Außerdem bewirtschaftete er eine Plantage, die als eine der ertragreichsten in der Gegend galt. Jeder annehmbare Mann in der Stadt machte Francesca den Hof.«

Henry rieb sich die Hände, blickte in den Himmel und dann wieder herab auf die Menge. »Doch der Richter hatte ein Geheimnis. Er war ein hoch verschuldeter Glücksspieler, der unmittelbar vor dem Ruin stand, als ihm ein New Yorker Industrieller namens Jerrod Rathbone anbot, seine Schulden zu begleichen, wenn er dafür Francesca zur Frau bekäme.« Henry machte eine Pause. »Francesca wollte nicht heiraten, aber was blieb ihr anderes übrig? Das Paar feierte eine große Hochzeit. Dann zog es sich für die Flitterwochen zurück. Sechs Wochen lang wurden die beiden von niemandem gesehen, und als sie wieder auftauchten, war Francesca schmal und blass geworden. Sie sollte mit ihrem Mann auf dem nächsten Schiff abreisen, aber ihre Mutter, die glaubte, Francesca sei schwanger, bat Jerrod, sie bis zur Geburt des Babys in Charleston leben zu lassen. Er stimmte zu.«

Ruth beugte sich zu Talley. »Die Bösewichte in Henrys Geschichten sind immer reich.«

»Warum?«

Ruth zuckte mit den Schultern. »Er hat wohl keine andere Verwendung für sie.«

»Francesca ging es sofort besser, nachdem ihr Mann weg war, und sieben Monate später brachte sie ein kleines Mädchen zur Welt. Francesca wünschte sich nichts mehr, als bei ihren Eltern zu bleiben. Doch Jerrod verlangte, dass seine Frau die Reise nach New York antrat. Alles Flehen war vergeblich, denn Jerrod hatte die Schulden als Faustpfand.«

Henry hielt inne, um die Spannung zu steigern. »Francesca nahm die Sache selbst in die Hand, suchte eine Kreolin auf und bat sie um ein Amulett, das sie in Gold bezahlte. Es sollte dafür sorgen, dass die *Liberty T. Mitchell* sank, wenn der Kapitän darauf bestand, Francesca an ihren Mann auszuliefern. Natürlich bewahrte sie Stillschweigen über ihren Besuch bei der Kreolin. Aber im Jahr 1870 war Charleston eine kleine Stadt, und es sprach sich doch herum.«

»Der Kapitän wusste davon?«, fragte Talley.

Henry nickte und kniff das Auge zusammen. »Ja, in der Tat. Aber wenn er der Mannschaft davon erzählt hätte, wäre sie bis zum letzten Mann getürmt. Andererseits hatte er das Schlimmste zu befürchten, wenn er Francesca nicht nach New York brachte. Er war zwischen dem Teufel und dem tiefen blauen Meer gefangen.«

»Wie kann ein Amulett ein Schiff versenken?«, fragte Bonnie.

Henry schritt auf dem Deck auf und ab. Hinter ihm leuchtete die untergehende Sonne in hellem Orange. Er blickte über seine Schulter auf den Sonnenuntergang und dann in die Menge. »Ein Amulett hat Zauberkräfte. Es hat Seeungeheuer herbeigerufen«, erklärte er.

Zwei oder drei Väter grinsten, Mr Manchester sah verärgert aus, und einige Mütter, unter ihnen auch Mrs Manchester, betrachteten Henry und bewunderten ganz offensichtlich seinen Körperbau. Die Kinder, selbst Bonnie, Dora und Jessie, drängten sich dichter aneinander.

»Die Reise begann gut«, fuhr Henry fort. »Keine Probleme. Ruhiges Meer. Und dann, etwa fünfzehn Meilen vor dieser

Küste, nachdem der Kapitän Francesca die Bitte abgeschlagen hatte, einen anderen Kurs einzuschlagen, brach ein Sturm aus Süden über sie herein. Poseidon hatte seine Drachen entfesselt, und ihre peitschenden Schwänze wirbelten das Meer auf.«

»Was ist aus Francesca geworden?«, fragte Carlotta.

Henrys Blick verweilte einen Moment auf ihr. »Als der Klipper auf Grund lief und die Wellen gegen das Schiff schlugen und das Deck überfluteten, hatte Francesca mit ihrem Baby Schutz in ihrer Kabine gesucht. Es war eine schreckliche Nacht. Regen. Blitze. Hohe Wellen. Das Schiff hatte Schlagseite. Die Matrosen gerieten in Panik. Viele konnten nicht schwimmen.« Henry schüttelte den Kopf. »Francesca war außer sich vor Angst, als ihr bewusst wurde, dass ihre Abmachung mit der Kreolin in Erfüllung ging. Als das Wasser in ihre Kajüte lief, öffnete sie eine Truhe und bettete ihr Baby zwischen mehrere Decken. Sie legte ein Kreuz neben den Kopf des kleinen Mädchens und betete inständig darum, dass die Dämonen sie holten und ihr Kind verschonten.«

Die Zuhörer waren still, Henry hatte ihre volle Aufmerksamkeit. Er machte einen großen Satz und sprang vom Wrack auf den Sand. Wie Carlotta war auch er für die Bühne geschaffen. »Als die Einheimischen das gestrandete Schiff entdeckten, plünderten sie die Schätze, ohne zu zögern. Auf der *Liberty T. Mitchell* war keine Menschenseele. Doch dann fing plötzlich ein Baby an zu weinen. Sie fanden ein kleines Mädchen zwischen mehreren Decken in einer Truhe, das schrie, als ob sein Leben davon abhinge.«

Ruth beobachtete Carlotta aufmerksam und suchte nach Anzeichen dafür, dass die Geschichte sie berührte. Erinnerte sie sich an die Nacht, in der sie Ruth verlassen hatte? »Du hast mich in einer rosa Decke gefunden, stimmt's, Mom?«, flüsterte Ruth. Ihre Mutter legte Ruth die Hand auf die Schulter.

»Ich erinnere mich nur an dein süßes Gesicht«, flüsterte sie mit belegter Stimme.

Ruth rückte näher an sie heran. Sie wollte sie so gern nach Carlotta fragen, aber sie bekam die Worte nicht heraus.

»Was ist mit Francesca und den Matrosen geschehen?«, fragte Bonnie.

Henry antwortete nicht gleich, sondern ließ seine Zuhörer schmoren. »Alle Seemänner wurden an die Küste gespült, aber von Francesca gab es nie eine Spur. Einheimische berichteten von einem irischen Wolfshund, der in den Dünen umherstreifte, aber das Tier wurde nie eingefangen. Manche sagten, er sei mit dem gesunkenen Schiff an Land gekommen. Nur ein Mensch überlebte das Unglück, und das war das Baby.«

»Was ist mit ihm passiert?«, fragte Ruth.

»Wurde wohl von einem Dorfbewohner aufgenommen, erzählt man sich. Mehr weiß ich nicht. Und? Wollen Sie nicht wissen, wo die Geister in meiner Geschichte sind?«

Ein paar Leute kicherten nervös.

»Die Geister dieser Seeleute und der armen Francesca sind jetzt hier. Sie wandern an diesem Ufer umher. Und das werden sie so lange tun, bis das Meer dieses Wrack mit sich nimmt. Wenn Sie einen Wolfshund heulen hören oder eine Frau, die um ihr Baby weint, dann wissen Sie jetzt, dass sie von der *Liberty T. Mitchell* stammen.«

»Wie sieht der Geist von Francesca aus?«, fragte Talley.

»Ich habe sie nie mit eigenen Augen gesehen, aber man sagt, sie sei so blass wie der Mond und ihr langes blondes Haar sei voller Algen und Muscheln. Ihre Augen sollen im Dunkeln glühen.«

Mrs Manchester kippte den letzten Schluck ihres Drinks hinunter und lachte. »Was für ein Seemannsgarn! Es wird dafür sorgen, dass unsere Kinder heute Nacht kein Auge zutun.«

Henry erwiderte den Blick der Frau, ohne eine Entschuldigung erkennen zu lassen.

»Wie wäre es zum Abschluss mit einem Song von Miss Carlotta?«, schlug Edna vor.

Carlotta war während der Erzählung ernst geworden. Doch jetzt machte sich ihre jahrelange Erfahrung im Entertainment bemerkbar. Sie sprang auf und scherzte: »Genau das hat der Arzt verordnet.«

Während Carlotta sang, hellte sich die allgemeine Stimmung auf, und als der Song verklang, wirkten alle weniger nervös.

Talley schmiegte sich an Ruth. »Ich werde die ganze Nacht mit einem offenen Auge schlafen.«

»Sei nicht albern. Wir waren doch heute Morgen hier draußen, und wir haben keine Geister gesehen.«

»Aber was ist, wenn wir doch einen Geist sehen?«, fragte Talley.

»Dann fragen wir ihn, wie es ihm geht, und bieten ihm ein Handtuch und eine kalte Limo an«, sagte Ruth.

»Für einen Geist kann man nichts tun«, sagte Talley.

»Warum nicht? Ich wette, Geister haben Wünsche und Bedürfnisse genau wie wir. Wenn sie die nicht hätten, würden sie nicht mit glühenden Augen in der Dunkelheit herumwandern.«

»Sag das nicht!« Talley keuchte.

Ruth riss die Augen auf, hob die Hände und tat, als kralle sie sich vergeblich an der Luft fest. »Glüüühende Augen!«

Mama kam von hinten mit dem Arm voller sandfarbener Decken. »Ruth, es sieht so aus, als würdest du Talley erschrecken.«

Ruth ließ die Arme sinken und schmollte kurz. »Ich rede nur über Francesca und alle anderen, die auf dem Schiff gestorben sind.«

Mama reichte ihr eine Ecke der Decke und nahm das andere Ende. Gemeinsam schüttelten sie den Sand aus. »Lasst euch von Henry keinen Unsinn in den Kopf setzen, Mädchen.«

»Glaubst du, dass es Francesca gegeben hat, Tante Edna?«, fragte Talley.

»Henry spinnt zu gern Seemannsgarn. Und heute Abend hat er mehr angegeben als sonst.« Mama faltete die Decke zusammen.

Wegen Carlotta, dachte Ruth. Er hatte die Sängerin angesehen wie ein Hungriger ein Spanferkel, das sich langsam am Spieß über der Glut dreht.

»Glaubt nicht an seine Lügengeschichten«, fügte Mama hinzu. »Es gibt keine Gespenster.«

»Aber das Wrack ist hier, und wer auch immer auf dem Schiff gewesen ist, ist wahrscheinlich gestorben, oder etwa nicht?«, fragte Talley.

Mama zuckte mit den Schultern. »Es sei denn, die Seenotretter haben sie noch lebend geborgen.«

»Glaubst du denn, dass sie gerettet wurden?« Talley war fest entschlossen, ihr Happy End zu bekommen.

»Natürlich«, sagte Mama.

Ruth zwinkerte Talley zu. »Ganz bestimmt.«

»Meine Mama sagt immer, dass Geister auf der Erde wandeln, weil sie versuchen, einen Fehler zu korrigieren oder weil sie etwas verloren haben«, sagte Talley.

»Was für einen Fehler hat Francesca denn gemacht?«, fragte Ruth.

»Sie ist zu dieser Hexe gegangen«, sagte Talley. »Und sie hat ihr Baby zurückgelassen.«

»Manchmal müssen Mütter schwere Entscheidungen treffen.« Mama reichte Talley und Ruth die Zipfel einer anderen Decke.

»Es spielt keine Rolle, warum sie das Baby verlassen hat«, sagte Talley und schüttelte die Decke. »Sie hat es getan, und es lässt ihr bis heute keine Ruhe.«

Nachdenklich nahm Mama die Decke entgegen und faltete sie zusammen. »Da könntest du recht haben.«

Ruths Gesicht glühte, als sie Carlotta ansah. War sie zum Seaside Resort gekommen, um nach ihr zu suchen? Erkannte sie Ähnlichkeiten zwischen ihnen? In der Form ihrer Ohren? Dem Nasenrücken?

Während sie die letzten Decken einsammelte, musterte Ruth Carlottas Gesicht. Doch sosehr sie auch danach suchte, sie fand keine Ähnlichkeiten. Carlotta fotografierte gern, und Ruth zeichnete gern. Das konnte eine Verbindung sein, aber sie war noch weniger greifbar als Augen, Nasen oder Hände, die sich ähnelten.

Mama strich Ruth über den Arm. »Es ist Zeit, sich wieder auf das Wesentliche zu konzentrieren und sich nicht mit diesen Geschichten abzulenken.«

Ruth hatte noch nie Angst gehabt, eine Frage zu stellen. Bis jetzt.

Kapitel 19
RUTH

Donnerstag, 22. Juni 1950, 11.00 Uhr

Die nächsten Tage zogen in der Sommerhitze vorbei. Carlotta tauchte selten vor Mittag auf, und wenn, dann hatte sie ihre Kamera dabei. Sie kannte keine Hemmungen, wenn es darum ging, Leute um die Erlaubnis zu bitten, ein Foto von ihnen zu machen. Gestern hatte sie Talley und Ruth mit Dora, Jessie und Bonnie fotografiert. Carlotta hatte die Mädchen vom Festland mit ihrer lockeren Art für sich eingenommen, und sie hatten sich pflichtbewusst in eine Reihe gestellt, ohne eine blöde Bemerkung zu machen. Als Nächstes kamen die Mütter am Pool dran, die sich erfreut aufsetzten und lächelnd die Brust rausschoben. Zu den Abendshows kamen immer mehr Zuschauer, sodass sie alle Stühle aus dem Speisesaal rausstellten, um allen Sitzgelegenheiten zu bieten.

Ruth hatte nicht den Mut gefunden, mit Carlotta zu sprechen. Sie brachte ihr jeden Tag das Mittagessen, und dann unterhielten sie sich über ihre Skizzen und Carlottas Leben auf dem Showboat. Aber von Babys in rosa Decken war keine Rede gewesen.

Ruth war dabei, Handtücher zu falten, als sie Ann Manchester über das Pooldeck auf ihre Mutter zumarschieren sah. Ruth wusste sofort, dass es Ärger gab. Niemand stürmte so zielstrebig auf Mama zu, um ein Kompliment oder ein freundliches Wort loszuwerden.

»Edna, ich vermisse mehrere Schmuckstücke«, sagte Mrs Manchester aufgebracht. »Ich habe sie gestern Abend auf die Kommode gelegt, und jetzt sind sie weg.«

Mama nahm die Schultern zurück, wie immer, wenn sie mit einer Herausforderung konfrontiert wurde. »Wann haben Sie bemerkt, dass sie fehlen?«

»Heute Morgen, als ich aufgewacht bin.«

Mrs Manchester hatte die gestrige Vorstellung früher und mit unsicheren Schritten verlassen. Das wurde zu ihrer abendlichen Routine, seit Mr Manchester eingetroffen war. Er war ihr nicht gefolgt, sondern hatte weitergetrunken und Carlotta angegafft.

»Sind Sie sicher, dass Sie den Schmuck nicht verlegt haben?«

»Ja, absolut. Ich lege ihn immer auf die Kommode«, erwiderte sie mit fester Stimme.

Diese Art von Drama spielte sich jeden Sommer in unterschiedlichen Varianten ab. Verschwundene Uhren, Schuhe, Ohrringe, Halsketten – im Urlaub waren die Leute schusseliger als normalerweise, weil sie aus ihrer Routine gerissen wurden.

»Soll ich Ihnen beim Suchen helfen?«, fragte Mama. »Ich bin sehr gut darin, verlorene Dinge wiederzufinden.«

»Ich habe das Zimmer schon zweimal abgesucht, Edna.« Mrs Manchesters Ton wurde mit jedem Wort schärfer.

»Aber ich kenne die Zimmer sehr gut«, hielt Mama dagegen. »Ich habe im Laufe der Jahre jeden Winkel und jede Ecke in den Bungalows hundertmal geputzt. Ich kann Ihnen sagen, welche Dielen knarren, welche Fenster klemmen und welche Türscharniere quietschen.«

»In meinem Zimmer werden Sie sie nicht finden. Wie wäre es, wenn Sie stattdessen das Zimmer Ihres Dienstmädchens oder das der Sängerin durchsuchten?«, schlug Mrs Manchester verdrossen vor. »Leuten von diesen Booten kann man nicht vertrauen, und unter dem Reinigungspersonal sind oft Langfinger. Ich könnte schwören, dass Talley eine alte Bluse von mir trägt.«

Mama presste die Lippen aufeinander. »Unter meinem Personal gibt es keine Diebe. Ich achte darauf, wen ich einstelle.«

Mrs Manchester machte ein vorwurfsvolles Gesicht. »Wir kennen Menschen nie so gut, wie wir glauben.«

»Talley und ich werden jetzt in Ihr Zimmer gehen«, sagte Mama.

»Mein Mann schläft noch. Wenn er wach ist, können Sie putzen und suchen, so viel Sie wollen.«

»Gut.« Mama blieb wie versteinert stehen und sah Mrs Manchester nach. Sie ballte die Hände zu Fäusten, aber sie sagte nichts.

Ruth eilte zu ihr. »Talley und Carlotta haben nichts gestohlen. Das würden sie nie tun, Mama.«

Mama strich sich eine lockere Strähne hinters Ohr. »Das weiß ich doch.«

»Warum sagt Mrs Manchester so etwas?«

»Sie ist schon so lange unglücklich.«

»Warum?«

Mama stieß einen Seufzer aus. »Unter uns gesagt, Mr Manchester macht ihr das Leben schwer. Er trinkt zu viel. Wie sein Vater, als die Familie vor dem Krieg hier Urlaub machte.«

»Im Seaside?«

»Ja, sie waren über viele Sommer hinweg Stammgäste. So hat dieser Mr Manchester auch seine Frau kennengelernt. Sie hat hier als Kellnerin gearbeitet.«

»Mrs Manchester?«

»Es ist gute, ehrliche Arbeit.« Mama schwieg einen Moment lang.

»Sie tut aber so, als wäre sie reich geboren worden.«

»Sie hat nur einen reichen Mann geheiratet«, sagte Mama.

»Ich kann Mr Manchester nicht ausstehen.«

»Ich auch nicht.«

Es war das erste Mal, dass ihre Mutter so offen mit ihr sprach. »Vielleicht sollten sie nächstes Jahr nicht wiederkommen«, sagte Ruth.

Mama zog sich die Schürze aus. »Ich bin gleich wieder da.«

»Wohin gehst du?«, fragte Ruth.

»Zu Carlotta.«

»Warum?«

»Es ist besser, wenn sie Bescheid weiß, falls Mrs Manchester beschließt, noch mehr Ärger zu machen, und den Sheriff ruft.«

»Darf ich mitkommen?«

»Nein, du bleibst hier.«

Mama gab Ruth die Schürze und machte sich auf den Weg, ohne auf die Hitze und die Sonne zu achten.

Ruth hätte ihrer Mutter die Angelegenheit überlassen sollen. Schließlich kümmerte sie sich um alles, von der Gästeregistrierung über die Buchhaltung bis hin zu Möglichkeiten, etwas mehr Geld einzunehmen. Sie half Ruth bei ihren Mathe-Hausaufgaben, hielt Daddy auf Trab und hatte immer einen Job für Henry, wenn er zusätzliches Geld brauchte. Und sie würde dafür sorgen, dass Mrs Manchester keinen weiteren Ärger machte.

Aber Ruths Interesse an Carlotta war zu groß. Und vielleicht gehörte sie ja auch zur Familie. Ruth folgte ihrer Mutter in einigem Abstand, um nicht entdeckt zu werden. Als die Fliegengittertür vor Carlottas Veranda zufiel, schlich Ruth die

Hintertreppe hinauf und hörte, wie ihre Mutter sagte: »Ann Manchester macht Ärger.«

»Sie war schon immer eine Drama-Queen«, sagte Carlotta fast gelangweilt. »Es würde *Mrs* Manchester guttun, ein bisschen weniger zu trinken. Das würde allen das Leben erleichtern.«

»Stimmt«, sagte Mama. »Ich mache mir Sorgen um ihre Nerven. Sie war schon immer labil. Sie hat unterstellt, dass Talley Probleme machen könnte.«

Carlotta schüttelte den Kopf. »Talley ist süß. Sie weiß doch gar nicht, wie man lügt, selbst wenn man sie dafür bezahlen würde.«

Mama seufzte. »Sie erinnert mich an ihre Mutter. Ehrlich und naiv.«

»Wann warst du das letzte Mal zu Hause?«, fragte Carlotta.

Es war Ruth nicht in den Sinn gekommen, dass Carlotta irgendetwas über Mamas Leben aus ihrer Zeit vor den Outer Banks wissen könnte.

»Ich bin nie wieder zu Hause gewesen«, sagte Mama.

»Warum nicht?«

»Warst du noch mal da?«, forderte Mama sie heraus.

»Nein, aber ich schreibe meiner Mutter regelmäßig.«

Mama räusperte sich. »Patsy liebt dich sehr.«

Ein Schweigen entstand zwischen ihnen, bevor Carlotta fragte: »Weiß Ruth irgendetwas über die Familie?«

»Nur die Eckdaten.«

Ruth wurde nicht schlau aus dem Gespräch und schlich sich näher an die Tür.

»Wir können keinen Ärger gebrauchen, schon gar nicht jetzt«, sagte Mama.

»Ich werde mich von meiner besten Seite zeigen.«

»Danke.« Als Mama hinausging, duckte Ruth sich, bis sie hinter der Düne verschwand.

Schritte knarrten im Haus, dann öffnete sich die Tür der Schlafveranda. Carlotta sah Ruth mit gerunzelter Stirn an. »Gibt es ein Rattenproblem?«

Ruth war erleichtert, als sie den Schelm in Carlottas Augen sah.

»Nein. Ich habe mir Sorgen gemacht.«

»Worüber?«

»Über den Ärger mit Mrs Manchester«, sagte Ruth.

»Damit werden deine Mutter und ich fertig. Man hat uns schon öfter Steine in den Weg gelegt.«

»Woher wissen Sie diese Sachen über Talley und Mamas Familie?«, fragte Ruth.

»Das musst du deine Mutter fragen.«

»Aber dann wüsste sie doch, dass ich spioniert habe.«

Carlotta zog eine Augenbraue hoch. »Und wenn ich dich beim Spionieren erwische, macht das nichts?«

»Sie kann das überhaupt nicht ausstehen.« Mama erhob selten ihre Stimme, aber ihre enttäuschten Blicke waren schrecklich.

»Wie kommst du darauf, dass ich es nicht so schlimm finde?«

»Sie sind viel cooler als Mama.«

»Ach, Tatsache?«

»Tatsache. Sie reisen herum und sehen alle möglichen Dinge.«

»Deine Mutter hat schon viel erlebt, Ruth. Und sie ist offener, als du denkst.«

Es überraschte Ruth, wie entschieden Carlotta ihre Mutter in Schutz nahm. »Sie haben mir nicht gesagt, woher Sie Talleys Familie kennen.«

Ein Lächeln umspielte ihre Lippen. »Da, wo sie herkommt, ist die Welt klein. Da kennt jeder jeden.«

»Und Sie kennen Mamas Familie?«

»Nicht die ganze Familie.«

»Wie ist sie?«

»Es sind gute, fleißige Leute, die jeden Sonntag in die Kirche gehen und jeden Tag die Bibel lesen.«

Vor ihrem inneren Auge verglich Ruth die Gesichter von Carlotta, Talley und Mama. So unterschiedlich sie auch waren, gab es doch Ähnlichkeiten. Waren es die Augen oder die Nasen? War es die Art, wie sie die Köpfe zur Seite neigten?

Carlotta kam die Verandatreppe herunter. »Wenn du mehr über die Familie deiner Mutter wissen willst, frag sie.«

»Sie will nie über früher reden.« Darüber ärgerte sich Ruth schon lange. »Wenn ich sie danach frage, wechselt sie das Thema.«

»Dann musst du das respektieren. Nicht jeder möchte an die Vergangenheit erinnert werden.«

»Aber ich muss mehr erfahren. Wissen Sie eigentlich, dass ich adoptiert bin?«

Carlotta senkte den Blick. Was versuchte sie zu verbergen? War sie überrascht? War es eine Bestätigung dessen, was sie geahnt hatte? »Wirklich?«

»Mama hat mir erzählt, dass sie mich in einem dieser Bungalows gefunden hat, eingewickelt in eine rosa Decke. Und dass ich geschrien hätte, als gelte es mein Leben.«

Carlotta sah sie freundlich an. »Ach, du warst ein lebhaftes Baby? Wer hätte das für möglich gehalten!«

Ihr Humor nahm Ruth etwas von ihrer Nervosität. »Und keine Spur von der Frau, die mich in dem Bungalow zurückgelassen hat.«

»Ich kann mir nicht vorstellen, dass jemand in diesem Resort ein- oder ausgeht, ohne dass es deine Mutter mitbekommt.«

Ruth betrachtete ihr Gesicht genau. Sie suchte nach einem Anhaltspunkt, dass Carlotta diese Frau war. »Wollen Sie damit sagen, dass Mama mich angelogen hat?«

»Du machst dir zu viele Gedanken«, sagte Carlotta schnell. »Du hast eine Mutter, die dich liebt. Ich habe unterwegs so viele Menschen kennengelernt, die alles dafür geben würden, so zu leben wie du.«

»Aber irgendwo da draußen habe ich eine andere Mutter. Und die liebt mich nicht«, brachte Ruth beklommen hervor.

Carlotta sah Ruth in die Augen. »Warum glaubst du das?«

»Sie hat mich mitten im Winter allein in einem Hotelzimmer zurückgelassen. Wer tut einem Baby so etwas an?« Ruth liefen Tränen die Wangen hinunter.

»Du warst in eine Decke eingewickelt, in einem warmen Zimmer, und ich bin sicher, dass es nicht lange gedauert hat, bis Edna dich gefunden hat. Wie gesagt, niemand schleicht hier herum, ohne dass es deine Mutter merkt.«

»Angeblich ist die Frau während des Sturms gekommen, hat mich zur Welt gebracht und ist dann verschwunden. Sagt Mama.«

»Ich habe auch Frauen gekannt, die auf sich gestellt waren und ein Baby erwarteten. Du kannst über diese Frau sagen, was du willst, aber sie hat sich auf die einzige Art und Weise um dich gekümmert, die ihr möglich war.«

»Sind Sie diese Frau?«, flüsterte Ruth.

Carlotta sah Ruth liebevoll an. »Nein, Ruth, leider nicht.«

Ruth betrachtete Carlottas Augen, die ganz anders als ihre eigenen aussahen. Würde sie sie anlügen?

Als hätte Carlotta ihre Gedanken gelesen, sagte sie: »Ich versichere dir, dass ich dich nicht zur Welt gebracht habe.«

Ruth wischte die Tränen weg. Carlotta sagte die Wahrheit. Die hoffnungsvolle Erwartung, die sich in den letzten Tagen in ihr aufgestaut hatte, platzte wie ein Luftballon. »Ich habe es geglaubt.«

»Nein, ich bin nicht deine Mutter, du Schatz.«

Ruth kam sich plötzlich unendlich albern vor. Der Wunsch war Vater ihrer Gedanken gewesen. »Es tut mir leid.«

»Es gibt nichts, wofür du dich entschuldigen müsstest. Wann hast du das letzte Mal mit deiner Mutter über das Thema gesprochen?«

»Es ist schon eine Weile her.«

»Sprich noch einmal mit ihr. Du bist jetzt älter, vielleicht erzählt sie dir mehr.«

»Vielleicht.«

»Sprich mit ihr, Ruth.«

* * *

CARLOTTA

Carlotta schlief meistens gut, aber heute Nacht lag sie lange wach und starrte an die Decke. Gefühle, die sie vor langer Zeit beiseitegeschoben hatte, hatten sie wieder eingeholt, als sie heute in Ruths Augen geschaut hatte. Sie wusste nicht mehr, was sie sich von diesem Aufenthalt an der Küste erhofft hatte, und fragte sich nun, ob die Entscheidung richtig gewesen war. Es gab lebhaftere Orte, an denen sie mehr Geld hätte verdienen können.

Sie hatte nie gut mit Verlusten umgehen können. Sie war lieber davongelaufen. Nach dem Motto: »Es bringt nichts, sich mit Vergangenem aufzuhalten. Es ist besser, nach vorn zu schauen.«

Schließlich stand sie auf, schenkte sich einen Whiskey ein, suchte nach den Zigaretten und tapste auf die Schlafveranda. Sie blickte hinaus auf das ruhige Meer, nippte an ihrem Whiskey und blies langsam den Rauch aus. Sie rauchte nicht oft, denn das reizte die Stimme, aber es gab Nächte, in denen sie einen Whiskey und eine Zigarette vor sich rechtfertigen konnte.

Sie dachte an Ednas und Ruths Besuche zurück. Trotz der vielen Worte war so viel unausgesprochen geblieben.

Sie konnte Ruth die Unruhe nicht nehmen, aber sie konnte sich um Ann Manchester kümmern. Im Laufe der Zeit hatte sie gelernt, aus Paaren schlau zu werden. Es gab ab und an glückliche Beziehungen, aber die meisten drifteten in ein Niemandsland aus Kindern, Verpflichtungen, Schulden und Arbeit ab. Zwischen den Manchesters gab es keine Liebe, sondern Bosheit und Starrsinn. Für Ann war es leichter, das Hotelpersonal des Diebstahls zu bezichtigen, als ihrem Mann gegenüber zuzugeben, dass sie am Vorabend zu betrunken gewesen war, um sich daran zu erinnern, wohin sie ihren Schmuck gelegt hatte.

Durch die Rauchwolke hindurch sah sie in einiger Entfernung einen Mann am Strand. Er war barfuß und hatte die Hosenbeine bis zu den Waden hochgekrempelt. In seiner Hand glühte eine Zigarette.

Einen Moment hielt sie ihn für Mr Manchester, der sie nie aus den Augen ließ. Aber dann erkannte sie ihn an dem ruhigen, zielstrebigen Gang und an seinen breiten Schultern. Es war Henry.

Sie drückte die Zigarette im Aschenbecher aus. Henry und sie hatten in den letzten Tagen viel geflirtet, sie hatten immer eine Gelegenheit gefunden, sich zu necken oder Komplimente zu machen. Sie fuhr sich langsam mit der Zunge über die Lippen und knipste das Licht auf der Veranda an. Das würde ihm nicht entgehen.

Er blieb stehen. Die Spitze seiner Zigarette glühte rot, und sie spürte seinen Blick. Sie erhob sich, trat unter den Lichtkreis der Lampe und zog den Gürtel ihres Hausmantels enger.

Henry ging an ihrem Cottage vorbei. Sie war enttäuscht. War sie nicht mehr so attraktiv wie früher? Oder hatte sie seine langen Blicke falsch gedeutet?

Er hielt an und kehrte um, diesmal in deutlich schnellerem Schritt. Als er auf der Höhe ihres Cottage auf die Dünen zuging, lächelte sie. Sie hatte nichts von ihrer Anziehungskraft verloren.

Im nächsten Moment stand er unten an der Verandatreppe und setzte einen Fuß auf die unterste Stufe. »Du bist noch wach?« Im Mondlicht blitzten seine weißen Zähne auf.

»Das liegt an deiner Geistergeschichte«, neckte sie ihn. »Ich warte darauf, dass Francesca über den Strand schwebt. Wenigstens der Wolfshund. Aber im Ernst, die Gäste werden noch jahrelang über die Geschichte reden.«

Er stieg die Treppe hinauf und öffnete die Fliegengittertür, trat aber nicht ein. »Wenn ich was mache, dann mache ich es gut.«

»Möchtest du was trinken?«, fragte sie.

»Meine Füße sind sandig.«

Sie sah auf seine Füße hinunter. »Ich bin sicher, dass du das Problem irgendwie lösen kannst.«

Während er auf der obersten Stufe saß und sich die Füße abwischte, holte Carlotta ein zweites Glas. Das Zufallen der Verandatür ließ sie wohlig erschaudern.

Er hatte ihre Kamera entdeckt. »Bist du Fotografin?«

Sie reichte ihm das Glas. »Ich mache es nur zum Spaß. Ich reise so viel, dass ich die Orte nicht mehr auseinanderhalten kann. Die Fotos helfen mir, mich daran zu erinnern, wo ich gewesen bin.«

Er nahm einen Schluck. »Oh, der ist aber gut.«

»Sei nie langweilig und trinke nie schlechten Whiskey.«

»Eine Frau ganz nach meinem Geschmack.«

Sie schenkte sich nach. »Wie bist du auf diese Geschichte gekommen?«

»Ich habe die Wahrheit nur etwas ausgeschmückt.«

»Und was ist wahr?«

»Das Wrack war wahrscheinlich wirklich die *Liberty T. Mitchell* auf dem Weg von South Carolina nach New York.«

»Und das Baby?«

Er schwenkte die bernsteinfarbene Flüssigkeit in seinem Glas. »Einige Geschichten ranken sich um ein Baby, das in dem Schiffswrack gefunden wurde. Es heißt, es sei von Einheimischen aufgezogen worden.«

»Warum brachte man das Baby nicht zu seinem Vater?«, fragte Carlotta.

»Der Legende nach steckte ein Zettel in der Truhe. Auf dem stand, dass es bei Gott besser aufgehoben sei als bei seinem Vater.«

»Und wer hat dir diese Geschichte erzählt?«

»Meine Großmutter«, sagte er. »Sie kannte fast alle Geheimnisse der Outer Banks.«

»Oder konnte sie ebenso gut Seemannsgarn spinnen wie du?«

Seine Augen funkelten. »Mag sein. Aber meine Großmutter hat diese Geschichte ihr ganzes Leben lang erzählt. Sogar auf dem Sterbebett, als sie schon blind und lange bettlägerig war. Sie hat darauf beharrt, dass dieses schiffbrüchige Waisenkind unter uns lebte.«

Es war eine von den Geschichten, auf die ein Mädchen kommt, wenn sie von ihrer Mutter verlassen wird. Wahrscheinlich hatte Ruth sich ähnliche Geschichten ausgedacht. »Hat sie jemals darüber gesprochen, ob das Mädchen glücklich geworden ist?«

»Ja. Meiner Großmutter zufolge muss sie ein gutes Leben gehabt haben und liebevolle Eltern.«

Carlotta sah ihn an und versuchte herauszufinden, ob er das mit dem Happy End ernst meinte. »Und das Waisenkind hatte nie den Wunsch, diesen reichen Vater aufzusuchen?«

»Sie muss glücklich gewesen sein. Angeblich hat sie gesagt, es habe nie einen Grund gegeben, Probleme zu schaffen, wo es keine gab.« Er nahm eine silberne Kugelkette mit seiner Erkennungsmarke von der Marine und einer Drahtschlaufe vom Hals, an der ein zierliches Kreuz befestigt war. »Bevor ich zur Marine ging, hat meine Großmutter mir dies gegeben.«

»Laut deiner Geschichte hat Francesca ihrem Baby ein Kreuz mitgegeben.«

»Es wurde getuschelt, dass meine Großmutter dieses Baby gewesen ist«, sagte er.

Carlotta hatte Mitleid mit Mutter und Kind, die durch die Umstände getrennt worden waren. »Aber das hat sie selbst nie gesagt?«

Ein Windstoß blies ihm eine Strähne über die Augenklappe. Er sah aus wie ein süßer Teufel. »Wir Andersons lassen nicht zu, dass die Wahrheit einer guten Geschichte in die Quere kommt.«

Sie war entzückt. »Alle Achtung. Eine tolle Geschichte.« Sie fuhr mit dem Daumen über seinen gestanzten Namen. »Atlantik oder Pazifik?«

»Atlantik.«

Sie hatte für viele Soldaten gesungen, die darum rangen, den Krieg hinter sich zu lassen. Vielen gelang das tagsüber auch, aber nachts zur Geisterstunde suchten die Kriegserlebnisse sie heim. Sie gab ihm die Kette mit Anhänger und Kreuz zurück. »Sieht aus, als hätte dich die Kette deiner Großmutter geschützt.«

»Sie war mir nah auf Schritt und Tritt.« Er legte die Kette wieder um den Hals, ließ sie aber aus dem Hemd baumeln.

»Warum treibst du dich so spät am Strand herum?«, fragte sie leise.

»Warum bist du noch auf?«, konterte er.

»Werden wir nicht alle ab und an von unseren Geistern heimgesucht?«

Das Mondlicht brachte die warme bernsteinfarbene Flüssigkeit in seinem Glas zum Leuchten. »Warum sollte eine schöne Frau wie du von Geistern heimgesucht werden?«

Sie hatte immer gewusst, dass sie attraktiv war. Als sie dreizehn war, hatten sich die ersten Jungs ums Haus herumgetrieben. Mit fünfzehn war sie weggelaufen, und mit sechzehn hatte sie sich in einen jungen Mann verliebt. Er hatte ein großes Herz und einen ebenso großen Drang zum Weiterziehen gehabt.

»Warum sollten mich die Geister verschonen?«, konterte Carlotta.

Er betrachtete sie über das Glas hinweg. »Ein Ehemann? Ein Freund?«

»Eine rastlose Seele, die 1937 zur Marine ging. Er ist noch im selben Jahr an Fieber gestorben. Er hat sich so sehr nach Ruhm gesehnt, und dann ist er einer banalen Krankheit zum Opfer gefallen.« Es war lange her, dass sie über Danny gesprochen hatte. Sie hatte ihn in Norfolk nach einer ihrer ersten Shows auf der *Maisy Adams* kennengelernt. Er war ihr in die nächsten beiden Häfen gefolgt, nach Cape Charles und West Point. Sie hatte ihn geliebt, und sie hätte ihn geheiratet. Doch dann war er gestorben. Selbst jetzt konnte sie sich nicht dazu durchringen, die Geschichte ausführlicher zu erzählen.

»Er war bereit zu kämpfen. Dafür hat er Respekt verdient.«

»Danke.«

»Gibt es sonst noch jemanden in deinem Leben?«

»Nein«, sagte sie. »Ich bin zu viel unterwegs, um mich auf etwas Dauerhaftes einzulassen.«

Er nippte an seinem Drink. »Und was ist mit dem Showboat?«

»Die meisten Männer auf dem Schiff sind verheiratet. Und was verheiratete Männer angeht, halte ich mich klar an die Regeln.«

»Falls du dich fragst: Ich bin nicht verheiratet.«

»Du wärst doch ein guter Fang für jedes Mädchen hier. Und mir ist auch nicht entgangen, wie die Damen dich ansehen.«

»Die machen nur Ärger. Diese Lektion habe ich vor langer Zeit gelernt.«

Sie trank ihren Whiskey aus und erhob sich. »Ich bin keine Freundin von langen Engagements. Ein paar Nächte in ein und demselben Hafen sind für mich genau das Richtige.«

Er stand auf, schaute sie einen langen Moment an und ging auf sie zu. Jetzt trennten sie nur noch ein paar Zentimeter voneinander, und die schwirrende Energie ihrer Körper elektrisierte sie beide. Ihr ganzer Körper kribbelte.

Er umfasste ihr Gesicht und strich langsam mit dem Daumen über ihr Kinn.

Es hatte Männer nach Danny gegeben. Aber nicht so viele, wie die meisten annahmen. Sie war wählerisch. Und vorsichtig. Denn so viel Vergnügen man mit Männern haben konnte, so viel Ärger konnten sie einbringen.

Carlotta gab sich dem Kuss ganz hin und ließ ihre Hand über seinen flachen Bauch gleiten. Als sie seine Erektion spürte, durchströmte sie warme Lust. Manchmal war es das Risiko wert.

Kapitel 20
IVY

Montag, 24. Januar 2022, 8.00 Uhr

Ivy hatte sich mit einem der letzten Haufen beschäftigt, bevor sie gegen ein Uhr in einen unruhigen Schlaf gefallen war. Ihr Unterbewusstsein musste gemerkt haben, dass sie vergessen hatte, den Wecker zu stellen, denn sie träumte wild von Wracks, Geistern und einem großen heulenden Hund.

Und dann war sie plötzlich hellwach und setzte sich ruckartig auf. Sie schwang ihre Beine über die Bettkante, schaute aus dem Fenster über die Dünen und sah, wie ein großer Hund auf das Meer zujagte. Der Wolfshund. Sie wäre ihm hinterhergerannt, wenn sie nicht so spät dran gewesen wäre. Es war schon acht Uhr. In fünfundvierzig Minuten musste sie bei Dani sein. Verdammt.

Sie brauchte keine halbe Stunde, um Libby hinauszulassen und zu füttern, sich zu duschen und dunkle Leggings, den klassischen schwarzen Pullover mit V-Ausschnitt und Stiefel anzuziehen. Dann fuhr sie von Nags Head nach Duck.

Sie fuhr prompt an Danis Haus vorbei, wendete am Laden an der nächsten Ecke und bog diesmal am leuchtend gelben Briefkasten mit der Nummer 272 in die bewaldete Auffahrt. Sie führte zu einem kleinen Haus im Neuengland-Stil auf einem Hügel, das einen fantastischen Blick auf den Currituck Sound gewährte. Das Haus war seit Anfang der 1990er-Jahre im Besitz der Familie Manchester. Damals hatte Pete Manchester begonnen, Grundstücke an der Küste aufzukaufen. Die Hauptstraße war nur bis nach Duck asphaltiert und der Grund und Boden war günstig. Nach der Jahrhundertwende stieg die Nachfrage rasant, die Grundstückspreise verzehnfachten sich, und Pete verdiente ein Vermögen.

Ivy war sehr oft hier gewesen. In den letzten zwölf Jahren war das Haus mehrfach renoviert worden. Die Verkleidungen waren im Shaker-Stil und grau gestrichen, die Fensterläden schwarz. Zum Sund hin gab es nun eine Veranda, auf der man die glühenden Sonnenuntergänge genießen konnte. Ein perfekter Rückzugsort für Künstler.

Sie parkte hinter Danis Geländewagen und nahm den Ziegelsteinweg zur Eingangstür, die mit einem ovalen Messingklopfer verziert war.

Ivy klopfte und hörte, wie sich zielstrebige Schritte der Tür näherten. Sie fuhr sich mit den Fingern durchs Haar und wünschte plötzlich, sie hätte es gewaschen und Make-up aufgetragen. Sie wettete, dass Dani beides getan hatte.

Danis große schlanke Gestalt erschien in der Tür. Sie hatte die Haare zu einem Pferdeschwanz gebunden, trug einen rosafarbenen Pullover mit Rundhalsausschnitt, Skinny Jeans und schwarze Stiefel mit Absatz. Ihre Ohrringe funkelten.

»Bist du sicher, dass du einen Arzttermin hast?«, fragte Ivy. »Du bist so schick angezogen.«

Dani zog eine Augenbraue hoch. »Ich bin immer schick angezogen.«

»Stimmt.«

»Komm rein, ich hole nur noch meine Tasche und mein Handy.«

Ivy schloss die Tür hinter sich. An den Wänden hingen Ölbilder in bunten Farben. Beeindruckt folgte sie Dani in die Küche, wo sie von Arbeitsplatten aus weißem Marmor, Küchengeräten aus Edelstahl und Massivholzdielen in Karamell empfangen wurde. Auf der großen Mittelinsel stand eine handgeschnitzte Obstschale mit Zitronen und Äpfeln.

»Das Haus ist ja nicht mehr wiederzuerkennen!«

»Es hilft, wenn man Dekorateurin ist und in der Baufirma der Familie arbeitet.«

»Wo wohnt dein Vater jetzt?«

»Nach meiner Scheidung von Matthew ist er bei Dalton eingezogen. Er fand, Bella und ich bräuchten ein eigenes Haus. Ich hätte ihn gern hierbehalten, aber er wollte nichts davon hören.«

»Er hat die letzten zehn Jahre mit Dalton zusammengelebt?«

»Dalton hat eine große Garage für seinen Kleinlaster und das ganze Werkzeug gebaut und darüber eine schöne Wohnung für unseren Vater. Das ist für beide eine gute Lösung.«

»Ich finde es merkwürdig, dass Dalton keine Frau hat. Er war schon in der Highschool eine gute Partie.«

Dani grinste. »Er war zweimal kurz davor zu heiraten, aber dann wurde doch nichts draus. Er weiß, dass er zu viel arbeitet, um einen guten Ehemann abzugeben.«

»Das kenne ich so gut! Ich habe in den vergangenen fünf Jahren vielleicht drei Dates gehabt.«

»Ihr beide seid euch sehr ähnlich.« Sie steckte das Handy in ihre Handtasche. »Arbeit, Arbeit, Arbeit.«

»Was ist falsch daran?«

Dani schnappte sich ihre Schlüssel. »Sag du es mir, *Ruth*.«

»Ach ja?«

»Nimm es als Kompliment. Wenn ich Ruths Energie gehabt hätte, wäre ich schon längst nach New York gezogen.«

Sie gingen hinaus. Während Dani abschloss, ließ Ivy den Motor an. Der alte Van brauchte lange, um warm zu werden.

Dani öffnete die Beifahrertür und starrte auf das Klebeband, das das hellbraune Leder ihres Sitzes zusammenhielt. »Wir können mein Auto nehmen …«

»Lass mal, ich habe mich mit Mabel angefreundet.«

»Mabel?«

»Sie hat so viel Charakter, dass sie einen Namen verdient.«

Dani fummelte am Lautstärkeregler des Radios herum, bevor sie sich anschnallte. »Es wäre beruhigend zu wissen, dass wir pünktlich ankommen.«

»Das kriegen wir hin. Keine Sorge.« Ivy versuchte den einzigen Sender reinzubekommen, den das Radio empfing.

»Bluetooth?«

»Gabs noch nicht, als Mabel gebaut wurde.«

Dani seufzte. »Wie konnte ich auch so blöd sein zu fragen?«

Ivy schlängelte sich durch Southern Shores und bog rechts auf den Highway in Richtung Wright Memorial Bridge ab. »Das ist ein Augenarzttermin?«

Dani zog eine große dunkle Brille im Stil von Jackie Kennedy aus ihrer Handtasche und setzte sie auf. »Genau.«

»Dafür musst du nach Norfolk?«

»Ja, das ist ein Spezialist.« Sie zupfte sich ein imaginäres Haar von der Jeans und schaute auf das Wasser hinaus.

»Ich kenne dich schon sehr lange, Dani. Es geht mich nichts an, aber du weißt, dass ich mich noch nie vor heiklen Themen gedrückt habe.«

»Das ist kein heikles Thema. Irgendwas ist mit meinen Augen, und der Arzt muss mir irgendwelche Tropfen geben.

Danach müsste ich zu lange warten, bevor ich selbst fahren dürfte. Ich bin immer zu Hause, wenn Bella von der Schule kommt.«

Ivy ließ das so stehen. Sie kannte ihre alte Freundin gut genug, um zu wissen, dass die ihre schicken Absätze in den Boden stemmen und sich keinen Schritt auf sie zubewegen würde, wenn sie sie unter Druck setzte. Ivy würde noch früh genug herausfinden, was los war. Sie musste nur geduldig bleiben. Sonnenlicht glitzerte auf dem Wasser, und als sie etwa die Mitte der Brücke erreicht hatten, blies so ein kräftiger Seitenwind aus Norden, dass sie das Lenkrad mit beiden Händen festhalten musste.

Als sie vor zwölf Jahren in ihrem kultigen gelben Pacer von den Outer Banks aufgebrochen war, hatte sie sehr gemischte Gefühle gehabt: Euphorie, Angst und Nervosität. Schon an der Grenze von North Carolina nach Virginia bröckelte ihr Entschluss. Weil sie hartnäckig war, schaffte sie es durch Virginia und Maryland bis nach Delaware. An der Staatsgrenze zu New Jersey bekam sie eine erste Panikattacke. Sie hielt an einer Raststätte, bestellte einen Burger mit Pommes, setzte sich wieder ins Auto und starrte auf ihr Mobiltelefon. Das Fett und die Kohlenhydrate verliehen ihr wieder etwas Mut. »Wenn alles schiefläuft, rufe ich morgen zu Hause an.« Bei ihrem Anruf am folgenden Tag hatte sie versichert, sie sei gut angekommen, Ruth solle sich keine Sorgen machen. Ihre Großmutter musste herausgehört haben, wie mutlos Ivy war, aber sie hatte sich nichts anmerken lassen.

Und so ging es in den nächsten zwei Monaten weiter: Panikattacken, Kohlenhydrate und Telefonate mit Ruth, in denen sie nur Gutes berichtete, auch wenn sie niedergeschlagen war. Bei Dani hatte sie nie angerufen. Sie hatte zu viel Angst, dass ihre Schuldgefühle ihr den Rest geben würden, wenn sie die Stimme ihrer Freundin hörte.

»Ich war überrascht, dass du nach Ruths Beerdigung nicht geblieben bist«, sagte Dani.

»Ich wäre gern geblieben. Aber ich hatte mit meiner Wohnung und dem Restaurant noch einiges zu regeln.«

»Es muss dir schwergefallen sein, den Job zu kündigen.«

»Am Ende war es einfacher, als ich dachte.« Es tat immer noch weh, dass Mama Leoni sie einfach so entlassen hatte. Zwölf Jahre, und die Frau hatte Ivys Bitte um Urlaub abgelehnt, ohne mit der Wimper zu zucken. Doch Ivy saß selbst im Glashaus. Sie konnte schlecht den ersten Stein werfen.

»Und die New Yorker Atmosphäre, die fehlt dir nicht? Ganz davon zu schweigen, wie sehr sie deine Kochkünste im Restaurant vermissen werden.«

»Ich habe mich wirklich bemüht, weder die Social-Media-Seiten noch irgendwelche Online-Kommentare über sie zu lesen.«

»Aber …«

Ivy zuckte mit den Schultern. »Die letzten Bewertungen bei Tripadvisor waren nicht toll. Ich glaube, sie müssen ganz schön kämpfen.«

»Verschafft dir das nicht etwas Genugtuung?«

»Nicht wirklich. Na ja, ein bisschen vielleicht. Aber dann denke ich daran, dass Mama Leoni mich eingestellt hat, als ich auf einen Job angewiesen war. Ich war am Ende, und sie haben mir eine Chance gegeben.«

»Sie sollten dir nicht leidtun. Sie hätten dir helfen können und sie haben es nicht getan.«

»Ich hätte dir helfen können, und ich habe es nicht getan.«

Dani schüttelte den Kopf. »Es hat mir wehgetan, dass du gegangen bist, aber es hat mich stärker gemacht.«

Die nächste Dreiviertelstunde hörten sie schweigend den Country-Sender. Anderthalb Stunden nachdem sie bei Dani losgefahren waren, bog Ivy auf einen Krankenhauskomplex. Dani dirigierte sie über den weitläufigen Parkplatz zu einem eleganten Gebäude aus Glas und Chrom.

»Das muss aber ein ziemlicher Spezialist sein«, sagte Ivy.

»Der beste in der Region.« Dani stieg aus und warf die Tür zu, um klarzumachen, dass es dazu nichts weiter zu sagen gab.

Sie fuhren in den dritten Stock. Erst als sie die exklusive Praxis betraten, nahm Dani die Brille ab. Die Wände waren in einem lebhaften Blau gestrichen und die Stühle in verschiedenen leuchtenden Rottönen gepolstert. »Fröhlich hier.«

»Sie glauben an die Macht der Farben«, sagte Dani.

»Die Augen essen mit.«

»Oder so ähnlich.«

Ivy fiel die teure Kaffeemaschine auf, die ausgewählten Hochglanzmagazine und der große Flatscreen mit der Wettervorhersage – sonnig und wolkenlos –, während Dani auf die Arzthelferin zuging. »Ich bin Dani Manchester, ich habe einen Termin bei Dr. Zacharias.«

»Ja, Moment, hier habe ich Sie. Nehmen Sie bitte Platz, Sie werden gleich aufgerufen.«

»Danke.«

Ivy machte eine Tasse Kaffee und bot sie Dani an, die ablehnte. Sie gab zwei Stück Zucker und etwas Sahne dazu und fischte ein Exemplar der neuesten Ausgabe von *Bon Appétit* aus dem Stapel. »Nette Praxis.«

»Manchmal können die Termine ein paar Stunden dauern. Die Mitarbeiter sorgen dafür, dass die Wartezeit angenehm ist.«

»Dauert dein Termin ein paar Stunden?« Ivy hatte etwa fünf Stunden für den Trip veranschlagt. Sie wollte sich lieber nicht ganz auf Daltons Vorarbeiter verlassen, was Libbys Blasenvolumen anging.

»Nein. Eher eine halbe Stunde.«

»Ich bin nicht in Eile. Wenn es länger dauert, kann ich Dalton schreiben und ihn bitten, Libby rauszulassen.«

»Nein, lass mal, keine Angst.«

Ivy nippte an ihrem Kaffee und blätterte in der Zeitschrift, als Dani aufgerufen wurde.

Eine Broschüre, in der das Leitbild der Praxis, die Behandlungen und die Ärzte aufgeführt waren, zog Ivys Aufmerksamkeit auf sich. Sie schlug die Seite mit der Vorstellung von Dr. Zacharias auf. Er war groß, hatte olivfarbene Haut, ein blendend weißes Lächeln und musste Mitte vierzig sein. Kein Ehering. Dr. Sexy behandelte Augenkrankheiten aller Art, die über das Spektrum nicht spezialisierter Augenärzte hinausgingen. »Von wegen Astigmatismus.«

Ivy wandte sich wieder dem Hochglanzfoto von der Pasta mit einer roten Salsa zu, die mit Basilikumblättchen dekoriert war. Daneben war ein knuspriges Brot abgebildet. Es sah gut aus, aber sie hätte es besser gemacht.

Sie überflog das Magazin, bis sie auf das Profil eines ehemaligen Konkurrenten stieß. Luigi's befand sich nur eine Straße vom Vincenzo's entfernt. Man kannte sich gut und pflegte eine freundschaftliche Rivalität.

Luigi betrieb das Restaurant in der dritten Generation als Chefkoch. Er war fünfunddreißig, sah aber wie fünfzig aus. Einmal hatte er mit Ivy an einem Kochwettbewerb der Feuerwache teilgenommen, bei dem sie gewonnen hatte. Er war stinksauer gewesen.

»Tja, und jetzt hast du die Nase vorn«, grummelte sie und blätterte weiter.

Sie blätterte durch die Seiten mit stilisierten Gerichten und exotischen Locations. Es hatte eine Zeit gegeben, in der solche Zeitschriften ihre Träume von einer kulinarischen

Zukunft beflügelten. Doch jetzt wollte sie nichts mehr, als Ruths Rezepte für Fried Chicken und Chowder aufzupeppen und die Gewürze für den Krautsalat zu überdenken. Außerdem gab es da noch das Rezept für die Grillmarinade. Und für das Experiment mit dem Tempurateig hatte sie auch schon ein paar Ideen.

Die Tür öffnete sich, und Dani kam wieder heraus. »Gehen wir?«

Ivy sah auf die Uhr und stellte überrascht fest, dass schon vierzig Minuten vergangen waren. Sie kippte den letzten Rest ihres Kaffees hinunter, warf den Becher in den Mülleimer und legte die Zeitschrift zurück. Als sie aufblickte, bemerkte sie, wie wässrig und blutunterlaufen Danis Augen waren. »Alles in Ordnung?«

»Das sind nur die Tropfen. Die reizen die Augen.«

Das klang nicht nach der ganzen Wahrheit, aber Ivy ließ es hier in der Praxis lieber auf sich beruhen. Als sich die Fahrstuhltüren öffneten, eilte sie darauf zu und hielt ihre Hand vor die Lichtschranke. Dani setzte die dunkle Brille auf und ging vorsichtig über den gefliesten Boden. Vor dem Fahrstuhl wurde sie noch zögerlicher, als wüsste sie nicht, wo es hineinging.

»Einen Schritt vorwärts«, sagte Ivy.

»Weiß ich.« Und dann, weniger scharf: »Danke.«

Ivy fragte sich, wie gut sie sehen konnte. »Das müssen aber richtig starke Tropfen sein.«

»Ja, stimmt.«

Ivy hielt sich an Danis Seite und öffnete ihr schließlich die Beifahrertür. Diesmal protestierte sie nicht, sondern setzte sich und tastete eine Weile nach ihrem Sicherheitsgurt.

Während Ivy sie durch den Verkehr in Norfolk und zurück auf die Interstate lotste, schwiegen sie beide.

»Ich habe mir die Broschüre der Praxis angesehen. Dr. Zacharias sieht wirklich süß aus«, sagte Ivy schließlich.

»Stimmt.«

»Ist er verheiratet?«

»Hast du Interesse an ihm?«, fragte Dani.

»Ich nicht. Aber ihr beide würdet ein schönes Paar abgeben.«

»Er ist immer sehr professionell.«

»Umso besser.«

»Also, ich habe wirklich Wichtigeres zu tun, als hinter meinem Augenarzt her zu sein.«

»Aus der Broschüre wird deutlich, dass er keine gewöhnlichen Fälle behandelt, Dani.« Ivy ließ das so stehen und hoffte, dass Dani endlich mit der Sprache rausrücken würde.

»Er nimmt sowohl Spezial- als auch Routinefälle an.«

Ivy ließ sich von der unverbindlichen Antwort nicht ausbremsen. »Sag mir, was los ist. Im Grunde hätten dich dein Bruder oder Vater zu so einem Termin bringen sollen. Nicht irgendeine fragwürdige Freundin aus vergangenen Zeiten.«

»Die beiden sind zu beschäftigt dafür. Und du bist nicht fragwürdig.«

Hörte sie da ein Kompliment heraus? »Irgendwie klingt das nicht nach der ganzen Wahrheit.«

Dani rieb sich mit ihren manikürten Fingern den Nacken. »Die ganze Wahrheit?«

»Nach dem letzten Mal, als wir um den heißen Brei geredet haben, haben wir über ein Jahrzehnt nicht miteinander gesprochen.«

Dani seufzte. »Ich verliere meine Sehkraft.«

Die Worte standen im Raum, während Ivy versuchte, das zu verarbeiten. »Das heißt, du brauchst eine spezielle Brille?«

»Das heißt, dass mir eine Brille etwas Zeit verschafft, aber ungefähr ab Mitte vierzig werde ich kaum noch etwas sehen. Es heißt Retinitis pigmentosa und ist genetisch bedingt.«

»Und wer hatte es in deiner Familie?«

»Ich weiß es nicht. Auf Mamas Seite gibt es niemanden, der blind geworden ist. Auf Dads Seite stecke ich bei meiner Großmutter Ann in einer Sackgasse. Niemand scheint zu wissen, wo sie herkommt.«

Ivy holte tief Luft. »Scheiße.«

»Du sprichst mir aus dem Herzen.« Sie rückte ihre Brille zurecht. »Ich nehme nicht an, dass in diesem Fahrzeug irgendwo eine Flasche Scotch herumrollt?«

Ivy ignorierte die Frage. »Aber du fährst trotzdem Auto.«

»Ja, aber nur tagsüber, wenn es hell ist. Letztes Jahr habe ich einen Blechschaden verursacht, seitdem fahre ich nachts nicht mehr. Wenn ich Glück habe, geht das noch zehn Jahre gut. Auf jeden Fall hoffe ich, dass ich bis zu Bellas sechzehntem Geburtstag durchhalte. Wenn sie ihren Führerschein hat, kann sie mich unterstützen.«

»Was ist mit ihr? Hat sie irgendwelche Symptome?«

»Nein. Ich war mit ihr bei Dr. Zacharias, und er glaubt, dass sie es nicht bekommen wird. Aber wir müssen das weiter beobachten.«

»Weiß sie es?«

»Das mit mir? Nein. Dafür ist es zu früh. Ich möchte, dass sie weiter so gern zur Schule geht und Spaß mit ihren Freundinnen hat, ohne sich Sorgen um mich machen zu müssen. Und sie wird sich Sorgen machen, wenn ich es ihr sage.«

Dalton hatte zwar kein Wort über Dani zu Ivy gesagt, aber Ivy war sicher, den einen oder anderen besorgten Blick aufgefangen zu haben. Vor allem, als sie über den Welpen gesprochen hatten. »Du hast es weder Dalton noch deinem Vater erzählt, oder?«

»Stimmt. Bis jetzt habe ich sie nicht gebraucht. Ich war in der Lage, meine Termine wahrzunehmen, und habe ein paar

Sachen umgestellt, um allein zurechtzukommen. Aber es ist absehbar, dass das nicht mehr lange funktioniert.«

»Hast du heute wirklich Augentropfen bekommen?«

»Ja. Ich wusste auch schon seit ein paar Monaten, dass ich heute jemanden brauche, der mich bringt. Meine Freundin hat mich hängen lassen.«

»Ich nehme mal an, dass Matthew auch im Dunkeln tappt.«

»Ja. Und er wird es als Letzter erfahren. Was ich wirklich nicht haben kann, ist, wenn er sich in alles einmischt.«

»Stimmt. Er hat einen Hang dazu.«

»Ja, allerdings.«

»Er würde aber nicht wollen, dass dir das Sorgerecht entzogen wird, oder?«

»Nein, kann ich mir nicht vorstellen. Aber in Bezug auf Bella gehe ich null Risiko ein.«

»Warum hast du es mir verraten?«, fragte Ivy.

»Du bist bald wieder weg, und du bauschst Sachen nicht groß auf oder machst aus allem ein Drama. Du machst einen Schritt nach dem anderen. Genau wie Ruth.«

Das klang etwas zu sehr nach Roboter. »Ich mache auch manchmal Terz.«

»Wann?«

»Als ich in New York war, war ich dauernd auf hundertachtzig.«

»Was hast du gesagt, als das Restaurant eure Gehälter gekürzt hat?«

»Dazu gab es nicht viel zu sagen.«

»Genau. Ich hätte die Teller an die Wand geworfen. Habe ich auch gemacht, als du plötzlich weg warst.«

»Tut mir leid.«

»Muss es nicht. Wie ich schon gesagt habe, hast du uns allen damit einen Gefallen getan. Und durch deine harte

Arbeit hast du das Restaurant zu einem angesagten Lokal gemacht.«

»Woher weißt du das?«

»Ich habe deine Karriere schon verfolgt, bevor Ruth mir erzählt hat, dass du Preise gewinnst.«

»Warum?«

»Du warst meine Freundin. Und ob du es glaubst oder nicht, ich habe dir immer nur das Beste gewünscht. Ich wollte dich nicht mit dem verletzen, was zwischen Matthew und mir war.«

Zwölf Jahre und ihr eigener Erfolg hatten ihr gezeigt, wie ihre Wut sie in den ersten dunklen Tagen in New York angetrieben hatte. Als die verraucht war, hatte die Arbeit die Lücke gefüllt. Erst in den letzten Wochen war ihr bewusst geworden, wie einsam sie war. »Ist deine Augenkrankheit der Grund, warum du nicht aus North Carolina weggezogen bist?«

»Na ja, erst waren ein Baby und eine Scheidung innerhalb von anderthalb Jahren Grund genug. Und dann haben Matthew und ich eine Sorgerechtsvereinbarung unterzeichnet, in der wir uns beide dazu verpflichtet haben, in North Carolina zu bleiben. Später ging die Sache mit der Galerie los, und ich habe meine ganze Energie gebraucht, um sie zum Laufen zu bringen. Und dann hat mich mein Vater als Dekorateurin eingestellt, und das macht mir sehr viel Spaß. Ich habe mir ein tolles Leben aufgebaut, auch wenn ich mal ganz andere Träume hatte.«

»Wann ist dir aufgefallen, dass du nicht mehr so gut sehen kannst?«

»Auf der Party zu Bellas achtem Geburtstag. Wir haben im Garten gefeiert, und als die Sonne unterging, habe ich mich kaum noch zurechtgefunden. In den folgenden Wochen wurde es ein wenig besser, und ich redete mir ein, dass es eine einmalige

Sache gewesen sei. Als es wiedergekommen ist, habe ich Ruth davon erzählt.«

Ihre Großmutter hatte natürlich kein Wort zu Ivy gesagt. »Was hat sie dir geraten?«

»Lebe dein Leben. Lass nicht zu, dass die Gegenwart von der Vergangenheit oder der Zukunft ruiniert wird.«

»Das hat sie mir auch immer wieder geraten.«

»Und ich habe mich daran gehalten. Aber es wird immer schwieriger, es zu verbergen.«

Danis Angst war nicht zu überhören, und deshalb kam Ivy auf das Praktische zu sprechen. »Das wirst du nicht ewig durchhalten können. Du musst es Dalton und deinem Vater sagen.«

»Ja, ich weiß.«

»Und wann sagst du es ihnen?«

»Bald. Ich bin gerade noch dabei, mich mit der akuten Verschlechterung auseinanderzusetzen. Jedes bisschen Sehkraft, das ich verliere, erwischt mich kalt. Nicht ausgeschlossen, dass es noch mal besser wird, aber ich rechne nicht damit.«

»Wirst du irgendwann blind?«

»Das kann man nicht vorhersagen.«

»Sag es deiner Familie.«

»Ja, mache ich, aber versprich mir, dass du niemandem etwas sagst.«

»Solange ich weiß, dass ihr sicher seid, Bella und du, halte ich den Mund. Aber wenn ich den Eindruck habe, dass ihr in Schwierigkeiten steckt, kann ich es nicht versprechen.«

»Ich bitte dich einfach nur, das für dich zu behalten. Du bist bald wieder weg, aber ich muss einen Weg finden, das neue Leben mit Bella und den anderen Menschen um mich herum zu leben.«

»Und ich sage dir, dass ich es für mich behalte. Es sei denn, Bella oder du geratet in Gefahr.«

»Du hast mir keine Bedingungen zu diktieren. Entweder behältst du es für dich oder eben nicht.« Dani verschränkte die Arme vor der Brust und starrte aus dem Fenster. »Ich habe gedacht, du wärst auf meiner Seite.«

»Bin ich auch.«

»Klingt nicht so.«

»Wenn es mir egal wäre, würden wir diese Diskussion nicht führen.«

»Danke, dass du mich heute nach Norfolk gefahren hast, aber wir sind jetzt nur noch alte Schulfreundinnen. Keine von uns schuldet der anderen etwas.«

Kapitel 21
IVY

Montag, 24. Januar 2022, 13.00 Uhr

Als Ivy in Danis Einfahrt fuhr, herrschte im Auto mürrische Stille. Sie saßen da und rührten sich nicht, bis Ivy fragte: »Was kann ich tun?«

»Nichts«, sagte Dani. »Es ist nichts, was sich lösen lässt. Aber ich kriege das schon hin.«

»Wenn du etwas brauchst …«

Dani hatte die Hand auf dem Türgriff. »Behalt einfach mein Geheimnis für dich. Um den Rest kümmere ich mich schon.«

»Ich meine es ernst. Ich helfe dir.«

»Verstanden.«

Durch ihren Abgang vor zwölf Jahren hatte Ivy Danis Reserviertheit verdient. Vielleicht ließ es sich nie wiedergutmachen, aber auf einen Versuch würde Ivy es ankommen lassen. »Ihr seid jederzeit auf Welpenbesuch willkommen.«

»Alles klar.« Dani schloss die Autotür und ging auf ihr Haus zu.

Zum ersten Mal achtete Ivy darauf, wie Dani sich bewegte. Jetzt bemerkte sie die leicht zögerlichen Schritte, als ob Dani den Boden abtastete und ihre schwindende Sehkraft durch den Tastsinn ergänzte. Dani verschwand im Haus, ohne sich noch einmal umzusehen. Ivy fuhr rückwärts auf die Straße und fragte sich, wie sie damit umgehen würde, wenn ihre Welt langsam dunkel würde.

Zwanzig Minuten später lief sie ihre Treppe hinauf. Libby bellte, und Ivy eilte zur Kücheninsel und ließ Schlüssel und Handtasche fallen. »Entschuldigung, Miss Libby.«

Libby klopfte im Takt von Ivys Stimme mit dem Schwanz. Die Welpen schreckten hoch, als ihre Mutter aufstand und auf Ivy zulief. Ivy hob Libby auf und trug sie hinunter, wo sie kurz herumrannte und sich um ihr Geschäft kümmerte, während ein kalter Januarwind über das Strandgras fegte. Er hatte Sand um das Wrack geweht; ein Teil der inneren Verstrebungen war schon verschwunden. Es würde nicht mehr lange dauern, bis es ganz verschwunden war.

Sie betrachtete die leuchtenden Blautöne des Himmels und das pure Weiß der aufziehenden Wolken. Über ihr flog ein Schwarm Möwen, die mit ihren Flügeln die klare Luft zerschnitten. Sie schloss die Augen und ließ das, was sie gerade gesehen hatte, vor ihrem inneren Auge vorbeiziehen. Wie lange konnte sie diese Erinnerung bewahren? Wie schnell würden die Farben verblassen?

Obwohl sie keine Sehprobleme hatte, erinnerte sie sich kaum noch daran, wie ihre Mutter ausgesehen hatte, und selbst Ruths Gesicht verschwand bereits im Nebel. Menschen kamen und gingen, das war schmerzhaft genug. Wie mochte es dann erst sein, wenn die ganze Welt dunkel wurde?

Libby bellte und trottete auf Ivy zu. »Komm, du kriegst was zu fressen, und ich wechsele noch schnell die Decken auf deinem Lager.« Der Hund leckte ihr das Gesicht ab.

Drinnen legte sie die Welpen vorsichtig auf die neue Decke. Als Ivy den größten Welpen umbettete, bemerkte sie, dass sich seine Augen zu öffnen begannen. Sosehr Libby Ivy auch zu mögen schien, sie passte immer auf, was Ivy mit ihrem Nachwuchs anstellte.

Libby schnüffelte an ihrem Nachwuchs und leckte ein Junges nach dem anderen ab, bis sie sicher sein konnte, dass es allen dreien gut ging.

Ivy machte sich eine Kanne Kaffee, setzte sich an den Esszimmertisch und blätterte noch einmal das Adressbuch durch, in der Hoffnung, Carlottas Namen übersehen zu haben. Aber er fand sich nicht unter *C* oder *D*. Talleys Name, der ursprünglich unter *J* aufgeführt war, war durchgestrichen und mit einer Notiz versehen, den Eintrag unter *N* zu suchen. Unter *N* gab es nur einen einzigen Eintrag: Mrs Edward Newsome. Adresse und Telefonnummer von Mrs Newsome hatten sich mehrmals geändert.

Ivy blätterte durch die Schwarz-Weiß-Fotos und fand das Bild der jungen Mädchen am Pool. Sie fixierte das Mädchen mit dem hellen Pferdeschwanz. Während sie an ihrem Kaffee nippte, warf sie erneut einen Blick auf den Namen im Adressbuch. Die Tatsache, dass Talley noch in diesem Buch stand, ließ vermuten, dass sie für Ruth bis zuletzt von Bedeutung gewesen war.

Sie wählte die letzte Nummer von Mrs Newsome. Es klingelte sechs- oder siebenmal, bevor ein Anrufbeantworter ansprang. »Dies ist der Anschluss von Mrs Newsome. Hinterlassen Sie mir eine Nachricht.« Es gab eine lange Pause, bevor sie hinzufügte: »Nach dem Signalton.«

Ivy wartete auf den Ton und sagte dann: »Mrs Newsome, mein Name ist Ivy Neale. Ich bin die Enkelin von Ruth Wheeler. Ich versuche, Ruths Freundinnen und Freunde zu erreichen. Wenn Sie können, rufen Sie mich bitte an.« Sie hinterließ ihre Nummer und beendete das Gespräch.

Sie überlegte, ob sie noch andere Nummern anrufen sollte, aber außer den Manchesters sagte ihr niemand etwas im Adressbuch, und sie wollte nicht aufs Geratewohl Fremde kontaktieren.

Das Fried Chicken, das sie vor zwei Tagen gemacht hatte, war wirklich lecker gewesen, aber sie fragte sich, wie es wohl mit etwas zeitgemäßeren Aromen und einer leichteren Panade schmecken mochte.

Sie nahm die restlichen Hähnchenteile aus dem Kühlschrank und goss Öl in die gusseiserne Pfanne. Während das Öl heiß wurde, nahm sie Buttermilch aus dem Kühlschrank. Dann mischte sie Mehl, Salz und Gewürze auf einem großen Teller mit Brotkrümeln. Schon bei dem Gedanken an die knusprige Haut und das zarte Fleisch lief ihr das Wasser im Mund zusammen. Sie heizte den Ofen vor und zog die Hähnchenteile zuerst durch die Buttermilch, dann durch die Mehlmischung. Als das Öl knisterte, legte sie ein Teil nach dem anderen vorsichtig hinein. Die Haut zischte.

Nach einer Weile nahm sie sie alle aus der Pfanne und stellte sie zum Nachgaren in den warmen Ofen. Sie stellte den Timer auf ihrem Handy auf zehn Minuten. Im Haus roch es nach kräftigen Gewürzen und Frittiertem. Sie nahm den Krautsalat aus dem Kühlschrank, den sie vor zwei Tagen gemacht hatte.

Es klopfte an der Haustür. Dalton stand davor. Ivy musste sofort daran denken, dass sie Dani versprochen hatte, ihr Geheimnis zu wahren.

»Hey.«

»Ich war auf der Baustelle nebenan und wollte dich vorwarnen. Da ist eine Molly Gardner von der historischen Gesellschaft, die dir einen Besuch abstatten will. Alle haben was von dem Wrack gehört. Und allen ist klar, dass der Ozean es sich bald zurückholen wird.«

»Danke, dann weiß ich Bescheid. Sie kann gern vorbeikommen. Ich bin so gut wie immer hier.«

»Als ich heute Morgen vorbeigekommen bin, warst du nicht da.«

»Ich hatte Besorgungen zu machen. Papierkram. So was halt.« Lügen waren ihr noch nie leicht über die Zunge gegangen. In dieser Situation fiel es ihr noch schwerer. »Ich habe gerade ein Blech Fried Chicken im Ofen. Du hast nicht zufällig Hunger?«

»Ruths Fried Chicken?«

»Mit ein oder zwei Abwandlungen. Ich schaffe das nicht allein, und heiß schmeckt es am besten.«

Er wischte sich die Füße an der Matte ab, folgte ihr in die Küche und betrachtete die Hochschränke.

»Und was sagt das Auge des Bauunternehmers?«, fragte sie.

»Die Schränke sind solide und gut, aber sie passen nicht an diese Stelle. Wenn du sie rausnimmst, öffnet sich der ganze Raum.«

»Du hast recht. Ich fand es immer blöd, um sie herumschauen zu müssen. Sie sind wie eine zu große Vase in der Mitte eines Esstischs.«

»Wenn du die Schränke abnimmst und die Kücheninsel etwas verlängerst, hast du mehr Bewegungsfreiheit um den Herd herum.«

»Für eine Person ist es perfekt.«

»Wenn das Haus im Sommer vermietet werden soll, braucht es eine geräumigere Küche.«

Sie schaute sich um und stellte sich Fremde in ihrem Haus vor. Die meisten Mieter gingen behutsam mit den Häusern um, aber selten so vorsichtig wie die Eigentümer. »Als Ruth jünger war, wurde das Haus auch manchmal vermietet, wenn die Bungalows alle belegt waren.«

»Wie hat Ruth deinen Großvater kennengelernt?«, fragte Dalton.

»Das habe ich nie erfahren. Ich habe Mama ein paarmal gefragt, aber als es mich wirklich zu interessieren begann, lebte sie nicht mehr. Ruth hat mir nie eine klare Antwort gegeben. Ich weiß nur, dass er starb, als meine Mutter noch ein Säugling war. Vielleicht hat er hier Ferien gemacht. Wäre ja nicht das erste Mal, dass ein Sommerabenteuer nicht folgenlos geblieben wäre.«

»Das glaube ich nicht«, sagte Dalton. »Ich habe Dad neulich nach Ruth gefragt und mich nach ihrem Mann erkundigt. Anscheinend hat sie ihn in den Jahren kennengelernt, in denen sie nicht auf den Outer Banks gelebt hat.«

Ivy griff nach einem Geschirrhandtuch und öffnete den Ofen. Ein wunderbarer Duft entströmte ihm. Sie nahm die Hähnchenteile heraus und schloss die Ofentür mit dem Fuß. »Moment mal. Ruth ist irgendwann von den Outer Banks weggezogen?«

»Ja, genau. Da war sie noch keine zwanzig. Aber ich weiß nicht, wie lange sie weg war.«

»Davon hat sie mir nie etwas gesagt.« Sie drückte die Haut eines Hähnchenteils leicht hinunter. War es knusprig genug? Perfekt. Sie legte eine Unter- und eine Oberkeule auf einen weißen Steingutteller, gab einen Löffel Krautsalat dazu und wischte den Rand des Tellers mit dem Geschirrtuch sauber. Dann stellte sie ihn auf die Bar und legte eine Papierserviette und eine Gabel daneben.

»Kann ich mir die Hände waschen?«, fragte er.

»Nur zu«, sagte sie mit einer Kopfbewegung zum Waschbecken.

Er quetschte sich hinter ihr durch. Nur ein paar Zentimeter trennten sie voneinander. Während er den Wasserhahn aufdrehte und sich die Hände mit Seife schrubbte, spürte sie die Wärme und Energie, die von seinem Körper ausging.

Sie holte tief Luft und versuchte sich daran zu erinnern, wann sie das letzte Mal mit einem Mann zusammen gewesen war. Vor einer Ewigkeit.

Er trocknete sich die Hände mit einem Papiertuch ab, ging wieder hinter ihr durch und zog die beiden Hocker an die Bar.

Sie aßen ein paar Minuten lang schweigend und genossen das Fried Chicken. Nach den ersten Bissen begann sie, die Gewürzmischung zu prüfen. Nicht schlecht. Aber das ging noch besser.

»Fantastisch«, sagte Dalton. »Das weckt so viele gute Erinnerungen ans Seaside. Unsere Football-Mannschaft ist ja sonntags immer nach dem Training bei euch essen gegangen. Wir haben Ruths Fried Chicken geliebt.«

Ivy erinnerte sich daran, wie die Jungen lärmend in den Speisesaal gerannt kamen. Sie hatten nach dem Training geduscht und rochen nach Seife und sauberer Baumwolle. Sie war vierzehn, ihre Hormone spielten verrückt und sie wünschte sich, von den Jungen beachtet zu werden. Dalton war immer höflich, sagte »bitte« und »danke«, aber er sah sie nie so an wie die Cheerleader.

»Während der Trainingssaison haben wir immer doppelt so viel Fried Chicken gemacht wie sonst.« Sinne riefen Vergangenes besser wach als Fakten und Zahlen. Mit jedem Bissen vom Brathähnchen tauchten sie tiefer in die Vergangenheit ein.

»Du hast immer so ernst ausgesehen.«

»So ernst auch wieder nicht.«

Er schnitt eine Grimasse. »Du hast nur selten gelächelt.«

»Woher willst du das wissen? Du hattest nur Augen für Casey Bailey.« Die große Blondine mit der leicht gebräunten Haut und er hatten ein gut aussehendes Paar abgegeben.

Er grinste. »Stimmt. Aber das ist schon lange her.«

»Was macht Casey heute?«

»Verheiratet, drei Kinder. Lebt in Raleigh.«

»Es gab Gerüchte, dass ihr beide heiraten wolltet.«

Er zog ein knuspriges Stück Haut vom Fleisch. »Ja, wir haben darüber geredet. Ich habe mir sogar Ringe angesehen.«

»Aber …«

»Ich hatte auch keine Lust, das Leben zu führen, das für mich vorgesehen war. So wie du.«

»Dani hat mir mal von dem Streit mit deinem Vater erzählt, als du dich geweigert hast, aufs College zu gehen.«

»Ich wollte nicht mehr in einem Klassenraum sitzen. Ich wollte reisen. Deswegen bin ich zur Marine gegangen.«

»Du hast nicht auf den Outer Banks gelebt, als ich nach New York gegangen bin.«

»Wir müssen uns um drei oder vier Monate verpasst haben.« Er legte die Hähnchenkeule auf den Teller und wischte sich die Finger an der Papierserviette ab. »Ich bin froh darüber, wie freundlich du zu Dani bist. Sie hat sich Sorgen gemacht, wie es wäre, wenn ihr euch wiederseht.«

»Sie wirkte ziemlich entspannt.«

»Wenn sie so wirkt, als wäre alles easy, ist meistens das Gegenteil der Fall.«

»Alles nur Fassade?«

»Genau.« Er lehnte sich entspannt zurück. »Wie war eigentlich dein Abendessen mit Matthew?«

»Ganz nett. Er sucht einen Chefkoch für sein neues Restaurant.«

»Du überlegst es dir?«

Sie lachte. »Für Matthew arbeiten? Er schickt mir heute den Geschäftsplan.«

»Hast du schon mal daran gedacht, deinen eigenen Laden aufzumachen?« Sein lockerer Ton war fast wie Danis.

Sie war noch nicht bereit, laut Nein zu sagen. »Ich weiß, wie schwer das ist. Die kreative Energie, die man fürs Kochen braucht, geht ganz für die geschäftliche Seite drauf.«

»Hattest du irgendwann schon mal Angst vor harter Arbeit?«

Sie atmete tief durch. »Nein, nie. Aber was ich durch den Verkauf dieses Hauses einnehme, ist mein ganzes Vermögen. Alles auf ein Restaurant zu setzen, kommt mir riskant vor.«

»Sagt eine Frau, die in ihrem gelben Pacer nach New York City gefahren ist, ohne eine Arbeit oder eine Bleibe zu haben.«

»Ich wusste es nicht besser. Und ich dachte damals, ich hätte nichts zu verlieren.«

»Heute bist du schlauer. Und du bist immer noch jung. Zeit ist dein bestes Kapital.« Er biss in seine Hähnchenkeule und wischte sich vorsichtig den Fettschimmer von den Lippen. »Was für ein Restaurant würdest du denn aufmachen wollen?«

»Ich habe über ein Jahrzehnt lang italienische Rezepte rauf- und runtergekocht, insofern wäre das die einfachste Wahl. Aber ich kann damit nichts mehr anfangen.«

»Dann mach Fried Chicken«, sagte er. »Ich kenne wirklich viele Leute, die für so ein leckeres Essen wie dieses Schlange stehen würden.«

»In dieser Zeit? Wollen nicht alle was Veganes und Fettarmes?«

»Nicht, wenn sie ehrlich mit sich selbst sind. Außerdem sündigen die Leute gern im Urlaub, was Essen angeht.«

Sie gluckste. »Da erlaubt man sich das mal.«

»Genau. So zu kochen, das ist deine Berufung.«

Das Kochen war heute ganz natürlich und einfach gewesen, aber es gab auch keinen Druck, hundert Bestellungen abzuarbeiten. »Ich behalte das im Hinterkopf.«

»Dani war heute weg.« Er schob seinen Teller mit Hühnerknochen etwas von sich.

»Oh.«

»Und du warst heute weg.«

»Stimmt.« Sie hätte irgendwas über einen Einkaufsbummel flunkern können, aber ihr war nicht danach. »Worauf willst du hinaus?«

»Dani ist erwachsen. Streng genommen sollte mich ihr Leben nichts angehen. Aber ich bin ihr großer Bruder, und da ist mir das schnuppe.«

»Du solltest dieses Gespräch mit deiner Schwester führen.«

»Das habe ich ja versucht. Ich weiß, dass irgendetwas mit ihr nicht stimmt, aber sie wimmelt mich immer wieder ab. Sie behauptet, dass es ihr gut geht.«

»Warum glaubst du, dass das nicht stimmt?«

»Sie hat in den letzten Monaten nicht gemalt. Ich habe sie x-mal eingeladen, mit mir essen zu gehen, aber sie hat immer irgendeinen Grund, warum sie nicht kann. Außerdem bleibt die Galerie dieses Jahr noch im Februar geschlossen. Das ist das erste Mal.«

»Ich weiß nicht, was ich sagen soll.« Sie wischte sich die Finger mit einem Papiertuch ab. »Bleib hartnäckig. Sie wird mit dir reden, wenn sie bereit dazu ist.«

Seine grauen Augen fixierten sie. »Es gibt also tatsächlich etwas.«

»Das habe ich nicht gesagt.«

»Doch, genau das hast du gesagt.« Er seufzte und ließ den Kopf von einer Seite auf die andere rollen. »Ist sie krank? Hat sie Krebs? Unsere Mutter ist mit Mitte vierzig an Brustkrebs gestorben.«

»Du nervst mich. Sprich mit deiner Schwester.«

»Ja, was bleibt mir übrig?«, grummelte er. Er schwieg einen Moment, dann fragte er: »Wie geht's den Welpen?«

»Der größte macht bald die Augen auf. Bella hat sich in das kleinste Mädchen verliebt und sie Star getauft.«

»Und Dani hat wirklich Ja zu einem Welpen gesagt?«

»So ist es.«

»Das will was heißen.«

»Ich war auch überrascht.« Ivy stellte sich vor, wie er diese neue Information verarbeitete. Früher oder später würde er sich einen Reim darauf machen.

»Hast du schon einen Immobilienmakler beauftragt?«, fragte er.

»Nein. Ich fange nächste Woche an, mich umzuhören. Bald habe ich das Haus so weit, dass es vorzeigbar ist.«

»Ich will immer noch ein Gebot abgeben.«

»Im Ernst? Hast du nebenan nicht schon genug zu tun?«

»Euer Haus hat mir schon immer gefallen. Die Lage ist großartig, und ich liebe den altmodischen Touch.«

»Möchtest du dir das Obergeschoss ansehen? Es ist so weit ausgeräumt, dass man sich bewegen kann.«

»Gern.«

Sie stiegen die Treppe zum ersten Stock hinauf und gingen zuerst in das Zimmer zum Meer hinaus, das sie zurzeit bewohnte. Sie verzog das Gesicht. Ihr Bett war ungemacht, und auf ihrem Koffer flogen Anziehsachen herum, die sie heute Morgen vor ihrem Blitzstart rausgezerrt hatte.

Er ging zum Fenster. »Fantastisch.«

»Ich liebe es, aufzuwachen und die Wellen rauschen zu hören und das Meer zu sehen. Ich kann nicht sagen, dass ich das Hupen und die Geräusche der Stadt vermisse.«

»Kann ich mir vorstellen. Das Haus würde sich natürlich profitabel vermieten lassen, aber ich überlege, es für mich selbst zu kaufen.«

»Dani hat gesagt, dass dein Vater bei dir wohnt.«

»Ja. Aber das Haus ist klein und steht im Wald. Wir vermissen das Meer. Hier gäbe es genug Platz für uns beide.«

Er warf einen Blick in das andere Zimmer und ging dann wieder hinunter. Sie folgte ihm und war unsicher, ob sie ihm noch etwas über das Haus erzählen oder ihn einfach die Eindrücke verarbeiten lassen sollte.

Er öffnete die Tür zum Gästezimmer, in dem Ruths Gemälde standen. »Hast du dich entschieden, was du damit machen willst?«

»Nein. Nur dass ich sie nicht verkaufe.«

»Gut. Sie hat sie nicht ohne Grund hiergelassen.«

»Wie kommst du darauf?«

»Sie hat niemandem die Bilder gezeigt. Sobald eines fertig war, hat sie es eingepackt und mit dem nächsten begonnen. Wenn sie nicht gewollt hätte, dass du sie bekommst, hätte sie sich von ihnen getrennt.«

»Sie hatte einen Herzinfarkt. Wie hätte sie das wissen können?«

»Sie war in ihren letzten Wochen sehr nostalgisch. Sie hat Kontakt zu ihrem Vater und ihrer Cousine in Elizabeth City aufgenommen.«

»Ihrer Cousine?«

»Mrs Newsome, glaube ich.«

»Der habe ich gerade eine Nachricht auf dem Handy hinterlassen.«

»Sie konnte nicht zur Beerdigung kommen, weil sie auf einen Rollstuhl angewiesen ist. Und vergiss nicht, dass Leute ihrer Generation ihre Handynachrichten nicht so oft checken. Wenn sie es tut, wird sie sich bei dir melden.«

»Ist sie noch bei Verstand?« Ivy versuchte, sich die Talley vom Foto sieben Jahrzehnte später vorzustellen.

»Ruth hat gesagt, sie sei blitzgescheit.«

»Wie alt ist sie?«, fragte Ivy.

»Mitte achtzig. Sie war ein paar Jahre älter als Ruth. Ich glaube, ihre Mütter waren Schwestern.«

»Es gibt so viel, was ich über meine Familie nicht weiß«, sagte sie.

Er warf ihr einen schiefen Blick zu. »Tja, da bist du nicht die Einzige.«

Kapitel 22
IVY

Montag, 24. Januar 2022, 15.00 Uhr

Kurz nachdem Dalton gegangen war, rief Mrs Molly Gardner an. Sie vereinbarten, dass sie in einer Stunde vorbeikommen würde. Als sie eine Dreiviertelstunde später vorfuhr, hatte Ivy die Küche aufgeräumt und war kurz mit Libby draußen gewesen.

Ivy trat auf die vordere Veranda und sah eine mittelgroße Frau aus einem grauen Geländewagen steigen. Sie war Ende fünfzig, hatte grau meliertes braunes Haar und trug Stone Washed Jeans, einen hellbraunen Pullover mit Zopfmuster unter ihrem Caban und dazu Gummistiefel.

»Mrs Gardner?«, fragte Ivy.

»Nennen Sie mich bitte Molly.«

Ivy trat zur Seite, um sie hereinzulassen. Die Hündin lugte um die Ecke der Kistenwand. »Das ist Libby. Sie ist gerade Mutter geworden und etwas nervös. Ich wollte die Kartons schon vor Tagen wegräumen, aber sie fühlt sich sicherer so.«

»Kann ich die Welpen sehen?«, fragte Molly. Ihre grünen Augen leuchteten.

»Na klar. Es sind drei, die kleine Hündin ist schon vergeben, aber der Junge und das andere Mädchen suchen noch ein Zuhause, falls Sie interessiert sind.« Molly kniete sich vor das Lager, streckte ihre Hand aus und wartete geduldig, bis Libby ausgiebig geschnuppert hatte und ihr schließlich die Finger ableckte. »Oje. Sind die süß!«

»Sagen Sie mir Bescheid, wenn Sie einen haben möchten. Ich gebe sie kostenlos in gute Hände ab.« Sie ließ das so stehen. Dabei ging man mit einem dieser süßen, zappelnden Welpen natürlich eine Verpflichtung über die kommenden fünfzehn Jahre ein.

Molly knibbelte an ihrer Unterlippe. »Mein alter Hund ist erst im letzten Monat gestorben. Und ich habe mir geschworen, ein Jahr zu warten, bevor ich mir einen neuen anschaffe.«

Ivy lächelte. Sie wusste, dass es oft am effektivsten war, jemanden nicht zu drängen. Außerdem wollte sie nicht, dass Molly sich einen Welpen aufhalste, wenn sie nicht sicher war, ob sie ihm gerecht werden konnte. Womit sie gedanklich bei Dani war, die wohl ihr Augenlicht verlor.

»Sie können jederzeit wiederkommen.«

Molly stand auf. »Sie bringen mich in Versuchung, Ivy Neale.«

»So ist das Leben.« Als sie im Seaside und im Vincenzo's gekellnert hatte, war es ihr gelungen, selbst Leute auf einer strengen Diät davon zu überzeugen, den Apfelkuchen oder das Tiramisu zu probieren.

»Ich war heute Morgen hier und habe das Wrack erkundet. Es ist definitiv die *Liberty T. Mitchell.*«

»Was wissen Sie über das Schiff?«, fragte Ivy.

»Es rankt sich eine Legende darum. Mein Vater war Fischer und gut mit Henry Anderson befreundet. Ich bin mit Henrys Geschichten aufgewachsen. Er hat mir erzählt, dass seine Großmutter an Bord des Schiffs gewesen war.«

»Onkel Henry? Er hat in Ruths Küche gearbeitet, als ich klein war. Sie hat ihn vergöttert.«

»Henry stand den Wheelers immer nahe.«

»Ich bin überrascht, dass wir beide uns nie über den Weg gelaufen sind.«

»Ich habe von etwa 1999 bis 2015 in Raleigh gelebt.«

Das war ungefähr zu der Zeit gewesen, in der sie hier gewohnt hatte. »Henry hat mit mir nie über das Wrack gesprochen.«

»Soweit ich weiß, wurde von der gekenterten *Liberty T. Mitchell* ein Baby in einer Truhe geborgen. Und das muss wohl Henrys Großmutter gewesen sein«, sagte Molly.

»Wirklich?«

»Er behauptet, dass er ihr Kruzifix zusammen mit seiner Erkennungsmarke trug, als er im Zweiten Weltkrieg vor der italienischen Küste diente.«

Henry hatte immer seine Erkennungsmarke getragen, und Ivy würde alles darauf wetten, dass Ruth ihn damit begraben hatte. »Glauben Sie, dass das wahr ist?«

»Das kann ich nicht beurteilen.«

Ivy ging zum Esstisch. »Ich habe beim Aufräumen eine Kamera gefunden, in der noch ein Film war. Und dies sind die Fotos.«

Molly legte die Fotos mit leuchtenden Augen nebeneinander auf den Tisch. Für eine Historikerin war es wie Weihnachten und Geburtstag an einem Tag. »Das ist aber etwas ganz Besonderes.«

»Pete Manchester sagt, das ist Carlotta DiSalvo.« Ivy deutete auf das Foto von der Frau, die wie Lana Turner aussah.

»Stimmt. In den Jahren, in denen die *Maisy Adams* an dieser Küste entlangfuhr, war sie hier ziemlich berühmt. Sie schloss sich der reisenden Truppe im Jahr 1941 an und blieb bis Mitte der Sechzigerjahre bei ihnen. Ich habe im Büro irgendwo einen

Acht-Millimeter-Film von einem ihrer Auftritte. Ich schaue mal nach, ob ich ihn finde.«

»Das wäre großartig.« Ivy war fasziniert von Carlottas hellen, funkelnden Augen. »Warum ist sie zu einer Zeit, in der sie am meisten verdient haben muss, im Seaside Resort aufgetreten? Selbst wenn das Schiff im Trockendock war, hätte sie in einer größeren Stadt viel mehr Geld verdienen können.«

»Edna Wheeler war ihre Tante. Carlotta nutzte die Gelegenheit, um ihre Familie zu besuchen.«

»Meine Urgroßmutter war die Tante von Carlotta DiSalvo?«

»Carlotta wurde 1920 als Carol Jenkins in einer kleinen Stadt in der Nähe von Asheville, North Carolina, geboren.«

Ivy studierte Carlottas gewölbte, nachgezogene Augenbrauen, ihre vollen, geschminkten Lippen und ihr strahlendes Lächeln. »Sie hat sich in jeder Hinsicht weit von den Bergen entfernt.«

»1920 hat Edna im Grunde das Gleiche getan. Sie hatte nichts als einen Koffer mit Kleidern und fünf Dollar in der Tasche, als sie auf den Outer Banks angekommen ist. Laut Henry kam Edna auf die Outer Banks, weil sie davon überzeugt war, dass Geister nicht über Wasser laufen können.«

»Und was ist mit den Geistern, die hier auf den Outer Banks in der Falle sitzen?«

»Das waren nicht ihre Geister, ich vermute, die waren ihr egal.« Molly scrollte durch Dutzende von alten Fotos auf ihrem Handy und zeigte Ivy schließlich eines von Henry aus den Fünfzigerjahren. Er war ein äußerst attraktiver Mann und erinnerte sie an den Filmstar William Holden. »Es wurde gemunkelt, dass Henry und Carlotta in jenem Sommer eine Affäre hatten.«

»Wow, das ist Henry? Ich kann Carlotta gut verstehen.«

»Und er war Kriegsheld mit einer Bronze-Star-Medaille für seinen Einsatz vor Italien. Dort hat er das Auge verloren. Später erhielt er mehrere zivile Auszeichnungen als Lebensretter. Er soll mehr als fünfzig Menschen aus Seenot gerettet haben.«

»Glauben Sie, dass Henrys Großmutter wirklich von der *Liberty T. Mitchell* stammte?«

»In diesem Teil der Welt ist es schwer, Fakten vom Seemannsgarn zu trennen.«

»Können Sie mir ein Bild von Henry schicken?«

»Gern.« Sie gab Ivy ihr Handy, die ihre Nummer eintippte.

Mollys Blick fiel auf das Bild der jungen Ruth. »Sie wissen aber, dass das Ihre Großmutter ist?«

»Ja, da habe ich sie erkannt.«

»Sie war ein ziemlicher Hitzkopf und hatte ein interessantes Leben. Wussten Sie, dass sie sich ein paar Jahre nach der Entstehung dieses Bildes Carlotta auf der *Maisy Adams* angeschlossen hat? Sie hat erst als Köchin und später als Bühnenassistentin gearbeitet und ist mehrere Jahre lang auf dem Showboat gereist.«

»Pete Manchester hat erwähnt, dass Ruth eine Weile weg war, aber er wusste nicht, wo sie in der Zeit gewesen ist. Er hat gesagt, sie habe nie über die Jahre gesprochen, in denen sie ja auch meinen Großvater kennengelernt haben muss.«

»Ruths Mann und ihr Vater starben etwa zur gleichen Zeit. Sie kehrte auf die Outer Banks zurück, um Edna bei der Arbeit im Seaside Resort zu unterstützen. Damals war Ruths Tochter, die sie nach Carlotta Carol nannte, noch ein Baby.«

»Haben Sie Ruth nach ihren Reisen gefragt?«

»Ja, aber sie hat nur gelacht und gesagt, das seien doch alles olle Kamellen, die keine Rolle mehr spielten.«

Ivy betrachtete Carlottas und Ruths Gesichtszüge. Es gab eine Ähnlichkeit in den Augen. »Sie sehen verwandt aus.«

»Sie wissen, dass Ruth adoptiert wurde?«

Ivy schüttelte den Kopf. »Nein, das wusste ich nicht.«

Molly zuckte mit den Schultern. »Henry ist es rausgerutscht, als er schon etwas älter war. Das war nach einer seiner legendären Halloween-Aufführungen, und er hatte schon ein paar Drinks intus. Wir kamen über die Geschichte des Seaside Resorts ins Gespräch und er hat sich verplappert. Er hat seinen Fehler gleich bemerkt und mich gebeten, es nicht weiterzuerzählen.«

»Gibt es vielleicht noch mehr olle Kamellen, die Ruth für unwichtig hielt?«

Molly schwieg einen Moment. »Das weiß ich nicht.«

»Was ist mit Carlotta passiert?«, fragte Ivy.

»Nachdem sie sich 1966 vom Showboat zurückgezogen hatte, kehrte sie in ihre Heimat in den Bergen zurück. Sie starb mit Mitte sechzig. In den Nachrufen wurde eine kurze Krankheit erwähnt, aber keine weiteren Einzelheiten.«

Ivy wollte sich lieber an die lebenssprühende junge Frau erinnern.

Molly ließ ihre Finger über das alte Hotelregister gleiten. »Das ist aus dem Seaside Resort?«

»Ja. Das einzige Register, das ich finden konnte. Es umfasst die Dreißigerjahre.«

»Interessant. Gerade diese Jahre.« Molly blätterte behutsam die vergilbten Seiten um. »Ruth war sammelwütig.«

»Wem sagen Sie das? Ich habe die ganze letzte Woche damit verbracht, aufzuräumen, Sachen zu spenden und zu entsorgen.«

»Das Seaside war Ruths Leben. Loslassen ist schwer, besonders wenn wir älter werden. Unsere Besitztümer verankern uns in unseren Erinnerungen.«

»Ruths Cousine Talley, die heutige Mrs Edward Newsome, ist in ein Heim für Betreutes Wohnen gezogen. Sie haben nicht zufällig ihre Adresse?«

Molly suchte auf ihrem Handy. »Doch, zufällig. Ruth hatte mich nach dem Hurrikan gebeten, Talley Bescheid zu geben, dass es ihr gut gehe. Hier, ich schicke Ihnen die Kontaktdaten.«

Ivys Telefon klingelte. Und danach gleich noch einmal, diesmal war es ein Link zur Webseite der Historischen Gesellschaft. »Vielen Dank. Haben Sie noch irgendwelche Informationen über die *Maisy Adams*?«

»Ich klemme mich dahinter, aber ich bezweifle, dass noch jemand von der damaligen Crew am Leben ist. Aber irgendeine Spur wird es schon noch geben. Wenn es darum geht, alte Quellen aufzuspüren, macht mir so leicht keiner was vor.« Sie drehte sich in Richtung der Schlafveranda. »Sieht man das Wrack von hier aus?«

»Ja, die beste Aussicht hat man tatsächlich von der hinteren Veranda.« Ivy durchquerte den großen Raum und öffnete die Tür. Eine kalte Brise pfiff durch die Fliegengitter. Sie verschränkte die Arme vor der Brust.

»Henry hat Geschichten über das Wrack und die verlorenen Seelen erzählt«, sagte Molly. »Um Halloween herum war er sehr gefragt. Da kommen Seemannsgeschichten gut an.«

»Ja, und mit seiner Augenklappe sah er ja auch aus wie ein Pirat.«

»Er war ein echter Dauerbrenner.« Molly legte den Kopf zur Seite und betrachtete das Gerippe aus Holz. »Haben Sie irgendwelche Geister gesehen?«

»Nur einen irischen Wolfshund«, sagte Ivy mehr zu sich selbst. »Das war in der letzten Woche. Als ich ihm über die Dünen und unter ein Haus gefolgt bin, hat er mich zu Libby geführt, die kurz davor war, ihre Jungen zu bekommen. Heute Morgen war er wieder da.«

»Henry hat erzählt, der Kapitän der *Liberty* habe einen irischen Wolfshund gehabt.«

Ivy kreuzte die Arme. »Mit dem Namen Boris, wie ich gehört habe.«

»Stimmt.« Molly stieg die Treppe hinunter und lief über den Sand zum Wrack. »Der Anblick ist einfach jedes Mal wieder fantastisch.«

Ivy folgte ihr. »Ist die *Liberty T. Mitchell* noch in anderen Jahren als 1950 aufgetaucht?«

»Den Aufzeichnungen nach 1920, 1950 und 1980. Dies wäre das vierte Mal. Wenn sie sich zeigt, wird es turbulent.«

Der Wind fegte Sandkörner über das Wrack. In der Luft lag Unruhe. »Sie meinen wettertechnisch?«

»Nein, eher unter den Einheimischen. Die *Liberty T. Mitchell* bringt weder Glück noch Reichtum.«

»Hoffentlich ist es dieses Jahr anders.«

»Ja, hoffentlich.«

Kapitel 23
IVY

Montag, 24. Januar 2022, 18.00 Uhr

Am Ende des Tages hatte Ivy die restlichen Sachen zum Bordstein oder zur Mülltonne gebracht. Als sie wieder ins Haus zurückkehrte, wanderte ihr Blick zur spitz zulaufenden Decke hinauf und am Steinkamin wieder nach unten. Wenn Dalton das Haus kaufte, würde er wohl nicht viel verändern, aber bei einem anderen Käufer gab es keine Garantie dafür, dass die Schränke, Arbeitsplatten und Fußböden nicht durch austauschbare Industrieprodukte ersetzt werden würden.

Es würde ihr nicht leichtfallen, von diesem Haus Abschied zu nehmen, aber sie hatte keine Wahl. Sie konnte sich keine Reparaturen leisten, und sie brauchte das Geld aus dem Verkauf, um weiterzuziehen. Es war noch etwas mehr als eine Woche bis zu ihrem Geburtstag, und dieses Mal würde sie sich richtig verabschieden. Je länger sie blieb, desto schwerer würde es fallen.

Sie setzte sich an den Esszimmertisch und betrachtete den Umschlag, der vorhin auf ihre Veranda gelegt worden war. Ihr Name stand in Matthews ausgeprägter Handschrift auf der Vorderseite. Sie nahm die Papiere heraus und las den Geschäftsplan für das Restaurant durch.

Es war alles so, wie er es ihr vorgestellt hatte, nur dass der Traum diesmal mit Zahlen unterfüttert wurde. Er hatte recherchiert und sich in jeder Hinsicht weit von dem Highschool-Schüler entfernt, für den wirtschaftliches Denken ein Buch mit sieben Siegeln gewesen war. Seine Umsatzvorstellungen waren durchaus realistisch, und wenn sie sich bewahrheiteten, wäre das Ganze ziemlich lukrativ.

Sie stieg die Treppe zu ihrem Schlafzimmer hinauf und ging zu der Walnussholzkommode, die sie bisher gemieden hatte. In die unterste Schublade hatte sie alle Fotos und wertvollen Erinnerungsstücke gestopft, bevor sie nach New York gefahren war. Es war eine Art Absicherung gewesen. Wenn es in New York nicht klappen sollte, würde sie eben wieder nach Hause fahren, die Schublade öffnen, all ihre Sachen herausnehmen und weitermachen wie bisher.

Aber während der wenigen Male, die sie in den letzten zwölf Jahren zurückgekehrt war, hatte sie die Schublade nicht ein einziges Mal geöffnet. Es war ihre Vergangenheit, und sie mochte sich ebenso wenig mit den alten Zeiten beschäftigen wie Ruth.

Sie kramte ein gerahmtes Bild von Matthew, Dani und sich selbst heraus, das am Tag der Abschlussfeier aufgenommen worden war. Matthew hatte seine Arme um sie beide gelegt, und sie lächelten alle drei. Danis und Matthews Gesichtsausdruck war voller Hoffnung, während man ihr ansehen konnte, dass sie nicht nur verkatert war, sondern es kaum erwarten konnte, ihnen zu sagen, dass sie nach New York ziehen würde. Sie waren alle noch so jung gewesen! Und so begierig, ihr Leben aufzubauen, dass sie alle Fehler gemacht hatten.

Ivy legte das Bild zur Seite und fand ein gerahmtes Foto von ihrer Mutter und sich. Sie musste vier und ihre Mutter sechsunddreißig gewesen sein. Sie waren am Strand, hinter ihnen leuchteten das Meer und der blaue Himmel. Sie trug einen rosa-weiß gepunkteten Bikini und ihre Mutter einen engen marineblauen Einteiler. Das Foto musste aus dem Jahr stammen, als sie zu Ruth gezogen waren.

Ihr Handy klingelte. Es war Dani. »Hey.«

»Danke, dass du mich zu dieser Sache gefahren hast.«

»Zum Arzttermin?«

»Ja.«

»Kein Problem.« Sie presste die Fingerspitzen an ihre Schläfen. »Dalton hat gemerkt, dass ich weg war. Und dass du weg warst.«

»Er ist vorbeigekommen.« Sie klang erschöpft. »Er hat mich zwar nicht direkt ins Kreuzverhör genommen, aber er hat einen Verdacht.«

»Es ist nichts, was du für dich behalten kannst, Dani.«

»Ich habe einfach keine Lust darauf, dass alle mich anders ansehen.«

»Das machen sie nicht.«

»Nach Mamas Tod haben sie es getan. Sie werden es wieder tun.«

»Aber wann ist der richtige Zeitpunkt? Willst du warten, bis die Sterne günstig stehen?«

»Auf Dalton lastet im Moment eine Menge Verantwortung. Er baut zehn Häuser und muss das Projekt so weit voranbringen, dass sie die nächste Rate von den Käufern kassieren können.«

»Ist es so eng?«

»Ja. So ist das in dem Geschäft. Daddy hat die Schatztruhe geleert, um das Land zu kaufen.«

»Es gibt nie einen guten Zeitpunkt, um schlechte Nachrichten zu überbringen. Ich weiß es genau. Ich habe es in der Abschlussnacht falsch gemacht. Du kannst es besser machen als ich damals.«

»Warum sprichst du von der Nacht?«, fragte Dani.

»Ach, ich habe mich endlich an meine alte Schublade getraut. Und prompt das Foto von Matthew, dir und mir gefunden, das an dem Abend aufgenommen wurde.«

»Ich erinnere mich an die Nacht. Matthew wollte zu dir und mit dir reden, bis du die Dinge auf seine Weise siehst. Ich habe ihn überredet zu warten. Damit du erst mal Dampf ablassen konntest.«

»Und am nächsten Tag bin ich auf und davon.«

»Seine Pläne gingen davon aus, dass wir zu dritt gewesen wären. Matthew und ich haben versucht, den Laden in den Griff zu kriegen, aber wir konnten uns auf nichts einigen. Wir brauchten dich, du warst unser Kitt. Zwei Monate nach dem Start haben wir die Karre gegen die Wand gefahren. Mein Vater hat mich eingestellt. Aber verstehst du, ich habe im Büro meines Vaters gearbeitet und zu Hause gewohnt, ich fühlte mich wie eine Verliererin. Matthew musste sich auch ein Bein ausreißen, um Arbeit zu bekommen. Tja, wir haben beide gemerkt, wie beschissen es war, von dir verlassen zu werden.«

»Es tut mir leid.«

»Ich mache dir keine Vorwürfe. Ich erkläre es nur.«

Die alten Wunden taten immer noch weh. »Du hast Bella. Matthew und du, ihr seid befreundet.«

»Ja. Und ja.« Sie machte eine Pause. »Willst du mit ihm ins Geschäft kommen?«

»Ich habe seinen Geschäftsplan gelesen. Es ändert nichts an meiner Meinung.«

»Du willst wirklich gehen?«

»Ja. Diesmal bin ich offen und ehrlich. Alle sind gewarnt, alle wissen, dass ich wieder gehe. Diesmal versaue ich niemandem das Leben.«

Kapitel 24
RUTH

Freitag, 23. Juni 1950, 19.45 Uhr

Die Sonne berührte schon fast den Horizont, als Carlotta auf der kleinen Bühne des Schiffswracks stand. Eine sanfte Meeresbrise strich über das ruhige Wasser und spielte mit dem Saum ihres purpurroten Rocks, während sie die ersten Takte von »Blue Moon« erklingen ließ. Es gab kein Saxofon und kein Klavier, nur das sanfte Rauschen der Wellen, doch Carlottas Stimme war so weich, dass niemand die Instrumente vermisste. Hotelgäste und ein paar Dutzend Einheimische saßen im Halbkreis um das Wrack herum.

Ruth und Talley standen bereit, um die Gäste mit Cocktails zu versorgen, die im Laufe des Abends immer mehr Getränke auf ihre Zimmer schreiben ließen. Der Getränkeumsatz war gestiegen, und Mama hatte Dad am Nachmittag gesagt, dass sie in diesem Sommer vielleicht einen Gewinn machen würden. Er hatte gelacht und mit den Fingerknöcheln auf den Tresen geklopft.

Mr Manchester stand auf und entfernte sich ein wenig schwankend. Seine Frau sah ihm besorgt nach und schien zu überlegen, ob sie ihm folgen sollte. Sie kippte den Rest ihres Gin Tonic hinunter, erhob sich und lief hinterher. Die beiden verschwanden hinter der Düne, und es dauerte nur Sekunden, bis Mr Manchesters wütende Stimme vom Wind zum Wrack getragen wurde, bevor sie in der Ferne verklang.

Das Lied war zu Ende, und die Zuschauer klatschten begeistert. Wenn sie den Zwischenfall mit den Manchesters bemerkt hatten, amüsierten sie sich entweder zu gut, um sich darum zu kümmern, oder sie waren zu sehr an diese Streitereien gewöhnt, um sich Sorgen zu machen.

»Warum streiten sie denn schon wieder, Mom?«, flüsterte Ruth.

»Kann ich dir auch nicht sagen.«

»Ich habe ihm keinen Drink mehr gebracht«, sagte Talley. »So wie du es mir aufgetragen hast.«

Auch Edna stellte den Profit nicht über die Moral. »Er hatte einen Flachmann dabei.«

»Wirklich? Das ist mir gar nicht aufgefallen«, bemerkte Ruth.

»Er ist durchtrieben«, sagte Mama. »Ich kümmere mich um die beiden.«

»Ich kann mitkommen«, bot Ruth ihr an.

»Nein, du bleibst hier.«

Ruth und Talley sahen ihr hinterher. Ihre flachen Schuhe gruben sich mit jedem Schritt so fest in den Sand, als wollte sie einen Käfer zerquetschen.

»Glaubst du, deine Mama sagt ihm die Meinung?«, fragte Talley.

Ruth errötete. »Ja, bestimmt.«

»Mir macht er Angst«, sagte Talley.

»So etwas hat Mama noch nie aufgehalten.« Ruth mochte es nicht, wenn Mama mit Männern wie Mr Manchester aneinandergeriet.

»Meine Mama sagt immer, dass Edna eine Kämpferin ist. Sie hat sich nie etwas gefallen lassen, selbst als kleines Mädchen nicht.«

»Gegen wen musste sie sich denn zu Hause wehren?«

»Sie hat sich einfach mit allen angelegt. Es ist hart, zu den Ärmsten in der Stadt zu gehören. Und sie hat es sich nicht gefallen lassen, wenn jemand sie von oben herab behandelt hat.«

Heutzutage sparte sich Mama ihre Kampfkraft für Männer wie Mr Manchester, für Gäste, die sich weigerten zu zahlen, und für Lieferanten, die zu viel Geld für ihre Ware verlangten.

Ein paarmal, wenn der Streit zu heftig wurde, war Daddy eingeschritten. Er erhob nie seine Stimme, aber Männer, die eins vierundneunzig groß waren, mussten nicht viel sagen, selbst wenn sie auf einem Holzbein standen.

»Ich gucke, was sie macht«, sagte Ruth. Und bevor Talley etwas einwenden konnte, eilte Ruth ihrer Mutter hinterher. Sie hatte kaum zehn Schritte zurückgelegt, als Talley sie einholte.

»Sagst du deinem Vater Bescheid?«, fragte Talley.

»Nein, er musste zum Festland, um Lebensmittel für morgen zu besorgen. Er kommt erst spät zurück.«

»Dann komme ich auch mit«, sagte Talley.

Als sie die Düne erreichten, sahen sie Mama mit den Manchesters sprechen. Sie hatte ihr Friedenslächeln aufgesetzt, aber es war frostiger als sonst. Mrs Manchesters Gesicht war knallrot, das ihres Mannes verzerrt vor Wut.

»Wenn Sie mich nicht bedienen«, zischte er sie mit geballter Faust an, »dann gehen wir in ein anderes Hotel, wo wir bedient werden.«

»Wir sind Ihnen gern beim Umzug behilflich«, konterte Mama schlagfertig.

»Peter«, schaltete Mrs Manchester sich fast flehend ein. »Lass uns zurück in unser Zimmer gehen. Da können wir in Ruhe über die Sache mit dem Umzug nachdenken. Heute Abend ist es sowieso zu spät dafür.«

»Halt die Klappe, Ann.« Mr Manchester spuckte ihr die Worte mehr oder weniger ins Gesicht, und dazu ein paar unausgesprochene, die nur die beiden hören konnten.

»Peter, bitte mach keine Szene.« In ihrer Welt fanden Streits hinter verschlossenen Türen statt. Und Meinungsverschiedenheiten wurden lieber gleich unter den Teppich gekehrt.

»Du wirst mir bestimmt nicht sagen, was ich tun soll.« Er packte seine Frau am Arm. Sie versuchte sich loszureißen, aber sein Griff war eisern.

»Bitte lass uns zurück in unser Zimmer gehen. Bitte.«

Ruth ging mit geballten Fäusten auf ihre Mutter zu, als sie von hinten festgehalten wurde.

»Gibt es hier ein Problem?« Henrys Stimme war leise, kaum lauter als der Wind, aber die unterschwellige Drohung war nicht zu überhören.

Mr Manchester blickte an den Frauen vorbei zu Henry, dessen Körper entspannt war, als mache er sich nicht die geringsten Sorgen. Allerdings sah er auch so aus, wenn er sich in den schwersten Stürmen mit seinem Boot durch die Brandung kämpfte, um Menschen zu retten. Der Ärger, hatte er einmal gesagt, war ein alter Freund.

Mamas Schultern strafften sich. Sie tat so, als hätte Henry nichts gesagt. Mr Manchester mahlte mit den Kiefern. »Hier gibts kein Problem«, knurrte er.

»Sind Sie sicher?« Henrys Lächeln erinnerte Ruth an den tollwütigen Hund, den ihr Daddy einmal erschießen musste. »Komisch. Die Stimmung kam mir doch sehr aggressiv vor.«

»Nein, überhaupt nicht«, flötete Mrs Manchester und sah Henry an.

Mr Manchester griff seine Frau am Arm und zerrte sie Richtung Hotelzimmer. Sie bemühte sich, mit ihm Schritt zu halten, und stolperte ein paarmal.

Ruth stellte sich ganz dicht neben ihre Mutter, als wolle sie etwas von ihrer Kraft abzapfen. »Der ist doch verrückt.«

»Der ist betrunken«, sagte Mama. »Seine Frau weiß, dass er seinen Rausch ausschlafen muss.«

Wenn Henry und Daddy eine Flasche Gin aufmachten, redeten sie fast die ganze Nacht und dabei lachten sie viel. Henry schlief dann auf der Couch ein und Daddy fand irgendwie ins Bett. Am nächsten Tag waren sie mürrisch und bewegten sich langsam, aber ansonsten waren sie ganz die Alten.

»Meinst du, es geht ihm morgen früh wieder einigermaßen?«, fragte Talley. »Dafür müsste man wohl mit Magie nachhelfen.«

Mamas angespannte Lippen verzogen sich zu einem Lächeln. »Wahrscheinlich geht es ihm nicht gut, aber er wird nüchtern sein und zu verkatert, um Ärger zu machen.« Ihre Mutter sah Talley und sie an. »Nehmt euch in Acht vor ihm.«

»Was ist mit Bonnie?«, fragte Ruth.

»Sie kennt ihren Dad. Sie weiß, dass sie sich von ihm fernhalten muss.«

»Und Mrs Manchester?«, drängte Ruth.

Mama atmete aus und ließ die Schultern hängen. »Ich komme nicht an sie heran. Sie denkt, sie braucht ihn.«

»Warum?«, fragte Ruth.

»Ich weiß es nicht. Geht jetzt zurück zur Vorstellung. Der Ärger ist vorbei.«

»Kommst du nicht mehr?«, fragte Ruth.

»Nein, mir ist die Lust auf Unterhaltung vergangen.«

»Nun geht schon«, sagte Henry. »Die Show am Strand ist besser als diese hier.«

Die Mädchen bewegten sich auf Carlottas Stimme zu, aber Ruth ließ sich Zeit, weil sie gern noch das Gespräch zwischen Mama und Henry belauscht hätte.

»Dieses Jahr benimmt er sich noch schlechter«, sagte Henry.

»Oder er zeigt nur sein wahres Ich.«

»Als ob er Bescheid wüsste«, sagte Henry.

Talley beugte sich zu Ruth. »Glaubst du, dass der Streit vorbei ist?«

Nach ein paar Schritten waren sie außer Hörweite. »Für heute Abend.«

»Ich habe den Blick in Mr Manchesters Augen gesehen. Diesen Blick kenne ich von Dad. Das geht nie gut aus. Das ist der Grund, warum Mama mich hierhergeschickt hat.« Ruth hatte Geschichten von Männern gehört, die nicht gut zu ihren Frauen und Kindern waren, aber ihr Vater hatte nie seine Stimme, geschweige denn seine Hand gegen ihre Mutter erhoben. Sie nannte ihn manchmal ›mein sanfter Riese‹, wenn sie nach dem Ende der Saison am Pool tanzten.

»Darüber musst du dir hier keine Sorgen machen«, versicherte Ruth ihr.

»Erst wenn ich wieder nach Hause muss«, sagte Talley.

»Musst du denn nach Hause?«, fragte Ruth. »Du kannst doch weiter in meinem Zimmer wohnen.«

»Die Abmachung zwischen Mama und Tante Edna galt nur für den Sommer.«

»Wenn du beschließt, dass du bleiben willst, brauchst du es nur zu sagen. Mama und Daddy schlagen mir nie große Wünsche ab.«

Talley musterte Ruth. Allmählich löste sich ihr grimmiger Gesichtsausdruck. »Das ist wirklich lieb von dir.«

»Ach, nein. Ich finde es schön, wenn jemand in meinem Alter bei uns wohnt.«

* * *

CARLOTTA

Carlotta saß auf ihrer Veranda, blickte auf den Ozean hinaus und trank Whiskey. Wie gern hätte sie eine Zigarette geraucht! Aber sie hatte ihr selbst gesetztes Tageslimit von vier bereits überschritten. Sie nahm einen Schluck, genoss das leichte Brennen und die Entspannung ihrer Muskeln, während sie einem ihrer Lieblingslieder über Sterne und Träume in ihrem Kopf zuhörte.

Sie klopfte rhythmisch mit dem Zeigefinger gegen ihr Whiskeyglas, während sie mit dem nackten Zeh auf den sandigen Boden der Veranda tippte. In den Nachkriegsjahren hatte sie Crosbys Song »Swinging on a Star« unzähligen Zuhörern vorgesungen, als gebrochene Soldaten und leidgeprüfte Ehefrauen und Freundinnen ihr eigenes Schicksal wieder in die Hand nehmen wollten.

Ja, in Schicksalsfragen kam es auf individuelle Entscheidungen an, eine Lektion, die sie schon in jungen Jahren gelernt hatte. Doch trotz aller Vorsicht und Wachsamkeit musste man immer mit Unerwartetem rechnen.

Sie hatte gehofft, Henry würde heute Abend wiederkommen. Sie hatten einen schönen Abend miteinander verbracht, und ihre Gesellschaft hatte ihm viel gegeben, da war sie sicher. Noch ein Biss vom Apfel wäre schön. Sie trank den letzten Schluck Whiskey.

Ihre Vorstellung war vor zwei Stunden zu Ende gegangen, und es war nach Mitternacht. Er würde wohl nicht mehr kommen. Zu schade.

Als sie aufstand, sah sie aus dem Augenwinkel eine zierliche Gestalt am Wasser entlangtaumeln. Eine Welle schwappte ihr über die Füße und spritzte den Saum ihres weißen Rocks nass. Sie war betrunken, kein Zweifel. Sie war gekommen, um sich zu amüsieren, trank viel zu viel und brachte sich in Schwierigkeiten.

Sie wurde von einer Welle erfasst, stolperte und landete auf der Seite. Carlotta wartete darauf, dass die Frau sich wieder aufraffte, aber als die nächste Welle kam, machte sie sich ganz klein und überließ sich ihr willenlos.

Das machte Carlotta richtig wütend. Wenn die Frau ohnmächtig wurde, konnte sie leicht in der Brandung ertrinken. Carlotta ging die Treppe hinunter und lief über die Düne. Das hohe Strandgras streifte ihre Arme und Beine, und der kühle Sand schob sich in ihre Sandalen. Sie stolperte, fing sich aber nach ein paar schnellen Schritten wieder. Ihr Ärger wuchs. Dann knirschten ihre Sandalen auf den Muscheln am Strand.

Das weiße, mit kleinen roten Kirschen bedruckte Kleid klebte der Frau am Leib.

Carlotta stupste sie mit dem Fuß an, als eine Welle anbrandete und kalte Gischt hochspritzte. »Los, aufstehen!«

Die Frau sagte nichts und sah Carlotta nicht an.

Widerspenstige Betrunkene waren auf dem Showboat an der Tagesordnung. Sie hatte mehr als genug Erfahrung mit ihnen. Wieder rollte eine Welle heran, überspülte die Frau, wirbelte um Carlottas Knöchel und durchnässte ihre Ledersandalen.

»Los, hoch jetzt!« Diesmal packte Carlotta die Frau am Oberarm und zerrte mit aller Kraft daran.

Die Frau wehrte sich und warf Carlotta einen Blick durch die zerzausten, nassen Haare zu. »Lass mich in Ruhe.«

Carlotta erkannte die Stimme von Ann Manchester sofort. Sie und ihr Mann hatten ihre Show heute Abend früher verlassen, und es war eindeutig, dass sie betrunken gewesen waren.

Sie zog erneut an Ann und diesmal schaffte sie es, sie auf die Knie zu ziehen. »Du ertrinkst, wenn du ohnmächtig wirst.«

»Dazu ist es nicht tief genug.«

»Mehr als eine Teetasse Wasser braucht man dafür nicht.« Alle, die am Meer lebten, kannten Geschichten von Leuten, die in flachem Wasser ertrunken waren. Ann legte ihre Handflächen auf den Sand und stemmte sich hoch. Schwankend strich sie sich die Haare aus dem Gesicht und leckte das Salzwasser von den Lippen. »Mir geht es gut.«

»Nein, dir geht es nicht gut.«

»Was kümmert dich das?«

Das war eine gute Frage, auf die es keine Antwort gab. »Komm mit zu mir.«

»Wohin?«

»In meinen Bungalow. Du kannst auf der Schlafveranda herumsitzen, bis du wieder etwas klarer denken kannst.«

Ann schüttelte den Kopf. »Ich will dein Mitleid nicht.«

»Edna wäre nicht glücklich, wenn ich zulassen würde, dass dir etwas passiert.«

Bei der Erwähnung von Edna murrte Ann, stolperte ein paar Schritte hinter Carlotta her und fiel auf die Knie. Fluchend half Carlotta ihr auf.

Plötzlich zuckte Anns Körper, sie stieß Carlottas Hand weg und erbrach sich in hohem Bogen. Der Gestank von saurem Gin stieg Carlotta in die Nase. Sie wich zurück und gab Ann Raum. Schließlich setzte sich Ann atemlos auf die Fersen und fuhr sich mit dem Handrücken über die Lippen.

»Kannst du laufen?«, fragte Carlotta.

»Ich glaube schon.«

Wieder nahm Carlotta Anns Arm, wieder zog sie sie nach oben. »Es sind nur ein paar Schritte.«

»Warum hilfst du mir?«, fragte Ann mit belegter Stimme.

»Gute Frage.« Als ihr die Bitterkeit in ihrer Stimme auffiel, fügte sie freundlicher hinzu: »Mir ist es auch schon mal schlecht gegangen.«

»Mir geht es nicht schlecht.« Mit dem nächsten Schritt drehte sie sich abrupt weg und erbrach sich erneut. Als der Würgereiz endlich nachließ, war Ann leichenblass, aber ihre blutunterlaufenen Augen waren etwas klarer.

Sie folgte Carlotta schweigend, ohne sich weiter zu beschweren. Als sie die Schlafveranda erreichten, holte Carlotta einen Bademantel und forderte Ann auf, sich auszuziehen. Als Ann aus dem Kleid stieg, kamen mehrere blaue Flecken auf ihrem Rücken und ihren Oberarmen zum Vorschein. Der Stoff fiel in eine kleine Pfütze um ihre Knöchel. Carlotta wickelte sie in den trockenen Bademantel, und als Ann sich gesetzt hatte, reichte Carlotta ihr ein Glas Wasser.

»Trink das ganz langsam«, warnte Carlotta. »Edna würde es nicht lustig finden, wenn du dich hier übergibst.«

Ann nahm einen kleinen Schluck und drückte das kühle Glas an ihre Schläfe. »Nein, darüber könnte Edna sicher nicht lachen.«

Ein rötlich blauer Bluterguss verdeckte teilweise einen verblassenden gelben Fleck auf Anns Oberschenkel. Carlotta überraschten die Verletzungen nicht. Peter Manchester war kein freundlicher Mensch. Er musste sicherlich nicht betrunken sein, um gewalttätig zu werden.

»Ich bin hingefallen«, flüsterte Ann und bedeckte ihren Oberschenkel mit dem Bademantel.

»Ich maße mir kein Urteil an.«

»Natürlich tust du das.« Ann schluckte und strich sich die feuchten und sandigen Ponyfransen aus der Stirn. »Alle tun das.«

Vielleicht sah sie doch ein wenig auf Ann herab, aber nur, weil die sich für etwas Besseres hielt. Sie kannte diese Art von

Frauen, die reich geheiratet hatten und nichts mehr von ihrer Vergangenheit wissen wollten.

Doch diese Einsicht bereitete ihr keine Freude. Das Leben hatte Carlotta zu oft gedemütigt, als dass sie den ersten Stein werfen wollte. »Wo ist dein Mann?«

»Schläft seinen Rausch aus.«

»Und die Kinder?«

»Die schlafen.«

»Und du bist weggegangen?«

»Ich habe seine Flasche mitgenommen. Ich hatte vor, den Gin in den Sand zu schütten, aber ich hab dann wohl doch was getrunken.«

»Vorhin, als du die Show verlassen hast, warst du sehr wütend.«

Ann sah sie mit ihren blutunterlaufenen Augen an. »Du hast uns gesehen?«

»Von der Bühne aus kann man alles sehen.«

»Es ist nicht seine Schuld.« Das kam so schnell, als hätte sie es schon tausendmal geprobt.

»Natürlich ist es seine Schuld. Er hat dich geschlagen, oder etwa nicht?«

»Früher war er nicht so. Der Krieg hat ihn verändert.«

»Der Krieg hat viele Männer verändert. Aber es ist kein Grund, seine Frau zu schlagen.« Carlotta schaute in Anns blaugrüne Augen und erkannte so viel von sich selbst darin wieder.

»Er hat so viele entsetzliche Dinge gesehen, dass er immerzu Albträume hat. Er trinkt, um zu vergessen.«

»All das ist keine Entschuldigung, Beth Ann.«

Beth Ann blickte schockiert auf. Wahrscheinlich hatte sie diesen Namen nicht mehr gehört, seit sie die Berge verlassen hatte. »Nenn mich nicht so.«

Carlotta hob ihr Glas an die Lippen. »Wir haben uns beide ganz gut neu erfunden, nicht wahr?«

Ann ließ die Schultern sacken. »Es war die einzige Möglichkeit rauszukommen. Du müsstest das doch verstehen, Carol.«

»Wir haben beide einen Ausweg gefunden. So wie Edna. Und jetzt sind wir hier und tun so, als wären wir uns nie begegnet.«

Beth Anns Hand zitterte leicht, als sie das beschlagene Wasserglas an die Lippen hob. Sie trank vorsichtig, um ihrem Magen nicht zu viel zuzumuten, und stellte das Glas dann auf den Beistelltisch. »Es geht uns allen dreien gut. Wir haben etwas Besseres gefunden als das, was wir zu Hause bekommen hätten.«

Zu Hause, das bedeutete Armut und eine Familie, die im Dorf verwurzelt war und ein Leben wie im letzten Jahrhundert führte. *Wer sein Kind liebt, der züchtigt es. Der Apfel fällt nicht weit vom Stamm.* Schon früh war ihnen beiden angedichtet worden, anderen nur Probleme zu bescheren. Eines Tages hatten Carol und Beth Ann allen recht gegeben und waren ausgerissen.

»Warum machst du hier Urlaub?«

»Warum singst du hier?«, kam die prompte Gegenfrage.

»*Ihretwegen.*«

Carol und Beth Ann, zwei Mädchen, die die Wahrheit über ihre Herkunft an ihrem fünfzehnten Geburtstag erfahren hatten, verließen Asheville gemeinsam und begruben ihre Vergangenheit. Carol, die mit einer wunderschönen Sopranstimme gesegnet war, heuerte als Sängerin auf der *Maisy Adams* an. Beth Ann, bei Weitem die Hübscheste der großen Familie, wollte zu ihrer Mutter Edna. Gleich nach der Geburt hatte Edna die Zwillinge getrennt. Carol gab sie in die Obhut ihrer Schwester Patsy und Beth Ann in die ihrer eigenen Mutter. Und dann war sie davongelaufen. Die Zwillinge, die so unterschiedlich aussahen wie Tag und Nacht, ließen die Berge gemeinsam hinter sich, trennten sich aber schon in Elizabeth City. Das war fünfzehn Jahre her.

»Warum kommst du Jahr für Jahr hierher zurück?«, fragte Carlotta.

»Peter war bei der Marine und musste bald nach unserer Hochzeit 1938 wieder an Bord. Neun Monate später kam Bonnie zur Welt. Peter war Ewigkeiten unterwegs und dann brach der Krieg aus. Ich brauchte *sie* einfach und habe meinen Freundinnen vorgeschlagen, hier Urlaub zu machen. Sie waren einverstanden. Und seitdem kommen wir her.«

»Und jetzt ist er zurück. Und nicht mehr derselbe.«

»Ja.«

»Denkst du drüber nach, ihn zu verlassen?«

Beth Ann schüttelte den Kopf. »Das kann ich nicht. Die Manchesters haben viel Macht, und sie würden dafür sorgen, dass ich meine Kinder nie wiedersehe. Das könnte ich nicht ertragen.«

»Weiß er, dass Edna unsere Mutter ist?«, fragte Carlotta.

»Bis vor Kurzem war ich mir sicher, dass er nichts ahnt. Aber wir sind vor einem Monat umgezogen, und seitdem finde ich die Schachtel mit den Briefen nicht wieder, die Edna und ich uns über die Jahre geschrieben haben. Ich glaube, er hat sie gefunden.«

»Hat er etwas gesagt?«

Beth Ann starrte in ihr Wasserglas. »Nein. Aber er hat sich verändert. Er ist noch brutaler geworden.«

»Was hattest du ihm denn über deine Vergangenheit erzählt?«

Ein Lächeln umspielte ihre Lippen. »Dass ich ein Waisenkind bin, keine Familie habe und dass mein Vater Prediger war.«

»Dann stimmt ja wenigstens der letzte Teil.«

»An Lügen mit einem wahren Kern erinnert man sich besser.«

Und nun saßen sie hier. Schwestern, die als Cousinen aufgewachsen waren, auf der Suche nach etwas, was sie nicht greifen konnten.

»Es ist schon sehr spät. Ich muss zurück.«

»Bleib lieber hier. Du kannst auf der Couch schlafen. Wenn du ein paar Stunden geschlafen hast, kannst du besser mit dem umgehen, was dich erwartet. Du hast selbst gesagt, dass dein Mann und deine Kinder schlafen. Ich verspreche dir auch, nicht mehr über die Familie zu reden.«

Wenn Beth Ann am Morgen ausgenüchtert wäre, würde Ann sich für ihre Schwäche schämen und zu ihrem Mann und in ihr Leben zurückkehren. Vielleicht beschloss sie eines Tages, dass sie genug von Peter Manchester hatte. Aber Carlotta hatte genug gesehen, um zu wissen, dass dieser Zeitpunkt noch nicht gekommen war. Ann war noch nicht so weit.

»Edna sucht immer bequeme Möbel aus.« Carlotta klopfte auf ein weiches Kissen. »Komm, leg dich hin.«

Beth Ann war zu erschöpft, um ihr zu widersprechen. Sie ließ sich auf die Couch sinken, rollte sich ein und entspannte sich.

Carlotta deckte sie zu, nahm das nasse Kirschkleid, BH und Höschen auf und spülte den Sand aus. Dann hängte sie die Anziehsachen draußen auf die Leine.

Vielleicht gelang es Peter Manchester, seine Dämonen für eine Weile zu verbannen, und sie könnten eine Zeit lang glücklich sein. Blumen, Pralinen, nette Worte. Das war das übliche Muster bei solchen Paaren.

Oder Beth Ann würde jetzt doch die Chance ergreifen, um ihrem Leben noch einmal eine andere Richtung zu geben. Wahrscheinlich nicht.

* * *

Als Carlotta aufwachte, schaute die Sonne über den Horizont, und Ann war verschwunden. Das einzige Anzeichen dafür, dass sie hier gewesen war, war das halb geleerte Glas Wasser, der zusammengelegte Bademantel und die Decke auf der Couch.

Carlotta hängte den Bademantel auf und blickte auf das Meer hinaus. Normalerweise schlief sie fast bis mittags, aber durch den Abend mit Beth Ann waren lange verschüttete Erinnerungen aufgetaucht.

Sie machte sich manchmal vor, dass sie nie an die Zeit zurückdachte, in der sie in den Bergen aufgewachsen waren, so wie Beth Ann es vorgeblich tat. Aber natürlich erinnerte sie sich in schwierigen Zeiten an ihre Kindheit, vor allem an ihre Adoptivmutter, die sie so geliebt hatte, wie es ihr gegeben war. Und an ihre Schwester-Cousine Beth-Ann, mit der sie sich bei allen Familientreffen zusammentat.

Carol nahm ihre Kamera und ging hinüber zum Wrack. Das feuchte Holz, das langsam in der Sonne trocknete, war überall von Meerestieren ausgehöhlt worden, die sich dort Gänge und Höhlen gegraben hatten. Sie kletterte auf das Deck, schloss die Augen und dachte an die junge Francesca, die zu ihrem grausamen Ehemann zurücksegeln musste.

»Arme Francesca«, murmelte sie halblaut vor sich hin und stieg wieder hinunter. Dann hob sie die Kamera und wählte sorgfältig den Bildausschnitt: den Schiffsrumpf vor dem Meer mit der aufgehenden Sonne.

»Miss Carlotta!«

Ruths Stimme erinnerte Carlotta an deren gestrige Frage, die ihr selbst so vertraut war. »Ruth. Du bist früh auf den Beinen.«

»Ich liebe das Morgenlicht.« Ruth hatte ihr dunkles, lockiges Haar zu einem Pferdeschwanz gebunden. Trotz ihrer olivfarbenen Haut zierten ein paar Sommersprossen ihren Nasenrücken. Sie trug ein gelbes Oberteil und einen weißen Rock, der über die Knie reichte.

»Wo ist denn Talley?«

»Sie ist spät dran, weil sie gestern Nacht noch lange ein Buch gelesen hat, das hier liegen geblieben ist.«

Talley und Carlotta stammten nicht aus einer Familie, in der man las. Die Männer arbeiteten auf den Feldern oder in den Minen, die Frauen kümmerten sich um die Kinder und bewirtschafteten Haus und Garten. Die Erwachsenen mussten für Essen auf dem Tisch und ein Dach über dem Kopf sorgen. Talley musste in dieser Welt, in der man allen Büchern mit Ausnahme der Bibel misstraute, eine Außenseiterin sein. Und Carlotta war nicht entgangen, dass alle Ausreißerinnen der Familie an diese unruhige Küste gekommen waren.

»Darf ich ein Foto von dir machen?«

»Warum? Ich bin doch nichts Besonderes.«

»Doch, das bist du«, gab Carlotta zurück.

»Aber ich bin nicht Ihre Tochter.«

»Nein, aber für mich bist du ein ganz besonderer Mensch.« Sie waren eng verwandt und hatten eine Art gemeinsamer Mutter, die Geheimnisse vor ihnen beiden bewahrte.

»Na gut«, sagte Ruth und strich eine rebellische Locke hinters Ohr.

Carlotta hob die Kamera und nahm sich Zeit, um das Spiel der Sonne auf dem Gesicht und den Locken des Mädchens einzufangen. »Und jetzt schenk mir ein richtiges Lächeln.«

Ruth grinste sie an.

Carlotta stellte das Objektiv scharf und drückte auf den Auslöser. »Was für ein hübsches junges Mädchen du bist, Ruth!«

»Ach, Quatsch«, sagte Ruth augenrollend.

»Kein Quatsch. Du bist wirklich hübsch.«

»Ich würde lieber so aussehen wie Sie. Ich hätte gern mehr …« Sie sah kurz auf ihre flache Brust hinunter.

»Keine Angst, das geht noch schnell genug.«

»Das sagt Mama auch, aber es dauert ewig. Ich sehe aus wie ein Kind. Wie alt waren Sie, als Ihre … Sie wissen schon … gewachsen sind?«

»Zu jung. Und das war bestimmt kein Segen. Auch wenn es dir so vorkommen mag. Man wird sowieso früh genug erwachsen.«

»Das sagt Mama auch«, wiederholte Ruth.

»Edna kann ja auch ein Lied davon singen.« Die Bemerkung ließ sich selbst durch ein schnelles Lächeln nicht abmildern. Rein rational konnte Carlotta zwar nachvollziehen, dass es in den Bergen für die junge Edna mit ihren vaterlosen Zwillingen keinen Weg in die Zukunft gegeben hatte. Deswegen hatte sie ihre kleinen Mädchen der Obhut der Familie anvertraut und Briefe mit abgegriffenen Dollarscheinen nach Hause geschickt, sooft sie konnte.

Ruth schien Carlottas Stimmungsumschwung nicht zu bemerken, als sie auf das Wrack kletterte und auf Zehenspitzen auf der obersten Planke balancierte. »Glauben Sie, Henrys Geschichte ist wahr?«

Carlotta räusperte sich. »Über die Geister?«

»Über die Geister und die Frau. Dass sie ihr Baby in die Decke gewickelt und in der Truhe zurückgelassen hat. Das ist so traurig.«

»Er schwört, dass sie wahr ist.«

»Mama und Daddy sagen, sie hätten nie etwas von Francescas Baby gehört.«

»Vielleicht hat eine Familie das Kind aufgenommen und beschlossen, die Geschichte für sich zu behalten. Manchmal hat man nur Ärger mit der Wahrheit.«

Ruth schirmte die Augen mit der flachen Hand vor der Sonne ab und schaute wie ein Kapitän aufs Meer. »Würden Sie so etwas tun?«

»Ein Baby verstecken? Wenn es darum ginge, das Kind zu schützen, ja, wahrscheinlich. Warum fragst du?«

»Weil mich Henrys Geschichte an die Frau erinnert, die mich hier zurückgelassen hat. Ich wünsche mir, dass sie wie Francesca war.«

»Daran kann es ja kaum einen Zweifel geben«, sagte Carlotta leise.

»Diese Frau hat ihr ganzes Leben ein Geheimnis aus mir gemacht«, sagte Ruth.

»Vielleicht.«

»Ich habe keine guten Geheimnisse«, sagte Ruth. »Mama sagt, das ist nur gut so, weil sie mit der Zeit sehr schwer werden können.«

Nur wenige wachten morgens auf und sagten sich, dass sie an diesem Tag die Wahrheit lieber verbergen wollten. Als Beth Ann am Morgen aufgewacht war, hatte sie ihre blauen Flecken sicherlich mit Make-up kaschiert und eine Strandjacke übergezogen. Und sie würde sich dabei sagen, dass sie es tat, um ihre Kinder nicht zu ängstigen, ihren Mann nicht zu beschämen und die Illusion eines glücklichen Lebens nicht zu zerstören. Ihr Geheimnis würde niemandem außer ihr selbst schaden.

Edna würde sich ihre Schürze umbinden und mit der Arbeit beginnen, als könnte sie sich so von der Vergangenheit befreien.

Und Carlotta würde das unsichere kleine Mädchen verdrängen, das am Rande der Gesellschaft aufgewachsen war, sich schminken und ihrem Publikum einheizen.

»Edna hat recht. Geheimnisse sind eine Last.«

Kapitel 25
RUTH

Samstag, 24. Juni 1950, 15.45 Uhr

Ruth stand hinter der Rezeption, als ein dunkler Ford Pick-up unter dem Vordach des Hauptgebäudes vorfuhr. Sie erkannte den Fahrer, einen Fischer, der manchmal Waren an das Seaside Resort auslieferte.

Aber die beiden jungen Leute, die aus dem Fahrzeug stiegen, hatte sie noch nie gesehen. Sie waren vielleicht Anfang zwanzig, und Ruth nahm an, dass sie in den Flitterwochen waren. Hin und wieder stiegen im Seaside frisch Verheiratete ab. Wenn diese beiden ein Zimmer brauchten, musste sie sie allerdings enttäuschen. Obwohl Sonntag war, hatte noch keine Familie ausgecheckt. Hatten die beiden denn nicht gesehen, dass das KEIN links neben dem ZIMMER FREI leuchtete?

Der Mann war groß und schlank. Er trug ein blütenweißes Hemd mit spitzem Kragen, dazu polierte zweifarbige Slipper unter einer gestreiften Hose in dunklen Farben. Sein sandfarbenes Haar war mit viel Pomade nach hinten gekämmt.

Das kaffeefarbene Haar der Frau war kurz geschnitten und lockte sich um ihre perlenbesetzten Ohrringe. Ihre Katzenaugen-Sonnenbrille war rot gefasst. Die eng anliegende, leuchtend gelbe Bluse, die ihre kleinen Brüste betonte, hatte sie in eine schmale weiße Hose gesteckt.

Sie winkten dem davonfahrenden Fahrer zu, nahmen ihre Koffer und traten in die Lobby, wo sie sich in Ruhe umsahen.

»Kann ich Ihnen helfen?«, fragte Ruth.

»Ja, da bin ich sicher, junge Dame«, sagte der Mann. »Wir suchen nach Carlotta DiSalvo. Sie ist hier die Hauptattraktion.«

»Ich weiß nicht genau, ob das Seaside Resort groß genug für eine Hauptattraktion ist.«

»Wo auch immer sie hingeht, ist sie die Hauptattraktion«, sagte der Mann unbeirrt.

Ruth widersprach ihm nicht. »Und wer sind Sie?«

»Ich bin Max Collier und das ist April Rivers. Wir gehören mit Carlotta zu den Darstellern auf der *Maisy Adams*.«

»Ist das Boot fertig, Mr Collier?«

»Nenn mich Max. Nein, unser Schiff ist noch nicht fertig. Kannst du uns zu Carlotta bringen?«

»Um diese Zeit ist sie unten beim Wrack, um sich auf die Abendvorstellung vorzubereiten. Was machen Sie auf der *Maisy Adams*?«

»Ich bin Magier«, sagte Max. »April ist Akrobatin.«

»Zaubern Sie wirklich oder sind es nur Kunststücke?«, fragte Ruth.

Max grinste. »So wirklich, wie du es je sehen wirst.«

»Kannst du uns zu Carlotta bringen?«, wiederholte April.

»Sicher. Kommen Sie mit.«

Als sie durch die Lobby gingen, wurden sie von ihrer Mutter abgefangen. »Ruth, sind das Gäste?«

»Nein, Mama, Freunde von Carlotta. Das sind Max Collier, der Magier, und April Rivers, die Akrobatin. Das ist meine Mama, Edna Wheeler. Sie schmeißt den Laden.«

Max reichte Mama die Hand und hielt einen Moment inne, um ihr Gesicht zu betrachten. »Es ist mir eine Freude, Sie kennenzulernen, Madame. Ihre Tochter wollte uns gerade zu Carlotta bringen.«

»Die habe ich vor ein paar Minuten am Strand gesehen.« Edna schaute auf ihre Uhr. »Ich komme mit. Ich habe noch ein paar Minuten Zeit, bevor ich mit den Vorbereitungen für das Abendessen beginne.«

Sie folgten Edna mit ihrem schnellen Schritt durch die Hintertür und um den Pool herum zum Strand. Es war die ruhige Zeit des Tages; die Sommerhitze hatte alle in ihre klimatisierten Zimmer getrieben, wo sie ein Nickerchen machten oder lasen.

Mr Manchester bildete die Ausnahme. Er saß mit einem Drink am Pool, einen vollen Aschenbecher auf dem Tisch vor sich und ein Time-Magazin in der Hand. Es war unmöglich, seine Augen unter der dunklen Sonnenbrille zu erkennen, aber Ruth spürte seinen Blick. Sie hatte den Eindruck, dass er sie ständig beobachtete.

Mr Manchester war für sich geblieben, seit er gestern Abend aus der Show getorkelt war, während Mrs Manchester den Tag in ihrem Zimmer verbracht hatte.

Über ihnen kreischten Möwen, als sie über den Strand auf das Wrack zugingen.

»Das ist ja ein richtiges Wrack«, sagte April.

»Ja, und es ist ziemlich alt«, sagte Ruth. »Es taucht nur nach schweren Stürmen auf.«

April fröstelte. »Es bringt Unglück, zu viel Zeit in der Nähe eines Wracks zu verbringen.«

»Und auf diesem spukt es«, sagte Ruth.

»Das wissen wir nicht mit Sicherheit«, sagte Mama. »Es gibt viele Geschichten, aber kaum Fakten.«

»Und wer spukt hier?«, fragte Max.

»Die Geister von Matrosen und einer Frau, die nach ihrem Baby sucht«, sagte Ruth. April legte ihre Hand auf Max' Arm. »Ich mag so etwas nicht.«

Max grinste. »Wir leben auf der *Maisy Adams*, deswegen machen uns gekenterte Schiffe etwas kopfscheu.«

Carlotta kam gerade um den Schiffsrumpf herum und zögerte kaum merklich, als sie die Neuankömmlinge sah.

»Max und April.« Sie umarmte die beiden. »Was macht ihr denn hier?«

»Das mit dem Job in Norfolk hat nicht geklappt«, sagte er. »Der Besitzer des Schuppens hat sich geweigert, uns zu bezahlen. Deswegen haben wir keine Bleibe, bis die *Maisy Adams* wieder startklar ist.«

»Wir haben leider keine Zimmer frei.« Mamas Gesichtsausdruck war freundlich, aber Ruth erkannte, dass sie gereizt war.

»In meinem Cottage gibt es noch zwei Zimmer«, sagte Carlotta. »Vielleicht können sie bei mir wohnen und abends gegen Kost und Logis auftreten.«

»Was bringen uns ein Magier und eine Akrobatin?«, fragte Edna direkt.

Max griff hinter Ruths Ohr und holte wie aus dem Nichts eine Goldmünze hervor. April stellte ihren Koffer ab, trat einen Schritt zurück und machte mehrere Saltos aus dem Stand.

»Auf der *Maisy Adams* sind beide sehr beliebt«, sagte Carlotta. »Und sie machen bestimmt keinen Ärger.«

Ruth erwartete, dass ihre Mutter Nein sagen würde. Sie mochte keine Überraschungen und traute Fremden nicht leicht.

»Solange sie bei dir unterkommen. Zwei Vorstellungen pro Abend, so wie bei dir.«

»Das wäre mehr als annehmbar«, sagte Max charmant und starrte April an. Sie nickte.

»Dann sind wir uns einig«, sagte Edna. »Carlotta kann Ihnen den Bungalow zeigen.«

Max deutete einen Diener an. »Danke, Mrs Wheeler.«

»Nennen Sie mich Edna, das tun alle.«

Carlotta fiel auf, dass April nach ihrer akrobatischen Blitznummer noch eine Spur blasser geworden war.

»Edna, könnten die beiden vielleicht etwas in der Küche zu essen bekommen?«

Edna warf einen längeren Blick auf das Paar. Ihr Gesichtsausdruck wurde weicher. »Natürlich. Es ist genug da. Essen Sie sich satt und ruhen Sie sich vor der ersten Show um sechs Uhr aus.«

»Wir wissen das sehr zu schätzen«, sagte April.

»Ich bringe sie in die Küche«, sagte Ruth.

»Nein, lass mich mal«, sagte Carlotta.

Ihr Ton stellte klar, dass Fragen oder Kommentare unerwünscht waren. Ruth und ihre Mutter sahen ihnen hinterher.

»Ich habe noch nie einen Zauberer gesehen«, sagte Ruth.

»Ich auch nicht.«

»Warum sind sie wohl hergekommen?«, fragte Ruth.

»Ich würde sagen, dass Carlotta sich um sie kümmert.«

»Warum?«

»Manche Leute kümmern sich um andere.«

»So wie du«, sagte Ruth.

»Ja, wahrscheinlich. Hoffen wir, dass sie so sind, wie sie scheinen.«

»Wie sollten sie denn sonst sein?«

»Wenn du wüsstest …«

* * *

CARLOTTA

»Warum seid ihr wirklich hier?«, fragte Carlotta, als sie das Cottage betraten. Sie hatten in der Küche Sandwiches und Obst gegessen, und danach hatte Aprils Teint wieder Farbe bekommen.

April nahm ihren Schal ab und entspannte sich zum ersten Mal seit ihrer Ankunft. »Max ist in Norfolk in Schwierigkeiten geraten.«

»Was hast du denn jetzt schon wieder gemacht?«, fragte Carlotta.

»Es klingt so dramatisch, wie April das sagt. Aber es war nicht dramatisch.«

»Raus damit«, sagte Carlotta.

»Es war bei einem freundschaftlichen Kartenspiel«, begann er.

Carlotta unterbrach ihn kopfschüttelnd. »Kartenspiele unter Fremden sind nie freundschaftlich.«

»Genau das habe ich auch gesagt«, flüsterte April.

»Die anderen Spieler haben behauptet, ich würde schummeln.« Max klang beleidigt.

Carlotta hob eine Braue. »Und? Hast du geschummelt?«

Max zuckte mit den Schultern. »Technisch gesehen nicht.«

»Ich möchte gar nicht wissen, was das bedeuten soll.«

»Einer von ihnen hatte einen Freund bei der Polizei, der mich verhaftet hat. Der Typ hat klar und deutlich verloren und das hat ihm nicht gefallen. Na ja, zum Glück konnte ich mich raushauen.«

»Er hat für den Sheriff Zaubertricks aufgeführt«, sagte April. »Dem hat es so gut gefallen, dass er gesagt hat, er drückt ein Auge zu, wenn Max die Stadt sofort verlässt.«

»Wir haben es per Anhalter bis zur Staatsgrenze geschafft. Und dann hat noch ein Auto angehalten und dann noch eins und dann waren wir hier.«

»Keine Schlägerei?«, fragte Carlotta.

»Vielleicht eine ganz kleine«, sagte Max. »Aber ich habe keinen Polizisten vermöbelt.«

Carlotta hob die Hände. »Ich will hier keinen Ärger, Max.«

Max' Lächeln war leicht und schnell. »Natürlich nicht.«

»Das sagst du immer, und dann …« Auf der *Maisy Adams* beschränkte er seine Glücksspiele normalerweise auf die letzte Nacht in einem Hafen. Wenn die Spiele schlecht liefen – und sie liefen oft schlecht –, war er noch vor Sonnenaufgang aus der Stadt. Mehr als einmal hatte Carlotta gesehen, wie er über die Docks angerannt kam, als wäre ihm der Teufel auf den Fersen, und nur Sekunden, bevor der Landungssteg hochgezogen wurde, hinaufsprang.

»Hier wird es keinen Ärger geben«, sagte er.

Natürlich meinte er es ernst. Er versprach nie etwas, was er nicht halten konnte. Aber Max lebte ganz im Moment, und seine ernst gemeinten Versprechen lösten sich manchmal so schnell in Luft auf wie die Spielkarten beim Zaubern.

* * *

Carlotta beendete ihre zweite Vorstellung um kurz nach elf. Wie sie vorausgesagt hatte, waren Max und April bei den Gästen sehr beliebt. Beide versprühten einen Charme, dem man nur schwer widerstehen konnte. Ednas Miene nach war sie mit ihrer Entscheidung zufrieden.

Beth Ann hatte sie weder bei der einen noch bei der anderen Abendveranstaltung gesehen, aber Peter war bei der zweiten auf dem besten Weg gewesen, sich sinnlos zu betrinken. Als April in ihrem Kostüm erschien, hellte sich seine Miene auf. Carlotta wusste aus Erfahrung, dass sie aufpassen musste, dass genügend Abstand zwischen Peter und April war, damit es keinen Ärger gab. Sie wünschte sich, Henry wäre da, um den Frieden zu wahren, aber so fiel ihr diese Aufgabe zu. Wie meistens.

Nach dem Ende der Vorstellung standen Max, April und sie noch ein wenig herum, um mit den Gästen zu plaudern, die noch etwas zu den Vorführungen sagen wollten. Einige waren begeistert von Max' Zauberei, andere wollten wissen, wie er die Tricks hinbekam. April verblüffte sie mit einem spontanen Spagat auf dem Wrack, dem zwei Rückwärtssalti folgten. Einige Damen, die mit der Zeit mutiger gegenüber Carlotta wurden, machten Vorschläge für Songs. Es fiel sogar die Bemerkung, dass sie ein paar Töne verfehlt hätte – was nicht der Fall gewesen war.

Sowie die Zuschauer gingen, machten sich Max und April auf den Weg zum Cottage. Sie waren erschöpft von dem langen Tag. Carlotta wollte sich eigentlich noch bei Edna bedanken, aber die sprach gerade mit Ruth und Talley, die bald darauf aufbrachen. Als Edna die Klappstühle einsammelte, war ihr Gesicht von Müdigkeit gezeichnet, und Carlotta fragte sich, ob sich Edna jemals ausruhte. Vielleicht fürchtete auch sie die Dämonen, die in der Stille lauerten.

Carlotta überließ Edna ihrer Aufgabe und machte sich auf den Weg zu ihrem Cottage. Es war schon nach Mitternacht, und der Schlafmangel der letzten Nacht machte ihr zu schaffen. Noch ein Drink und dann ins Bett.

Die Sandalen baumelten an ihren Fingern, als sie aus dem Lichtkreis in den Schatten zwischen den Bungalows trat.

Plötzlich spürte sie, dass ihr jemand folgte. Zweimal blieb sie stehen und schaute zurück. Aber es war niemand zu sehen.

Als sie die Treppe zum Cottage fast erreicht hatte, trat ihr ein Mann in den Weg. Es war Peter Manchester. Er stand breitbeinig da und schwankte wie ein Kapitän auf einem sturmgepeitschten Schiff. Er war sturzbetrunken.

»Carlotta«, sagte er. »Klingt wie ein erfundener Name.«

»Gehen Sie in Ihr Zimmer, Mr Manchester«, sagte sie fest. »Es ist hier nachts nicht ungefährlich.«

Er blickte hinauf zur dunklen Veranda und schien nach Max und April Ausschau zu halten. Als er niemanden sah, sagte er: »Ich kenne mich hier aus. Bin hier schon 'n paarmal gewesen.«

Sie dachte an Max und April, die wahrscheinlich schon eingeschlafen waren. Wenn sie um Hilfe schrie, würde Max herausgeschossen kommen und Manchester verprügeln. Erfahrungsgemäß würde er kurz darauf im Gefängnis landen.

Manchester kam näher, seine Finger ballten sich zu Fäusten.

Sie klammerte sich an das Geländer der Veranda. »Gehen Sie zurück in Ihr Zimmer. Zu Ihrer Frau.«

»Was Sie zu meiner Frau gesagt haben, gefällt mir gar nicht.«

»Ich weiß nicht, wovon Sie reden.« Wie man log und sich unerschrocken gab, wusste sie nur allzu gut.

»Sie haben ihr eingeredet, dass sie mich verlassen soll.« Er klang vernünftig, gefährlich. »Sie ist *meine* Frau, und was in *meiner* Ehe passiert, geht Sie nichts an.«

»Mir sind Ihre Probleme vor die Füße gefallen. Ich habe nicht nach ihnen gesucht.«

Es wäre schön gewesen, wenn Henry erschienen wäre, aber Ritter gab es eben nur im Märchen. Sie musste wohl oder übel allein mit ihm fertig werden. Leider schlummerten ihre Schlagringe in ihrer Handtasche zwischen Lippenstiften, Taschentüchern und Münzen. Und die Handtasche lag auf dem

Esstisch im Haus. Dafür hielt sie in jeder Hand eine hochhackige Sandale.

Er kam ihr noch näher. »Lassen Sie meine Frau in Ruhe!«

»Ich bin müde, Mr Manchester, und ich habe keine Zeit für so etwas. Verschwinden Sie.«

»Das ist nicht Ihr Grund und Boden. Sie sind kaum besser als eine Landstreicherin. Sie tun nur so großartig. Wie meine Frau.«

Ihm zu widersprechen, war reine Zeitverschwendung. Aber vielleicht beruhigte er sich, wenn sie ihm nach dem Mund redete. Jedenfalls so weit, dass sie die Chance hatte, die Treppe hochzurennen und die Tür zu verriegeln.

»Sie haben recht. Ich ziehe von Ort zu Ort. Bald bin ich weg, und in ein paar Monaten werden Sie und Ihre Frau sich nicht einmal mehr an meinen Namen erinnern. Gehen Sie zurück zu Ihrer Frau, Mr Manchester.«

»Meine Frau? Ich weiß nicht einmal, wer sie wirklich ist. Ich dachte, ich weiß es, aber weit gefehlt.«

Dann hatte er die Briefe gefunden, die Beth Ann erwähnt hatte? »Sprechen Sie mit ihr.« Die Beth Ann, die sie einst gekannt hatte, würde schon einen Weg finden, dieses Problem zu lösen.

»Ihr seid alle beide Hexen.« Die Wut in seinen Augen wich einem noch bedrohlicheren Funkeln. »Ihr seid alle beide Chamäleons, die es verstehen, Männer um den Finger zu wickeln und zu verführen.«

Sein Blick glitt über ihren Körper, über das eng anliegende Seidenkleid, ihre nackten Beine bis zu den rot lackierten Zehennägeln.

»Ich hole Ihnen einen Drink.«

»Warum nicht?«

Sie kehrte ihm den Rücken zu. In dem Moment packte er sie an den Haaren und zerrte sie zurück. Der Schmerz war stechend. Er stieß sie hart in die Seite, und sie stolperte und fiel auf den Sand.

»Ich habe die Briefe von Anns Mutter gefunden. Ann hat mir erzählt, dass ihre Mutter gestorben ist, als sie noch ein kleines Mädchen war.«

»Ich weiß nicht, wovon Sie reden!«

»Natürlich weißt du das, du Schlampe! Du bist ihre Schwester. Ihr seid Zwillinge. Verdammt, was ist da sonst noch?«

»Ich weiß es nicht.«

Peter versetzte ihr einen Tritt in die Magengegend, der ihr die Luft nahm und Wellen von Schmerzen in ihren Brustkorb und Rücken schickte. Sie versuchte, sich aufzurappeln, und ließ dabei eine Sandale fallen. Er trat nach und schleuderte sie auf den Rücken. Als sie aufsah, stand Peter breitbeinig über ihr. Sein Gesicht war wutverzerrt, er war zu allem entschlossen. Er wollte ihr etwas antun, und sie hatte Angst um ihr Leben.

Er ließ sich längs auf sie fallen und drückte ihren Körper fest in den Sand. Seine Hand tastete ihr Bein hinauf, schob den Saum ihres Kleides hoch bis zu ihrem Slip. Er zerrte an der Seide und riss ihn kaputt.

Carlotta fasste die Sandale so fest sie konnte mit der rechten Hand und schlug ihm den Absatz auf den Hinterkopf.

Er heulte auf, wich zurück und schlug ihr hart ins Gesicht. »Schlampe!«

Mit der anderen Hand schleuderte sie ihm eine Handvoll Sand in die Augen. Sein Griff lockerte sich.

»Lass mich los, du Schwein!«

Sie stieß ihn von sich und rappelte sich auf. Er erwischte ihren Knöchel. Seine Fingernägel krallten sich in ihre Haut.

Sie trat mit aller Kraft nach hinten aus. Ihre Ferse landete auf seiner Nase. Blut schoss heraus, und er ließ sie los.

Sie kam auf die Beine, taumelte auf die Treppe zu, keuchte die Stufen hinauf zur Fliegengittertür, schloss sie ab, war drinnen im Haus und verriegelte die Verandatür hinter sich. Dann rannte sie zum Tisch, stülpte die Handtasche um und schob den Schlagring auf ihre Finger. Wie die Diamantringe einer reichen Frau. Ihr Herz hämmerte, aber sosehr sie auch versucht war zu fliehen, sie spähte doch hinaus.

Peter Manchester lag am Fuß der Treppe auf dem Rücken und hielt sich beide Hände vor die Nase. Im Mondlicht sah das Blut schwarz aus. Er stützte sich auf den Ellenbogen, strich sich das blauschwarze Haar aus der Stirn und stieß laute Verwünschungen aus.

Im Obergeschoss ging ein Licht an. Aprils schlanke Gestalt schwebte die Treppe hinab. In der Hand hielt sie einen Schlagstock, ihre Lieblingswaffe. »Was ist hier los?«

»Mr Manchester macht sich gerade auf den Weg ins Hotel.«

April stand neben Carlotta und sah zu, wie der Mann sich hochstemmte und Schritt für Schritt vorwärtstaumelte. Mit einer Hand hielt er sich die Nase, aus der immer noch Blut quoll. Er starrte zu den beiden Frauen herauf. Bei einer allein hätte er vielleicht noch einen Versuch gemacht, aber zwei gingen über seine Kräfte. Mit zusammengekniffenen Augen drehte er sich um und torkelte über den Strand auf die Lichter des Seaside Resorts zu.

»Worum geht es hier überhaupt?«, fragte April erschrocken.

»Nichts. Geh schlafen.«

April sah sie an. »Er hat dich ins Gesicht geschlagen!«

Carlotta hielt sich die Wange. Manchester war nicht der Erste, der mehr wollte, als sie zu geben bereit war. »Ich kühle das mit Eis. Bis morgen früh ist es verschwunden.«

April griff nach ihrem Arm.

Carlotta zuckte zusammen. »Geh wieder ins Bett.«

»Das kannst du vergessen. Komm mit in die Küche. Das Mindeste, was ich tun kann, ist, dir einen Eisbeutel aufzulegen.«

»Nein, das …«

»Du kannst nicht immer alles bestimmen, Carlotta. Nun komm schon.«

Die Entschiedenheit, die in Aprils sonst so sanfter Stimme lag, rührte sie. Als sie nichts mehr von Peter Manchester sah, folgte sie ihr in die Küche.

April schaltete die Deckenlampe ein, und Carlotta schirmte vor dem grellen Licht die Augen ab. April öffnete den Gefrierschrank und nahm ein paar Eiswürfel heraus, breitete ein blau-weiß kariertes Geschirrtuch aus, schüttete das Eis in die Mitte und drehte ein Bündel daraus. Vorsichtig drückte sie Carlotta das Eis gegen die Wange.

»Ich habe ihn heute Abend bei der zweiten Show gesehen«, sagte April. »Da hatte er schon ordentlich getankt.«

»Seine Lieblingsbeschäftigung.« Carlotta schaute ihr Spiegelbild im Fenster an. »Wie viel hast du gehört?«

»Genug.«

»Erzähl es niemandem.«

»Wir haben alle eine Vergangenheit.«

Carlotta schaute zur Treppe. »Wo ist Max?«

»Er schläft. Er hat eine von diesen Pillen genommen, und du weißt ja, dass man ihn dann kaum wach kriegt.«

Die Tabletten stammten von einem Arzt in Baltimore, der sie ihm nach endlos vielen schlaflosen Nächten verschrieben hatte. »Es ist besser, wenn er es nicht erfährt«, sagte Carlotta.

April wischte ihr etwas frisches Blut von der Wange. »Und dann gehst du Manchester in der nächsten Woche einfach aus dem Weg oder wie?«

»Wenn ich muss. Ich will keinen Ärger mit Edna.«

»Ich hatte mich schon gefragt, warum du hier überhaupt auftreten willst. Jetzt ist es mir natürlich klar.«

Carlotta nahm April den Eisbeutel ab und warf einen Blick auf das blutverschmierte Tuch, bevor sie es wieder gegen die

Wange hielt. »Ich dachte, es wäre mal eine schöne Abwechslung. Ich habe das Festland vermisst.«

»Ach ja?« April reichte Carlotta ein Glas Wasser.

Sie trank einen großen Schluck und spülte den metallischen Geschmack von Blut runter. »Edna ist nett zu mir gewesen. Ich will ihr keinen Ärger machen.«

»Du hast keinen Ärger gemacht, sondern Peter Manchester. Man sollte es dem Sheriff sagen.«

»Ich kriege die Sache mit Manchester in den Griff.« Sie versuchte zu lächeln, zog aber sofort eine Grimasse, als sie die Muskeln bewegte. »Der tut mir nie wieder was.«

»Was willst du tun?«

»Mich um ihn kümmern.«

Kapitel 26
CARLOTTA

Sonntag, 25. Juni 1950, 6.00 Uhr

Carlotta verbrachte eine unruhige Nacht. Sie hatte vielleicht drei Stunden geschlafen, und als sie aufwachte, war ihr Körper steif und ihr Kopf pochte.

Sie setzte sich langsam auf, stellte die Füße vorsichtig auf den Boden, ging ins Bad und begutachtete ihr geprelltes Gesicht im Spiegel. Ihre rechte Wange war leicht geschwollen, aber ohne das Eis wäre es noch schlimmer gewesen. Das Make-up würde die Verfärbung abdecken. Sie zog ihr Nachthemd hoch und starrte auf die dunkelvioletten Flecken auf ihren Rippen. Mistkerl!

Sie ließ das Nachthemd sinken und ging in die Küche, wo sie auf Edna stieß. Sie hatte eine frische Kanne Kaffee gekocht und schenkte gerade zwei Tassen ein.

Carlotta dachte kurz daran, sich in ihr Schlafzimmer zurückzuziehen, aber dazu war sie zu wütend. »Guten Morgen.«

Edna drehte sich um. Sie zögerte kurz, als sie Carlottas Gesicht sah, bevor sie ihr eine Tasse reichte. Einen Moment lang sprachen beide nicht.

»Wie hast du es erfahren?«, fragte Carlotta.

»April ist vor einer Stunde in der Küche gewesen, um Eis zu holen. Ich habe ihr gesagt, sie soll so viel nehmen, wie sie braucht.«

»Und du bist gekommen, um herauszufinden, wofür sie es braucht.« Carlotta öffnete das Gefrierfach und sah eine große, mit Eiswürfeln gefüllte Metallschüssel.

»Ich weiß gern, was in meinem Hotel vor sich geht.«

»Hier ist alles in Ordnung«, sagte Carlotta. »Es wird keine Probleme mehr geben.«

»Ich nehme mal an, dass das Mr Manchester war. Es ist von Jahr zu Jahr schlimmer geworden mit ihm, aber dies stellt alles Bisherige in den Schatten.«

»Er hat Briefe von dir an Beth Ann gefunden.«

Edna wurde blass.

»Er kennt die Wahrheit«, sagte Carlotta.

Edna starrte sie an. »Welche Wahrheit?«

»Dass Beth Ann und ich deine Töchter sind.«

»Hat er sonst noch etwas gesagt?«

Carlottas Augen verengten sich. »Was meinst du?«

»Ach, egal.«

»Wie hat er Beth Ann kennengelernt?«

»Sie hat hier einen Sommer lang gearbeitet. Er hat hier Urlaub gemacht und sich in sie oder in ihre Schönheit verliebt. Im Sommer darauf haben sie geheiratet.«

»Und damals hat sie ihm die Waisengeschichte aufgebunden.«

»Ja. Und ich habe sie gelassen«, sagte Edna.

»Weiß Jake das?«

»Ja. Jake weiß alles.« Edna betrachtete Carlottas geprellte Wange. »Ich kann den Sheriff anrufen. Er schuldet mir noch was und wird sich anhören, was ich zu sagen habe.«

»Du würdest dich für mich einsetzen?«, fragte Carlotta.

»Natürlich.« Ednas Tonfall war warm. »Ich habe meine Mädchen einmal im Stich gelassen«, sagte sie leise. »Das werde ich nicht wieder tun.«

Carlotta zwang sich, ihre Tränen zurückzuhalten. Zum ersten Mal wurde die Last auf ihren Schultern etwas leichter. »Beth Ann ist gern eine Manchester. Das will sie nicht gefährden.«

»Das ist ihre Entscheidung«, sagte Edna.

»Ich möchte die Woche zu Ende bringen.«

»Die Gäste und vor allem Ruth haben dich gern um sich.«

Carlotta wurde bewusst, wie nah ihr der Gedanke ging, Ruth zu enttäuschen. »Ich lasse mich nicht von ihm vertreiben.«

»Nein, das würde ich von dir auch nicht erwarten.« Edna stellte ihre Tasse auf den Tisch und nahm eine Flasche Aspirin aus der Schürzentasche. »Die helfen gegen die Schmerzen und die Schwellung.«

»Danke.«

»Wenn du einen Arzt brauchst, musst du es mir nur sagen. Ich rufe ihn an. Er schuldet mir noch was.«

»Gibt es wen auf der Insel, der dir nichts schuldet?«

»Nein.« Edna ging auf die Tür zu, drehte sich aber noch einmal um. »Henry reist heute Abend ab. Er hat Arbeit auf einem Fischerboot angenommen. Die Bezahlung ist zu gut, um sie sich entgehen zu lassen. Er ist ein liebenswerter und sanfter Mann, aber er ist jähzornig. Es wäre nicht gut, wenn er wüsste, dass Peter Manchester dich geschlagen hat.«

Carlotta spürte, wie ihre Wangen Farbe annahmen. Es gab nichts, wofür sie sich schämen müsste, aber irgendwie tat sie es vor Edna doch. »Henry und ich sind Freunde.«

»Ja, den Eindruck hatte ich. Ich habe ihn vor ein paar Nächten aus deinem Cottage kommen sehen. Und am nächsten Tag konnte er nicht aufhören zu grinsen.«

Dass sie ihm ein Lächeln ins Gesicht gezaubert hatte, wärmte ihr Herz. »Ich habe versucht, diskret zu sein.«

»Warst du auch. Ich schlafe wenig, deswegen entgeht mir nicht viel.«

Carlotta würde Henry vermissen. Und für den Bruchteil einer Sekunde stellte sie sich vor, wie es wohl wäre, wenn sie auf den Outer Banks bliebe und sich hier ein Leben aufbaute. Sie war auf der *Maisy Adams* mehr oder weniger für alles zuständig, deswegen würde es ihr nicht so schwerfallen, ein Hotel wie das Seaside Resort zu führen. Aber noch während sie sich diese Version ihres Lebens vorstellte, merkte sie, wie sie unruhig wurde und sich danach sehnte, den nächsten Hafen anzulaufen.

»Danke, Edna.«

Edna wandte sich zum Gehen. Ein Blick auf ihr Profil verriet Carlotta, dass sie mit einer unbestimmten Emotion kämpfte. »Gern geschehen.«

* * *

Carlotta schminkte sich sorgfältig für die Abendvorstellungen. Zu ihrer Erleichterung verdeckten das ziemlich dick aufgetragene Make-up und ein um den Hals gewickelter Schal die meisten blauen Flecken. Nicht perfekt, aber gut genug.

Es klopfte und als sie sich umdrehte, sah sie Henry an der Hintertür stehen. Ihre Hand wanderte zu ihrem Schal. »Henry.«

»Darf ich reinkommen?«

Sie zögerte nur einen Moment. Sie war glücklich, dass er vorbeikam. »Ja, klar.«

»Ich möchte mich verabschieden. Edna hat für mich Arbeit auf einem großen Fischkutter gefunden. Die Bezahlung ist richtig gut.«

»Ich werde dich vermissen«, sagte sie enttäuscht.

Als er auf sie zukam, fiel sein Blick auf ihren Unterarm. »Was ist das für ein blauer Fleck?«

»Es ist nichts weiter.«

Er strich sanft darüber. »Was ist passiert?«

»Mir geht es gut.«

Er hob den Blick, knotete vorsichtig das Seidentuch auf und nahm es ab. »Wer hat dir das angetan?«

Sie nahm seine kräftige Hand in ihre und küsste seine Fingerspitzen. Die Wut, die in seiner Stimme schwang, rührte sie. »Das spielt keine Rolle.«

»Doch, Carlotta. Du musst es mir sagen.«

»Ich will keinen Ärger.«

»Das war Manchester, stimmt's? Ich bin ja nicht blind. Wie er dich die ganze Zeit angafft! Und wie schlecht er seine Frau behandelt!«

»Er war betrunken.«

»Das spielt keine Rolle. Hat er dich auf andere Weise verletzt?«

Sie verstand die Bedeutung seiner Frage. »Nein.«

»Ich wünschte, ich wäre hier gewesen. Warum war ich bloß nicht hier?«

»Es ist nicht deine Aufgabe, mich zu beschützen«, sagte sie. »Normalerweise erkenne ich Gefahr meilenweit im Voraus, aber er hat mich überrumpelt.« Sie küsste ihn auf den Mund. »Ich habe noch eine Stunde Zeit bis zur ersten Vorstellung. Und mir fällt gerade etwas ein, was ich viel lieber tun würde, als über Manchester zu reden.«

Als sie ihn küsste, spürte sie die Wut in seinem Körper. Sie ließ ihre Hand über seine Brust gleiten. Sie kannte ihn gut genug, um zu wissen, was er mochte.

Er stöhnte. »Das ist nicht fair.«

»Stimmt.«

»Du machst mich wahnsinnig.«

»Gut.«

Kapitel 27
IVY

Dienstag, 25. Januar 2022, 8.00 Uhr

Ivy hatte kaum geschlafen. Sie hatte die halbe Nacht damit verbracht, Matthews Vorschlag zu überdenken. Sein Plan war ebenso gut wie riskant. »Geh aufs Ganze«, das war schon in der Highschool sein Motto gewesen.

Sie rieb sich die Augen und goss sich eine neue Tasse Kaffee ein. Ein geschäftlicher Misserfolg würde wehtun, aber es war nicht so, als würde sie ihr Augenlicht verlieren. Sie versuchte, sich die Welt aus Dunkelheit und Schatten vorzustellen, die Dani erwartete.

Ihr Telefon klingelte. Es war Dani.

»Hey. Alles in Ordnung?«

»Ja, alles gut. Wann wollen wir uns die restlichen Bilder von Ruth ansehen? Ich habe gerade gedacht, jetzt wäre es super. Es ist ein strahlend schöner Tag.«

Ivy nippte an ihrem Kaffee. »Klar, komm vorbei.«

»Bin schon da.«

Ivy ging zum Fenster. »Du bist gefahren?«

»Ja. Wie gestern und vorgestern.«

Dani beendete das Gespräch, und Ivy sah, wie sie die Treppe zum Haus heraufkam.

Sie trug schwarze Jeans, einen übergroßen weißen Pullover mit Zopfmuster und eine Lederjacke. Ihre Stiefel waren leuchtend rot und ihre Haare zu einem hohen Pferdeschwanz gebunden.

Ivy öffnete die Tür. »Wie schaffst du das nur immer?«

»Prioritäten.« Dani betrachtete Ivys verblichene graue Jogginghose und das übergroße NYC-Sweatshirt, das vorn Fettflecken hatte. »Du könntest dir auch ab und zu mehr Mühe geben.«

»Ab und zu mache ich das ja auch.«

»Mach's öfter.«

Ivy schloss die Tür. Dani war schon bei Libby und den Welpen, zog eine Kaustange aus der Tasche und bot sie Libby an. »Mama hat sich ein Leckerli verdient.«

Libby nahm die Kaustange an und begann sofort, daran zu knabbern. Dani hob den kleinsten Welpen hoch, den Bella sich ausgesucht hatte, und machte ein Foto. »Das habe ich Bella versprochen. Sie hätte heute am liebsten die Schule geschwänzt, um die Welpen anzugucken.«

»Sie wuseln schon viel mehr herum. Es wird nicht mehr lange dauern, bis sie ihre Augen öffnen.«

Dani stupste den Welpen mit der Nase an. »Die ganze Welt wartet darauf, von ihnen entdeckt zu werden.«

Diese Welt verdunkelte sich für Dani von Tag zu Tag. »Du scheinst ziemlich gelassen mit all dem umzugehen.«

Dani setzte den Welpen vorsichtig ab und begann, die anderen zu streicheln. »Ich bin kurz vorm Durchknallen. Gutes Make-up und auffällige Stiefel lenken mich ab.«

»Wann sagst du Dalton Bescheid?«

»Bald. Die Vorstellung, dass er dann durchdreht, ist mir im Moment einfach zu viel. Gestattet ist jeweils nur ein durchgedrehter Manchester.«

»Und Matthew?«

Sie atmete den Geruch des Welpen ein, bevor sie ihn neben Libby absetzte. »Auf das Gespräch freue ich mich auch nicht gerade. Hast du dir seinen Geschäftsplan angesehen?«

»Ja. Er hat ordentlich dazugelernt. Den achtzehnjährigen Matthew mit seiner großartigen Idee, dass wir drei was zusammen aufziehen, den gibts nicht mehr. Er will jetzt allerdings, dass ich mich finanziell beteilige. Sein Vertrauen in mich hat seine Grenzen.«

»Wir sind alle vorsichtiger geworden.« Dani erhob sich und betrachtete das aufgeräumte Wohnzimmer. »Wow! Du hast aber Fortschritte gemacht!«

»Nächste Woche ist mein Geburtstag. Sobald mein Alter mit einer Drei beginnt, kann ich das Haus verkaufen. Dann will ich fertig sein.«

»Hat Dalton dir schon ein Angebot gemacht?«

»Noch nicht.«

»Er hat dieses Haus schon immer geliebt. Ich will meinen Bruder nicht besser machen, als er ist, aber wenn du an ihn verkaufst, wärst du sicher, dass er das Haus nicht abreißt, egal, wie viel er für das unbebaute Grundstück bekommen könnte.«

»Er will es unbedingt haben.«

»Er hatte schon immer ein Faible für diese älteren Häuser. Übrigens hat er jetzt auch das letzte Haus nebenan verkauft.«

»Toll! Dann hat er jetzt weniger Druck. Ein guter Zeitpunkt, es ihm zu sagen.«

»Noch nicht. Dalton atmet erst auf, wenn die Häuser in schlüsselfertigem Zustand sind und alles in trockenen Tüchern ist.«

»Ruth hat die Verwüstung des Seaside so mitgenommen. Sie wäre wirklich glücklich gewesen, wenn sie erfahren hätte, dass Dalton das Haus kaufen will.«

»Da wir gerade von Ruth sprechen: Zeig mir die Bilder. Ich werde blind, ich habe nicht ewig Zeit.«

Danis schwarzer Humor überraschte Ivy immer wieder. »Es könnte noch Jahrzehnte dauern, bis du nichts mehr sehen kannst.«

»Oder ein Jahr.«

»Wirklich?«

Dani zog die Jacke aus und hängte sie über die Lehne eines Esszimmerstuhls. »Es gibt keine Garantien im Leben.«

»Womit du definitiv recht hast.«

Ivy öffnete die Tür zum Gästezimmer. Nachdem sie ein paar Bilder ausgepackt hatte, hatte sie es vermieden, hier hereinzukommen. Nichts im Haus kam ihr so persönlich vor wie Ruths Kunst. Sie war ein Teil von ihr, den sie für sich behalten und nur selten mit anderen geteilt hatte.

Dani knipste das Licht an. »Hier drinnen ist es zu dunkel.«

»Warte, ich öffne die Jalousien. Eigentlich ist das Zimmer um diese Tageszeit sehr hell.«

Sie ging um die Bilder und die Staffelei mit dem halb fertigen Bild des Wracks herum. Es war erst einen Monat, nachdem Ruth es gemalt hatte, erneut wieder aufgetaucht. Ivy öffnete die Jalousien und ließ das Sonnenlicht herein.

Dani blinzelte. Dann entspannte sie sich und ging zur Staffelei. Sie strich mit den Fingerkuppen über die Borsten der gereinigten Pinsel, die aus einem Einmachglas ragten. »Als Ruth Bella das erste Mal im Arm gehalten hat, hat sie sie als das hübscheste Baby aller Zeiten bezeichnet. Abgesehen von dir und deiner Mutter natürlich. Sie hat vorausgesagt, dass mein Leben nicht einfach sein würde, aber wunderbar. Ich hatte solche Angst, dass sie wütend sein würde, aber sie war einfach nur lieb.«

»Und sie hatte recht, oder?«

»Ja, und irgendwie wird es auch so bleiben.« Dani wandte sich wieder der Staffelei zu. »Genug über mich. Die Gemälde, bitte.«

Es dauerte fast eine halbe Stunde, bis sie die Bilder aus dem Zimmer geräumt und nebeneinander an die Wände des Wohnzimmers gestellt hatten. Mit fünfzig mal sechzig Zentimeter hatten die meisten Bilder ein gängiges Format. Ein paar waren kleiner, nämlich zwanzig mal fünfundzwanzig Zentimeter, und eines war neunzig mal hundert Zentimeter groß.

»In der Holztruhe unter dem Fenster sind viele Skizzenblöcke. Ich habe nie gesehen, dass sie etwas anderes als Skizzen auf Schmierpapier gekrickelt hätte. Ich hatte nicht die geringste Ahnung, dass sie so viel Talent hat.«

»Sie hat ja auch erst mit dem Malen begonnen, nachdem du nach New York gezogen bist. Und dann mussten all die aufgestauten, nicht gemalten Bilder raus. Skizzen waren nicht mehr genug. Sie verbrachte jeden freien Moment damit, Farbe auf die Leinwand zu bringen. Wie Dorothy aus dem Zauberer von Oz wurde sie in ein zauberhaftes buntes Land katapultiert.«

»Ich wünschte, sie hätte es mir erzählt.«

»Irgendwie ging es noch nicht.«

»Aber sie hat dir die Bilder gezeigt.«

»Das war unser gemeinsamer Nenner. Das Malen mit Ruth hat dafür gesorgt, dass ich nicht verrückt geworden bin. So wie dich das Kochen mit ihr geerdet hat.«

»Sie hat erkannt, was wir jeweils brauchten.« Ivy griff nach einem kleinen Bild von einer schönen Blondine in einem blauen Kleid, die auf das Meer hinausblickte. Merkwürdigerweise vermittelten gerade die leuchtenden Farben ein Gefühl der Einsamkeit. »Sie hat mir erzählt, dass ihre Mutter immer blaue Kleider getragen hat. Ihr Markenzeichen, wenn du so willst.«

»Was weißt du über Edna?«, fragte Dani.

»Nicht viel. Sie wurde 1902 irgendwo in den Bergen von North Carolina geboren und kam mit achtzehn hierher. Sie fand Arbeit in einem kleinen Hotel und lernte bald darauf den Mann ihres Lebens kennen.«

»Wann sind sie verstorben?«

»Jake starb 1960 und Edna 1975. Nach Jakes Tod leiteten Ruth und Edna das Seaside Resort gemeinsam. Meine Mutter wuchs hier auf, bevor sie nach Richmond zog, und fünf Jahre später kam sie mit mir wieder hierher zurück.«

»Du hast früher nie über deine Mutter gesprochen«, sagte Dani.

»Ich erinnere mich auch nicht so richtig an sie. Manchmal kommt es mir so vor, als wäre da sonst niemand gewesen außer Ruth und mir.«

Dani atmete tief ein. »Es muss schrecklich für deine Mutter gewesen sein. Sie wusste ja, wie krank sie war. Allein der Gedanke, Bella zurückzulassen, bricht mir das Herz.«

»Du musst sie ja nicht zurücklassen.«

Draußen brauste der Ozean, wie er es immer getan hatte und immer tun würde. Ivy betrachtete das Gemälde von Edna. Nach allem, was Ruth gesagt hatte, musste Edna ein erfülltes Leben geführt haben.

Dani wickelte ein anders Bild aus dem braunen Packpapier. Ein farbenfrohes Porträt von der jungen Ivy und ihrer Mutter. Das rundliche Gesicht des Kindes wurde von einer wilden Mähne umrahmt, in die die Sonne Lichter zauberte. Das Kind ließ Sand aus seiner Faust rieseln und lachte mit seiner Mutter um die Wette. »Da seid ihr wohl gerade hier angekommen.«

»Ich erinnere mich noch undeutlich daran, wie meine Mutter uns hierhergefahren hat. Sie hat weder auf die Lieder im Radio noch auf mich geachtet.«

»Sie war damals schon krank, oder?«, fragte Dani.

»Ja. Sie hat noch ein Jahr gelebt. Ruth hat sich um sie gekümmert und um mich und um das Hotel. Ich weiß nicht, wie sie das geschafft hat.«

»Du hast nie über deinen Vater gesprochen«, sagte Dani.

»Ich glaube nicht, dass er eine Rolle gespielt hat. Als ich mehr über ihn erfahren wollte, war Mama schon tot.«

Ivy wählte ein anderes Bild aus. Als sie das Papier entfernte, erkannte sie das Gesicht sofort. Es war Carlotta DiSalvo.

»Die Sängerin vom Showboat«, sagte Dani. »Sie muss einen ziemlichen Eindruck auf Ruth gemacht haben.«

Ivy stellte das Bild von Carlotta neben die anderen. »Laut Molly Gardner hat Ruth mehrere Jahre lang auf der *Maisy Adams* gearbeitet.«

»Wirklich?«

»Ja, ich war auch überrascht. Ruth hat Carlotta mir gegenüber nie erwähnt.« Wieder wurde ihr klar, wie wenig sie über Ruth außerhalb der kleinen Welt im Seaside wusste.

»Kinder sehen ihre Eltern nicht immer als Menschen mit einer Geschichte. Bella geht das so und mir in gewisser Weise auch. Irgendwie denken wir, dass ihr Leben erst mit unserer Ankunft so richtig begonnen hat.«

Sie fuhren fort, die Gemälde auszupacken. Als sie fertig waren, standen an den Wohnzimmerwänden lauter Porträts von Menschen in leuchtenden Farben – einige erkannten sie, andere nicht.

»Ich glaube, dieses Mädchen ist meine Tante Bonnie«, sagte Dani. »Mein Vater und sie haben hier als Kinder oft Urlaub gemacht, bis ihr Vater starb.«

»Er hieß auch Peter Manchester, so wie dein Vater, richtig?«

»Ja. Er ist ertrunken. Er war Alkoholiker«, sagte sie. »Es hieß, er wäre in der Brandung bewusstlos geworden.«

»Das muss schrecklich für die Familie gewesen sein.«

»Wenn du Dad fragst, wird er dir sagen, dass sein Vater gewalttätig war. Aber meine Großmutter Ann hat ihn nach seinem Tod heiliggesprochen.«

»Es ist bestimmt einfacher, die Witwe eines Heiligen als die eines Trinkers zu sein. Sie wäre nicht die erste Person, die die Geschichte umschreibt.«

Kapitel 28
IVY

Dienstag, 25. Januar 2022, 16.00 Uhr

Als Ivys Telefon klingelte, verriet ihr die unbekannte Nummer durch die Vorwahl 252, dass es sich um ein Ortsgespräch handelte.

Die Frau am anderen Ende der Leitung klang etwas älter und fragte mit rauer, aber klarer Stimme nach ihr.

»Ja, ich bin Ivy Neale.«

»Ich bin Mrs Newsome. Talley. Ruths Cousine.«

»Talley.« Sie versuchte, das junge Mädchen von dem Foto mit der alten Stimme in Einklang zu bringen. »Vielen Dank für Ihren Rückruf.«

»Tut mir leid, dass es so lange gedauert hat. Ich bin kein Fan von Handys.«

»Alles gut.«

»Das mit Ruth hat mich sehr mitgenommen. Ich habe immer gedacht, ich wäre zuerst dran.«

»Es kam auch völlig unerwartet.« Ivy ging zum Esstisch und betrachtete das Foto der beiden lächelnden Mädchen. »Es gibt so viel, was ich Sie über Ruth fragen möchte. Könnte ich Sie besuchen kommen?«

»Ja, gern.«

»Wie wäre es mit morgen?«

»Ich bin immer hier.«

»Ginge es um zehn?«

»Perfekt.«

Kaum hatte sie das Gespräch beendet, klopfte es an der Haustür und Dalton stand davor. Mit seinen vom Wind zerzausten dunklen Haaren, den Händen in den Taschen und den schweren Stiefeln ließ er sie an einen Leuchtturmwärter aus dem neunzehnten Jahrhundert denken.

Sie strich sich ein paar Strähnen aus der Stirn und fragte sich, ob sein Besuch mit Dani zu tun haben könnte. »Hey, was gibts?«

»Ich habe dein Auto gesehen. Können wir uns über das Haus unterhalten?«

Wahrscheinlich hatte er die Kosten für ein neues Bad, eine Küche und die Sanitäranlagen durchgerechnet und für zu hoch befunden. Sie konnte es ihm nicht verübeln. Der Gesamtbetrag musste schwindelerregend sein. »Komm rein.«

Sein Blick schweifte durch den Hauptraum. »Wow.«

»Ja, alles ist aufgeräumt und Ruths Bilder hängen.« Sie hatte das Haus für alle Fälle hübsch hergerichtet.

»Beeindruckend.« Er ging zu dem Gemälde vom Wrack. »Wenn du eines von ihnen verkaufen willst, lass es mich wissen. Ich nehme jedes.«

»Das merke ich mir.«

Er zog einen Zettel aus der Tasche. »Hier ist mein Angebot.«

Sie faltete das Papier auf und betrachtete die Summe in seiner entschiedenen Handschrift. Sie hatte vergleichbare Häuser im Internet recherchiert und wusste sofort, dass sein Angebot mehr als fair war. »Es bleibt dabei? Du willst es kaufen?«

»Ja.«

»Ich dachte … Na egal. Super. Okay.«

»Was soll das heißen?«

»Rechtlich gesehen kann ich bis zum 2. Februar kein Angebot für das Haus annehmen. Ich darf erst mit dreißig über das Haus entscheiden.«

»Liege ich denn richtig?« Er lag goldrichtig.

»Ja.«

»Wenn du glaubst, du könntest mehr Geld bekommen, wenn du es auf den Markt wirfst, dann mach es ruhig.«

»Ich möchte nicht, dass das Haus in Einzelteilen verkauft und dann abgerissen wird.«

»Das habe ich nicht vor.«

»Das glaube ich dir.« Sie vermeinte zu spüren, wie Ruth neben ihr stand und ihr sanft über den Arm strich. *Ich habe dir das Haus ohne Bedingungen überlassen, aber wenn du es retten könntest …*

Sie streckte die Hand aus. »Betrachte es als meine offizielle, unbefugte Annahme deines Angebots. Wenn ich nächste Woche dreißig bin, unterschreibe ich.«

Ihre Hand verschwand fast in seiner. »Dann lasse ich die Papiere zu deinem Geburtstag aufsetzen.«

»Großartig.«

»Und wie wäre es, wenn ich dich danach zum Essen einlade? Dann können wir beides zugleich feiern, deinen Geburtstag und den Verkauf.«

»Das hört sich gut an.«

»Toll.«

»Ach übrigens, ich fahre morgen nach Elizabeth City, um Talley Newsome einen Besuch abzustatten. Sie hat mehrere Sommer lang im Hotel gearbeitet und war eine Freundin von Ruth.«

»Wirklich? Ich muss morgen auch nach Elizabeth City fahren, um Baumaterial zu überprüfen. Wenn du willst, fahren wir zusammen, und danach gehen wir Talley besuchen.«

»Bei Talley kann es Stunden dauern. Das ist nicht nötig.«

»Ich würde sie gern kennenlernen. Und ich hatte mal eine kleine Pause von der Arbeit.«

»Wenn es dir nichts ausmacht …«

»Im Gegenteil. Ich freue mich darauf. Wann wollen wir los?«

»Gegen acht. Ich möchte um zehn in ihrem Heim sein.« Sie überschlug die Zeit. »Ich weiß allerdings nicht, ob ich die Hunde so lange allein lassen kann.«

»Mein Vorarbeiter könnte nach ihnen sehen. Er hat sich schon mehrfach nach Libby und den Welpen erkundigt. Ich habe im Nachhinein erfahren, dass er Libby gefüttert hat, bevor du sie gefunden hast.«

»Ich hatte mich ja gefragt, warum sie nicht unterernährt war.«

»Sein Hund ist letztes Jahr gestorben. Vermutlich wird er sich in einen oder zwei oder alle drei Welpen verlieben.«

»Warum ist er nicht früher vorbeigekommen?«

Dalton hob die Hände. »Ist mir ein Rätsel. Ich habe es ihm tausendmal gesagt. Aber ich kann das Pferd nur zur Tränke führen, saufen muss es selber.«

Sie lachte. »Wir sehen uns morgen früh.«

»Worauf du dich verlassen kannst.«

Sie sah ihn die Treppe hinunterlaufen und zur Baustelle gehen.

Er hatte ihr von dem Augenblick an geholfen, in dem sie angekommen war. Sie schloss die Tür, beobachtete ihn aber noch durchs Fenster. Er hatte den Schritt eines Mannes, der ganz in seinem Element ist. Ihr stieg das Blut in die Wangen.

Das Telefon klingelte und riss sie aus der Träumerei. Auf dem Display stand: *Matthew*. Sie stöhnte. Sie war ihm aus dem Weg gegangen.

Sie nahm die Schultern zurück. »Matthew.«

»Ich habe gehört, du arbeitest fleißig am Haus«, sagte er im Plauderton.

»Ja, und ich sehe Licht am Ende des Tunnels.«

»Nur eine echte Powerfrau schafft das so schnell.« Er räusperte sich. »Hast du noch einmal über mein Angebot nachgedacht?«

Sie konnte ihre Zukunft zwar noch nicht erkennen, aber sie wusste, dass es keine Lösung war, zum Anfang zurückzugehen.

»Ja. Ich steige nicht ein.«

»Warum nicht?«, fragte er überrascht und irritiert zugleich. Er hielt sein Projekt für unfehlbar.

»Ich weiß nicht, was ich als Nächstes tun werde. Aber ich möchte für niemanden mehr arbeiten.« Erst in dem Moment, in dem sie die Worte aussprach, wurde ihr klar, dass das der Kern der Sache war. »Es ist nichts Persönliches. Ich will mein eigenes Ding machen, was auch immer das sein mag.«

»Geht es um das Geld? Ich brauche es nicht, falls es daran liegt.«

»Es geht nicht nur ums Geld.«

»Du machst deinen eigenen Laden auf.«

»Ich weiß nicht, was ich machen werde.«

»Glaub mir, du wirst ein eigenes Restaurant eröffnen. Ich kenne dich besser, als du dich selbst kennst.«

Vielleicht war das einmal so gewesen. »Nein, das stimmt nicht.«

»Du bist gar nicht so anders als vor zwölf Jahren. Smarter, geschickter, eine bessere Köchin, aber immer noch unabhängig, Ivy.«

»Das klingt, als wäre es etwas Schlechtes.«

»Das dachte ich früher mal. Jetzt nicht mehr. Besonders jetzt, wo ich eine Tochter habe.«

»Ein Fortschritt.«

»Nicht so ein großer, wie du vielleicht denkst. Ich höre bei dir ein Vielleicht. Wir sprechen noch mal drüber.«

»Ich werde meine Meinung nicht ändern.«

»Aber überleg doch mal, was es bedeutet, sowohl für die Küche als auch für die Front verantwortlich zu sein. Für einen allein ist es ein Höllenjob. Du kümmerst dich zu hundert Prozent um die Küche, und ich kümmere mich um den Rest.«

Er hatte recht. Ein Café oder Restaurant allein zu führen, war eine Herkulesaufgabe. Lässig über hundert Wochenstunden. Sie hätte alle Freiheit der Welt, wenn sie allein arbeitete. Aber wäre sie wirklich frei, ein Leben zu führen, wenn sie ständig an die Arbeit gefesselt wäre? Ruth hatte bewiesen, dass es ein langer, harter Weg war. »Ich komme schon zurecht.«

Er lachte in sich hinein und legte auf.

Kapitel 29
IVY

Mittwoch, 26. Januar 2022, 6.00 Uhr

Ivy stand am nächsten Morgen um sechs Uhr auf. Sie war unruhig. Draußen war es noch dunkel und sehr windig. Sie brachte Libby hinaus, fütterte sie und wechselte die Welpendecke. Während die Kaffeemaschine gluckerte, sprang sie unter die Dusche und erinnerte sich an Danis Bemerkung, dass sie sich ruhig öfter schick machen sollte. Sie nahm sich Zeit zum Föhnen und Schminken, entschied sich dann aber doch für Jeans und den schwarzen V-Ausschnitt-Pullover. Sie sahen gut aus.

Da sie noch Zeit hatte, bevor Dalton käme, zog sie den Mantel an, nahm ihren Kaffee und ging zum Wrack hinüber. Die Luft war kalt und die Böen heftig, aber die Sonne glühte am Horizont.

Um die schwarzen Planken des Wracks sammelte sich immer mehr Sand. Die *Liberty T. Mitchell* würde wohl bald wieder versinken. Sie schloss die Augen und lauschte dem Kreischen der Möwen und dem Rauschen der Wellen. Keine Spur von dem Wolfshund. Und Gott sei Dank auch kein Geistergesäusel.

Ivy strich mit den Fingern über das Holz. Es machte sie traurig, dass das bald wieder verschwinden würde. »Warum ist es jetzt wohl für mich erschienen, so wie für Ruth vor über einem halben Jahrhundert?«

Der Wind zerrte an ihrem Mantel und zerzauste ihre Haare, aber er blieb die Antwort schuldig. War es wirklich Zufall, dass das Wrack wieder aufgetaucht war? Schließlich kehrte sie ins Haus zurück, kämmte sich die Haare noch einmal und trank noch eine Tasse Kaffee.

Um 7.55 Uhr klingelte es. Nach drei schnellen Schritten war sie an der Tür und öffnete sie ein wenig zu schnell.

Dalton hatte geduscht, sich rasiert und sein dunkles, leicht grau meliertes Haar zurückgekämmt. Sie roch sein Rasierwasser, und bei seinem Anblick schlug ihr Herz bis zum Hals.

»Bist du so weit?«, fragte er.

»Ja, ich freue mich drauf.«

»Bert, mein Vorarbeiter, kommt alle zwei Stunden vorbei.«

Ivy zog den Schlüssel von ihrem Ring und legte ihn unter die Fußmatte. »Nicht besonders sicher, aber besonders praktisch.«

Sie schlüpfte in ihren Mantel und sah ein letztes Mal nach Libby, bevor sie das Hotelregister mit den Fotos mitnahm. Als sie sich ins Auto setzte, bemerkte sie, dass es frisch gesaugt war. Sie musste unwillkürlich lächeln. Es hatte etwas zu bedeuten, wenn ein Mann für eine Frau staubsaugte.

»Mein Stopp sollte höchstens eine halbe Stunde dauern«, sagte er. »Ich bestätige nur den Auftrag.«

Sie strich über das Register auf ihrem Schoß. »Großartig. Wo ist Sailor?«

»Er ist bei Bert geblieben. Er wird alt und hat keine Lust mehr auf Tagesausflüge.«

Dalton fuhr die Küstenstraße entlang. Bald hatten sie die Hauptstraße erreicht und überquerten die Brücke zum Festland.

Sie schaute auf das Wasser des Currituck Sound, das unter der Wright Memorial Bridge hindurchfloss.

»Ich habe gehört, die Häuser sind alle verkauft«, sagte sie.

»Ja, in Rekordzeit.«

»Beeindruckend.«

»Es war gutes Timing. Der Markt war leer gefegt.«

Sie erreichten das Festland, fuhren vorbei an Restaurants, Möbelhäusern und Tankstellen. »Warst du seit deiner Rückkehr auf die Outer Banks wieder auf dem Festland?«

»Nein, dazu hatte ich keinen Grund.« Die Lüge ging ihr zu leicht über die Lippen. Es passte ihr nicht, ihm etwas zu verheimlichen, aber Dani wollte es ihrem Bruder auf ihre Weise sagen. »Baust du nur auf den Outer Banks?«

»Ja. Ich habe Glück. Als ich aus dem Militärdienst kam, war die Firma meines Vaters gut aufgestellt. Wir mussten ein paar Rückschläge verkraften, aber im Großen und Ganzen läuft das Geschäft gut.«

»Und du wolltest nie woanders leben?«

»Ich habe während der Zeit in der Navy an vielen Orten gelebt. Eine Weile hat mir das Reisen Spaß gemacht. Aber die Outer Banks liegen mir im Blut. Was ist mit dir? Wie sieht es aus, seit du zurück bist?«

»Das Tempo ist so viel langsamer als in New York. Aber geschäftiger, als es früher war. Die Outer Banks wachsen mir langsam wieder ans Herz.«

Er grinste. »Sei vorsichtig; du klingst wie jemand, der bleiben könnte.«

Als er andeutete, dass sie zurückziehen könnte, war sie nicht so genervt wie davor, als Dani und Matthew das Thema angesprochen hatten. »Ich habe Matthew gesagt, dass ich nicht mit ihm zusammenarbeiten will. Seine Zahlen sehen gut aus, aber ich kann es einfach nicht.«

Seine Mundwinkel zuckten. »Hier unten gibt es viele Möglichkeiten, falls du auf der Suche bist.«

»Stimmt.«

»Irgendeine Idee, was du als Nächstes machen willst?«

»Ein paar.«

Er drängte nicht weiter, und sie fuhren in entspanntem Schweigen den Highway 158 entlang. Als sie das Ortsschild von Elizabeth City passiert hatten, bog er nach links ab. Zwanzig Minuten später fuhr er auf den Parkplatz des Holzlieferanten. »Komm ruhig mit rein. Die haben guten Kaffee.«

»Da sage ich nicht Nein.«

Sie folgte ihm und hielt überrascht inne, als er ihr die Tür öffnete. »Danke.«

Drinnen empfing sie der Geruch von frisch gesägtem Holz. Ein Telefon klingelte, weiter entfernt hörte man Männerstimmen. »Der Kaffee steht da drüben. Bin gleich wieder da.«

Dalton ging auf den Mann hinterm Tresen zu. Sie begrüßten sich mit Handschlag, dem der gegenseitige Respekt anzumerken war. Ivy schenkte sich eine Tasse Kaffee ein, stellte fest, dass er tatsächlich gut war, und schlenderte durch den Ausstellungsraum, um die Bilder von Immobilien zu betrachten, auf denen das firmeneigene Holz verarbeitet worden war.

Nach zwanzig Minuten tauchte Dalton mit einem Stapel Broschüren und Ordnern unter dem Arm wieder auf. »Hast du geahnt, dass es so viele unterschiedliche Hölzer gibt?«

»Na ja, ungefähr so wie mit Salz. Für jedes Gericht gibt es ein anderes. Immer das passende Produkt für den jeweiligen Job.«

»Du solltest Bauunternehmerin werden«, zog er sie auf.

»Wir nehmen beide Rohstoffe und stellen etwas her. Deine Produkte halten nur viel länger als meine.«

Er öffnete ihr die Tür. »Hoffentlich.«

Sie lachte, als sie auf seinen Truck zugingen. Sie hätte sich auch allein mit Talley treffen können, aber mit Dalton war es leichter. In der Vergangenheit zu wühlen, barg immer ein gewisses Risiko.

Die Einrichtung für betreutes Wohnen befand sich in einer baumbestandenen Nebenstraße. Ihr war etwas flau, als sie mit dem Hotelregister unter dem Arm auf den Eingang zuging. Sie meldeten sich bei der Empfangsdame an und wurden in einen großen Aufenthaltsraum mit Sesseln und Tischen geführt, in dem bereits einige Bewohner saßen, Karten spielten oder die Zeitung lasen.

Ivy versuchte, sich Ruth hier vorzustellen, aber es gelang ihr nicht.

Ein Pfleger näherte sich mit einem Rollstuhl, in dem eine zierliche, silberhaarige Frau saß. Sie trug eine rosa Bluse und passenden Lippenstift, der ihr Gesicht aufhellte.

Ivy ging auf sie zu und stellte sich vor.

Ihr Lächeln spiegelte das des jungen Mädchens auf dem Foto, das vor so langer Zeit aufgenommen worden war. »Ich weiß, wer du bist. Ruth hat mir alles über dich erzählt, deswegen darf ich vielleicht du sagen?«

Ivy drehte sich zu Dalton um. »Ja, gern. Und dies ist Dalton Manchester. Petes Sohn.«

Talley betrachtete ihn. »Du siehst nicht wie ein Manchester aus.«

»Pete Manchester ist nicht mein biologischer Vater. Er hat mich adoptiert, als er meine Mutter geheiratet hat.«

Talley nickte. »Aber eure Haltung ähnelt sich. Pete hatte immer eine sehr direkte Art, Menschen anzusehen, selbst als kleiner Junge.«

»Ach wirklich?«

»Das ist gut«, sagte sie.

Ivy und Dalton zogen Stühle heran und setzten sich mit Talley an den Tisch.

Die alte Frau nestelte an den Falten ihrer Bluse und legte dann ihre dunkel geäderten Hände auf den Tisch.

»Es ist gut, dass du nicht wie dein Großvater aussiehst. Seine Augen haben mir immer Angst gemacht«, sagte sie.

»Mein Vater war erst sechs Jahre alt, als er starb, und er erinnert sich nicht mehr richtig an ihn.«

»Das ist auch gut so. Manchester senior war nicht immer freundlich.«

»In dem Sommer, als er starb, waren Sie im Seaside, richtig?«, fragte Ivy.

»Ja. Es war mein erster Sommer am Meer. Ich war gerade vierzehn geworden, und Tante Edna hatte mich zum Glück eingestellt.«

»Tante Edna?«, fragte Ivy.

»Ruths Mutter und meine Mutter, Jolene, waren Schwestern. Edna war die Älteste, dann kam ihre Zwillingsschwester Tante Patsy, dann meine Mutter und schließlich Tante Beth Ann. Edna zog weg, als sie siebzehn war, lange bevor ich geboren wurde.«

»Sie sagten, Ihre Tante Edna habe Sie zum Glück eingestellt?«, fragte Ivy.

»Mama schrieb ihr und fragte, ob sie mich irgendwie gebrauchen könne. Sie glaubte, dass ich an der Küste besser aufgehoben wäre, weil meine Familie schwere Zeiten durchmachte. Ich bin für diese Entscheidung immer noch dankbar. Sie hat mein Leben verändert.«

Ivy nahm Carlottas Fotos aus dem Register. »Ich habe die Aufnahmen in einer Kamera gefunden, die Ruth unter einem Bett in ihrem Haus versteckt hatte. Ich war überrascht, dass die Bilder so gut geworden sind.«

Talley zog eine rosafarbene Brille aus der Handtasche und setzte sie auf. Ein Lächeln umspielte ihre Mundwinkel, während ihre Gedanken in die Vergangenheit zu schweifen schienen. »Das war ein wunderbarer Sommer. Ruth war zwölf, aber in vielerlei Hinsicht frühreif.« Sie nahm das Bild von Ruth in die Hand. »Manchmal kam es mir sogar so vor, als wäre sie älter als ich.«

»Dann haben Sie auch Carlotta kennengelernt, oder?« Ivy staunte über das jugendliche Feuer, das plötzlich in den Augen der alten Frau flackerte.

»Oh ja. Und einige Jahre darauf lud sie uns ein, auf der *Maisy Adams* zu arbeiten, und wir gingen zusammen hin.«

»Ruth und Sie haben auf der *Maisy Adams* gearbeitet?«

»Drei Jahre lang. Ruth verließ das Schiff 1960; in dem Jahr starben ihr Vater und dann auch ihr Mann, aber ich blieb noch zwei Jahre. Bei der Arbeit auf dem Schiff lernte ich meinen Bernie kennen.«

»Es überrascht mich, dass Edna das erlaubt hat.«

»Auf der *Maisy Adams* ging es gesittet zu. Carlotta hatte den Laden fest im Griff. Sie achtete auf die Einhaltung ihrer strengen Regeln, um die jungen Mädchen vor den Kunden und Besatzungsmitgliedern zu schützen. Es war eine wunderbare Zeit für uns beide. Wir haben die ganze Ostküste gesehen, von Süden nach Norden und wieder zurück. In Florida habe ich meine erste Grapefruit gegessen.«

»Was haben Sie beide auf der *Maisy Adams* gemacht?«

»Ruth hat die Küche geschmissen. Sie hat schwer geschuftet, genau wie im Seaside Resort. Was meinen Sie, was für einen Appetit so eine Crew hat? Und ich habe an der Kasse gearbeitet.«

Ivy lehnte sich zurück und versuchte, sich ihre Großmutter woanders als im Seaside vorzustellen. »Wer war mein Großvater?«

»Ein Junge aus Baltimore. Carlotta hat uns immer vor einer Romanze im Hafen gewarnt. Aber Ruth ließ sich von seinem Lächeln verführen.« Talley ließ ihre gebeugten Schultern noch ein wenig weiter nach vorn sinken. »Sie heirateten, aber kurz nachdem die kleine Carol geboren war, kam er bei einem Angelunfall ums Leben. Carlotta hat Ruth geraten, wieder nach Hause zu ziehen. Edna wäre bestimmt bereit, sich um das Baby und sie zu kümmern, und Ruth würde sich um Edna kümmern.«

»Edna muss Carlotta wirklich vertraut haben«, sagte Dalton. »Ich bin mir nicht sicher, ob ich meine Nichte in dem Alter irgendjemandem anvertrauen würde.«

»Edna und Carlotta waren verwandt. Verwandten vertraut man eher, denke ich.«

»Edna war Carlottas Tante, richtig?«, fragte Ivy.

»Na ja, das haben alle gedacht.« Talley verstummte, als wöge sie ab, wie viel sie sagen wollte. »In Wahrheit war Edna Carlottas Mutter.«

»Edna hatte noch eine Tochter?«, fragte Ivy.

»Sie hatte zwei Töchter. Carol, die sich später Carlotta genannt hat, und Beth Ann, die sich später Ann genannt hat. Edna bekam ihre Zwillingsmädchen im Jahr 1920. Eines der Mädchen gab sie in die Obhut ihrer Schwester Patsy und das andere in die ihrer Mutter.« Talley schwieg einen Moment lang, während sie die Gesichter der jungen Mädchen auf dem Foto nachzeichnete. »Als Carol und Beth Ann fünfzehn Jahre alt waren, rissen sie gemeinsam aus. Die Tanten und Cousinen flüsterten manchmal über sie, als ich noch klein war. Carol schickte ihren Eltern immer wieder Geld nach Hause. Aber von Beth Ann hörte man überhaupt nichts mehr.«

»Carol und Beth Ann müssen 1950 etwa dreißig gewesen sein«, sagte Ivy.

»So ungefähr, ja.«

Dalton tippte auf das Bild von Carlotta und das Gruppenbild der Frauen, die um den Tisch am Pool versammelt waren. »Carol wurde zu Carlotta. Und Beth Ann wurde …«

»Zu Ann Manchester«, sagte Talley.

»Zur Mutter meines Vaters«, sagte Dalton.

»Das ist richtig.«

Deswegen hatte Dani die Abstammung ihrer Großmutter nicht zurückverfolgen können. Sie hatte eine neue Identität angenommen. Die drei schwiegen einen Moment lang, bevor Ivy fragte: »War es das erste Mal, dass beide Töchter, Carlotta und Ann, zusammen im Seaside Resort bei Edna unterkamen?«

»Ja. Aber niemand hat darüber gesprochen«, sagte Talley. »Mrs Manchester war nervös und unruhig, wenn ihr Mann in der Nähe war. Ich bin sicher, sie hatte Angst, dass er herausfinden würde, woher sie gekommen war.«

»Sie meinen, dass sie kein Waisenkind war?«, fragte Dalton.

»Ja, genau«, sagte Talley.

»Warum hat sie sich denn für ihre Familie geschämt?«, fragte Dalton.

»Sie waren arm und dann auch noch Hinterwäldler. Aber im Großen und Ganzen gute Leute.«

Ivy spürte, dass da noch mehr sein musste. War Armut eine solche Sünde, dass Ann das Gefühl hatte, ihre Vergangenheit auslöschen zu müssen?

Auch Dalton schien mit der Erklärung nicht zufrieden zu sein, aber statt Talley zu drängen, wechselte er die Taktik. »Mein Großvater starb im Sommer 1950.«

Talley rückte ihre Brille zurecht. »Das stimmt. Er war ein Trinker, und alle glaubten, er wäre bewusstlos geworden und in den Wellen umgekommen.«

»So wird es in meiner Familie erzählt«, sagte Dalton vorsichtig. »Stimmt das etwa nicht?«

Talley sah zu Dalton auf, antwortete aber nicht.

»Mein Vater, Pete, ist ein guter Mensch«, sagte er. »Wenn ich erfahren könnte, was seinem Vater zugestoßen ist, dann würde ich es tun.«

»Er ist in der Brandung ertrunken«, wiederholte Talley leise.

»Ich kann mir nicht helfen, aber das klingt nicht nach der Wahrheit«, sagte Dalton.

»Es war gut, dass Mr Manchester gestorben ist. Er war kein freundlicher Mensch.«

»Was hat er getan?«, fragte Ivy. »Hat er Ann geschlagen?«

Talley nestelte wieder an den Falten ihrer Bluse. »In dem Sommer habe ich abends immer lange gelesen. Und ich habe mehr gesehen, als mir lieb war.«

»Was haben Sie denn gesehen?«, fragte Ivy.

Talley legte die gefalteten Hände in den Schoß. »Es war in der Nacht vor Peter Manchesters Tod. Die Manchesters hatten beide während Carlottas Show zu viel getrunken und sich wieder gestritten.«

Ivy stellte sich vor, wie Talley eine alte Filmrolle zurückspulte und sich darauf vorbereitete, einen Film, den sie nicht sehen wollte, erneut abzuspielen. »Wo haben Sie denn gelesen? Ich war immer gern spät nachts am Pool. Da war es sehr friedlich.«

»Ich mochte den Pool auch«, sagte Talley. »Von dort konnte ich auf das Meer sehen, das nachts meistens ruhig dalag. Ich habe mich im Liegestuhl ausgestreckt und unter dem Flutlicht gelesen.«

»Und was haben Sie gesehen?«, fragte Ivy leise.

»Ich habe das so lange unter Verschluss gehalten«, sagte Talley. »Nicht einmal Ruth weiß es, dabei haben wir uns viele Jahre lang alles erzählt.«

Dalton lehnte sich zurück, und Ivy konnte sehen, wie schwer es ihm fiel, geduldig zu bleiben. Er war ein entschlossener Mann und nahm kein Blatt vor den Mund, aber gestand

Talley zu, dass ihre Geschichte ihre eigenen verschlungenen Wege ging.

»Diese Fotos stammen von Carlottas Kamera, die Ruth für mich im Haus zurückgelassen hat. Ich glaube, sie wollen, dass alle alten Geschichten erzählt werden«, ermunterte Ivy sie.

»Ich habe gehört, das Wrack ist wieder aufgetaucht«, sagte Talley.

»Ja, das stimmt«, sagte Ivy. »Woher wissen Sie das?«

»Ich habe Freunde, die Angehörige in der Gegend haben. Das spricht sich herum.«

»Dann haben Sie ja auch gehört, dass das Wrack Geister zum Leben erweckt«, sagte Ivy. »Sagen Sie, was gesagt werden muss, und geben Sie den Geistern Frieden.«

Talley holte tief Luft. »An dem Abend – ich saß lesend in einem Liegestuhl – kam Mrs Manchester aus ihrem Zimmer zum Pool gerannt. Ich rollte mich zu einem kleinen Ball zusammen und versuchte, mich unsichtbar zu machen. Mr Manchester packte seine Frau brutal am Arm und sagte, er habe die Briefe gefunden, als er in ihrem neuen Haus Kisten umräumte. Er kenne ihr Geheimnis.«

Ivy warf einen Blick auf Daltons neugierige Miene. »Welches Geheimnis?«

»Ich habe das Geheimnis selbst lange für mich behalten. Ich hätte es Ruth sagen sollen, aber ich habe es nicht über mich gebracht.«

»Es gibt niemanden mehr, vor dem Sie es hüten müssten«, sagte Ivy.

Talley schüttelte den Kopf. »Ich hätte es Ruth sagen sollen, aber Tante Edna hat mich bekniet, es nicht zu tun.«

Die einzelnen Lagen abzuziehen, war nicht einfach. Einige klebten, andere rissen, und statt sauberer, unbeschädigter Schichten blieben nur Fetzen übrig.

»Edna hatte von ihrer Mutter gelernt, was man als Hebamme tun musste. Sie hatte nicht die Chance, alles zu lernen, aber sie wusste schon mit siebzehn Jahren, wie man Geburtshilfe leistet.«

»Ruth wurde im Seaside Resort geboren.« Ihr ganzes Leben lang hatte Ivy geglaubt, dass Edna Ruth zur Welt gebracht hatte, aber jetzt wusste sie, dass ihre Großmutter adoptiert worden war.

»Ja.«

»Wollen Sie damit sagen, dass Edna Ruth entbunden hat?«, fragte Ivy.

»Genau das will ich sagen.«

Ivy fuhr mit dem Finger an den Namen in dem alten Meldebuch entlang.

»Die Outer Banks waren im Januar 1938 etwa so belebt wie der Mond«, sagte Dalton. »Ein guter Ort für eine Frau, um heimlich ein Kind zur Welt zu bringen.«

»Später erfuhr ich, dass die meisten Frauen, die in den Wintermonaten hochschwanger zu Edna kamen, keinen Mann hatten. Und in jenen Tagen hatten viele Leute nicht genug zu essen. Edna muss während dieser Zeit für viele Babys ein Zuhause gefunden haben.«

»Das waren keine legalen Adoptionen, oder?«, fragte Ivy.

»Einige vielleicht schon. Sie hat jedenfalls nie etwas hinter dem Rücken der Mütter getan. Aber wie gesagt, die Zeiten waren hart und erforderten harte Entscheidungen. Ednas Name wurde in vielen Kreisen geflüstert.«

»Was hat das mit dem Streit zwischen Ann und ihrem Mann zu tun?«, fragte Dalton.

»Mr Manchester hat einen Brief von Edna an Ann gefunden, in dem sie Ann gebeten hat, Ruth nichts von ihrer Beziehung zu ihr zu sagen.«

»Moment mal«, sagte Dalton. »Wollen Sie damit etwa sagen, dass Ann Ruths leibliche Mutter war?«

»Das hat Mr Manchester an jenem Abend gesagt. Ann hat es geleugnet und laut geweint. Aber ihr Mann hat ihr nicht geglaubt. Er hat sie brutal geschlagen, aber irgendwann gelang es ihr, ihn wegzuschubsen und sich loszureißen. Dann ist sie zum Strand gerannt. Ich habe mir Sorgen gemacht und bin ihr gefolgt. In der Nacht hat sie bei Miss Carlotta übernachtet.«

Ivy überflog die Namensliste im Januar 1938. Sie blieb an dem Namen B. A. Jenkins hängen. Beth Ann Jenkins. »Sie haben eben gesagt, dass Beth Ann sich nie bei ihrer Familie in den Bergen gemeldet hat. Aber mit Edna ist sie wegen ihrer Tochter Ruth in Kontakt geblieben.«

»Genau«, sagte Talley.

»Sie hat im und nach dem Krieg im Seaside Resort Urlaub gemacht«, schloss Dalton. »Um Ruth zu sehen.«

»Ja, ich nehme an, sie hatte das Bedürfnis zu erfahren, wie es Ruth ging.«

»Ich dachte, Carlotta sei Ruths leibliche Mutter gewesen«, sagte Ivy.

»Das haben Ruth und ich auch zuerst gedacht. Es hätte ja sein können, dass Carlotta bei ihrem Leben als Sängerin auf einem Showboat in andere Umstände geraten war. Aber Ann war Ruths Mutter.«

»Peter Manchester ist ihnen auf die Schliche gekommen?«, fragte Dalton.

»Und er war unglaublich wütend. Ich glaube, er wollte Ann, Carlotta und sogar Ruth umbringen.«

»Aber er ist in der Brandung ertrunken«, sagte Ivy vorsichtig.

»So kann man es eigentlich nicht nennen«, gab Talley zu.

Kapitel 30
EDNA

Montag, 26. Juni 1950, 1.00 Uhr

Edna hatte selten mehr als drei Stunden pro Nacht geschlafen, seit Beth Ann und Carol im Seaside Resort angekommen waren. Es war nie ihre Absicht gewesen, dass die beiden einmal zur selben Zeit hier wären. Tatsächlich hatte sie nicht gedacht, dass sie Carol je wiedersehen würde. Aber als Carol ihr geschrieben und sie um einen Sommerjob gebeten hatte, konnte sie ihr das nicht abschlagen, obwohl Beth Ann in denselben zwei Wochen im Seaside sein wollte.

Carol und sie hatten sich weder umarmt noch viel mehr als das Nötigste zueinander gesagt, aber Edna spürte, dass sie das Richtige für das Mädchen getan hatte.

Beth Ann war es, die ihr Sorgen machte. Sie war vom Tag ihrer Geburt an das hübschere der beiden Mädchen gewesen. Aber sie war klein und zierlich, und in den ersten drei Tagen ihres Lebens, als sie noch zusammen gewesen waren, hatte sie ständig geweint.

Vor dreizehn Jahren war Beth Ann im Seaside aufgetaucht und hatte sie nach einem Sommerjob gefragt. Edna war nervös und aufgeregt zugleich gewesen. Sie hatte Jake gesagt, wer Beth Ann war, und er hatte ihr vorgeschlagen, sie über den Sommer einzustellen. »Du verdienst es, sie zu kennenzulernen«, hatte er ihr im Bett zugeflüstert. »Hast du mit ihr darüber gesprochen, wer du bist?«

»Mir fehlen die Worte dafür«, hatte sie leise geantwortet.

Ihre Beth Ann war inzwischen zu Ann geworden, und der Job als Kellnerin schien ihr gut zu gefallen. Sie liebte die Sonne, den Strand und die vielen Menschen, die im Hotel ein- und ausgingen.

Henry kam auf einem Heimaturlaub von der Marine von Norfolk herunter und flirtete mit Ann, die alle Komplimente mit einem Lächeln beantwortete. Die beiden unterhielten sich viel, aber Edna sah nie etwas, das sie beunruhigte.

Anfang Juni 1937 traf Peter Manchester mit seiner Familie ein. Zufällig hörte Edna, wie Ann Peter erzählte, dass sie ein Waisenkind war, und beobachtete dann mit wachsender Sorge, wie die beiden einander näherkamen. Als er und seine Familie abreisten, versprachen sie sich, einander zu schreiben und in Kontakt zu bleiben.

Und dann war der Sommer zu Ende, und ihre Tochter zog weiter nach Elizabeth City, um dort als Schreibkraft zu arbeiten. Sie schrieben sich ein- oder zweimal, aber ohne ihre Beziehung oder Anns Schwangerschaft zu erwähnen. Edna erfuhr es kurz vor Neujahr an dem Tag, an dem Ann im Seaside Resort auftauchte, ihre Jacke auszog, ihr Mieder zurückschob und ihren runden Bauch enthüllte.

Edna und Jake waren zu diesem Zeitpunkt schon fünfzehn Jahre verheiratet. Sie waren nicht mit Kindern gesegnet, aber sie hatten einander, und in gewisser Weise war das Resort ihr Kind. Dennoch verspürte Edna oft einen Anflug von Neid, wenn sie eine schwangere Frau sah. Sie hatte schon ein Dutzend Babys von Frauen zur Welt gebracht, die sich nicht um ihre Kinder kümmern konnten, und immer eine Familie gefunden, die bereit gewesen war, ein Kind aufzunehmen. Weil sie die beiden Babys, die Gott ihr geschenkt hatte, im Stich gelassen hatte, glaubte sie, kein Recht auf ein weiteres Kind zu haben.

Anns Entbindung war leicht. Die so dünne, zierliche Frau presste das kleine Mädchen auf die Welt, als wäre es nichts. Edna musste das Baby praktisch nur auffangen, waschen und in eine rosa Decke wickeln.

Gott, wie sie dieses kleine Mädchen liebte! Die alten Wunden heilten, und zum ersten Mal fühlte sie sich ganz. Auch Jake war vollkommen vernarrt in die Kleine. Sie schmusten mit ihr, bewunderten ihr dunkles, lockiges Haar und lachten darüber, wie sie ihre Hände ballte, wenn sie nach dem Fläschchen griff.

Beth Ann wollte das Baby nicht ansehen, geschweige denn in den Arm nehmen, und als sie Edna mitteilte, dass sie ohne das Kind nach Elizabeth City zurückkehren würde, machte Edna keine Anstalten, sie aufzuhalten. Sie hatte nie aufgehört, sich zu fragen, wie Anns Leben anders verlaufen wäre, wenn sie sie ermutigt hätte, ihr Kind selbst am Ende der Welt großzuziehen.

Aber sie ließ Ann gehen, nannte das übermütige Baby Ruth, nach Jakes Mutter, und blickte nie zurück.

Jetzt saß sie auf der Veranda ihres Hauses und nippte an einem Whiskey, als sie Peter Manchester zum Strand taumeln sah. Alles, was sie an Sorgen und Bedauern aufgestaut hatte, brodelte in ihr, als sie an Beth Ann dachte, die den ganzen Tag in ihrem Zimmer verbracht hatte. Nach dem Streit der letzten Nacht war es offensichtlich, dass sie ihre blauen Flecken verbarg.

Als Edna aufstand und Peter Manchester folgte, hatte sie keinen Plan. Vielleicht würden sie reden. Vielleicht würde sie ihn bitten zu schweigen. Vielleicht würde sie ihm mit dem Sheriff drohen.

Peter taumelte am Brandungssaum entlang, stolperte und fiel auf die Knie. Eine Welle rauschte auf ihn zu und traf ihn von der Seite. Er kippte um, richtete sich aber gleich wieder auf. Sein weißes Hemd klebte ihm an der Brust, und sein sonst so ordentlich zurückgekämmtes Haar hing ihm wild um den Kopf.

»Verdammt«, brüllte er.

Edna schlüpfte aus ihren Schuhen und legte sie in den Sand. Sie trug ihr blaues Lieblingskleid, und der Gedanke, dass es dem Salzwasser ausgesetzt sein würde, gefiel ihr nicht. Aber man tat, was man tun musste.

Das kalte Wasser leckte über ihre Zehen und jagte ihr einen Schauer über den Rücken, als sie sich Peter von hinten näherte. Er versuchte aufzustehen, verlor aber das Gleichgewicht und stürzte mit dem Gesicht voran in den nassen Sand. Er hustete und spuckte.

»Peter.« Er sollte ihr Gesicht sehen, ihre Stimme hören.

Er verrenkte sich den Hals, um sie mit seinen zusammengekniffenen, blutunterlaufenen Augen ansehen zu können. »Edna.«

»Gibt es ein Problem?«

»Was? Meine dreckige Frau ist eine Hure und Sie ziehen ihren Bastard groß.«

Edna wurde so wütend, dass es ihr die Sprache verschlug. Es war dumm gewesen, Ann jedes Jahr zu schreiben, aber sie wollte ihre Tochter wissen lassen, dass es Ruth gut ging.

Edna beobachtete Peters vergebliche Versuche, auf die Füße zu kommen. »Deshalb hast du Beth Ann geschlagen, du Schwein?«

»Wen?«

»Beth Ann, meine Tochter.«

»Ihre Tochter? Wovon reden Sie?«

Sie hatte die Wahrheit so tief vergraben, dass sie nicht sicher war, ob sie sie laut aussprechen konnte. Aber als sie ihre Stimme wiederfand, sprudelten die Worte heraus, und der Druck in ihrer Brust ließ nach. »Ann ist mein Kind.«

Er lachte. »Ihres? Das ist ja lächerlich.«

»Mein Fleisch und Blut.«

Er presste den Handballen an seine Stirn. »Warum überrascht mich das? Natürlich hat sie ihre eigene Vergangenheit erfunden. Sie hat mich immer nur belogen, sie hat mir immer nur was vorgemacht.« Dann höhnte er: »Sie müssen aber stolz auf sich sein! Ihr Bastard hat wieder einen Bastard.«

Edna wich zurück, als eine große Welle heranrollte und ihn herumwirbelte. Als die Welle wieder ablief, lag er flach auf dem Bauch mit dem Gesicht im Sand.

»Helfen Sie mir!« Er konnte nicht mehr klar sprechen, und sie fragte sich, wie viel er noch mitbekam.

»Ich komme, Peter.« Die nächste Welle brandete heran, schlug über ihm zusammen und durchnässte ihr Kleid.

Er schaffte es, sich auf einem Ellbogen abzustützen, bevor die Brandung über ihn schwappte. Sie hatte Schwierigkeiten, das Gleichgewicht zu halten. Ihr war so heiß, dass das kalte Wasser auf ihrer Haut zischte. Peter spuckte Wasser aus.

Dann war sie bei ihm, aber sie zog ihn nicht hoch, sondern drückte seinen Kopf unter Wasser. Er wehrte sich, versuchte, sich loszureißen, aber sie stand über ihm und presste sein Gesicht mit ihrem ganzen Gewicht in den Sand. Sie achtete weder auf die Wellen noch auf ihre brennenden Muskeln. Peter kämpfte, aber er hatte keine Chance. Die Sekunden verstrichen und seine Kräfte schwanden.

Edna wusste nicht, wie lange sie seinen Mund und seine Nase in den Sand gepresst hatte. Doch als sie zum Strand schaute, stand Talley dort und starrte sie mit geweiteten Augen an. Edna ließ seinen Hinterkopf los. Seine Muskeln waren erschlafft. Sein Körper lag reglos da, sein Brustkorb bewegte sich nicht.

Edna ging auf das Mädchen zu. Was sollte sie sagen? Wie konnte sie ihr das erklären?

Talley wich nicht von der Stelle. »Ich sage nichts.«

»Talley …«

»Er ist ein schlechter Mensch, Tante Edna. Ich werde nie zu irgendwem ein Wort sagen. In der Familie hält man zusammen, egal was kommt.«

Wie sollte sie wissen, ob das Mädchen ein Versprechen halten konnte, von dem so viel abhing? Wenn Talley zum Sheriff ginge, wäre Ednas Welt eine andere. Und das Leben von Jake und Ruth wäre ein anderes.

»Bist du sicher, dass du das schaffst?«, fragte Edna.

»Ja. Ich bin sicher«, beteuerte Talley. »Ich tue das für Ruth.«

Ohne ein weiteres Wort gingen die beiden ins Haus.

Kapitel 31
IVY

Mittwoch, 26. Januar 2022, 13.00 Uhr

Ivy und Dalton kehrten zum Mittagessen in dem kleinen Restaurant ein, das an der Kreuzung von Strand- und Umgehungsstraße lag. Die Sonne stand noch hoch und war warm genug, um sie dazu zu verleiten, sich an einen Tisch im Freien zu setzen. Die Kellnerin brachte ihnen die Speisekarten. Dalton wusste bereits, was er nahm, und da Ivy an alles Mögliche dachte außer an Essen, bat sie die junge Frau, ihr dasselbe zu bringen.

Kurz darauf standen zwei Softdrinks und ein Korb mit Nachos vor ihnen. »Glaubst du, Ruth hat verstanden, wie wichtig das Meldebuch des Seaside war?«, fragte Dalton.

»Definitiv. Sie hat nur eines aufgehoben, und das war dieses.«

»Hat sie jemals mit dir darüber gesprochen?«

»Nein. Nie.«

»Aber sie hat es dir auch nicht richtig verheimlicht«, sagte er. »Schließlich lag das Buch dort herum, sodass du es finden musstest.«

Während sie auf das Essen warteten, klingelte ihr Telefon. Sie schaute auf die Nummer. »New Yorker Vorwahl. Wenn es wichtig ist, werden sie schon eine Nachricht hinterlassen.«

»Noch ein Jobangebot?«, fragte er.

»Wahrscheinlich eher ein Lieferant vom Vincenzo's, der wissen will, wo sein Geld bleibt.« Sie machte eine Pause, als die Kellnerin Besteck und Servietten brachte. »Vielleicht wollte Ruth, dass ich es erfahre, ohne dass sie es aussprechen musste. Ruth hat nicht viele Worte gemacht.« Sie nippte an ihrer Limonade. »Sie hat ihre Gefühle auch nur selten gezeigt und dafür eher Taten sprechen lassen.«

»Wie Edna?«

Sie schüttelte den Kopf. »Wie stehst du jetzt zu Edna? Wenn Talleys Geschichte stimmt, hat Edna deinen Großvater getötet.«

Er fuhr mit dem Finger über das Kondenswasser auf dem Glas. »Ich habe keine Beziehung zu ihm. Und mein Vater vermeidet es bis heute, über ihn zu sprechen.«

Ihre Burger kamen, und sie biss hinein. Ordentlich, sogar gut, aber es fehlten Salz und Pfeffer.

»Du würdest ihn anders machen.«

»Worauf du dich verlassen kannst.«

»Du kannst immer noch Matthews Angebot annehmen.«

»Willst du mich zu einer Partnerschaft mit ihm überreden?«

»Nein, ganz bestimmt nicht.« Sein Lachen war tief und kehlig. Sexy. Zwischen ihnen knisterte es. Mehrere Minuten lang aßen sie schweigend. »Wenn es stimmt, was Talley gesagt hat, dann sind wir verwandt«, sagte sie.

»Mein Dad ist nicht mein biologischer Vater«, sagte er, als spielte das eine Rolle.

»Aber unsere Familien sind miteinander verbunden.«

»Dani und du, ihr geht beide auf Ann oder vielmehr auf Beth Ann zurück«, sagte er.

Damit waren sie Cousins und Cousinen zweiten Grades oder so ähnlich. Dani war eine Blutsverwandte, Dalton nicht.

»Hast du mal daran gedacht, mit Dani zusammenzuarbeiten?«, fragte er. »Sie ist eine super Geschäftsfrau.«

»Ich weiß. Aber sie hat auch eine Menge um die Ohren.« Sie fragte sich, wie Dani mit Bella, der Galerie und ihrem Job als Dekorateurin klarkommen würde, wenn ihre Sehkraft nachließ. »Dani wird diese neue Information zu eurem Stammbaum sehr interessant finden. Sie hat mir erzählt, dass sie die Familie eurer Mutter weit zurückverfolgen kann, aber dass die Linie eures Vaters mit Ann endet.«

Er knüllte seine Serviette zusammen und schob seinen Teller beiseite. »Warum macht sich Dani neuerdings was aus Genetik?«

Ihr stieg das Blut ins Gesicht. »Wollen wir nicht alle wissen, wo wir herkommen?«

»Nein. Warum will Dani es wissen?«

»Keine Ahnung.«

»Doch, du hast Ahnung. Du machst genauso ein Gesicht.«

»Was für ein Gesicht?«

»Auf frischer Tat ertappt.«

Ivy legte die Hand an ihre gerötete Wange. »Zu viel Sonne.«

»Netter Versuch.« Er seufzte. »Und ich habe gedacht, wir hätten heute etwas über Geheimnisse gelernt.«

Sie war überwältigt. Dalton, Dani und ihre eigene Familie. »Weißt du, wenn du deine Schwester etwas fragen willst, dann frag sie.«

»Du kannst dir nicht vorstellen, wie oft ich es offen und ehrlich versucht habe. Sie mauert wie als Fünfjährige.«

»Ich will nicht zwischen euch geraten. Aber ich ermutige euch, miteinander zu reden.«

Seine Miene war auf einmal sehr ernst. »Ich setze dich ab und fahre dann direkt zu ihr. Es sei denn, du willst mitkommen. Um den Frieden zwischen uns beiden zu wahren.«

Dani hatte Ivy darauf eingeschworen, zu schweigen, und Ivy hatte sich daran gehalten. Wenn sie mit Dalton auftauchte, stünde es zwei gegen eine. Vielleicht würde Dani sich sogar verraten fühlen. »Ihr schafft das auch ohne mich.«

»Sie muss ehrlich mit mir sein.«

»Das sehe ich auch so. Aber es ist eine Familienangelegenheit.«

»Genau, liebe Cousine, und du bist jetzt ein Teil der Familie«, sagte er. »Egal, wie es ausgeht, sie wird sowieso auf uns beide sauer sein. Dann stecken wir das doch lieber zusammen weg.«

* * *

Zwanzig Minuten später fuhren sie bei Dani vor. Der Schulbus war gerade angekommen, und Bella und Dani gingen auf dem Bürgersteig auf das Haus zu. Bella quasselte, was das Zeug hielt, während Dani ihr mit der Schultasche über der Schulter aufmerksam zuhörte.

Als sie Dalton sah, strahlte sie ihn an und rannte auf ihn zu. »Dalton! Was machst du denn hier?«

»Und du? Warum bist du nicht in der Schule?«

»Heute hatten wir nur den halben Tag!«

Er hob sie hoch. »Ivy und ich haben eben was zu Mittag gegessen und gedacht, wir kommen mal vorbei.«

»Hast du mir was mitgebracht?«, fragte Bella.

Dalton lachte. »Nein. Aber ich habe gehört, dass du bald einen Welpen bekommst.«

»Ja! Ich will sie Lulu nennen!«

»Nicht Star?«, fragte Ivy.

»Das war gestern.«

»Ich kann dir ein Video von den Welpen zeigen«, sagte Ivy. »Willst du Lulu sehen?«

»Au ja!« Bella beugte sich über Ivys Handy und wurde ganz still, als sie zusah, wie die Welpen leise kläfften und herumwuselten.

»Ihre Augen sind noch nicht offen«, bemerkte Bella.

»Noch nicht. Aber sie üben schon, sich auf den Beinen zu halten und zu bellen«, sagte Ivy. »Lulu versucht manchmal, die anderen herumzukommandieren.«

Dani schaute sich das Video an, ohne dass sich ihre düstere Miene aufhellte. »Sie muss dominant sein, wenn sie mit uns mithalten will.«

»Wann darf sie zu uns kommen?«, fragte Bella.

»In etwa sechs Wochen«, sagte Ivy.

»Was ist mit den anderen Welpen?«, fragte Bella.

»Für die finde ich auch ein gutes Zuhause«, sagte Ivy. »Mach dir keine Sorgen.«

»Vielleicht sogar in der Nähe. Dann können sie sich mit Lulu zum Spielen verabreden.«

»Das ist nicht ausgeschlossen«, sagte Dani. »Geh doch rein und iss was! Ich habe dir ein Sandwich gemacht.«

Bella drückte noch einmal auf die Play-Taste des kurzen Videos, sah den Welpen noch einmal beim Spielen zu und rannte dann hinein.

Als sich die Tür hinter ihr schloss, sagte Dani: »Es ist nicht so, dass mir neue Welpenvideos schnuppe wären, aber warum seid ihr gekommen?«

»Ich wollte nach Elizabeth City, um Talley zu besuchen. Dalton musste etwas beim Holzhändler überprüfen, und deswegen sind wir zusammen gefahren.«

»Ach, wie praktisch!« Dani sah ihren Bruder an.

»Talley weiß mehr, als uns klar war.« In Daltons Worten verbargen sich mehrere Bedeutungsebenen.

»Tatsächlich?«, fragte Dani.

Ivy berichtete, was sie von Talley über Edna, Ann, Peter und Ruth erfahren hatten.

Dani hörte zu, nahm alles auf und schüttelte den Kopf. »Ruth hat zwar immer gesagt, wir wären eine Familie. Aber ich wusste nicht, dass sie das wörtlich gemeint hat.«

»Hat sie aber«, sagte Ivy, die Daltons wachsende Ungeduld spürte.

Schließlich räusperte er sich. »Was ist los mit dir, Dani?«

Ivy schüttelte den Kopf. Behutsam wie ein Elefant im Porzellanladen.

»Ich weiß es nicht, Dalton«, sagte Dani. »Sag du es mir.«

Ivy spürte Danis Blick, sagte aber kein Wort.

»Du brauchst Ivy gar nicht so anzusehen«, sagte Dalton. »Aus ihr ist nichts rauszukriegen. Im Gegensatz zu dir. Du benimmst dich total komisch.«

»Was soll das heißen?« Dani verschränkte die Arme vor der Brust.

Ivy wünschte sich, sie wäre mit ihrem Auto gekommen. Die beiden brauchten kein Publikum für diese Aussprache, vor allem keine neu gewonnene Cousine.

»Bitte, Dani«, sagte Dalton in einem sanfteren Ton. »Ich möchte irgendwie helfen.«

»Und wenn ich keine Hilfe brauche?«

Er fluchte halblaut. »Wir sind zu alt für Ratespiele.«

Dani seufzte »Ivy.«

Ivy hob die Hände. Sie war nicht mehr bereit, ein Geheimnis zu bewahren, vor allem angesichts all dessen, was sie heute erfahren hatte. »Du musst mit deinem Bruder reden. Er hat ein Recht darauf, es zu erfahren.«

»Scheiße«, murmelte Dani. »Jetzt hast du endlich deine Chance bekommen, es mir heimzuzahlen.«

»Was?«

»Wegen Matthew. Dafür, dass ich mir genommen habe, was nicht mir gehört hat«, sagte Dani.

Ivy kratzte sich am Kopf. »Ich mache einen Spaziergang. Ich bin in dem Café die Straße runter.«

»Nimm meinen Truck«, schlug Dalton vor. »Dani und ich haben ein langes Gespräch vor uns. Den Truck hole ich später ab.«

»Wie willst du hinkommen?«, fragte Ivy.

»Es gibt genug Leute, die ich anrufen kann.«

»Okay.« Er legte seinen Schlüsselbund in ihre Hand.

»Danke.«

»Bleib doch hier«, sagte Dani. »Du hast damit angefangen, Cousine.«

»Nein, ich habe nicht damit angefangen«, sagte Ivy zwischen zusammengebissenen Zähnen. »Aber du musst es zu Ende bringen.«

Dalton begleitete Ivy zum Truck. »Der zweite Gang klemmt etwas, aber sonst läuft er rund.«

»Ich habe früher immer den Truck des Seaside Resorts gefahren, das war ein Schrottding. Dieser hier ist ein Kinderspiel.«

»Tut mir leid, ich hätte dich nicht in diese Situation bringen sollen.«

»Ist schon in Ordnung. Es ist wichtig, dass du jetzt mit ihr redest. In sechs Wochen bin ich weg, und dann braucht sie dich.«

Sie fuhr rückwärts auf die Straße und wendete. Der erste Gang war problemlos, der zweite war tatsächlich etwas schwieriger. Doch schon nach einem Kilometer hatte sie den Truck im Griff.

Als sie in ihre Einfahrt fuhr, war es bereits nach drei Uhr, und sie malte sich lieber nicht aus, welches Chaos Libby angerichtet haben könnte. An der Haustür hing ein Zettel. *Ich nehme den kleinen braunen Welpen, wenn er nicht schon vergeben ist. Meine Schwester will vielleicht den anderen. Ich komme morgen vorbei. Bert (Daltons Vorarbeiter)*

Sie grinste, riss den Zettel ab und schloss die Haustür auf. Sie war es Libby schuldig, ihre Welpen gut unterzubringen. Dann würde sie Dalton das Haus verkaufen und mit Libby ein neues Leben beginnen. Es passte alles.

Als sie das Hotelregister auf dem Küchentisch ablegte, kam Libby schwanzwedelnd auf sie zugelaufen. »Hey, Libby.«

Die Hündin leckte ihr die Hand und ging dann mit hin und her schwingenden Zitzen unterm Bauch zu ihren frisch gefüllten Näpfen. Bert. Ein gutes Zeichen.

Ivy strich über die ausgefranste Stoffkante des Meldebuchs. Sie dachte an Ruth. Hatte Edna Ruth irgendwann erzählt, dass Beth Ann alias Ann ihre Mutter war? Oder hatte Carlotta das während ihrer Jahre auf der *Maisy Adams* übernommen? Wusste Ruth, was Edna getan hatte, um sie, Ann und Carlotta zu schützen?

»Und wer war Ruths Vater, Ann?«, fragte Ivy in die Stille hinein. »Ich weiß, dass du es weißt.« Im Raum knisterte es. »Du brauchst es mir nicht zu sagen. Ich werde es herausfinden. Ich habe noch nie Angst gehabt, etwas zu fragen.«

Kapitel 32
IVY

Mittwoch, 26. Januar 2022, 17.00 Uhr

»Luigi, tut mir leid, dass ich deinen Anruf verpasst habe.«

»Ivy Neale.« Im Hintergrund hörte sie die Geräuschkulisse seiner Küche, die mit den Vorbereitungen für das Abendessen auf Hochtouren lief.

»Ich habe den letzten Artikel über dich gelesen. Wirklich schön«, sagte Ivy.

»Ja, er war schmeichelhaft.« Sein Stolz war nicht zu überhören.

»Was kann ich für dich tun?« Sie ging zur Schlafveranda, blickte auf die untergehende Sonne und auf das im Sand versinkende Wrack.

»Ich habe gehört, dass du Vincenzo's verlassen hast. Gino war ein Idiot, dich gehen zu lassen.«

Sie ging nicht darauf ein. »Du rufst mich aber nicht so kurz vor dem Abendessen an, um mit mir über Gino zu klatschen.«

Die Geräusche im Hintergrund wurden leiser. Er musste sich in sein Büro verzogen haben. »Komm und arbeite für mich«, sagte er.

»Für dich?«

»Als Souschef, und wenn alles so läuft, wie ich hoffe, bist du in einem Jahr Chefköchin.«

»Und du? Was ist mit dir?«

»Ich eröffne einen zweiten Standort.«

»Herzlichen Glückwunsch.«

»Sag Ja.«

Eine Brise strich ihr sanft übers Gesicht. »Schick mir die Details«, sagte sie.

»Auf der Stelle.«

»Ich verspreche nichts.«

»Aber du hast auch nicht gleich aufgelegt. Mehr brauche ich fürs Erste nicht.«

Sie beendete das Gespräch und versuchte, sich ein neues Leben in New York vorzustellen. Mit dem Geld aus dem Hausverkauf könnte sie sich eine bessere Wohnung leisten, die näher an der Arbeit gelegen wäre. Sie müsste sich auch keine Sorgen machen, wie sie jeden Monat ihren Lebensunterhalt bestreiten sollte. Es wäre sicherlich eine andere und bessere Erfahrung.

Als es klingelte, schloss sie die Verandatür und ging nach vorn. Dalton stand auf der Schwelle; auf einmal hatte er Falten, die sie noch nie gesehen hatte.

»Willst du reinkommen?«

»Ja.«

Er ging an ihr vorbei, streichelte Libby über den Kopf, die ihm zur Begrüßung entgegengekommen war, und setzte sich dann an die Küchenbar. »Was Dani vorhin zu dir gesagt hat, tut mir leid.«

»Ich würde lügen, wenn ich behaupten würde, dass es nicht wehtut.«

»Ich weiß. Dani ist verdammt stur, und wenn sie in die Ecke gedrängt wird, schlägt sie zu.«

Ivy verschränkte die Arme vor der Brust. »Hat sie es dir gesagt?«

»Ja, sie hat mir erzählt, dass sie ihre Sehkraft verliert. Und danke, dass du sie nach Norfolk gefahren hast. Das hätte ich tun sollen.«

»Es hat mir nichts ausgemacht.« Sie setzte Kaffee auf. »Und jetzt? Wie geht es mit ihr weiter?«

»Sie bleibt in ihrem Haus. Sie lebt ihr Leben, und wenn ihre Augen so schlecht werden, dass sie nicht mehr fahren kann, wird sie sich etwas einfallen lassen.«

»Sie muss völlig daneben sein.«

»Ist sie auch. Je entschlossener sie wirkt, desto mehr Angst hat sie. So war sie auch, als sie mit Bella schwanger war. Sie hat sich jeden Tag schick gemacht, hatte immer ein Lächeln auf den Lippen und schien nie an irgendetwas zu zweifeln. Ich kann dir nicht sagen, wie oft sie mich angemotzt hat.«

»Was kommt als Nächstes?«, fragte Ivy.

»Sie wird einen Schritt nach dem anderen machen, genau wie damals, als Mama gestorben ist und Dani schwanger wurde. Das Leben geht weiter.«

»Hast du es deinem Vater gesagt?«

»Das will sie selbst tun. Sie hat mir versprochen, dass sie es morgen früh macht. Weil sie im Dunkeln auch nicht mehr gern Auto fährt.«

»Gut.«

»Jetzt weiß ich auch, warum sie letztes Jahr darauf bestanden hat, das Weihnachtsessen auszurichten, und warum sie alle meine Einladungen, essen zu gehen, abgewimmelt hat.«

Sie schenkte ihm eine Tasse Kaffee ein. »Wenn jemand damit klarkommt, dann Dani.«

»Tu mir einen Gefallen: Bleib ihre Freundin, auch wenn sie dir das an den Kopf geworfen hat. Sie hat es dir als Erster erzählt, und das will was heißen.«

»Ich rufe sie an, bevor ich wieder abreise.«

Er strich über den Rand seiner Tasse. »Ich vergesse immer wieder, dass du bald wieder abhaust. Hoffentlich nimmst du doch noch Vernunft an.«

»Wie meinst du das?«

Er grinste schief. »Na ja, dass du dich an all die schönen Zeiten erinnerst und dich entscheidest zu bleiben.«

»Was weißt du denn über meine schönen Zeiten?«

»Dani hat mehr Zeit bei dir verbracht als zu Hause. Wie oft habe ich euch zwei abgeholt und ins Kino oder ins Einkaufszentrum gefahren?«

»Millionen Mal.« Sie hatte ein Bild von dem jungen Dalton im Kopf, wie er mit gebräunter Haut und wilder Mähne am Pool des Seaside stand. Sie war damals vielleicht dreizehn gewesen und Dalton sechzehn. Schon damals war ihr in seiner Nähe schnell flau geworden.

»Ich erinnere mich lebhaft daran, wie ihr beide mal am Pool ein Bingospiel veranstaltet habt«, sagte er. »Da müsst ihr ungefähr dreizehn gewesen sein.«

»Ja, das war lustig.«

»Dani sagt, dass es dir hier richtig gut gefällt.«

»Ruth und das Seaside Resort sind weg. Sie haben mich hier verankert.« Sie seufzte. »Der Anruf vorhin kam vom Inhaber eines Restaurants in New York. Luigi hat mir einen tollen Job angeboten.«

»Willst du ihn annehmen?«

Vor sechs Monaten wäre das gar keine Frage gewesen. »Ich bin mir nicht sicher.«

Er ließ den Kaffee stehen und kam um den Tresen herum. »Du hast hier mehr als die Erinnerungen an das Seaside Resort und Ruth. Du hast Dani.«

»Wirklich?«

»Sprich mit ihr.« Er stand direkt vor ihr, und seine ruhige Energie machte ihr bewusst, wie lange sie schon allein war.

Die Luft war wie elektrisiert. Wenn sie abreiste, ohne ihn geküsst zu haben, würde sie sich immer fragen, wie es wohl gewesen wäre. Aber sie war nicht sicher, ob sie noch abreisen könnte, wenn es dazu käme. »Darf ich dich küssen?«

»Ja«, sagte er mit rauer Stimme.

Sie stellte sich auf die Zehenspitzen, und er sah sie an, nahm ihr Gesicht in die Hände und gab ihr einen sanften Kuss auf den Mund. Prüfte. Schmeckte.

Ihr stockte der Atem. Sie konnte mit ihm schlafen und trotzdem weiterziehen. Matthew hatte sie nicht gehalten. Sie war stärker als alle Bindungen an diesen Ort.

Als der Kuss endete, legte sie ihre Stirn gegen seine. »Kannst du eine Weile bleiben?«

»Nichts lieber als das.«

Kapitel 33
RUTH

Montag, 26. Juni 1950, 6.45 Uhr

Ruth war früh wach. Manchmal war sie so energiegeladen, dass sie sich fühlte, als habe sie Hummeln im Hintern. Sie ging gern früh spazieren, dabei konnte sie ihren Bewegungsdrang ausleben und ihren Geist beruhigen.

Talley schlief noch, aber das war auch kein Wunder. Sie war lange draußen gewesen, und als sie endlich ins Bett gegangen und eingeschlafen war, hatte sie sich hin und her gewälzt und mehrmals im Schlaf gestöhnt.

Ruth nahm ihre Kleider und schlich sich aus dem Zimmer ins Bad, und als sie zurückkam, war sie angezogen und bereit zu gehen. Sie griff nach ihren Schuhen.

»Was machst du?«, fragte Talley schlaftrunken.

»Ich gehe am Strand spazieren.«

»Warte, ich komme mit.« Sie rollte sich auf den Rücken und rieb sich den Schlaf aus den Augen.

»Musst du nicht«, sagte Ruth.

»Möchte ich aber. Ich bin ganz schnell fertig.« Talley warf die Decke zurück und schlüpfte mit den Füßen in ihre abgetragenen Hausschuhe. Sie eilte den Flur hinunter und war ein paar Minuten später zurück.

»Du warst gestern noch lange draußen«, sagte Ruth.

Talley war blass und hatte dunkle Ringe unter den Augen. »Ich finde die Bücher von Nancy Drew immer so spannend.«

Sie stiegen die Stufen hinunter und überquerten die Dünen. Eine buttergelbe Sonne lugte hinter dem Horizont hervor. Ruth atmete ein. Der Morgen war die beste Zeit.

Als sie am Strand entlanggingen, bemerkte sie, dass in Carlottas Bungalow Licht brannte. »Normalerweise ist sie so früh noch nicht wach.«

Talleys Blick folgte ihrem. »Ich kann mir vorstellen, dass sie zu allen möglichen Tages- und Nachtzeiten auf ist. Und dass bei ihr manchmal alles durcheinandergeht.«

Sie näherten sich dem Wrack, das mittlerweile fast vollständig im Sand verschwunden war. Einerseits stimmte es Ruth traurig, andererseits war sie erleichtert, dass die Geister zur Ruhe kommen konnten.

Hinter dem Wrack lag irgendetwas, das von der Brandung hin und her gerollt wurde. Ruth hatte schon viele tote Tiere am Strand gesehen. Krabben, Fische, Vögel, einmal sogar eine alte Meeresschildkröte. Doch als sie darauf zulief, erkannte sie, dass es ein Mann war. Sie blieb wie angewurzelt stehen. Sein Gesicht lag im Sand, aber sie erkannte ihn an der Hose, die er am Vortag getragen hatte. Das war Mr Manchester.

Talley schrie auf und sprang zurück.

Als Ruth sich von dem ersten Schreck erholt hatte, betrachtete sie ihn mit Neugier. Sie ging hin und stieß ihn mit dem Fuß an. Vielleicht war er ohnmächtig. Oder er erlaubte sich einen schlechten Scherz. Er wäre genau der Typ dafür. Sie konnte sich vorstellen, wie er sich aufsetzte und rief: »Reingefallen!«

»Komm da weg«, sagte Talley.

Ruth trat gegen die linke Schuhsohle. Sein Bein wackelte hin und her, aber in den Muskeln war kein Widerstand zu spüren. Aber auch das ließ sich vortäuschen.

Sie stupste ihn in der Mitte an, wo das feuchte Hemd an seiner Haut klebte. »Zeit zum Aufstehen, Mr Manchester. Sie können hier nicht in der Brandung liegen bleiben.«

»Er steht nicht mehr auf«, sagte Talley.

»Woher weißt du das?«

»Weil er tot ist!«

Ruth suchte nach Blutspuren und Verletzungen, aber er sah aus wie gestern, nur dass er so still war. Und nicht atmete.

Mit der nächsten Welle drehte sie ihn um und studierte sein Gesicht. Seine Augenlider waren weder offen noch geschlossen. Durch den Spalt konnte sie seine Augen sehen. Sie waren trüb.

Die nächste Welle überraschte Ruth und spritzte kaltes Salzwasser auf ihre Haut und Shorts. Sie richtete sich auf und machte ein paar schnelle Schritte rückwärts.

Dann nahm sie Talleys Hand.

»Wir müssen Hilfe holen«, sagte Talley. »Deine Mama weiß bestimmt, was man jetzt tun muss.«

Als sie zum Hotel liefen, drehte sie sich um zu Carlottas Haus. Für einen Moment glaubte sie, Carlotta stehe auf der überdachten Veranda, aber was immer sie gesehen haben mochte, war so schnell verschwunden, wie es gekommen war.

Henrys Geschichten von Geistern, die an diesem Ufer ihr Unwesen trieben, spukten ihr im Kopf herum. Gehörte Mr Manchester jetzt zu denen, die den Strand heimsuchten? Hoffentlich nicht. Der Tod würde sicherlich nichts an seinem Charakter oder seiner Veranlagung ändern.

Sie rannte schneller. Der Atem brannte in ihrer Lunge, und die Morgensonne, die jetzt schon heißer wurde, ließ ihr Schweißperlen über den Rücken laufen. Panik stieg in ihr auf.

All die Ängste und Sorgen, die der Schock verdrängt hatte, wurden aufgewirbelt. Da lag ein toter Mann am Strand, und sie hatte ihm in die Augen gesehen.

Sie stürmte mit solcher Wucht in die Küche, dass die Tür gegen die Wand knallte. Talley war nur ein paar Schritte hinter ihr.

Ihre Eltern drehten sich um. Ihr Vater legte den Pfannenwender beiseite, ließ den Speck brutzeln und ging zu ihr. Er trocknete sich die Hände an der Schürze ab und legte sie auf ihre Schultern.

»Was ist los?«

Die Worte ratterten in ihrem Kopf, aber sie kamen nicht heraus. Sie keuchte, und in ihrem Kopf drehte sich alles.

»Tief einatmen«, sagte Daddy mit fester Stimme.

Mama kniete sich vor sie. »Sag es uns, Liebling.«

»Da ist ein Mann am St… Strand«, sagte Ruth.

Talley nickte, öffnete den Mund, aber sie bekam auch nichts heraus.

»Was für ein Mann?« In Daddys Stimme war ein leises Grollen zu hören.

Ruth zwang sich, ein paarmal durchzuatmen. »Mr Manchester ist am Strand.«

»Was macht er da?«, fragte Daddy.

»Nichts«, sagte Ruth. »Er ist tot.«

»Sie hat recht, Onkel Jake«, bestätigte Talley. »Er ist tot.«

Daddys Falten vertieften sich. »Ihr bleibt hier. Ich sehe mir das an.«

»Vielleicht sollten wir erst den Sheriff anrufen«, schlug Mama vor. »Vielleicht ist es am Strand gefährlich.«

»Ihr bleibt hier«, wiederholte er, schnappte sich den Baseballschläger, der immer neben der Hintertür stand, und eilte hinaus.

»Wie geht es euch?«, fragte Mama.

Ruth schaute erst Talley an und dann ihre Mutter. Sie wäre gern unerschrocken gewesen und hätte am liebsten so getan, als wäre das, was sie gesehen hatte, nicht so schlimm. Aber ihre Tapferkeit verflog und sie klammerte sich fest an ihre Mama.

Ihre Mutter nahm die beiden Mädchen in die Arme. »Es ist alles gut, meine Schätzchen. Es ist alles gut.«

Ruth atmete den Duft von Zimt und Zucker ein, der dem Kleid ihrer Mutter entströmte. »Du hast mich schon so lange nicht mehr Schätzchen genannt.«

Ihre Mutter strich die Haarsträhnen zurück, die sich aus ihren Spangen gelöst hatten. »Weil du es nicht mehr magst. Und ich vermute mal, Talley hält sich auch für erwachsen.«

Talley schüttelte den Kopf. »Nein, Ma'am.«

Ruth umarmte ihre Mutter erneut. »Glaubst du, Mr Manchesters Geist wird mich holen kommen?«

»Wie kommst du denn darauf?«, fragte Mama.

»Henry hat gesagt, dass die Geister am Strand nah am Wasser leben.«

»Henry denkt sich das alles aus«, sagte Mama. »Das meiste ist frei erfunden. Deswegen macht es auch so viel Spaß, seine Geschichten anzuhören.«

Ruth machte sich los und blickte ihre Mutter an. »Henry war sehr ernst, als er das gesagt hat.«

»Manchmal habe ich den Eindruck, dass er selbst an seine Geschichten glaubt. Du darfst ihn nicht zu ernst nehmen.«

»Ich habe noch nie eine Leiche gesehen«, sagte Talley.

Mama atmete tief ein. »Jetzt sieht Daddy erst mal nach. Vielleicht ist Mr Manchester nur bewusstlos.«

»Er hat sich nicht bewegt«, sagte Ruth. »Seine Brust war ganz ruhig.«

Die Hintertür öffnete sich quietschend. Und als Ruth sich umdrehte und das Gesicht ihres Vaters sah, erkannte sie seine Entschlossenheit. »Ich muss den Sheriff anrufen.«

»Ist es Mr Manchester?«, fragte Mama ihn.

»Ja.« Er sah die beiden Mädchen besorgt an. »Und er ist wirklich tot.«

Mama hielt die Mädchen im Arm. »Wie ist das passiert?«

»Es sieht so aus, als wäre er ertrunken. Aber das herauszufinden, ist Sache des Sheriffs und des Arztes.«

* * *

EDNA

Als der Sheriff kam, überließ Edna Jake das Reden. Jake und Sheriff Hank waren nur wenige Kilometer voneinander entfernt aufgewachsen; sie hatten im Ersten Weltkrieg gedient und zusammen gejagt und geangelt.

Sheriff Hank hob die Decke an, unter der Peter Manchester lag, nachdem sie ihn so weit aus dem Meer gezogen hatten, dass die Flut ihn nicht mehr umspülte. Er sah ihn lange an, untersuchte seinen Hals, überprüfte seine Hände und leerte seine Hosentaschen. Er fand das Armband, das Ann bei Edna als vermisst gemeldet hatte. Ann nahm es entgegen, ohne sich zu entschuldigen.

Ann berichtete dem Sheriff, ihr Mann habe stark getrunken. »Er macht Ärger, seit er aus dem Krieg zurückgekommen ist.« Als ob damit alles gesagt wäre.

Schließlich erklärte der Sheriff den Tod als Unfall und rief den Bestattungsunternehmer vom Festland an, der den Leichnam abholte. Als alle gegangen waren, rief Jake einen Bekannten an, der Mrs Manchester und ihre Kinder nach Hause fuhr.

Es war kurz vor drei Uhr. Jake teilte Edna mit, dass er mit Ruth und Talley nach Kitty Hawk fahren wollte, um ihnen eine

Cola und ein Eis zu spendieren. Edna war erleichtert, als die drei abfuhren.

Sie ging über den heißen Sand zu Carlottas Bungalow hinüber und fand sie auf der Veranda sitzend bei einer Zigarette und einem Whiskey. Sie hatte den Bluterguss im Gesicht überschminkt, aber er würde noch dunkler werden, bevor er verblasste.

»Der Sheriff ist weg.«

»Gut.« Carlotta drückte ihre Zigarette aus.

»Du musst dir keine Sorgen um Manchester mehr machen.«

»Ich habe mir keine Sorgen gemacht«, sagte Carlotta und stand auf. »Dafür bin ich zu vielen wie ihm begegnet.«

»Ich glaube, es ist besser, wenn du abreist«, sagte Edna. »Der Sheriff hat nicht so genau hingeschaut, aber falls er noch mal kommt, könnte er bei solchen blauen Flecken ins Grübeln kommen.«

»Wir haben schon gepackt. Max fährt den Wagen vor. Ich habe nur auf dich und Ruth gewartet.«

Edna schaute die junge Frau an, die sie so sehr an den Jungen erinnerte, in den sie sich dummerweise vor vielen Jahren verliebt hatte. »Jake ist mit Ruth und Talley nach Kitty Hawk gefahren. Es ist vielleicht ganz gut, dass sie nicht hier ist, wenn du abreist.«

Carlotta runzelte die Stirn. »Ich hätte mich gern von ihr verabschiedet. Kennt sie die Wahrheit?«

»Welche Wahrheit?« Edna hielt ihre Tränen zurück.

»Über Ann.«

»Was ist mit Ann?« Edna würde ihre Kinder bis zum Ende beschützen, ob sie es wollten oder nicht.

»Ruth sieht aus wie Großvater Jenkins«, sagte Carlotta. »Ich weiß, dass du seine Gene nicht an das Mädchen weitergegeben hast. Und ich war es auch nicht.«

Edna wurde rot. »Ruth weiß, dass ich sie in einer rosa Decke gefunden habe. Sie weiß, dass Jake und ich sie lieben. Das ist alles, was zählt.«

»Sie hat mich gefragt, ob ich die Frau bin, die sie zurückgelassen hat. Ich habe es verneint, aber ich weiß nicht, ob sie mir glaubt.«

»Wenn sie mich fragt, versichere ich ihr, dass du nicht ihre Mutter bist.«

»Meinst du, sie glaubt dir das?«

»Sicher.«

»Sie ist noch jung, Edna«, sagte Carlotta. »Eines Tages wird sie dich so richtig unter Druck setzen, um die Antwort zu finden.«

»Antworten bringen auch nicht alles in Ordnung. Manchmal sind die Dinge, wie sie sind, und alles, was du tun kannst, ist weiterzuleben.«

»Hast du dir das auch gesagt, nachdem du Ann und mich zur Welt gebracht hast?«

Trauer legte sich auf Edna wie eine dunkle Decke. Sie sah die winzigen Mädchen vor sich, wie sie in den Kommodenschubladen am Kamin ihrer Mutter lagen. Die Säuglinge hatten geweint und Ednas Brüste, die voller Milch waren, hatten geschmerzt. Diese Stunden waren ihre ständigen Begleiter. »Ich habe keine andere Möglichkeit gesehen, um euch zu schützen.«

»Vielleicht hilft es dir ja, wenn ich dir sage, dass Ann und ich eine glückliche Kindheit hatten. Wir sind dir allerdings ähnlich. Wir halten uns auch nicht so gern an Regeln.« Carlotta nahm Whiskey auf den Arm und streichelte ihn sanft zwischen den Ohren. Dann reichte sie Edna eine Karte mit der Adresse eines Postfachs. »Ich habe Ruth meine Kamera dagelassen.«

»Das ist aber großzügig von dir.«

»Bitte sag Ruth, sie soll mir schreiben. Ich würde gern hören, wie es ihr geht und was sie macht.«

Edna spielte mit der Karte. Carlotta hatte recht. Edna und ihre Kinder hatten keine Angst davor, Regeln zu brechen, um ein besseres Leben zu haben. Und Ruth würde auch keine haben. »Ich gebe ihr deine Karte.«

»Was ist mit Ann?«

»Sie hat ihre Kinder, ein schönes Haus und viel Geld.«

»Ich habe das Gefühl, sie im Stich zu lassen«, sagte Carlotta.

Edna drückte den Rücken durch. »Du kannst niemandem helfen, der sich nicht helfen lassen will. Wenn sie uns braucht, weiß sie ja, wo sie uns finden kann.«

»Ist es so am besten?«

Edna hörte Bitterkeit aus dem Ton heraus und heftete den Blick auf das Gesicht ihrer Tochter.

»Ja, so ist es am besten.«

Kapitel 34
IVY

Donnerstag, 27. Januar 2022, 9.00 Uhr

Als Ivy auf die Schlafveranda trat, stellte sie fest, dass das Wrack verschwunden war. Der Wind und die Wellen hatten es mit Sand bedeckt. Es war wie vom Erdboden verschluckt, als wäre es nie da gewesen. Einerseits bedauerte sie das, andererseits hatten die Geister jetzt wieder ihre Ruhe. Vielleicht konnten nun auch die Lebenden Frieden finden.

Ivy fuhr bei Dani vorbei, doch als sie deren Auto nicht in der Einfahrt sah, ging sie davon aus, dass Dani in ihrer Galerie sein musste. Als Dalton Ivy am Morgen geküsst hatte, hatte sie ihm versprochen, Dani zu besuchen. Sie hatte keine großen Versprechungen gemacht. Aber so ein kleines Versprechen kostete schließlich nichts.

Danis Geländewagen stand auf dem Parkplatz der Galerie. Ivy stellte sich daneben und ging auf die Glastür zu. Sie blickte an dem Schild GESCHLOSSEN vorbei ins Innere des Ladens, aber Dani war nicht zu sehen. Sie klopfte.

Sekunden später lugte Dani aus einem Hinterzimmer hervor und kam langsam auf die Tür zu.

»Ich glaube, wir müssen reden«, sagte Ivy.

»Damit du mir wieder mal erklären kannst, warum du mich im Stich gelassen hast?«

»Das ist ein Schlag unter die Gürtellinie. Ich habe Dalton kein Wort gesagt.«

»Aber er hat es herausgefunden.«

»Weil er nicht dumm ist!«, rief Ivy.

Dani hielt die Tür auf und ließ Ivy an sich vorbei hineingehen.

Ivy war begeistert von dem hohen, hellgrauen Raum, der gewölbten Decke, dem weiß lasierten Holz und den großen Fenstern, die viel Licht hereinließen. »Das ist aber schön hier.«

»Ja, ich weiß.«

»Ich habe natürlich auch nur das Beste vom Besten erwartet.« Sie betrachtete ein großes Ölbild von einer Meereslandschaft. »Oh, wie schön!«

»Der Maler ist sehr talentiert. Er lebt auf dem Festland, verbringt aber viel Zeit hier.«

Ivy warf einen Blick auf das Preisschild und zuckte zusammen. »Autsch.«

»Das, was du da auf der Leinwand siehst, ist nur durch lebenslange Arbeit und ein Studium möglich. Das wird dann auch entsprechend gehandelt.«

Ivy dachte an die endlosen Stunden, in denen sie ihre Fähigkeiten in der Küche verfeinert hatte. »Guter Punkt.«

»Warum bist du hergekommen?« Danis Tonfall war weicher geworden.

»Man hat mir einen Job in New York angeboten. Im Luigi's. Als ich in der Arztpraxis auf dich gewartet habe, habe ich einen sehr positiven Artikel über das Lokal gelesen. Es wäre ein großer Schritt auf meiner Karriereleiter.«

»Das ist also ein Abschied?«, fragte Dani.

»Warum bist du mir so böse? Ich habe Dalton nichts erzählt! Und dieses Mal will ich mich wie eine Erwachsene verabschieden.«

Dani standen die Tränen in den Augen. »Ich bin dir nicht böse. Es ist doch ein glücklicher Moment, oder? Du nimmst dein Geld, kehrst zurück in dein altes Leben und wirst dein Glück machen. Ich bleibe hier und lebe weiter, wie ich es immer getan habe.«

»Ich habe das Angebot noch nicht angenommen«, sagte Ivy.

»Warum nicht?«

»Ich weiß es nicht. Vielleicht habe ich das Gefühl, dich im Stich zu lassen. Ich möchte helfen.«

»Wie denn? Niemand kann mir helfen. Und ich will nicht dafür verantwortlich sein, dass du hier nicht mehr weggekommen und für den Rest deines Lebens unglücklich bist.« Dani schüttelte den Kopf. »Es gibt nichts, was du tun kannst. Nichts, was irgendjemand tun kann. Für dieses Problem gibt es keine Lösung.«

»Ich weiß. Ich weiß.«

Dani schloss die Augen und rieb sich die Schläfen. Eine Träne lief ihr über die Wange. »Bleib nicht meinetwegen.«

»Was, wenn ich meinetwegen bliebe? Diese Gegend bietet mir viele neue Herausforderungen. Italienisch kann ich im Schlaf kochen.«

Dani sah sie an. »Es tut mir leid. Ich war gestern richtig gemein.«

»Ja, stimmt.«

»Ich habe es nicht so gemeint.«

»Oder nur ein bisschen.«

Das entlockte Dani ein Lächeln. »Wie auch immer, es tut mir leid. Es war wirklich ein Schlag unter die Gürtellinie.«

»Entschuldigung angenommen.«

Dani stieß einen Seufzer aus. »Ich habe dir doch gesagt, dass ich ein wenig genetische Forschung betrieben habe, weil ich herausfinden wollte, woher meine Sehprobleme kommen könnten.«

»Und?«

»Damals ergab das für mich keinen Sinn. Patsy Jenkins Rogers ist weitläufig mit mir verwandt. Sie hatte Probleme mit dem Sehen. Ich hatte keine Ahnung, in welcher Beziehung Familie Jenkins beziehungsweise Rogers mit mir stand.«

»Das war Anns leibliche Tante, Ednas Schwester.«

»Ja, dank dir weiß ich das jetzt.«

Ivy schwieg einen Moment und dachte an das versunkene Wrack. Auch wenn die Welt zwischen den Lebenden und den Toten jetzt nicht mehr so durchlässig war, hoffte sie, dass Ruth sie noch hören konnte. »Meinst du, Ruth wusste, dass Ann ihre leibliche Mutter war?«

»Sie muss es gewusst haben.«

Ivy hatte das Bild vor Augen, wie Ruth die Ränder ihrer Teller abwischte, als sie Dani und Ivy im Hotelrestaurant einen späten Nachmittagssnack servierte. »Es wäre schön gewesen, wenn sie uns das alles erzählt hätte.«

»Hier und da ein fallen gelassener Hinweis, mehr war bei Ruth nicht drin.«

Ivy lächelte. »Sag mal, könnten wir meine DNA in das System eingeben, um herauszufinden, wer Ruths biologischer Vater war?«

»Peter Manchester war es jedenfalls nicht«, sagte Dani. »Nach der Webseite, mit deren Hilfe ich die Ahnenforschung betrieben habe, waren Ann und Peter Blutgruppe null. Ruth war AB-negativ. Aber ich kann deine DNA abgleichen. Und dann schauen wir mal, ob es irgendwelche Treffer gibt.«

»Was würde Ruth sagen, wenn sie uns so offen über ihre Eltern sprechen hörte?« Ivy stellte sich vor, wie Ruth sich abwandte, um in einem Topf mit Fischeintopf zu rühren oder eine Pfanne zu schrubben.

»Sie würde sagen, dass es keine Rolle spielt.«

Ivy schlenderte in der Galerie umher und betrachtete die leeren Wände nachdenklich. »Was hältst du davon, Ruths Bilder hier auszustellen?«

»Willst du die verkaufen?«

»Nein. Aber ihre Bilder sollten gesehen werden.«

Die Spannung in Danis Schultern löste sich leicht. »Hast du mal daran gedacht, Drucke mit limitierter Auflage von ihren Ölgemälden machen zu lassen?«

»Nein.«

»Ich kann mir vorstellen, dass sie sich sehr gut verkaufen lassen. Und der Preisschock eines Originals würde wegfallen.«

»Die Investition würde sich bestimmt lohnen.«

»Was ist mit deinem neuen Leben? Mit deinem Karriereschritt in New York?«

»Vielleicht bleibe ich doch eine Weile hier. Und schaue mal, wie es läuft. Wir könnten Drucke von Ruths Arbeiten verkaufen.«

»Wir?«

»Dalton hat gesagt, du seist eine verdammt gute Geschäftsfrau. Ich beteilige mich auch finanziell.«

Dani betrachtete sie mit schmalen Augen. »Machst du das aus Mitleid?«

»Ganz und gar nicht.« Nichts hatte sich je besser angefühlt. Und das lag nicht an Dani oder Dalton. »Außerdem will Libby ihre kleine Lulu vielleicht von Zeit zu Zeit sehen.«

»Diamond.«

»Was?«

Dani zuckte mit den Schultern. »Der Welpe soll jetzt Diamond heißen.«

»Alles klar.«

»Versuch gar nicht erst, eine Elfjährige verstehen zu wollen. Mach einfach so mit, wie es kommt.«

»Mach ich. Was ist mit meiner Idee?«, fragte Ivy.

»Ich könnte mich unter Umständen dazu hinreißen lassen, sie in Betracht zu ziehen. Aber keine Versprechungen. Ein Schritt nach dem anderen.«

»Keine Versprechungen«, sagte Ivy grinsend.

»Und wenn wir schon so nett plaudern, kannst du mir vielleicht sagen, warum mein Bruder heute Morgen so entspannt und glücklich klang, als wir telefoniert haben?«

Ivy befeuchtete ihre Lippen. »Schön zu hören, dass ich meinen Liebreiz noch nicht verloren habe.«

Danis Lachen war laut und herzhaft. »Ich wusste es.«

»Ich mag ihn.«

»Bleibst du seinetwegen?«, fragte Dani.

»Du kennst mich doch besser, oder etwa nicht? Ich bleibe, weil sich alles richtig anfühlt.«

»Wenn du Dalton das Herz brichst, jage ich dich und grille dich bei lebendigem Leib«, warnte Dani.

»Du kannst nicht kochen, von grillen ganz zu schweigen.«

»Keine Angst, das kriege ich schon hin.«

Ihre Blicke begegneten sich. »Ich laufe nicht wieder weg.«

»Okay.« Dani griff nach ihrem Handy. »Dann kann das mit uns ja was werden.«

Epilog
IVY

Mittwoch, 15. Juni 2022, 17.00 Uhr

Die Ausstellung mit Ruths Werken wurde eine Woche vor Beginn der Sommersaison eröffnet. Dani hatte argumentiert, dass dann weniger Verkehr wäre und ihre Stammkunden, Innenarchitekten und die Presse eher kämen. Der Umsatz wäre vielleicht nicht so hoch, aber das käme mit der Zeit. Die Ausstellung sollte bis zum Labor Day Anfang September laufen. Aber auf den Straßen waren bereits viele Touristen unterwegs, und in den lokalen Medien war ausführlich über Ruths Arbeit zu lesen gewesen.

Das Buffet war eine Hommage an Ruth, nur mit einem speziellen Touch. Es gab Tässchen mit Chowder, Chicken Nuggets und Buttermilchkekse. Außerdem hatte sie Apfel-Feigen-Kuchen in Häppchengröße gebacken. An Getränken bot sie Cola in Glasflaschen an (im Gedenken an Ruth und Talley) und Martinis in zierlichen Cocktailgläsern (in Gedenken an Ann und Carlotta).

Fünfzehn Minuten vor der Eröffnung stand Ivy in dem Raum und blickte auf die Gemälde, in denen sich die tiefen Gefühle entluden, die Ruth ihr ganzes Leben lang so stark kontrolliert hatte. Zwischen ihnen hingen die gerahmten Schwarz-Weiß-Fotos, die Carlotta vor über siebzig Jahren aufgenommen hatte.

Danis Absätze klackerten auf dem Holzboden, als sie auf Ivy zukam. »Nimm es alles in dich auf.« Der volle Rock ihres blauen Kleides schwang im Takt ihrer Schritte. Sie hatte ihr blondes Haar zu einem Chignon hochgesteckt und trug funkelnde Ohrringe, dazu roten Lippenstift und passenden Nagellack. Das war ihre Verbeugung vor Carlotta.

»Es ist unglaublich«, sagte Ivy.

»Stimmt«, sagte Dani. »Ohne dich wäre das nicht möglich gewesen.«

»Ohne mich?«

»Weil du vor zwölf Jahren von hier weggegangen bist, um deinem Traum nachzujagen, mussten wir anderen irgendwie die Kurve kriegen und unseren eigenen Weg finden. Ruth begann zu malen. Ich bekam ein Baby und machte Karriere. Das ist nur geschehen, weil du weggegangen bist.«

»So habe ich das noch nie gesehen.«

Dani reichte Ivy einen Martini. »Ich stoße auf dich an, Ivy Neale.«

Ivy hob ihr Glas. »Und ich auf dich, Dani.«

»Wo sind eigentlich mein Bruder und mein Kind?«

»Dalton wird gleich da sein. Er hat von unterwegs angerufen und gesagt, es gäbe viel Verkehr.«

Dalton hatte angeboten, den Fahrdienst für Talley aus Elizabeth City zu übernehmen, die sich unglaublich über die Einladung zu dieser Veranstaltung gefreut hatte. Bella hatte darum gebeten, mitfahren zu dürfen.

Nachdem Ivy das Strandhaus an Dalton verkauft hatte, hatte sie sich eine kleine Wohnung an der Küste zugelegt. Das Geld reichte aus, um in den Tag zu leben. Sie hatte es nicht eilig, sich auf etwas einzulassen. Doch selbst wenn man nicht nach etwas suchte, konnte es einen natürlich trotzdem finden. Man hatte sie für ein paar kleinere Partys engagiert, was dazu geführt hatte, dass sie das Catering für eine Geschäftseröffnung und eine Spendenaktion übernahm. Es hatte sich schnell herumgesprochen, dass sie eine erstklassige Köchin war, und so ergaben sich weitere Gelegenheiten.

Sie hatte beschlossen, die Jobs in New York und in Matthews geplantem Restaurant abzulehnen. Dalton und sie hatten in den letzten fünf Monaten immer mehr Zeit zusammen verbracht. Und je öfter sie sich sahen, desto intensiver wurden ihre Gefühle.

Als es an der Tür klopfte, drehten Ivy und Dani sich um und sahen Bella durch die Glasscheibe grinsen. Dani ging hinüber, schloss die Tür auf und küsste sie auf die Wange.

»Mama, ich muss nach Rosie sehen«, plapperte sie los.

Bella und der Welpe – Rosie – waren fast unzertrennlich.

»Es geht ihr gut. Sie ist mit Libby und Sailor zusammen, und sie hängen zu dritt bei uns zu Hause ab.«

»Aber sie vermisst mich.«

Dani strich eine verirrte Locke hinter Bellas Ohr. »Ich werde Dalton bitten, dich bald nach Hause zu fahren. Jetzt ist es mir wichtig, dass du hier bist.«

»Für Ruth.«

»Sie war unsere beste Freundin.«

Bella nickte. »Kann ich eine Cola haben?«

»Heute sogar zwei.«

Ivy ging hinaus auf den Parkplatz zu Daltons Truck. Er hob gerade Talleys Rollstuhl von der Ladefläche. Ivy strahlte ihn an und er zwinkerte ihr zu, als sie die Beifahrertür öffnete und

Talley auf die Wange küsste. Sie trug ein marineblaues Kleid mit einer passenden Jacke, eine Perlenkette und einen Hauch von Rouge, der sie frisch wirken ließ. Ihr sorgfältig frisiertes Haar fiel in sanften Wellen um ihr Gesicht und betonte ihre strahlenden Augen.

»Ivy«, sagte Talley. »Ich dachte, wir schaffen es nie. Um diese Jahreszeit spielt der Verkehr verrückt.«

»Aber zum Glück seid ihr jetzt da. Lasst uns feiern!«

Dalton schob den Rollstuhl um das Auto herum, und Ivy half Talley hinein. »Es kann losgehen.«

Ivy beugte sich zu ihm und küsste ihn auf die Lippen. »Danke.«

»Es hat mir Spaß gemacht«, sagte er.

Pete parkte neben Daltons Wagen, schüttelte Dalton die Hand, umarmte Ivy und küsste erst Talley und dann Dani auf die Wange. Pete hatte Talley mehrmals besucht und lange mit ihr über den Sommer 1950 gesprochen. Die Wahrheit war nicht immer leicht, aber sie auszusprechen, hatte ihnen beiden geholfen.

»Du hast dich selbst übertroffen, Kid«, sagte Pete.

Dani grinste. »Ich weiß.« Sie beugte sich vor und küsste Talley. »Ich gebe euch beiden die große Tour.«

»Au ja!«, sagte Talley.

Dani lächelte, drehte den Rollstuhl herum und schob Talley mit Pete im Schlepptau zu den Schwarz-Weiß-Fotos.

»Dani sieht gut aus«, bemerkte Dalton. »So entspannt, wie ich sie schon lange nicht mehr gesehen habe.«

»Sie hat diesen Abend möglich gemacht. Sie hat die Kunst und die Fotos arrangiert, und sie hat sich das mit den limitierten Drucken ausgedacht. Die übrigens vor zwei Tagen angekommen sind.«

Er legte seinen Arm um ihre Schultern. »Wie ist der Augenarzttermin in Norfolk gestern gelaufen?«

»Nicht so gut. Ihre Augen sind schlechter geworden. Es könnte noch einmal besser werden, aber es gibt keine Garantie.«

Äußerlich blieb Dalton gelassen, aber sie merkte ihm die Anspannung trotzdem an. »Ich fühle mich so hilflos.«

»Sie sich nicht«, sagte Ivy. »Also müssen wir es so nehmen, wie es ist, und damit arbeiten.«

Er beugte sich herunter und flüsterte ihr ins Ohr. »Habe ich dir in letzter Zeit gesagt, dass ich dich liebe?«

»Es ist schon ewig her, mindestens seit heute Morgen nicht mehr.«

»Ich liebe dich.«

Sie küssten sich. »Ich dich auch.«

Dani ging zum Fenster und betrachtete die ankommenden Fahrzeuge auf dem Parkplatz. »Es ist fast Showtime, Leute.«

Matthew stand mit einer großen Brünetten Ende zwanzig vor der Tür. Sie hielten sich an den Händen.

»Die ist ein Treffer, Ivy«, sagte Dalton.

Dani öffnete die Türen, und Matthew trat vor allen anderen ein. Bella rannte auf ihren Vater zu und zeigte ihm die beschlagene Cola-Flasche. Er ließ sich kaum etwas anmerken, denn er wusste, dass heute ein Tag war, an dem nicht alle Regeln galten.

»Ivy«, sagte Matthew. »Das sieht ja toll aus.«

»Das haben wir alles Dani zu verdanken.«

»Eher Teamwork«, sagte er mit Blick auf das Buffet.

»Darf ich dir Jennifer vorstellen?«

Ivy schüttelte ihr die Hand. »Willkommen.«

»Das ist wirklich großartig«, sagte Jennifer.

»Bella hat mir erzählt, was du alles zubereitet hast«, warf Matthew ein. »Sie sagt, es schmeckt fantastisch.«

»Sie ist meine Testerin.«

»Komm, Dad«, sagte Bella. »Probier doch mal.«

Matthew, Bella und Jennifer verzogen sich zum Buffet.

Dalton nahm Ivys Hand. »Ich glaube, ich bin auf der sicheren Seite, wenn ich sage, dass die Renovierung heute abgeschlossen ist.«

Sie hatte das Haus seit zwei Wochen nicht mehr gesehen und freute sich auf den Gesamteindruck. »Ich kann es kaum erwarten.«

»Die aufgearbeiteten Möbel sind gestern angekommen. Und wir haben jetzt auch ein Bett mit Blick auf den Ozean.«

»Wir?«

»Ich möchte, dass du einziehst.«

»Wirklich?«

»Und wenn du dich nicht zu sehr unter Druck gesetzt fühlst, möchte ich, dass wir heiraten und sechs oder sieben Kinder bekommen.« Sein Lächeln konnte seine Nervosität nicht ganz überspielen.

»Okay.«

»Okay wozu?«

»Zum Einziehen. Zum Heiraten irgendwann. Über die sechs oder sieben Kinder müssten wir vielleicht noch mal sprechen. Ich bin verhandlungsbereit.«

Er küsste sie. »Und ich bin immer offen für Diskussionen.«

Stammbaum

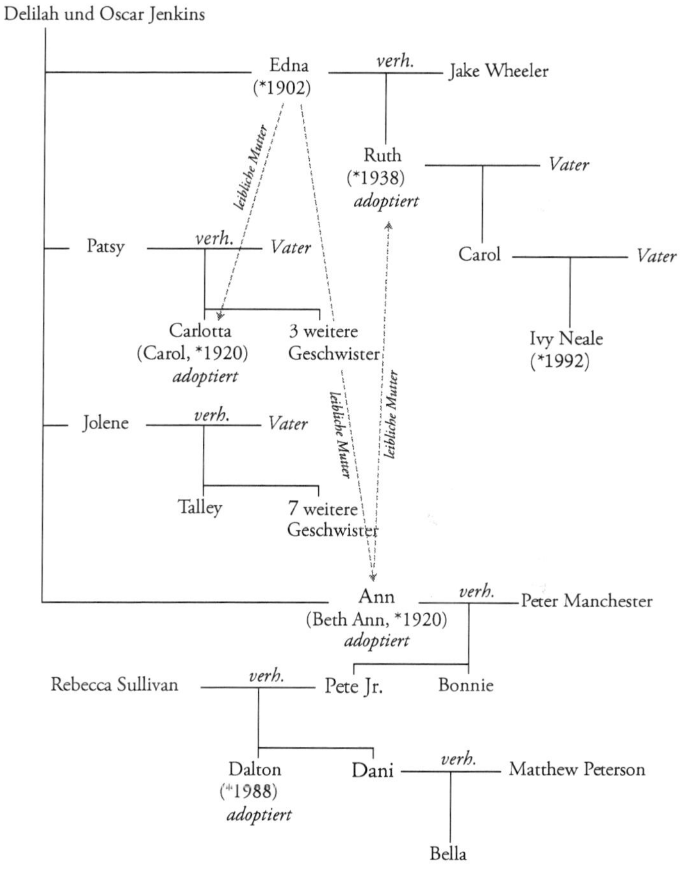
Delilah und Oscar Jenkins
Edna
(*1902)
verh.
Jake Wheeler
leibliche Mutter
Ruth
(*1938)
adoptiert
Vater
Patsy
verh.
Vater
Carol
Vater
Carlotta
(Carol, *1920)
adoptiert
3 weitere
Geschwister
Ivy Neale
(*1992)
leibliche Mutter
leibliche Mutter
Jolene
verh.
Vater
Talley
7 weitere
Geschwister
Ann
(Beth Ann, *1920)
adoptiert
verh.
Peter Manchester
Rebecca Sullivan
verh.
Pete Jr.
Bonnie
Dalton
(*1988)
adoptiert
Dani
verh.
Matthew Peterson
Bella

Folge der Autorin auf Amazon

Wenn dir dieses Buch gefallen hat, folge Mary Ellen Taylor auf Amazon. Dann erhältst du eine Benachrichtigung, wenn die Autorin ihr nächstes Buch veröffentlicht. Um der Autorin zu folgen, gehe bitte folgendermaßen vor:

Desktop:

1) Suche auf Amazon.de oder in der Amazon App nach dem Namen der Autorin.
2) Klicke auf den Namen der Autorin, um auf die Autorenseite zu gelangen.
3) Klicke auf den »Folgen«-Button.

Smartphone und Tablet:

1) Suche auf Amazon.de oder in der Amazon App nach dem Namen der Autorin.
2) Klicke auf einen Titel der Autorin.
3) Klicke auf den Namen der Autorin, um auf die Autorenseite zu gelangen.
4) Klicke auf den »Folgen«-Button.

Kindle eReader und Kindle App:

Wenn du dieses Buch auf einem Kindle eReader oder in der Kindle App liest, wird dir automatisch angeboten, der Autorin zu folgen, nachdem du die letzte Seite des Buches gelesen hast.

Printed by Amazon Italia Logistica S.r.l.
Torrazza Piemonte (TO), Italy

47137444R00236